W0331141

Elisa Stecker

Crashing Symphonies

ELISA STECKER

CRASHING *Symphonies*

LOVE MOON
VERLAG

Dieser Titel ist auch als eBook erschienen.

1. Auflage (1x6)
© 2024 Lovemoon Verlag,
Spiekerhörn 14, 25335 Raa-Besenbek
Umschlaggestaltung und Satz: © Deichmond Coverdesign
unter Verwendung von Motiven von
© Zoeysmom / Pixabay und Olga Ubirailo / iStock.
Lektorat & Korrektorat: Lovemoon Verlag
Druck und Verarbeitung: TOTEM.com.pl, ul. Jacewska 89,
88-100 Inowroclaw
printed in Poland
ISBN 9-783-0007-7348-8

Besuche uns im Internet unter: lovemoon-verlag.de

Liebe Leser:innen,

dieses Buch enthält potenziell triggernde Elemente.
Wenn ihr glaubt, betroffen zu sein, findet ihr am Ende
des Buches eine detaillierte Triggerwarnung.

Diese enthält Spoiler für das gesamte Buch!

Wir wünschen euch allen
das bestmögliche Leseerlebnis.

Eure Elisa & der Lovemoon Verlag

Für Mama und Papa

„Some dance to remember,
some dance to forget."
Eagles

Playlist

Fix you - Coldplay
Metamorphosis: One - Philip Glass
Details in the Fabric - Jason Mraz, James Morrison
Carmen Suite No. 2: 2. Habanera - Georges Bizet, Orchestre de Paris, Semyon Bychkov
Paradise (acoustic) - Tyler Ward
Cello Suite No. 1 in G Major BMV 1007: I. Prélude - Johann Sebastian Bach, Yo-Yo Ma
Easy - Sky Ferreira
Comptine d'un autre été, l'aprés-midi - Yann Tiersen
Control - Zoe Wees
Warm - Moncrieff
Swan Lake, Op. 20, Act 2: No. 10, Scene. Moderato - Pyotr Ilyich Tchaikovsky, André Previn, London Symphony Orchestra
Una Mattina - Ludovico Einaudi
Running in Circle - FIL BO RIVA
Locked out of Heaven - Bruno Mars
Good things take time - Aidan Martin
Yours to keep - Jordan Mackampa
The Departure - Max Richter, Lang Lang
Save Me - McKenna Breinholt
Made To Be Wanting - Job Roggeveen
The Very First Night (Taylors Version) - Taylor Swift

Prolog *Prelude*

Kalte Tasten unter meinen Fingern, die über das weiße Elfenbein schweben, als kennen sie die nächste Note bereits in der Sekunde, in der der Ton erklingt.

Für sie ist es ihre Bestimmung. Tasten anschlagen, bis sie sich zu einer Melodie ergeben, die durch den Raum fließt, meine Sinne vernebelt und mich vollkommen einnimmt. Sie haben die Kontrolle, nicht ich. Ich bin es nicht, die vorgibt, was sie tun. Ich lasse los und gebe mich dem hin, was sie wollen. Mit aller Kraft halte ich meine Augen geschlossen, damit ich nicht doch das Ruder wieder an mich reiße.

Stattdessen lasse ich meine Finger die Symphonien spielen, für die sie bestimmt sind. Denn es ist Musik, die durch meine Adern fließt und den Rhythmus bestimmt.

In diesen Momenten brauche ich keine Kontrolle, denn ich vertraue blind. Meine Finger wissen, was sie tun. Sie wissen, welche Töne sie kombinieren müssen, um dieses Gefühl in mir auszulösen.

Doch sobald der letzte Ton verklungen ist, sich meine Haut von den kalten Tasten löst und ich die Augen aufschlage, bin ich zurück. Zurück in der Welt, in der Kontrolle das Einzige ist, an dem ich mich festhalten kann, um nicht mit der harten Realität zu kollidieren.

Eins
Auftakt

Nach dem letzten Ton umgab mich Stille. Über meine Arme zog sich noch immer die Gänsehaut, aber die Musik war weg. Keine Töne mehr, die mich beschützten. Keine Klaviertasten mehr, die sich mit meinen Fingern verbanden und mir eine Orientierung boten, wie nichts anderes es konnte. Keine Harmonie mehr zwischen dem Klavier und mir. Nur noch Stille und Ungewissheit.

Ich legte meine Hände in den Schoß und blickte zu den drei Augenpaaren, die mich finster anschauten. Sie hatten alle den gleichen Ausdruck und gaben mir nicht den Hauch einer Chance, etwas aus ihren Gesichtern abzulesen. Die Sekunden vergingen und ich versuchte, mich auf Details in ihren Gesichtszügen zu konzentrieren, um nicht wegzuschauen. Die Lachfalten, die dafür sprachen, dass sie nicht immer wie Puppen dasaßen und andere Leute verunsicherten. Die Leidenschaft in ihnen, die ich in diesem Moment nicht sehen konnte, von der ich aber wusste, dass sie da war und ihnen auch zu gerne die Kontrolle entriss.

Vielleicht war es genau diese Tatsache, die mich dazu verleitete, schwach zu werden, meiner Angst die Oberhand zu überlassen, und mich schlussendlich wegschauen ließ.

Aber auch die kargen grauen Wände boten mir keine Zuflucht, sondern ließen mich nur mehr erschaudern, bis sie mich schließlich dazu zwangen, doch wieder zu den drei Gestalten und ihren versteinerten Blicken zu schauen.

Ich muss stark sein. Stark und selbstbewusst. Denn ich hatte es verdient, hier zu sein. Das war alles, was zählte, und das durfte ich nicht infrage stellen, denn dann wäre es bereits zu spät.

»Vielen Dank, Ms Lundström.«

Unsere Rektorin Mrs Thompson zog das Ö dabei so lang, bis ich mir beinahe selbst nicht mehr sicher war, wie ich eigentlich hieß. Die Abscheu lag unverkennbar in dem eisigen Grau ihrer Augen, und doch versuchte sie, es mit einem kurzen Zucken ihrer Mundwinkel zu überdecken. Dabei wusste ich genau, dass diese nicht mir, sondern meinem Vater galt. Aber hier ging es nicht um ihn. Ich war die, die es allein an die ADAM - die *Australian Academy of Dramatic Arts and Music* - geschafft hatte und ich würde auch die sein, die allein die Zwischenprüfungen bestand. Nicht wegen meines Namens. Nur wegen meiner Leistungen.

Mrs Thompson stierte mich noch immer an, wobei ich ihr mittlerweile die gleiche Abscheu entgegnete, die auch in ihrem Blick zu finden war. Von Sekunde zu Sekunde fühlte ich mich unwohler und merkte, wie meine Hände immer feuchter wurden. Ich wollte diesen Raum einfach nur verlassen. Die Luft war so erstickend und die grauen Wände schienen immer näher zu kommen.

Ich kann alles schaffen, rief ich mir mein inneres Mantra mühsam ins Gedächtnis, um mich zu beruhigen und die Angst herunterzuschlucken, die sich langsam einen Weg an die Oberfläche bahnte. Schnell wandte ich meinen Blick von der Akademieleitung ab und suchte die vertraute Silhouette von Mr Douglas. Theodore Douglas. Eine Koryphäe am Klavier, gutherzig durch und durch und seit einem halben Jahr mein Lehrer. Im Gegensatz zu Mrs Thompson, die immer mit einer versteinerten Miene durch die Gänge der ADAM lief, wirkte er nie schlecht gelaunt, sondern hatte immer ein Lächeln auf den Lippen. Er war mein Fels in der Brandung zwischen all dem Leistungsdruck, dem ich hier jeden Tag ausgesetzt war.

Und auch jetzt genügte ein Blick, um mich zu entspannen. Er lächelte so, wie er es immer tat. Dennoch lag dieses Mal noch etwas anderes in dieser freundlichen Geste. Kaum merklich nickte er mir bestätigend zu und lieferte den letzten Funken, damit für diesen Moment die erdrückende Anspannung von mir abfiel.

Neben Mr Douglas saß Mr Green, den ich zu einem meiner großen Vorbilder zählte. Er war so früh erfolgreich gewesen, dass er als jüngster Solist jemals am *New York City Ballet* engagiert wurde. Vom klassischen Ballett ging es für ihn schließlich an den Broadway, wo er Abend für Abend die Säle gefüllt hatte. Aber ein unglücklicher Moment hatte gereicht, um ihm mit Ende zwanzig alle Aussichten auf eine aktive Karriere zu verbauen. Eine schwere Leistenverletzung hatte zu seinem Karriereaus geführt und ließ ihn nun als Dozent an der ADAM über meine Zwischenergebnisse entscheiden.

Die Präsentation des klassischen Klavierstücks war mir einwandfrei gelungen, das wusste ich. Ich hatte mich nicht verspielt und trotz der Nervosität sogar mehr Emotionen in das Stück gelegt, als es mir beim Proben je gelungen war. *Ronda Alla Turca* war mein Lieblingsstück von Mozart, weswegen ich mich umso mehr gefreut hatte, als mir dieses für die Prüfung zugeteilt worden war. Insgeheim vermutete ich immer noch dieses Glück Mr Douglas zu verdanken. Zugeben wollte er es nicht. Aber nach einer ausgiebigen Diskussion des Stückes in diesem Semester konnte es einfach kein Zufall sein.

»Sie können jetzt gehen.« *Endlich*. Vorsichtig strich ich über die Tasten, dankbar, diesen Raum verlassen zu können. »Wir sehen Sie dann zu Ihrer Prüfung in *Zeitgenössische Kompositionen.*«

Ich nickte noch einmal in die Runde, bevor ich mich erhob und der Prüfungskommission den Rücken zu drehte.

Als die schwere Eisentür hinter mir ins Schloss fiel, konnte ich zum ersten Mal an diesem Tag frei atmen. Zumindest fühlte es sich danach an. Die klassische Prüfung hatte mir - trotz des vertrauten Stückes - viel mehr Sorge bereitet als die Zeitgenössische, die ich noch vor mir lag. Aber ich hatte mir das Stück selbst aussuchen dürfen, konnte mich für etwas entscheiden, das mehr zu mir passte.

Später würde ich *Metamorphosis one* von Philip Glas vortragen. Ich hatte mich bewusst für ein auf den ersten Blick vergleichsweise leichtes Stück entschieden, welches in seiner Grundstruktur nicht viel Können erforderte. Dennoch war es eine Komposition, die viel Dynamik mitbrachte, die ich zu meinem Vorteil nutzen wollte. An einigen Stellen hatte ich dem Stück etwas von meiner eigenen Handschrift verleihen können, was durchaus erwünscht war und zu einer besseren Benotung führen konnte. Jedoch nur, wenn man an den korrekten Stellen das richtige Maß Interpretation einbaute. Vielleicht wollte ich aber auch nur auf Nummer Sicher gehen und mir dies nicht eingestehen.

Die Prüfung in *Zeitgenössischen Kompositionen* lief ebenfalls sehr gut, wenn nicht sogar besser als meine klassische Darbietung. Genauso wie heute Morgen ließ sich die Kommission zwar nichts anmerken, dennoch war ich guter Dinge, mein Ziel für das erste Semester erreicht zu haben. Ich wollte die Beste sein und allen zeigen, nicht nur wegen meines Nachnamens Lundström an der ADAM angenommen worden zu sein. In internen Kreisen munkelte man nämlich genau das. Und mein Vater hatte es sich nicht nehmen lassen, mir von diesen Gerüchten zu erzählen. Als machte ich mir selbst nicht schon genug Druck. Immer wieder waren Leute auf mich zugekommen, um mir zu meiner Aufnahme zu gratulieren. Den offensichtlichen Zweifel in ihren Mienen konnten sie dabei aber nie ganz ablegen. Niemanden interessierte es, dass ich genauso vorspielen und mich profilieren musste wie alle Studierenden. Auch wenn ich wünschte, die Missgunst einfach an mir abprallen zu lassen, erhöhte sie lediglich meinen Leistungsdruck und gab meiner Angst ihre Daseinsberechtigung. Ich wollte kämpfen, stark sein und allen das Gegenteil beweisen. Stattdessen hatten die Zweifel mich viel zu oft gelähmt und meine Gedanken vernebelt, sodass ich nie alles geben konnte.

Auch wenn meine Zwischenprüfungen gut gelaufen waren, hing nicht alles nur von meiner eigenen Leistung ab. Es gab noch einen anderen Faktor, der es mir schwer machte, die Beste zu sein. Neben mir studierten noch zwei weitere äußerst talentierte Pianisten in meinem Semester.

Phoebe Munroe und Michel Monette spielten schon seit frühester Kindheit Klavier und hatten bei den Besten unserer Zeit gelernt. Neben ihnen zu bestehen, bedurfte nicht nur meiner gesamten Aufmerksamkeit, sondern bescherte mir auch regelmäßig schlaflose Nächte.

Der Gang vor den Prüfungsräumen hatte sich in den letzten Minuten gefüllt. Das nervöse Gemurmel der Studierenden hallte dumpf von den steinernen Wänden wider. Alles war grau in grau gehalten. Überall die gleichen Betonwände, die sich kaum vom grauen Boden abhoben. Die Gestaltung der Akademie war schlicht, aber modern. Alles entsprach den neusten Standards seit der Modernisierung vor einigen Jahren. Einzig die wenigen Bilder von namhaften Absolventen gaben einem das Gefühl, dass hier Menschen studierten.

Während sich die Geräuschkulisse immer weiter ausbreitete, fiel es mir schwer, ruhig zu bleiben. Ich hielt nach meinen besten Freundinnen Willow und Ivy Ausschau, entdeckte stattdessen aber nur Phoebe und Michel. Sofort wandte ich meinen Blick ab in der Hoffnung, sie würden mich nicht sehen. Aber es war bereits zu spät. Übelkeit stieg in mir auf, als Phoebe die Hand hob und mir winkte. Wir drei waren keine Freunde und doch hatten wir im Unterricht nur einander. Es machte uns zu Verbündeten und gleichzeitig zu den größten Konkurrenten. Neben ihnen zu stehen, während wir die Ergebnisse erfuhren, ließ blanke Angst in mir aufkeimen. *Was, wenn ich die Schlechteste war? Was, wenn ich es nicht geschafft hatte? Was, wenn nun jeder die Wahrheit sähe?*

Ich hatte Angst. Und konnte sie nicht ignorieren und so tun, als hätte ich sie nicht gesehen. Mir blieb nur die Flucht nach vorne.

»Smilla!«, stieß Phoebe fröhlich aus, so als wären wir eng befreundet. »Wie liefen deine Prüfungen?« Wäre sie jemand anderes, wäre ich überzeugt gewesen, sie würde aus reinem Eigennutz fragen. Nur, damit sie ihre Chancen auf den Platz der Klassenbesten ausrechnen könnte. So lief es häufig an der Akademie. Man fuhr die Ellenbogen aus, denn nur eine oder einer konnte oben an der Spitze stehen. Phoebe aber war anders. Sie war aufrichtig, nett und fragte nicht nur aus reiner Höflichkeit. Es interessierte sie wirklich, wie es ihren Mitmenschen ging.

Ich nickte langsam, um Zeit zu gewinnen und mir die passenden Worte zurechtlegen zu können, die nicht zu überschwänglich klingen sollten.

»Es lief gut, sogar besser als erwartet.«

Phoebes Lächeln wurde noch breiter. »Es freut mich so, das zu hören! Bei uns lief es auch wirklich gut. Aber wir sind froh, den ganze Prüfungsstress vorerst hinter uns zu haben.« Michel stimmte ihr nickend zu.

Ich erwiderte ihr Lächeln gezwungen in dem Wissen,

dass es nicht einmal halb so überzeugend war wie ihres. Dafür war ich zu nervös.

Für einen Moment schwiegen wir und ich betrachtete die anderen Studierenden, die mit uns im Flur standen. Sie waren alle wie wir im ersten Semester, aber aus unterschiedlichen Fachrichtungen. Nicht nur Studierende der Fakultät *Music and Compositions* warteten auf die Ergebnisse, sondern auch die der Fakultäten *Modern Dance* und *Dramatic Arts.* Wieder fiel mir auf, wie verschieden die Studierenden der ADAM waren.

Die Tänzer und Tänzerinnen erkannte man meist an ihren Balletttrikots, den Leggings oder Jogginghosen, an ihren großen Sporttaschen und den perfekt frisierten Haaren der Mädchen. Ballett war eine Sportart, die sehr viel Disziplin und Anmut erforderte. Und dies sah man den meisten von ihnen an. Ihre gerade Haltung, die ausgedrehten Füßen, selbst wenn sie nicht trainierten. Sie liebten das Tanzen und verkörperten diese Liebe mit jeder Faser ihres Körpers.

Daneben gab es noch die Schauspielenden, die sich auf den Bühnen und vor den Kameras dieser Welt bewegen wollten. Sie wirkten wild, frei in dem, was sie taten, wie sie sich bewegten, wie sie dachten. Ihnen triefte die Kreativität aus jeder Pore und ihr Freigeist floss in jedem ihrer Worte mit. Ihre Kurse zum Schreiben von Drehbüchern, zum freien Sprechen und zum Improtheater waren so anders ... Ich liebte es, ihnen zu zuschauen, ihre Ungezwungenheit zu spüren, während ich mich jeden Tag aufs Neue am Klavier quälte und meine Sehnsucht nach etwas anderem weiter wuchs.

Das Instrument und die Musik waren für mich Freiheit und Zwang zugleich. Wenn meine Hände über die Tasten glitten und den Noten der Partitur folgten, fühlte ich mich frei. Ich konnte die Kontrolle abgeben, denn meinen

Fingern konnte ich vertrauen. Im Zusammenspiel mit meinen Augen funktionierten sie und hatten mich bisher nur wenige Male im Stich gelassen. Dennoch hielten das Klavier und die Erwartungen, die es an mich stellte, mich gefangen. Sie erinnerten mich jedes Mal wieder, für wen ich es tat. Wofür ich stundenlang übte, bis meine Fingergelenke schmerzten und anschwollen. Es war ein Kampf, den ich nicht verlieren wollte, obwohl ich ihn genauso wenig gewinnen konnte.

»So aufregend, dass wir das erste Semester schon hinter uns gebracht haben. Ich kann es noch gar nicht glauben!« Phoebe riss mich aus meinen Gedanken und beförderte mich zurück in den immer voller werdenden Flur. Ich nickte und schaute auf die Uhr. 17.59 Uhr. Die Lehrenden hatten für 18.00 Uhr die Ergebnisveröffentlichung angekündigt. Mittlerweile drängten wir uns dicht an dicht und ich stellte mich auf die Zehenspitzen, um Willow und Ivy doch noch zu finden und einen Grund zu haben, mich von Phoebe und Michel zu verabschieden. Sie hatten versprochen, da zu sein, auch wenn sie sich nicht so viel aus den Ergebnissen machten wie ich. Sie studierten beide *Modern Dance*. Natürlich gab es auch dort harte Konkurrenz, aber man musste nicht der oder die Beste sein, um erfolgreich in einer Kompanie zu tanzen.

Die Nervosität stieg immer weiter in mir hoch. Das Adrenalin schoss durch meine Blutbahnen und brachte meine Haut zum Kribbeln. Unruhig knetete ich meine Finger in dem Versuch, das Zittern zu verbergen. Bisher hatte ich sie noch einigermaßen im Zaum halten können, doch nachdem meine Gedanken abermals abgeschweift waren, gab es für sie kein Halten mehr.

Wieder schaute ich mich im Flur um, ob ich unter all den Menschen meine Freundinnen entdecken konnte, aber vergeblich.

Meine Hände waren schweißnass, was neben meiner Verfassung auch an der viel zu hohen Luftfeuchtigkeit lag. Ich bemühte mich, ruhig ein- und auszuatmen, damit Phoebe nichts von meiner Unsicherheit merkte.

Dann ging ein Raunen durch die Menge, als die Tür geöffnet wurde, durch die Phoebe zuvor gekommen war. Die Atmosphäre änderte sich schlagartig. Ich merkte, wie sich die Masse teilte, um den drei Personen, die nun immer näherkamen, Platz zu machen. Ihr Ziel war die Magnettafel am anderen Ende des Flurs, an der wichtige Informationen veröffentlicht wurden. Und dazu gehörten auch die heutigen Prüfungsergebnisse.

Nachdem Mrs Thompson, Mr Douglas und Mr Green die Zettel ihrer jeweiligen Fakultät mit Magneten befestigt hatten und einen Schritt zurückgetreten waren, nahm die Masse keine Rücksicht mehr, sondern bewegte sich mechanisch auf die weiße Fläche zu. Zwar waren wir nur knapp sechzig Leute in meinem Jahrgang, dank der Enge des Raumes fühlte es sich jedoch nach deutlich mehr an.

Obwohl Phoebe bisher so entspannt gewirkt hatte, drückte sie sich nun an mir vorbei, um einen Blick auf die Ergebnisse werfen zu können.

Bereits im Vorhinein hatte man uns erklärt, dass bei den Prüfungen nach dem ersten Semester, die als Zwischenprüfungen angesehen wurden, keine Punkte oder Noten verteilt wurden. Es würde lediglich ein Ranking der jeweiligen Fachrichtung veröffentlicht werden. Dies sollte den Ehrgeiz anspornen und uns noch härter arbeiten lassen.

Und somit gab es für mich nur ein Ziel: Ich musste in beiden Prüfungen auf Platz eins landen, um all meinen Kritikern einen Denkzettel zu verpassen.

In meinen Ohren rauschte es und ich fühlte mich wie im Tunnel. Ich ließ mich von der Masse treiben, da mein Körper nicht genügend Kraft hatte, um sich durchzuschieben.

Es waren nur noch wenige Meter. Phoebe und Michel waren direkt vor mir und würden die Ergebnisse einige Momente vor mir sehen. Unsicher darüber, ob dies gut war oder nicht, setzte ich einen Fuß vor den anderen. Michel trat bereits den Rückzug an, also bildete Phoebe die einzige Barriere zwischen mir und dem entscheidenden Moment.

In Gedanken zählte ich meine Atemzüge. Zum einen, um mich zu beruhigen. Zum anderen, um nicht das Zeitgefühl zu verlieren, während sie für gefühlte Ewigkeiten auf die weißen Zettel starrte.

Vier. Fünf. Endlich drehte Phoebe sich um. Ihr Lächeln war verblasst. Stattdessen zeichnete sich auf ihrem Gesicht keinerlei Emotion ab, was ich entschlossen zu entziffern versuchte. Dann kam ihr Lächeln wie aus dem Nichts wieder auf ihr Gesicht gehuscht. »Herzlichen Glückwunsch!«, gab sie strahlend von sich und verschwand dann hinter mir, um mir endlich den Blick freizugeben.

Ich hielt für einen kurzen Moment inne, bevor ich meinen Blick nach vorne richtete. *Hatte sie mich gerade beglückwünscht? Bedeutete das ...?* Euphorie keimte in mir auf und breitete sich schneller in meinen Körper aus, als ich die Hoffnung zügeln konnte.

Dann gab es kein Zurück mehr. Immer wieder spürte ich meine Kommilitonen, wie sie versuchten, sich an mir vorbeizudrücken, um einen Blick auf die Prüfungsergebnisse zu erhaschen.

Noch ein tiefer Atemzug, dann las ich endlich, wovor ich mich so lange gefürchtet hatte.

Prüfungsergebnisse Semester 23/24.
Fakultät für Musik.
Fachrichtung: Klassisches Klavier.
1. Phoebe Munroe
2. Smilla Lundström
3. Michel Monette

Das Rauschen in meinen Ohren wurde lauter. Mein Herzschlag beschleunigte sich. Meine Lunge zog sich zusammen und machte es mir unmöglich zu atmen. Die Gewissheit fraß sich durch meine Organe, als gäbe es keinen Grund, weiter zu existieren. Alles brannte. Mein Herz lag zentnerschwer in meiner Brust, während jeder Atemzug quälender wurde. Wie von selbst setzten sich meine Füße in Bewegung, vorbei an den anderen Studierenden, die noch voller Hoffnung auf ein gutes Ergebnis warteten. Immer wieder spürte ich einen Ellenbogen in meinen Rippen, in meinem Rücken, jedoch teilte ich mindestens genauso viel aus, bis ich durch die Glastür ins Freie hechtete.

Sofort flutete die angenehme Abendluft meine Lunge und versorgte mein Gehirn mit frischem Sauerstoff. Langsam aber sicher beruhigte ich mich. Die Sonne stand schon tief am Himmel, tauchte alles in ein goldenes Licht. Der Campus wirkte in diesem Moment so friedlich, dass ich beinahe vergessen konnte, was in den letzten Minuten geschehen war. Aber nur beinahe.

Meine Hände zitterten immer noch, auch meine Gedanken hatten sich noch nicht geordnet, sondern rasten in meinem Kopf hin und her. Ich war gescheitert. Trotz aller Bemühungen, die ich in den vergangenen Monaten angestellt hatte und all der Stunden, die ich am Klavier mit Üben verbracht hatte, war ich nicht gut genug gewesen. Ich war nur Zweite geworden und hatte den hungrigen Mäulern neues Futter geboten. Nun konnten sie sich weiter an dem Glauben ergötzen, ich sei nur wegen meines guten Namens an der ADAM aufgenommen worden.

Bei diesem Gedanken schnürte sich meine Lunge erneut zu und das Brennen in meinen Augen kam zurück. Hilfesuchend blickte ich mich um. Ich musste hier weg. Irgendwohin, wo mich niemand sehen würde. Irgendwohin, wo ich meinen Tränen freien Lauf lassen könnte. Irgendwohin …

An einen sicheren Ort, wo ich all den Schmerz vergessen könnte.

Es gab auf dem gesamten Campus nur einen Ort, der zumindest teilweise sicher war. Deshalb lief ich die Treppen des Gebäudekomplex B hinunter, um mich auf den Weg zu den Bungalows im Bereich C zu machen, wo sich die Schlafräume der Mädchen befanden.

Mich überkam das Bedürfnis, das triste Grau hinter mir zu lassen. Alle Gebäude auf dem Campus glichen einander bis ins kleinste Detail. Zwar waren die Häuser zur gemeinschaftlichen Nutzung viel größer als die kleineren Schlafbungalows und doch zog sich die kalte Gestaltung durch das ganze Erscheinungsbild. Manchmal fühlte sich dieser Punkt der Erde an wie ein Gefängnis. Nicht nur optisch, sondern viel mehr wie mein ganz persönliches Gefängnis.

Die meisten Studierenden schienen noch beschäftigt zu sein, da es auf dem Campus verdächtig still war. Dennoch hielt ich meinen Kopf gesenkt, damit niemand meine feucht glänzenden Augen sehen konnte. Ich ließ Gebäude B hinter mir und wählte nicht den direkten Weg an den Gemeinschaftsräumen vorbei, sondern hoffte weiter außerhalb an den Schlafräumen der Jungen auf noch weniger Personen zu stoßen.

Schnell steuerte ich den Weg zwischen den Bungalows der Jungen an, um das letzte Stück im Schatten des Waldes, der das gesamte Gelände umrandete, gehen zu können. Wenn ich hier auf Jemanden treffen würde, wäre ihm mein Zustand vermutlich vollkommen egal.

Die Bäume, die das Gelände umringten, waren mein Blick nach draußen, mein Ankerpunkt. Ich liebte es, auf meinen Joggingrunden dorthin zu entfliehen. Im Wald war es so still. Dann waren es lediglich der Wind zwischen den Blättern und das Gezwitscher der Vögel, die mich begleiteten. Das Vogelgezwitscher drang auch jetzt an meine Ohren und bildeten wieder einmal den perfekten Kontrast zu meiner aufgewühlten Gefühlslage.

Gerade als ich das letzte Stück zwischen D8 und D6 erreichte und den kritischen Teil beinahe hinter mir gelassen hatte, merkte ich, wie mich etwas Hartes in den Rippen traf. Ich taumelte und stieß gegen den hölzernen Stützpfeiler eines Bungalows. Für einen kurzen Moment ließ der Schmerz eine unkontrollierbare Übelkeit aufkeimen, die mir Sterne vor die Augen trieb und die Luftzufuhr zum Versiegen brachte. Nun übernahmen die Tränen schlussendlich die Überhand, jedoch nicht aus Traurigkeit, sondern mehr aus Wut.

»Scheiße!« Instinktiv griff ich zu meiner pochenden Seite. Der Schmerz breitete sich stoßweise weiter aus, bis er meine Sinne vollends vernebelt hatte. Ich blickte mich um und entdeckte einen Mann, keinen Meter von mir entfernt auf dem Boden sitzen. Seine blonden Haare schimmerten rötlich in der Sonne und sein brauner Teint schien nicht ins Bild zu passen. Ebenso wenig wie seine Augen, die einer Symphonie aus Blau- und Grautönen glichen. Er trug ein schwarzes Tanktop und eine schwarze Sweatshorts. Auch seine Schuhe waren schwarz, zumindest so weit ich das durch meinen Tränenschleier erkennen konnte. Er kauerte gekrümmt da und rieb sich mit schmerzverzerrtem Gesicht über das blutende Knie und schien damit alles nur noch schlimmer zu machen.

»Kannst du nicht aufpassen?«, brüllte er, als er sich - immer noch auf dem Boden sitzend - zu mir drehte.

Wir funkelten uns an. Seine Miene war schmerzverzerrt und ich erkannte Wut in seinen harten Gesichtszügen. Doch nicht nur er war wütend, sondern ich auch ...

»Gleichfalls. Schließlich hast du mich erwischt!«

»Sicherlich nicht. Du bist in mich reingelaufen. Immerhin war ich zuerst hier!«

Meine Wut war kurz davor überzuschäumen. Mein Herzschlag schoss ins Unermessliche, was nicht nur meinen Blutdruck anstiegen ließ, sondern mir auch ein dumpfes Drücken in der Brust bescherte. Ich hörte das kraftlose Zittern in meiner Stimme, was mich aber nicht davon abhielt, ihm kontra zu bieten.

»Dennoch musst du mich nicht einfach umhauen! Der Weg ist schließlich breit genug.«

»Ich habe getanzt! Und wenn ich Pirouetten drehe, kann ich nicht darauf achten, ob jemand wie wild geworden in mich rein rennt.«

Ich konnte nicht anders als laut aufzulachen, wobei sich meine schmerzenden Rippen bemerkbar machten. Wie ein Tänzer sah er auf den ersten Blick nicht aus, da er für seinen Körper zu breit wirkte. Was man ebenfalls über sein Ego behaupten konnte.

Erwartungsvoll sah er mich an. Glaubte er wirklich, dass ich darauf noch irgendetwas erwiderte? Seiner Meinung nach war ich hier wohl die Schuldige, weshalb ich vergeblich auf eine Entschuldigung warten würde.

Ich rappelte mich auf, strich mein Top glatt und klopfte den Staub von meiner Hose. Abgesehen von meinen lädierten Rippen, schien ich noch einmal mit dem Schrecken davon gekommen zu sein. Selbstbewusst reckte ich den Kopf in die Höhe und ging, ohne ihn eines weiteren Blickes zu würdigen. Erst als ich um die Ecke des Bungalows gebogen war, erlaubte ich mir, meine Haltung zu lösen. Sofort spürte ich die Tränen in den Augen. Aber ich wollte ihnen jetzt nicht die Oberhand überlassen. In diesem Moment war ich viel zu wütend und viel zu angespannt - da war kein Platz mir nun wieder diese Art von Schwäche zu erlauben. Selbst wenn Wut und Angst noch immer meinen Verstand vernebelten. Ich wollte so nicht weitermachen. Die ständige Furcht vor dem Versagen fraß sich nach und nach bis in die tiefste Faser meines Körpers. So allgegenwärtig wie sie dadurch wurde, würde sie mich schließlich zu Fall bringen. Am Ende war ich es selbst, die für mein eigenes Scheitern verantwortlich war und das nur, weil ich nicht stark genug war. Nicht genügend an mich glaubte. Ich war schwach und würde es bleiben, wenn ich nicht bald etwas änderte.

Doch ein Gedanke schien plötzlich klarer als je zuvor. Statt mich von meinen Gefühlen bestimmen zu lassen, nutzte ich diese Energie, um einen Entschluss zu fassen.

Das nächste Semester würde anders werden. Ich würde mich von nichts und niemanden mehr ablenken lassen. Schon gar nicht von fehlgeleiteten Tänzern, dem Konkurrenzdruck oder meinen irrationalen Gefühlen. Ich hatte es satt, dass meine Angst mein gesamtes Handeln und Denken beeinflusste. Ich wollte frei sein, endlich wieder fliegen lernen und meinen Träumen folgen.

Und es lag nur an mir, dieses Vorhaben in die Tat umzusetzen und das nächste Semester zu einem vollen Erfolg werden zu lassen.

Zwei *Infernale*

Im Schneidersitz saß ich auf dem Boden, den man zwischen dem weißen und gelben Blättern kaum noch erkennen konnte.

Meinen Entschluss hatte ich voller Überzeugung getroffen, weswegen ich mich bereits jetzt auf das neue Semester vorbereiten wollte, obwohl es erst in vier Wochen beginnen würde. In der letzten Zeit war aus meiner sonst so ordentlichen Notensammlung eine Anhäufung von Chaos geworden. Den Tatendrang, der sich nach der Niederlage in mir breitgemacht hatte, wollte ich nicht ungenutzt verstreichen lassen. Also verkroch ich mich in meinem Zimmer und kramte alle Stücke und Sammlungen hervor, die ich besaß. Nun war ich seit zwei Stunden damit beschäftigt, diese in alphabetischer Reihenfolge zu sortieren, damit ich sie später korrekt abheften konnte. Diese Aufgabe gab mir eine innere Ruhe, wie ich sie schon lange nicht mehr spürte und in meinem Alltag vermisste. Hier hatte ich alles im Griff, war Herrin der Lage und konnte einem System folgen, das keine Schwächen aufwies. Mir war bewusst, dass ich sicherlich noch die ganze Nacht hier sitzen würde, doch allein der Gedanke an die Ordnung ließ jeden Hauch von Müdigkeit verschwinden. Im Hintergrund lief eine Cello Suite von Johann Sebastian Bach, die mir noch mehr Ruhe verlieh.

Ein dumpfes Klopfen durchbrach die Triolen in G-Dur. Ich schloss die Augen und stöhnte. Das konnte nur eine Person sein. Träge befreite ich mich aus dem Notenberg und ging mit steifen Beinen zur Tür. Es war, wie ich es befürchtet hatte: Willow stand grinsend vor mir.

»Abholservice.« Ihre zarte Stimme endete in einer Melodie, die mir Gänsehaut bescherte. Ich wusste genau, was sie wollte, und sie wusste genau: sie hatte keine Chance.

Statt etwas zu erwidern, schüttelte ich nur den Kopf und kehrte Willow den Rücken zu. Sie verstand dies als Einladung und folgte mir ins Zimmer.

»Ach Smilla, bitte! Du kannst nicht einfach hier rumsitzen und schmollen«, bettelte sie und stellte sich vor mich.

»Ich schmolle nicht. Ich sortiere«, erwiderte ich und widmete mich wieder meinen Partituren.

»Ähm, doch. Für mich sieht das sehr danach aus. Das ist keine Beschäftigung für einen Freitagabend!« Sie tigerte auf Zehenspitzen durch mein Wohnheimzimmer, versuchte dabei nicht auf dem Blätterhaufen auszurutschen und wirkte in ihrem schwarzen Paillettenkleid ziemlich fehl am Platz. Es legte sich eng um ihren dünnen Körper. Ihre weißblonden Haare tanzten in perfekten Wellen um ihren Kopf, wirkten genauso unbeschwert wie Willow selbst. Den einzigen Farbklecks bildete ihr pinkes Lipgloss.

Mein Zimmer war nicht groß und sehr steril eingerichtet. Die Möbel waren in jedem Zimmer gleich und ließen wenig Raum für Individualität - alle Möbelstücke waren weiß, gingen vor den weißen Wänden beinahe unter. Rechts neben der Tür stand mein Bett, daneben ein kleiner Kleiderschrank. Davor lag ein kuscheliger Teppich, der sich in Beige vom Boden abhob. In dem gleichen Ton thronten verschiedene Kissen auf meinem Bett. Gegenüber fand ein Schreibtisch seinen Platz und daneben eine Kommode, vor der ich mein E-Piano aufgebaut hatte. Über meinem Schreibtisch befand sich mein letztes Stück zu Hause. Etliche Polaroidbilder hingen ordentlich nebeneinander. Jedes einzelne mit Ort und Datum versehen: Alva und ich zur Weihnachtszeit auf dem Berzelli Platz, meine Mutter und ich am Hafen in Malmö. Wir drei zusammen vor unserem Sommerhaus am Vänern-See. Alle Fotos mit der alten Kamera meiner Mutter geschossen. Mein Blick fiel auf die Kommode, wo der Fotoapparat in der abgenutzten Ledertasche lag. Meine Mutter hatte ihn mir zum Abschied geschenkt. *So kannst du neue Erinnerung schaffen.* Wehmut schlich meine Knochen empor, legte sich schwer um sie. Seit ich in Australien war, hatte ich sie nicht einmal genutzt. Natürlich hätte es Momente mit meinen Freundinnen gegeben und doch hatte es sich nie richtig angefühlt.

Neben der Kamera stand meine Monstera Deliciosa, das Abschiedsgeschenk meiner Schwester. Ich pflegte sie, als hinge mein Leben davon ab. Und es schien zu funktionieren. Immerhin war sie noch nicht eingegangen, wovon Alva sich bei unseren regelmäßigen Videotelefonaten auch selbst überzeugte.

Das hier war mein Reich, das ich mit aller Gewalt vor der Außenwelt abschirmte. Die einzigen Personen, die - abgesehen von mir - jemals das Zimmer betreten hatten, waren Willow und Ivy und sie sparten auch nicht mit ihren Besuchen. Mein Zimmer lag in Bungalow C4 am äußersten Ende des Campus, was ich zu Beginn als schrecklich empfunden hatte, mittlerweile aber gegen kein Geld der Welt mehr eintauschen würde.

»Smilla! Bitte!« Willow gab nicht auf, zog eine Schnute und ließ sich auf den Hocker meines Pianos plumpsen. Demonstrativ drückte sie einige der Tasten, die nur ein leises Klacken von sich gaben.

Ich hielt meinen Blick auf den Blätterhaufen vor mir gerichtet und ignorierte sie so gut wie möglich. Mein Vorhaben stand fest und dies beinhaltete nun mal Ablenkungen zu vermeiden. Außerdem könnte ich mein Zimmer niemals in dem Wissen verlassen, welches Chaos ich hinterlassen würde. Nachher würde ich sicher den Überblick verloren haben und müsste alles noch einmal sortieren. Ich liebte meine Ordnung, den Weg dahin hasste ich jedoch schon als Kind. Es war immer Alva gewesen, die gerne aufgeräumt hatte, während ich mich am Ergebnis erfreute. Allein der Gedanke daran, von vorne anfangen zu müssen, ließ mich erschaudern, weswegen ich Willows Flehen weiterhin ignorierte.

Meine Freundin hatte sich mittlerweile auf mein Bett fallen lassen und tat ihren Unmut mithilfe ihrer trommelnden Finger auf dem hölzernen Fußteil meines Bettes kund. Sie schaute auf ihr Handy und lieferte mir direkt weitere Argumente, warum ich sie begleiten musste. »Ivy ist auch schon da. Es ist wohl die Hölle los. Wir verpassen also eine Menge, wenn wir bloß hier rumsitzen.«

Ich drehte mich zu ihr und betrachtete sie. Seit unserer ersten Begegnung auf dem Campus vor gut einem halben Jahr war sie mir unglaublich ans Herz gewachsen. Willow war ein herzensguter Mensch, der immer ein Lächeln auf den Lippen hatte und mich in jeder noch so misslichen Lage aufheitern konnte. Sie studierte *Modern Dance* und war - ebenso wie ich - im ersten Semester. Dass ausgerechnet wir uns getroffen hatten, war ein absoluter Zufall gewesen oder *eine glückliche Wendung des Schicksals*, wie Willow zu sagen pflegte. Bei der Einführungsveranstaltung waren wir die Letzten gewesen, da wir aufgrund eines Fehlers im System nicht auf der Liste standen und somit niemand uns zuordnen konnte. Ganz der Gewohnheit nach, war ich in Angst und Zweifel versunken. War nach wenigen Minuten bereit, aufzugeben, während Willow schimpfend neben mir saß und über den schlechten Service meckerte. Sie wurde mein Fels in der Brandung und versicherte mir, dass wir gemeinsam auf dem Campus zelten würden, falls man wirklich kein Wohnheimzimmer für uns hätte.

»Also jetzt reicht es mir«, schnaubte sie, stand schwungvoll von meinem Bett auf und wirbelte dabei einige Blätter auf dem Boden auf. »Du ziehst dir jetzt etwas anderes an und kommst mit zu dieser verdammten Feier, statt hier in Selbstmitleid zu versinken. Ein zweiter Platz ist kein Weltuntergang. Und immerhin bist du besser als dieser stille Michel. Pläne für deine Weltherrschaft kannst du auch morgen schmieden oder in den nächsten fünf Semestern. Aber das hier ist unser erster freier Abend seit Monaten und den will ich verdammt noch mal mit Ivy und dir verbringen!«

»Wenn ich nicht jetzt anfange, mich zu organisieren, dann habe ich sicherlich keine fünf Semester mehr an der ADAM, sondern mit viel Glück nur noch ein weiteres.«

Willow verdrehte die Augen, als würde ich vollkommen übertreiben.

»Du musst dringend hier raus!« Sie öffnete meinen Kleiderschrank, um etwas - ihrer Meinung nach - Passendes zum Anziehen herauszusuchen. Damit hatte ich nicht gerechnet. Ich wusste zwar, wie temperamentvoll Willow war, so eine Ansage hatte ich von ihr jedoch noch nie erlebt.

Erst wollte ich ihr widersprechen und erneut sagen, dass ich nicht schmollte oder dergleichen, sondern lediglich Vorbereitungen für das neue Semester traf. Doch dann fiel mir auf: Sie hat recht. Heute Abend würde ich nichts ändern können und zu Hause zu bleiben, würde meine Leistungen nicht schlagartig verbessern. Ein wenig Ablenkung und Spaß würden mir sicherlich nicht schaden.

Ich schob die unsortierten Noten zur Seite und legte die fertigen Haufen ordentlich übereinander, bevor ich aufstand und an mir herunterblickte. Mein weißer, geblümter Spitzenpyjama war wohl nicht die beste Wahl für ein Lagerfeuer im Wald. Also ging ich zum Schrank, schob Willow beiseite und suchte mir eine mintgrüne, weite Hose und eine weiße, enge Bluse heraus, über die ich später noch eine Jeansjacke ziehen konnte.

In mir keimte ein Hauch der vertrauten Unsicherheit auf. Normalerweise vermied ich große Menschenmengen, doch für heute Abend wollte ich all diese Gedanken beiseiteschieben. Oder es zumindest versuchen ...

Willow stand ungeduldig an der Tür, eine Hand auf der Klinke liegend und machte mir damit klar, dass mir nicht viel Zeit blieb, bevor sie endgültig die Geduld mit mir verlor. Also schlüpfte ich in Windeseile in die Klamotten, löste die Spange aus meinen braunen, langen Haaren und legte noch einen Spritzer Parfüm auf, bevor ich ihr nach draußen folgte.

Der Campus war wie ausgestorben. Die nächtliche Dunkelheit hatte sich wie ein Schleier über ihn gelegt. Ließ den Wald wie eine schwarze Wand erscheinen, die wir durchdringen würden. Die dröhnenden Bässe aus der Ferne machten schnell deutlich, wieso sich niemand mehr hier befand. Das Lagerfeuer am Semesterende war eine Legende. Zumindest rankten sich legendäre Geschichten und Gerüchte um diese Party. Bereits in der ersten Woche hatten wir Studierende aus höheren Semestern davon schwärmen hören und sie hatten definitiv nicht zu viel versprochen.

Als wir dem Weg zur besagten Lagerfeuerstelle folgten, eröffnete sich mir ein Bild, mit dem ich in meinen kühnsten Träumen nicht gerechnet hatte. In meiner Vorstellung erwartete uns ein kleiner Platz mit einem gepflasterten Bereich fürs Feuer und einigen Holzstämmen als Bänken drum herum. In Wahrheit war es aber viel mehr. Zwar sollte ich mit der Stelle für das Feuer recht behalten, jedoch war sie mehr als doppelt so groß, als ich es mir ausgemalt hatte. Überall saßen Leuten auf Bänken und Stühlen und im hinteren

Bereich gab es eine Hütte, vor der eine Bar aufgebaut war. Aus mehreren großen Lautsprechern dröhnte Musik und das ganze Areal war mit Lichterketten aller Arten und Farben überspannt. Die gesamte Fläche wurde von Bannern der einzelnen Fachschaften, die dieses Event organisiert hatten, gesäumt.

Ich war zuvor noch nie hier gewesen, obwohl es nur fünf Gehminuten vom Campus entfernt lag und ich bereits oft in dem Wald joggen war.

Der Lagerfeuerplatz war ein Überbleibsel aus den Anfängen der Akademie, als sie eher ein Sommercamp der Künste gewesen war. Jeden Abend hatte man hier zusammengesessen und die Sommerabende genossen. So gewann das Lagerfeuer Kultstatus, zumindest wenn man den Erzählungen meiner Mutter glauben konnte. Zu Beginn der Modernisierung wollte der Vorstand ihn entfernen lassen, aber die Fachschaften hatten sich dafür eingesetzt, den Platz und das Lagerfeuer zu erhalten.

Auch Willows Erwartungen schienen übertroffen worden zu sein. Ihre Augen funkelten, ihr Mund stand weit offen.

Ich blickte sie an und war doch ein kleinwenig froh, mitgekommen zu sein. Allein für diesen Anblick hatte es sich schon gelohnt.

Sie löste ihren Blick vom Geschehen, um mich anzuschauen, dann stieß sie eine Art stummes Kreischen aus - wie immer, wenn ihr vor Freude die Worte fehlten. Schließlich packte sie mich am Arm und zog mich zur Bar, wo wir Ivy trafen. Ihre roten Locken standen wild von ihrem Kopf ab, in ihren grünen Augen spiegelte sich das Flackern des Feuers. Den perfekten Rahmen ihres zarten Gesichts bildeten die Sommersprossen, die sich über ihren gesamten Körper zu erstrecken schienen. Sie trug ein weißes Sommerkleid, das durch den Feuerschein so rot wie ihre Haare schimmerte.

Gemeinsam genehmigten sich meine Freundinnen einen Cocktail, während ich eine Weißweinschorle bestellte. Auch wenn sich meine Zurückhaltung langsam legte und Partystimmung Platz machte, konnte ich mich noch nicht ganz fallen lassen. Normalerweise war ich nicht gerne auf Partys, da zu viele - meist alkoholisierte - Leute in mir Unbehagen auslösten. Doch mit meinen besten Freundinnen an meiner Seite fühlte ich mich sicherer.

»Ich habe wirklich befürchtet, ihr würdet gar nicht mehr kommen.« Ivy lachte, als Willow mir einen vielsagenden Blick zu warf.

»Es hat mich auch eine Menge Überredungskunst gekostet. Aber schlussendlich hat Smilla eingesehen, wie viel sie hier verpassen würde.«

Bisher konnte ich ihr da noch nicht zustimmen. Das Lagerfeuer war beeindruckend, selbst ich konnte das nicht abstreiten. Dennoch konnte ich meine Unsicherheit nicht vollständig ablegen und war ständig auf der Hut - ohne genau zu wissen, wovor überhaupt.

Wir tanzten, liefen einige Zeit umher, die beiden begrüßten hier und da einige Leute, bei denen wir für ein kurzes Gespräch stehen blieben. Ich bewunderte Willows offene Art immer wieder, mit der sie jeden in ihren Bann zu ziehen schien. Ivy glich eher Willow als mir, weshalb ich mich oft wie das graue Mäuschen fühlte, allen freundlich zunickte, ohne mich an Konversationen zu beteiligen. Die meisten der Leute kannte ich, wenn überhaupt vom Sehen. Ich musste zugeben, der Kreis meiner Bekanntschaften an der Akademie hielt sich sehr in Grenzen, was hauptsächlich an meiner Schwäche auf Leute zuzugehen lag. Ohne die wenigen Freundschaften, die ich hatte, würde ich wahrscheinlich in meinem Zimmer verrotten und nur für den Unterricht oder Aktivitäten, die mit dem Klavier zu tun hatten, herauskommen. Alleine auf Partys zu gehen, wäre keine Option.

Mit Erschrecken stellte ich fest, dass ich nichts mehr zu trinken hatte. Vorsichtig schielte ich auf Willows Glas, das nicht einmal zur Hälfte geleert war. Sie quatschte zu viel, um zum Trinken zu kommen. Ivy hatte sich derweil einer anderen Gruppe zugewendet, weshalb ich ihr Glas nicht sehen konnte. Ich hatte aus Stress und Verlegenheit hingegen regelmäßig an meinem Getränk genippt. Ich sah mich zur Bar um, die nur einige Meter von uns entfernt war. Immer wieder blickte ich zwischen ihr und Willow hin und her. Sollte ich auf sie warten oder es wagen, allein zu gehen? Mein Kopf verankerte meine Beine fest auf dem Boden. Die vielen Menschen um mich herum verursachten ein beklemmendes Gefühl und ich hatte wenig Lust, mich an ihren verschwitzten Körpern vorbei zu drängen. Zu viel Körperkontakt, zu viel Interaktion ...

Ich ärgerte mich über mich selbst. Ständig schränkten meine Ängste mich ein. Obwohl nichts dabei war - schließlich musste ich nur einen einzigen Satz vor dem Barkeeper rausbringen. Vielleicht war es der Alkohol, der mich irrationale Entscheidungen treffen ließ, doch ich beschloss, mir noch eine weitere Schorle zu holen. Was sollte mir passieren? Hier waren nur Leute von der Akademie und alle waren mit sich beschäftigt. Niemand würde auf mich achten. Und immerhin war ich nur ein paar Minuten weg. Ich gab Willow mit einer kurzen Geste zu verstehen, dass ich zur Bar gehen würde, was sie mit einem Nicken quittierte. Dann bahnte ich mir einen Weg durch die tanzende Menschenmasse. Der Platz war mittlerweile noch voller, das Feuer loderte und die Menge tobte. Auch wenn das Unbehagen mein Begleiter war, war es schön zu sehen, wie ausgelassen und gelöst alle wirkten. Normalerweise eilten die meisten Studierenden mit ernsten Mienen durch die Flure der Akademie, ohne viel nach links oder rechts zu schauen. Doch jetzt lagen sie sich lachend in den Armen und prosteten sich zu.

Bis ich die Bar erreichte, die glücklicherweise fast leer war, ging ich im Kopf immer wieder den Satz durch, mit dem ich mir mein Getränk bestellen wollte. Zum Glück interessierte meine Wortkargheit am Klavier niemanden, während ich als Schauspielerin ernsthafte Probleme bekommen hätte.

Vor mir standen nur zwei andere Mädchen am Tresen, die, soweit ich mich erinnerte, *Dramatic Arts* studierten. Sie nahmen gerade ihre grünen Cocktails entgegen, als der Mann an der Bar sich mir zu wandte. Ihn hatte ich auf jeden Fall schon einige Male gesehen, da er Mitglied der Studierendenvertretung war und auch bei der Begrüßungsveranstaltung vorm ersten Semester gesprochen hatte.

»Was darf's sein?«, fragte er mich strahlend, wobei seine perfekten Zähne zum Vorschein kamen. Er studierte mit mir an der Fakultät für Musik, wobei ich mir nicht mehr sicher war, welches Instrument er spielte oder ob er Sänger war. Ich atmete noch einmal durch, bevor mein großer Auftritt kam. »Eine Weißweinschorle, bitte.«

Er nickte und befüllte meinen Becher mit dem bestellten Getränk, bevor er die nächsten Studierenden mit Bier versorgte. Erleichtert atmete ich auf. Es war genau wie geplant gelaufen und ich hatte nicht mehr zu ihm sagen müssen, als den einen Satz, den ich mir akribisch zurechtgelegt hatte.

Ich nahm meine Schorle und ging in die Richtung, aus der ich gekommen war. Suchend schaute ich mich nach Willow um. Mittlerweile standen die Leute so dicht gedrängt, dass es beinahe unmöglich war, irgendjemanden wiederzufinden. Die Musik dröhnte immer lauter, was meine Ohren zum Klingeln brachte. Doch nicht nur der Bass wummerte in meinem Körper. Er wurde begleitet von der Angst, die schlagartig auftauchte und die Kontrolle übernahm.

Ich schaute mich immer wieder um, konnte meine Freundinnen aber nirgendwo entdecken. Immer fester umklammerte ich meinen Becher, als wäre er der letzte Strohhalm, an dem ich mich festhalten konnte. An der Stelle, wo ich sie zurückgelassen hatte, stand nun eine Gruppe Leute, die ich noch nie gesehen hatte.

Meine Kehle war plötzlich staubtrocken, meine Finger schwitzig. Panisch sah ich mich um, ohne ein bekanntes Gesicht zu entdecken. Wie sollte ich Willow und Ivy hier wiederfinden? Meine Gedanken rasten angestachelt von der Angst. Immer wieder schoben sich Leute an mir vorbei und ich wurde von links nach rechts befördert, bis ich mir nicht mehr sicher war, in welche Richtung ich weitergehen sollte. Die Musik wurde immer lauter, genauso wie das Gelächter um mich herum. Panik schoss durch meine Adern, legte sich als dichter Nebel um meinen Verstand. Ich musste mich fokussieren. Nur so hatte ich eine Chance, meine Freundinnen wiederzufinden. Außerdem wollte ich der Angst keinen Platz lassen. Nicht hier, nicht heute Abend.

Ich schloss die Augen und konzentrierte mich auf meinen Atem, blendete meine Umgebung aus. Es dauerte einen Moment, aber dann konnte ich einen klaren Gedanken fassen. Ich war stark. Sollte ich meine Gruppe nicht wiederfinden, würde ich einfach zurück zum Campus gehen. *Es ist okay*, flüsterte ich mir zu. Sofort beruhigte ich mich etwas. Ich trank einen Schluck Schorle, der meinen Hals befeuchtete und das Atmen leichter machte.

Irgendwie musste ich versuchen, an den Rand zu kommen, um einen besseren Ausgangspunkt zu haben und nicht noch mehr die Orientierung zu verlieren. Ich sah mich um, doch es war mittlerweile dunkel. Die Lichterketten und das Lagerfeuer erhellten nur noch einen kleinen Teil des Platzes und tauchten alles andere in ein goldenes Licht.

Mit Mühe schaffte ich es, den Rand der Menge zu erreichen. Bis der Wald tiefer wurde, waren es nur wenige Meter. Auch hier standen einige kleinere Grüppchen und unterhielten sich. Die Musik war zwar immer noch sehr laut, dennoch war es ertragbarer als mittendrin. Das Atmen fiel mir plötzlich wieder leichter und es fühlte sich an, als würde mein Körper endlich wieder mit genügend Sauerstoff versorgt werden. Zumindest für einen kleinen Moment konnte ich wieder klar denken.

Ich versuchte erneut, Willow oder Ivy zwischen all den hin und her wippenden Köpfen zu entdecken, allerdings vergeblich. Wieder wollte mir die Angst meine Sauerstoffversorgung abschneiden, doch dieses Mal war ich stärker oder zumindest stärker als die Wut auf mich selbst, die in diesem Moment aufkeimte. Ich hätte es besser wissen und mich nicht überreden lassen sollen. Diese ganze Situation hätte sich vermeiden lassen, wenn ich nur auf mein Gefühl gehört hätte. Und ich war sauer auf Willow; sie hätte auf mich warten können, anstatt mit den anderen mitzugehen. Wenn sie mich schon zu dieser Party schleppte, dann sollte sie mich nicht einfach stehen lassen.

Nach einiger Zeit fasste ich den Entschluss, nicht länger zu warten. *Dann gehe ich halt*, murmelte ich vor mich hin, als mein Blick auf den vollen Becher in meiner Hand fiel. Die Weinschorle war zu lecker und das Gefühl, das sie in mir auslöste, zu angenehm. Also entschloss ich, mein Getränk zu leeren und nach meinen Freundinnen Ausschau zu halten. Auch wenn ich sauer war, wollte ich ihnen diese Chance geben und sollten sie nicht wieder auftauchen, könnte ich noch immer den Heimweg antreten.

Immer wieder nippte ich an meinem Getränk und beobachtete meine Kommilitonen. Manchmal wünschte ich mir, mehr zu sein wie sie. Weniger ernste Gedanken und weniger Hemmungen. Aber insgeheim wusste ich, dass ich niemals so sein würde. In meinem Magen breitete sich ein unangenehmes Ziehen aus. Ich war nicht nur nicht wie meine Kommilitonen, ich gehörte auch nicht dazu. Statt mit meinen Freunden zu feiern, stand ich am Rand und schaute zu. Ich war die Beobachterin, während die anderen Spaß hatten. Unweigerlich fiel mir die Parallele zu meinem täglichen Leben auf. Auch dort war ich zu oft nicht mehr als eine Zuschauerin. Es war mein Vater und die Akademie, die die Fäden in der Hand hielten. Ich sah schweigend zu und ließ es geschehen.

Im Augenwinkel sah ich jemanden auf mich zu kommen. Sofort spielten sich in meinem Kopf die wildesten Szenarien ab, von potenziellen Serienmördern bis hin zu Verehrern. Ich gab mir alle Mühe, die Person zu ignorieren. Doch dann keimte die Hoffnung in mir auf, Willow oder Ivy hätten mich gefunden. Vorsichtig sah ich zur Seite. Es war ganz klar keine der beiden, sondern definitiv ein Mann. Mein Herzschlag legte an Schnelligkeit zu, als mir bewusst wurde, was - oder besser: wer - sein Ziel war. Denn das war ich. Ganz sicher ... Er kam so zielstrebig auf mich zu, dass ein Zufall ausgeschlossen war. Wieder kam diese verfluchte Panik. Sie sorgte für ein nicht aushaltbares Kopfkino. In einem Reflex ballte ich die Hände zu Fäusten, um die Flut an Gefühlen zu bewältigen. Ich war hier sicher. Nichts konnte mir passieren. Viel zu viele Leute waren um uns herum. Und dennoch hoffte ich inständig, er würde einfach an mir vorbeigehen, mich ignorieren und keinerlei Notiz von mir nehmen. Mir war es egal, wer er war, solange er mich in Ruhe ließ. Und doch war da irgendetwas an ihm, das mich anzog.

Ohne ihn direkt anzusehen, versuchte ich, ihn zu erkennen. Seine Statur kam mir nicht bekannt vor und dennoch löste sie ein vertrautes Gefühl in mir aus. Wahrscheinlich war es nur irgendein Student der ADAM, der mir schon mehrfach über den Weg gelaufen war. Aber nein, da war mehr ... Meine Haut kribbelte plötzlich und mein Herzschlag beschleunigte sich weiter.

Er machte mich nervös - verlegen sogar. Langsam, aber sicher bewegte er sich auf mich zu. Dann stand er so nah bei mir, dass eine Mischung aus moschusartigem After Shave und Schweiß zu mir hinüber drang.

Es ist nur ein besoffener Vollidiot, der denkt, dass du leicht zu haben bist.

Er musste einfach betrunken sein - das war die einzige Erklärung, warum er so direkt auf mich zu kam.

»Na? Heute Abend nicht so stürmisch?«

Mein Kopf schnellte herum und sofort setzten sich die Puzzleteile in meinem Kopf zusammen. Der Typ war mir deshalb so vertraut, weil ich heute Mittag in ihn rein gerannt war. Seine Gestik, sein Geruch, alles an ihm, kam als Flashback zurück in mein Bewusstsein. Ich funkelte ihn an, konnte aber widerstehen, etwas Patziges zu antworten. Stattdessen richtete ich meinen Blick wieder auf die Tanzfläche und schwieg.

»Verstummt bist du also auch noch, dabei warst du vor ein paar Stunden doch noch so schlagfertig.«

Jetzt konnte ich ihn nicht mehr ignorieren. Die Wut von heute Nachmittag war sofort zurück. Gepaart mit dem Alkohol in meinem Blut und dem Zorn auf mich selbst, bildete sich ein gefährlicher Cocktail, der meine Zunge lockerte und mich übereilt sprechen ließ.

»Was ist dein Problem?«, fauchte ich ihn an, als ich einen Schritt auf ihn zu machte. »Ich habe dir nichts getan. Heute Nachmittag war ein Unfall. Uns ist nichts passiert, also kein Grund, so zu übertreiben.«

Ein triumphierendes Lachen drang aus seiner Kehle. Sein Blick sprach tausend Bände. Er wusste genau, wie er mich aus der Reserve locken konnte.

»Warum denn so gereizt meine Liebe?«

»Das geht dich gar nichts an!« *Mist.* Ich wollte ihm nicht mehr antworten und schon gar keine Möglichkeit geben, mich noch länger zu belästigen. Das Blut pulsierte heiß in meinen Adern und ließ mich keinen klaren Gedanken mehr fassen. Stattdessen verlor ich fast die Beherrschung. Was zur Hölle wollte er von mir?

»Aha. Also doch nicht alles so glänzend, wie es scheint?«

Was sollten seine Andeutungen? Ich hatte ihm nichts getan und ihn bis vor ein paar Stunden nicht einmal auf dem Campus gesehen. Er war ein Fremder, der sich anscheinend bereits ein Bild von mir gemacht hatte, ohne auch nur das Geringste über mich zu wissen.

Ich verkniff mir nur mit Mühe eine spöttische Erwiderung, schnaubte stattdessen verächtlich. Er sollte einfach gehen und mich in Ruhe lassen. Sollte er doch jemand anderen mit seiner Anwesenheit belästigen. Aber er dachte nicht daran ...

»Waren die Zwischenergebnisse nicht wie erhofft?«

Wie konnte er ...? Woher wusste er ...? Rational betrachtet wusste ich, ihn zu ignorieren, wäre der beste Weg, ihn loszuwerden. Aber ich schaffte es nicht. Seine spitzen Bemerkungen lockten mich aus der Reserve. Konnte er meine Gedanken lesen oder stalkte er mich? Was es auch war, er wusste genau, wie er mich aus der Reserve locken konnte.

»Wie ich bereits sagte: Es geht dich einen Scheiß an!«

»Also habe ich Recht!« Wieder dieses überhebliche Grinsen. Ich schluckte schwer. Ja, verdammt, er hatte recht. Aber das würde ich ihm sicher nicht verraten. Genauso wenig wie sein Grinsen, das nicht spurlos an mir vorbeiging. Im Gegenteil, es löste etwas in mir aus. Ein Kribbeln, das für mich kaum zu fassen war. Außerdem fragte ich mich, wie er hier und jetzt auf dieses Thema kam. Hatte ich heute

Nachmittag irgendetwas gesagt, was ihn nun darauf brachte, oder hatte er nur eins und eins zusammengezählt. Was es auch war, es war mir egal und ich wollte, dass er mich in Ruhe ließ.

Ich sah in die andere Richtung. Dieses Gespräch war für mich beendet. Und auch er schwieg.

Ich nahm allen Mut zusammen und musterte ihn das erste Mal richtig, auch wenn das schummrige Licht mir kaum Gelegenheit dazu gab. Sein Gesicht war kantig, seine Kiefer mahlten, sodass der leichte Bartschatten tanzte. Seine Mundwinkel wirkten wie zu einem falschen Grinsen festgetackert. Das schelmische Funkeln seiner Augen ließ mich wissen, wie sehr er die Situation genoss. Er schien meinen Blick zu bemerken, denn er sah mich ebenfalls an. Schnell zwang ich meine Augen, woanders hinzusehen. Mein Herz fühlte sich auf einmal zittrig an. Eine Spannung lag zwischen uns, von der ich nicht sagen konnte, ob sie gut oder schlecht war. Ob sie nur aus der Situation entstanden war oder ob mehr dahintersteckte. Ich spürte seinen schweren Blick auf mir, weshalb ich zwanghaft versuchte, mich auf etwas anderes zu fokussieren, was mir nur mühsam gelang.

Der Bass dröhnte in meinen Ohren und mein Herzschlag kam der Intensität gleich. Sie bildeten einen Einklang, der mich vollends einnahm. Die Zeit verging und mit jeder Sekunde hoffte ich, der Mann neben mir würde einfach gehen.

»Mach dir keine Sorgen«, sagte er schließlich, als hätte er plötzlich seine Stimme wiedergefunden. Jedoch sprach er in einem Ton mit mir, als wäre ich ein Kind. »Papa wird es schon richten.«

Was hatte er gesagt!? Was hatte mein Vater damit zu tun? Verwirrt sah ich ihn an. »Worauf willst du hinaus?« In dem Moment, als ich die Frage aussprach, ahnte ich die Antwort bereits und bereute sofort, etwas gesagt zu haben.

»Du bist doch Smilla, oder? Die Tochter von Birger Lundström?«

Ich funkelte ihn an, merkte aber gleichzeitig, dass meine Augen wieder unangenehm feucht wurden und nur noch ein Tropfen fehlte, um das Fass zum Überlaufen zu bringen. Wie konnte jemand, der mich nicht kannte, mit so wenigen Worten so viel anrichten? Wie konnte er mit seiner Vermutung so richtig liegen und gleichzeitig doch so falsch? Ich hatte Hoffnung gehabt. Hoffnung darauf, er würde auf etwas anderes anspielen und meinen Vater außen vorlassen.

Bitte sprich nicht weiter, flehte ich ihn innerlich an. Mit jedem seiner Worte hämmerte er gegen meine Schutzmauern, traf mich dort, wo es am schmerzhaftesten war. Und doch konnte er sie nicht durchdringen. Alles, was er hinterließ, war ein erschütterndes Beben.

»Es ist doch vollkommen egal, was du für Noten hast oder welche Leistungen du bringst. Dein Vater ist der Hauptsponsor der ADAM. Du wirst sicherlich nicht rausgeworfen, selbst wenn du nicht mal einen Hauch Talent hättest.«

Da war er. Der letzte Tropfen. Das Fass war voll und ließ die Worte nur so aus mir heraussprudeln.

»Du weißt gar nichts!« Ich schrie so laut, dass alle im näheren Umkreis jedes Wort verstehen konnten. »Mein Vater gibt einen Scheißdreck auf mich. Ich habe es ganz allein geschafft, an der Akademie aufgenommen zu werden. Du hast mich noch nie spielen hören und du hast nicht die leiseste Ahnung von meinem Talent. Also halt dich gefälligst von mir fern und vor allem behalt deine unqualifizierte Meinung über andere für dich. Vielleicht solltest du mal lieber an deinem Ego arbeiten und nicht wildfremde Mädchen erst fast erschlagen und ihnen dann noch Vorwürfe machen.«

Mit diesen Worten leerte ich mein Glas mit einem Schluck. Der Wein brannte in meinem Hals und ich konnte nur knapp ein Husten unterdrücken. Dann drückte ich ihm den leeren Becher in die Hand, drehte mich um und lief in die Richtung, in der ich den Weg zum Campus vermutete.

Alle Augen waren auf mich gerichtet. Hinter mir hörte ich ihn noch *»Rede dir das ruhig ein!«* rufen, bevor ich zu weit entfernt war und die Musik seine Stimme gänzlich verschluckte.

Wann und vor allem warum war diese Situation so schnell eskaliert? Wie zur Hölle hatte er es geschafft, mich mit nur wenigen Worten alle Ängste vergessen zu lassen und vollkommen unbedacht alle Aufmerksamkeit auf mich zu ziehen? Langsam verflüchtigte sich die Wut auf ihn und wurde zu Wut auf mich. Er wollte mich provozieren und bloßstellen. Davon war ich überzeugt. Andernfalls ergab es keinen Sinn. Er wollte sehen, wie ich mich aufregte. Wahrscheinlich bestätigte ihn dies nur in seiner Meinung über mich. Woher wusste er überhaupt von meinem Vater? Bisher hatte ich diese Tatsache so gut es ging in den Hintergrund drängen können, ohne es bei meinem Studium eine allzu große Rolle spielen zu lassen. Doch vielleicht täuschte ich mich auch und ich sah nur, was ich sehen wollte. Vielleicht war das hier die Realität und ich wurde wirklich nur als die Tochter meines Vaters gesehen.

Dabei hatte ich es satt, so satt, ständig auf meinen Vater, seine Karriere und sein Geld reduziert zu werden. Natürlich war ich dankbar für all die Annehmlichkeiten, die mit dem Wohlstand einhergingen. Und doch war es kein Segen, die Tochter eines weltbekannten Komponisten zu sein. Es war die reinste Qual. Es war ein Fluch: Jeder kannte meinen Namen, alle Augen waren auf mich gerichtet und doch sah niemand mich, sondern nur die Tochter von Birger Lundström.

Drei Pizzicato

1 Monat später

Der Campus vor dem Eingang zur Tchaikovsky-Hall war übersät mit Studierenden. Überall standen kleinere Gruppen, die zunehmend zu einer großen verschmolzen.

Ich hasste diese Halle seit dem ersten Tag hier. Ihr Name allein reichte, um in mir Panik auszulösen. Doch ich konnte keinen Bogen um sie machen. Regelmäßig fanden hier Versammlungen und andere wichtige Veranstaltungen statt. Also hatte ich keine andere Wahl, als immer wieder an diesen Ort zurückzukehren.

Gebäudekomplex A befand sich direkt am Haupttor des Campus und reihte sich als grauer Klotz in das Gesamtbild aus Beton und Glas ein. Auch hier wirkte alles neu und unangetastet. Neben der großen Halle beherbergte dieses Gebäude noch den Verwaltungstrakt und die Büros der Dozierenden. Es war als einziges einstöckig, erstreckte sich dafür umso mehr in die Länge.

Allen Gebäuden war ein Buchstabe zugeordnet. Während in Gebäudekomplex B der Unterricht stattfand, gab es in Gebäude E Gemeinschaftsräume und die Küche für die Studierenden. Im hinteren Teil des Campus erstreckten sich mehrere Bungalows mit den Präfixen C und D über die gesamte Breite bis zu den Wäldern. In C wohnten die Jungen - in D die Mädchen. Ansonsten war die Aufteilung willkürlich, sodass sowohl Ivys als auch mein Zimmer in Bungalow C4 war.

Es war der erste Tag des neuen Semesters. Obwohl es offiziell noch Frühling war, brannte die Sonne bereits jetzt unerbittlich vom Himmel. Ich war froh, dass heute noch kein Unterricht war, auch wenn die klimatisierten Räume Erlösung böten. Stattdessen standen nur verschiedene organisatorische Punkte auf dem Programm.

Das neue Semester wurde mit einer Auftaktveranstaltung eingeläutet. Im Anschluss daran würden die Kurse und Stundenpläne bekannt gegeben werden. Tatsächlicher Beginn wäre erst morgen, auch wenn heute der offizielle Startschuss fiel.

Willow, Ivy und ich reihten uns in der Schlange ein, die sich mittlerweile vor dem Eingang gebildet hatte, nachdem die großen Türen geöffnet worden waren. Die Geräuschkulisse, die sich durch die Gespräche der anderen Studierenden über uns legte, bereitete mir Unbehagen. Ebenso wie die Tatsache, dass ich die nächste Stunde an dem Ort auf dem Campus verbringen würde, um den ich normalerweise einen großen Bogen machte.

Ich freute mich auf das neue Semester. Die freie Zeit hatte ich hauptsächlich mit Lernen und Üben verbracht, weshalb ich große Lücken, die mir Gelegenheit zum Grübeln gaben, verhindern konnte. Dennoch bot mir der Semesterbeginn die Struktur, die ich so dringend brauchte, um nicht wieder in alte Muster zu verfallen und nicht erneut der Angst und den Gedankenkreisen die Kontrolle zu überlassen.

Immer wieder hatte ich an den Abend am Lagerfeuer denken müssen. An die Worte, die der Fremde zu mir sagte und die Gefühle, die die Situation in mir auslösten. Hilflosigkeit und Wut, manchmal im Wechsel, manchmal aber auch sich gegenseitig übertrumpfend, suchten mich die gesamten Ferien über heim. Ich wollte diese Gefühle nicht zulassen, dennoch übermannten sie mich manchmal mit unaushaltbarer Wucht. Und ich konnte nur ohnmächtig dabei zusehen und es über mich ergehen lassen.

Willow fragte glücklicherweise nicht nach, warum ich so überstürzt gegangen war. Bereits auf dem Weg zurück zum Campus schrieb ich ihr eine Nachricht. Ich hätte Kopfschmerzen und wäre deswegen gegangen. Ich redete mir ein, sie hätte mir meine Ausrede abgenommen, wobei ihr Blick manchmal das Gegenteil verriet.

Wir waren nur noch einen knappen Meter vom Eingang entfernt, der ohne Foyer direkt in den Raum führte. Bereits jetzt blies uns die kühle Luft des Saals entgegen. Als ich den ersten Schritt über den grauen Boden machte, schluckte ich schwer. Unwillkürlich tauchte meine Schwester vor meinem inneren Auge auf. Tanzend, lachend und vollkommen frei. Wie von selbst ballten sich meine Hände zu Fäusten, wie sie es immer taten, um das Zittern zu verstecken. Schnell ließ ich sie in die Taschen meiner weiten Hose gleiten. Ich richtete meine Aufmerksamkeit auf Willow und Ivy, die bereits nach Plätzen suchten. Die vordersten Reihen waren fast vollständig belegt, was uns nicht sonderlich störte, da wir die hinteren Reihen bevorzugten.

Die große Fensterfront war durch Jalousien verdunkelt, aber die Deckenstrahler ließen es taghell wirken. Im vorderen Teil des Saales gab es ein graues Podest, welches aus dem gleichen kühlen Material wie der Boden gefertigt worden war. Darauf standen mehrere Reihen weißer, hölzerner Stühle, die einen gelungenen Kontrast bildeten.

Von außen wirkte die Halle gar nicht groß, was vor allem an der tiefen Decke lag. Doch im Inneren war sie architektonisch brillant, ein scheinbar unendlicher Raum. Auch wenn ich diesen Ort hasste, liebte ich die Akustik, die das Schlechte verschluckte und nur die wirklich wichtigen Töne strahlen ließ. Ich selbst hatte noch nie die Ehre erhalten, hier zu spielen. Wahrscheinlich war das auch gar nicht so schlimm, da ich ohnehin nicht die nötige mentale Stärke dafür besessen hätte ...

Doch die Konzerte und Aufführungen, die ich hier besucht hatte, waren alle erstklassig gewesen. Und ich konnte nicht anders, als davon zu träumen, irgendwann einmal selbst hier zu spielen.

Wir folgten der Masse, blieben aber bei der Hälfte der Stuhlreihen stehen und setzten uns. Der Drang, weiter hinten zu sitzen, war groß - die Angst vor Mrs Thompson war jedoch größer ...

»Immer nach vorne aufrücken«, schrillte noch immer ihre Stimme aus vorherigen Versammlungen in meinen Ohren.

Nachdem auch die letzten Studierenden einen Platz gefunden hatten, erhob sich die Rektorin von ihrem Stuhl in der Mitte des Podestes und ging zur Bühnenkante, wo ein Mikrofon aufgebaut war. Sofort wurde es still. Ihre Präsenz war allgegenwärtig und in der gesamten Halle zu spüren. Sie trug einen schlichten, aber perfekt sitzenden Hosenanzug im gleichen Farbton wie die Wand hinter ihr - im gleichen Grau wie das gesamte Gebäude. Jeder andere wäre vom Raum verschluckt worden. Aber nicht sie. Auch ihr Longbob war wie immer akkurat. Nicht ein Haar tanzte aus der Reihe. *Wenn das bei ihren Studierenden doch nur auch so wäre,* dachte ich noch.

Sie blickte streng durch den Saal, räusperte sich und begann zu sprechen.

»Herzlich willkommen im Semester 2024 an der *Australian Academy of Dramatic Arts and Music*. Sie alle haben die Zwischenprüfungen bestanden und sind demnach berechtigt, weiter Teil dieser Einrichtung zu sein und die exzellenteste Ausbildung in diesem Bereich in ganz Australien zu erhalten.«

Ich blickte zu meinen Freundinnen. »Wurde jemand rausgeworfen nach dem letzten Semester?«, wisperte ich. Ivy machte eine unsichere Miene, während Willow ebenso ratlos mit den Schultern zuckte.

»Das zweite Studienhalbjahr ist immer ein besonderes Semester, an dessen Ende die Abschlussprüfungen des jeweiligen Ausbildungsjahres stehen. Diese entscheiden darüber, ob sie weiter an der ADAM studieren dürfen oder ob sie dieses Privileg nicht mehr verdienen.«

Wieder schaute ich zu Willow und Ivy, die meinen Blick mit hochgezogenen Augenbrauen erwiderten. Sie waren genauso wenig Fan der elitären Leistungsgesellschaft wie ich und weigerten sich, diese eingefahrenen Machtstrukturen zu unterstützen. Dennoch konnte keiner von uns leugnen, dass die ADAM zu den besten Schulen der Welt zählte. Ivy kam sowieso aus der Gegend, weswegen die Entscheidung für sie nahelag. Sie besuchte ihre Familie regelmäßig am Wochenende. Für sie wäre es nie infrage gekommen, woanders zu studieren. Willow hatte einen ähnlichen Grund, sich für ein Studium in Gladstone zu entscheiden. Ihre Eltern - beide ebenfalls Tänzer - hatten sich damals während ihrer Ausbildung hier kennengelernt.

Somit waren wir alle drei mehr oder weniger freiwillig hier und durften uns nicht über die hohen Ansprüche beschweren. Auch die meisten Lehrkräfte gaben uns gerne zu verstehen, wie privilegiert wir waren. Keiner der Lehrkräfte wollte uns vergessen lassen: Sie saßen am längeren Hebel und nur ein falscher Schritt konnte zum Rauswurf führen. Und doch überraschte mich die direkte, beinahe provokante Ausdrucksweise von Mrs Thompson.

»Um uns ihr nötiges Talent und den erforderlichen Fleiß zu beweisen, gibt es zum Abschluss wie immer eine besondere Prüfung.«

Ein Raunen ging durch die Menge, welches sich bald

zu einer Schallwelle entwickelte. Als wäre die Ankündigung so überraschend ... Eigentlich wusste jeder über diese ominöse Abschlussprüfung Bescheid, denn den besten Ruf hatte sie nicht. Es war bekannt, dass die Lehrerschaft sich stets etwas Besonderes ausdachte, was einigen ihren Studienplatz kostete.

Einige Studierende, für die es ebenfalls die erste Abschlussprüfung sein würde, blickten nervös hin und her. Die Studierenden der höheren Semester tuschelten neugierig und stellten Vermutungen über mögliche Aufgaben an.

»Ruhe, bitte!«, versuchte die Akademieleitung sich Gehör zu verschaffen. Erst nach mehrmaligen Aufforderungen verstummte auch die letzte Stimme, doch die Anspannung der Studierenden lag schwer in der Luft und wurde immer unerträglicher.

»Wenn ich dann fortfahren darf«, sagte sie patzig ins Mikro. Ich unterdrückte mühsam ein Lachen, hörte, wie Willow neben mir ebenfalls beinahe losprustete.

»Die Abschlussaufgabe in diesem Semester ist etwas anders gestaltet, als es einige von Ihnen bereits aus vorherigen Jahren kennen. Die Aufgabe lautet, dass ein Stück konzipiert, komponiert und choreografiert werden soll, welches eine besondere Grundaussage vermittelt. Das Thema steht Ihnen dabei vollkommen frei, die Schwierigkeit liegt in diesem Jahr woanders. Denn es handelt sich um eine Partnerarbeit. Ihr Partner wird aber nicht von ihrer eigenen Fakultät stammen, sondern aus einem der anderen Fachbereiche. Dies soll sie dazu herausfordern, über den Tellerrand hinauszuschauen und sich interdisziplinär weiterzuentwickeln. Durch die Verbindung zweier verschiedener Kunstformen können vollkommen neuartige und überwältigende Kunstwerke entstehen. Nutzen Sie dies als Chance, um uns endgültig zu beweisen, was in Ihnen steckt.«

Als wäre uns der gleiche Gedanke in dieser Sekunde durch den Kopf geschossen, blickten Willow, Ivy und ich uns an.

»Heißt das, …?«, setzte Willow an.

»…, wir können gemeinsam arbeiten?«, vervollständigte ich den Satz. Ivy schwieg. Bei einer Partnerarbeit waren drei einer zu viel. Was uns vor ein Dilemma stellte …

Willow griff nach meiner Hand, als ich schwer ausatmete - nicht aus Erleichterung, sondern weil ich nun vor dem nächsten Problem stand. Wir hatten uns in den vergangenen Tagen und Wochen häufig den Kopf zerbrochen, wen wir am besten auf eine Zusammenarbeit ansprechen könnten. Für die Musiker ergab es meistens Sinn, mit jemanden zusammenzuarbeiten, der ein harmonierendes Instrument spielte, da man den Schwierigkeitsgrad sonst unnötig erhöhte. Da wir aber nun mit jemanden von einer anderen Fakultät zusammenarbeiten konnten, eröffneten sich ganz neue Perspektiven. Wir hatten mehrfach davon geträumt, wie cool es sein würde, wenn ich ein Stück für Willow und Ivy schreiben könnte. Aber es war immer nur Träumerei gewesen. Jetzt gab es plötzlich eine reale Option und doch konnte ich mich nicht wirklich freuen. Ganz im Gegensatz zu den anderen Studierenden. Die Stimmung im Saal war wie ausgewechselt. Sie flimmerte immer noch, dieses Mal jedoch vor Freude.

»Bevor Sie sich zu früh freuen, teile ich Ihnen die restlichen Rahmenbedingungen dieser Prüfung mit.«

Als hätte sie unsere Gedanken gelesen, machte Mrs Thompson unsere Hoffnungen gleich wieder zunichte. Und anscheinend nicht nur unsere, denn auch viele andere, die zuvor noch freudig geplaudert hatten, schauten nun ernüchtert zum Podest. »Damit Sie nicht durch etwaige Freundschaften oder ähnliches einen Vorteil haben, werden die Paarung zugelost. Dies erfolgt jahrgangsunabhängig.

Somit ist es möglich, dass Sie entweder mit jemanden aus Ihrem Jahrgang oder aus einem anderen Jahrgang zusammenkommen.«

Ihre Worte hallten in meinem Kopf wider. *Jahrgangsunabhängig.* Das löste einen Teil meiner Probleme. Doch dafür kamen neue hinzu, die noch viel schlimmer waren als zuvor befürchtet. Ich würde mit irgendjemanden zusammenarbeiten müssen, den ich noch nicht kannte. Die Leute aus den höheren Semestern - besonders die der anderen Fakultäten - waren mir vollkommen fremd.

Hilfesuchend sah ich zu Willow und Ivy, die deutlich weniger Probleme mit dieser Information zu haben schienen und mir aufmunternd zu lächelten.

»Ein bisschen Hoffnung haben wir dennoch!« Ivy drückte meine Hand, richtete ihre Aufmerksamkeit dann wieder nach vorne. Es freute mich, dass zumindest sie hoffnungsvoll war. Denn meine Glücksquote ging eher gegen null ...

Mrs Thompson räusperte sich erneut, obwohl kaum jemand etwas sagte, und deutete auf einen Tisch, der mit einem Tuch bedeckt war und den ich zuvor überhaupt nicht wahrgenommen hatte. Unter dem Laken schienen zwei Gefäße zu stehen. Die Rektorin fuhr mit ihrer Erläuterung fort, während sie das Tuch vom Tisch zog.

»Die einzige Unterscheidung wird somit zwischen Studierenden von *Music and Compositions* und Studierenden der *Dramatic Arts* und des *Modern Dance* gemacht. Der Musiker oder die Musikerin komponiert demnach ein Stück in Zusammenarbeit mit dem Partner oder der Partnerin, der - beziehungsweise die - die Kunstform zu dem Musikstück entwickelt.« Wildes Gemurmel entbrannte, dem unsere Direktorin dieses Mal für einige Momente freie Bahn ließ, bevor sie ihm erneut Einhalt gebot. »Die Auslosung der Paare erfolgt im Anschluss an meine Erläuterung.

Die jeweiligen Namen werden notiert und im Laufe des Tages am Schwarzen Brett ausgehängt. Setzen Sie sich bitte umgehend mit ihrem Partner bzw. ihrer Partnerin in Verbindung und warten Sie nicht zu lange. Wir erwarten ihre Präsentation bis Ende Juli, sodass Sie vier Monate Zeit haben, um ein angemessenes Arrangement zu entwickeln.«

Eine imaginäre Hand legte sich um meinen Hals und drückte mit jedem Wort fester zu, bis mir endgültig die Luft wegblieb. Stumm rang ich nach Atem, nach einem Rettungsseil, einem Ausweg. Wie gelähmt starrte ich nach vorne und suchte einen Sinn in den vielen Worten, die auf mich eingeprasselt waren. Aber es brachte nichts. Ich blickte wieder zu meinen Freundinnen, meinem einzigen Anker. Wie sehr ich hoffte, sie würden recht behalten. Die Vorstellung, mit einer wildfremden Person so eng zusammenarbeiten zu müssen, bereitete mir in diesem Moment zu viel Angst. Angst, die ich hinter mir lassen wollte, doch ich spürte genau, wie sie sich ins Fäustchen lachte, als hätte sie sich diese Situation ausgedacht.

Bisher hatte ich kaum Stücke selbst komponiert und wusste nicht, was schlimmer war: Für einen Tänzer oder für einen Schauspieler ein Stück zu kreieren …

Egal, wozu es am Ende kam, ich musste dringend meine Angst in den Griff bekommen. Jegliche guten Vorsätze brachten nichts, wenn ich starr vor Angst versagte und meinen Platz an der ADAM verlor. Der Gedanke grub sich durch meine Eingeweide, hinterließ nichts als endlose Hilflosigkeit. Ich wollte bestehen, wollte diese Hürde bezwingen, aber was, wenn ich nicht stark genug war? Wenn die Angst mich auffressen und schließlich verschlucken würde? Dann hätte ich keine Chance, wäre dem, wovor ich mich am meisten fürchtete, vollkommen ausgeliefert und würde die Kontrolle über mein Schicksal verlieren.

Mrs Thompson zögerte nicht lange, sondern begann direkt mit der Auslosung, für die ihr Mr Green zur Hilfe kam.

Mit jedem gezogenen Zettel wurde ich unruhiger und hibbeliger.

Die Gedankenkreise packten mich so unvermittelt, wie sie es meistens taten. Sie kündigten sich nicht an oder fragten höflich, ob es mir passte. Stattdessen kamen sie, brachten das ganze Kommando mit und überrumpelten mich stürmisch. Das Einzige, was sie zurückließen, war dieses schwere Gefühl auf meiner Brust, das es mir unmöglich machte, frei zu atmen oder mich zu konzentrieren. Vollkommen gefangen war ich wieder einmal nur Zuschauer meiner selbst. Dabei wollte ich nichts mehr als mich dagegen wehren.

Immer, wenn die Direktorin einen Zettel aus den gläsernen Gefäßen zog und den Namen darauf vorlas, zuckte ich innerlich zusammen. Die genannten Personen standen kurz auf, bis auch die zweite Person bekannt war. Meist nickten sie sich kurz zu, setzten sich dann wieder. Alles wirkte plötzlich so verdammt fremd, verdammt künstlich. Niemand zeigte Gefühle, während sie mich beinahe zerfraßen.

Im Saal breitete sich eine gespenstische Stille aus. Alle warteten gespannt auf den eigenen Namen und auch diejenigen, die bereits aufgerufen worden waren, schwiegen. *Vermutlich, weil sie von ihrem Los enttäuscht sind*, schoss es mir durch den Kopf. Vielleicht waren sie aber auch einfach nicht so pessimistisch wie ich, sondern gingen in Gedanken bereits erste Ideen durch. Auch ich gab mir Mühe, erste Überlegungen anzustellen, aber mein Kopf war wie leer gefegt. Ich konnte nur hilflos warten.

Mittlerweile waren schon unzählige Namen genannt worden und es fühlte sich an, als wäre nur noch eine Handvoll Studierende übrig. Als Ivy aufgerufen wurde, keimte ein warmer Hauch Optimismus in mir auf. Aber er verschwand sofort, als nicht ich ihr zugelost wurde. Immerhin war auch Willow noch ich gezogen worden, was unsere Chance von Zettel zu Zettel erhöhte. Und doch löste sich der Druck auf meiner Brust nicht auf. Er blieb, als wüsste er längst, was mir bevorstand.

»Smilla Lundström, Klassisches Klavier.«

Ich blickte nervös zu Willow, die nach meiner Hand griff. Es beruhigte mich zu wissen, dass sie da war, meine Hand halten, mich auffangen würde, falls der nächste Tiefschlag kam. Doch Nervosität und Angst übernahmen nun vollends die Kontrolle und ich war nur noch ein Soldat ihrer Machenschaften.

Das Blut pulsierte glühend in meinen Adern, rauschte in meinen Ohren. Langsam erhob ich mich von meinem Stuhl. Ich nahm die mir zugewandten Gesichter nur nebenbei wahr. Ignorierte die neugierigen Blicke, die mich begutachteten und wie tausend Messerstiche auf meiner Haut brannten. Ich hatte die ungeteilte Aufmerksamkeit der Akademie für mich, was ich dank meines erhöhten Adrenalinspiegels kaum wahrnahm.

Durch den Schleier der Angst erkannte ich, wie Mrs Thompson zu dem schwarzglänzenden Gefäß ging, das über meinen Partner oder meine Partnerin entscheiden sollte.

Alles wird gut. Alles wird gut. Alles wird gut.

Ich sagte mir diese Worte immer wieder auf wie ein Mantra, welches so hoffentlich in Erfüllung gehen würde. Alles rauschte, war verschwommen und vollkommen unwirklich. Ich konnte weder hören noch klarsehen. Nur mit Mühe fokussierte ich meinen Blick auf die Rektorin. Sie zog einen kleinen weißen Zettel aus dem Glas, der wie alle anderen aussah, die bisher gezogen wurden. Aber dieser war anders. Er entschied über meine Zukunft.

»Und mit Ms Lundström zusammenarbeiten wird: Mile Lowe, Moderner Tanz.«

Scheiße. Der falsche Name.

Ich sah zu Willow und Ivy, die so enttäuscht guckten, wie ich mich fühlte. Damit war unser Traum geplatzt. Und noch viel schlimmer: Der Name war vollkommen fremd für mich. Ich hatte ihn noch nie gehört.

Hastig blickte ich mich im Saal um, ungeduldig wartend, wer aufstehen würde. Aber niemand rührte sich. Mile Lowe ließ sich Zeit. Er ließ mich allein, statt die Aufmerksamkeit von mir zu ziehen, mir beizustehen. Prickelnde Wut stieg in mir auf und ich ballte meine Hände zu Fäusten. Erneut sah ich angespannt zu Willow, die ein Pokerface aufgelegt hatte, wie ich es zuvor noch nie bei ihr gesehen hatte. Auch Ivys Blick war starr nach vorne gerichtet, ohne einen Funken Regung. Normalerweise waren beide ein offenes Buch und hatten immer ein Lächeln auf den Lippen. Doch in diesem Moment konnte ich sie nicht lesen, so als wollten sie mir nichts preisgeben. Da wurde mir klar: Sie wussten, wer mein Partner war, sie kannten ihn. Aber das schien nichts Gutes zu bedeuten. Ich drückte Willows Hand fester, bis sie zu mir aufsah.

»Kennst du ihn?«

Wieder Stille.

»Willow, bitte!«

»Ja, schon. Aber nur flüchtig. Ich glaube, er ist ganz nett, ich habe erst einmal kurz mit ihm gesprochen. Aber er ist auf jeden Fall sehr talentiert.«

Sehr talentiert. Wieder sah ich nach vorne. Noch immer waren alle Blicke nur auf mich gerichtet. Bittere Übelkeit stieg meinen Hals empor. Ich schloss die Augen, um alles um mich herum auszublenden und nur bei mir zu sein. In diesem Moment war es mir egal, dass alle zusahen. Es war einfach zu viel. Darum konnte ich mich nicht auch noch kümmern. Ich lauschte auf meinen Herzschlag, der dröhnend in meiner Brust hämmerte und sich durch jede Faser meines Körpers kämpfte. *Drei, vier, fünf*… zählte ich seine schweren Schläge. Dann fand ich die nötige Kraft, um meine Augen wieder zu öffnen.

In diesem Moment erhob sich auf der anderen Seite des Ganges - einige Reihen weiter vorne - eine Person. Der goldblonde Haarschopf stach sofort aus der Menge hervor. In meinem Bauch zog sich etwas zusammen, nur um kurz danach ein warmes, vertrautes Gefühl auszulösen. In meinem Kopf drehte sich alles. Ich verstand nicht, was passierte, warum es sich plötzlich gut anfühlte, warum *ich* mich plötzlich gut fühlte. Doch die Ungewissheit riss mich unbarmherzig hinab, verstärkte die Angst ins Unermessliche. Ich kannte dieses Gefühl. Auch wenn der Schimmer der Gewissheit schwach war, war er dennoch da: Ich kannte die Person, die dort stand. Als er sich zu mir umdrehte, war es die Gewissheit, die mir den finalen Stoß versetzte.

Zwar brauchte ich einen Moment, bis ich verstand, wer er war, doch dann machte es schneller *Klick*, als mir lieb war. Er war der Typ von der Party. Der Mann, der mir mit seiner Pirouette beinahe die Rippen gebrochen hatte. Der Mann, der es nicht nötig gehabt hatte zu fragen, ob es mir gut ging. Der Mann, der in mir nur das privilegierte Kind eines erfolgreichen Vaters sah.

Unsere Blicke trafen sich. Auch wenn zwischen uns mindestens zehn Meter lagen, fühlte es sich an, als würde er mir direkt gegenüberstehen.

Seine ungefilterte Missgunst und sein offensichtliches Missfallen über unser Los schwappten mir entgegen und schlugen mir förmlich ins Gesicht. Er hatte die Zügel in der Hand, nicht ich.

An dieser Tatsache nährte sich die Angst, schöpfte Kraft gegen mich. Sie wusste, ich war hilflos, vollkommen ausgeliefert. Der Zustand, vor dem ich mich am meisten fürchtete. Der Zustand, den ich seit diesem einen Moment als einen Teil meiner selbst kannte. Sie arbeitete sich vor, schnürte meinen Hals zu. Meine Augen waren nur noch einen Wimpernschlag davon entfernt, von Tränen geflutet zu werden.

Ich würdigte ihn noch eines letzten Blickes, bevor ich mich zurück auf meinen Stuhl fallen ließ und den Hinterkopf vor mir anstarrte. Willows Hand ließ ich nicht los, merkte gar nicht, wie fest ich sie stattdessen drückte.

»Smilla, was ist los?« Ihr Blick war besorgt und gleichzeitig aufmunternd. Einige Sorgenfalten hatten sich auf ihre Stirn geschlichen. Auch Ivy sah zu mir hinüber, doch ich sprach zu leise, als dass sie mich hören konnte.

»Es ist der Typ, der mich am letzten Tag des Semesters niedergerissen hat.« Ich sah, wie sie sich zu erinnern versuchte und fuhr fort: »Auf der Party am Lagerfeuer habe ich ihn dann wieder getroffen. Und er … hat mir Dinge an den Kopf geworfen … Mich auf meinen Vater reduziert. Er war so unfreundlich und so wütend, dass ich weggerannt bin.« Die Worte kamen nur schwer über meine Lippen. Meine Stimme wurde mit jedem Wort leiser, bevor sie schließlich vollends versiegte.

Willows Gesichtsausdruck veränderte sich. Die Sorgenfalten auf ihrer Stirn verschwanden und wichen einem wütenden Glänzen ihrer Augen.

»Was bildet er sich ein? Er kommt selbst aus einer reichen Familie und muss sich sicherlich keine Gedanken um Studiengebühren oder Stipendien machen. Und überhaupt, woher nimmt er bitte das Recht, dich so anzugehen, obwohl er dich nicht kennt. Ohne irgendetwas von dir zu wissen. Du arbeitest härter als die meisten anderen hier und ruhst dich sicherlich nicht auf deinem bekannten Nachnamen aus.« Jedes Wort brachte sie mehr in Rage, doch sie stoppte, als in diesem Augenblick Mrs Thompson Willows Namen vorlas. Mit einem kleinen Schubser machte ich sie darauf aufmerksam, bevor sie ihren Moment verpasste.

Willow wurde mit Minou Bowler zusammen gelost. Einer bezaubernden Frau mit tiefschwarzen Locken, die klassische Streichinstrumente im vierten Semester studierte. Bei der Weihnachtsfeier hatte sie hier ein wunderschönes Arrangement von *Ave Maria* auf dem Cello gespielt. In meinem Hals lag plötzlich ein schwerer Kloß. Wie gerne wäre ich an ihrer Stelle. Wie gerne würde ich mit Willow zusammenarbeiten. Wie gern würde ich keine Bauchschmerzen vor dieser Aufgabe haben. Ich hasste es, wie neidisch ich auf ihre Partnerin war. Auch wenn ich es nicht wollte, konnte ich nichts gegen das schwere Gefühl in meinem Magen tun.

Die restlichen Namen ließ ich an mir vorbeiziehen. Jetzt hatte ich noch einen weiteren Grund die Tchaikovsky-Hall zu hassen. Wahrscheinlich beruhte es sogar auf Gegenseitigkeit … Weshalb sonst sollte mein Schicksal hier unter so einem schlechten Stern stehen? Seit jenem Abend verfolgte Tschaikowsky mich. Seitdem seine Melodie durch den Raum geschwebt war und meine Zukunft jäh zersplittern ließ.

Minou kam nach der Versammlung zu Willow und beide schienen gleich auf einer Wellenlänge zu sein. Sie tauschten Nummern aus und diskutierten erste Ideen für ein Thema. Auch Ivy schien deutlich mehr Glück zu haben als ich. Ihr Partner Paul war Bariton, ansonsten aber eher von der stillen Sorte. Sie musste ihm einiges aus der Nase ziehen, aber sie verabredeten sich für den nächsten Tag.

»Paul scheint superlieb zu sein«, pflichtete Willow Ivy bei.

»Minou ist aber auch klasse.« Meine Freundinnen waren zu beflügelt von der Situation und zu beschäftigt miteinander. Sie merkten nicht, wie es mir ging, wie hilflos ich mich fühlte.

Ihr Enthusiasmus verpasste mir einen Stich, was ich ihnen nicht einmal übel nehmen konnte.

So blieb mir nichts anderes übrig, als danebenzustehen und sie für ihr Losglück zu beneiden, während ich nach meinem Partner Ausschau hielt. Aber er war nirgendwo zu sehen.

Ich wusste nicht, wie dieser Mile und ich zusammenarbeiten sollten. Seine Meinung über mich war nicht gerade gut, obwohl er mich nicht kannte. Wie sollte ich ihn vom Gegenteil überzeugen und war ich ihm das überhaupt schuldig?

In meinem Kopf herrschte nur noch Leere. Ich wusste nicht, was ich denken, geschweige denn was ich fühlen sollte. Noch vor einer Stunde war ich optimistisch gewesen. Ich hatte positiv und voller Freude auf das neue Semester geblickt, hatte große Pläne gehabt, wollte es allen zeigen und es vor allem mir selbst beweisen. Davon war nichts mehr übrig. Die guten Vorsätze waren zerbrochen, fühlten sich nur noch wie ein vager Hauch an. Stattdessen waren Trostlosigkeit, Wut und Hoffnungslosigkeit in meinem Körper eingezogen. Sie bestimmten nun den Takt meines Herzens und die Melodie in meinem Kopf. Die Melodie von Schwanensee. Die Melodie meiner Angst.

Ich machte mir nichts vor, mit Mile Lowe zusammenzuarbeiten, würde eine Tortur werden. Immerhin würde es für ihn vermutlich ebenso eine Qual sein. Wahrscheinlich konnte man sowieso nicht von Zusammenarbeit sprechen. Wir würden nur nebeneinander existieren und am Ende etwas aufführen. Nicht mehr, nicht weniger.

Vier *Fermate*

Ich wartete fünf Tage. 120 lange Stunden, in denen ich jede Möglichkeit durchging, wie ich dieser Aufgabe entgehen könnte. 7.200 nervenaufreibende Minuten, in denen mir nach und nach klar wurde, dass es keinen Ausweg gab. Ich musste mich den Tatsachen stellen: Meine Noten und mein weiteres Verbleiben an der ADAM hingen von einem Mann ab, der nichts Gutes über mich dachte.

Die ganze Woche über hielt ich auf dem Campus Ausschau nach Mile Lowe in der Hoffnung, er würde einen Schritt auf mich zu machen. Aber ich wartete vergeblich. Ich bekam ihn nicht einmal zu Gesicht, obwohl ich mich auffällig oft vor den Gebäuden aufhielt, in denen die Kurse der Tänzer stattfanden. Frustration wurde mein stetiger Begleiter. Ebenso wie das Gefühl, ein Stalker oder ein verliebter Teenager zu sein.

Alle anderen schienen bereits Pläne gemacht oder sich zumindest mit ihrem Partner oder ihrer Partnerin für ein erstes Brainstorming verabredet zu haben. Nur Mile und ich hatten nicht einmal miteinander gesprochen. Willow und Ivy versuchten, mir Mut zu machen und mich glauben zu lassen, es würde nicht auf ein oder zwei Wochen ankommen. Es wäre noch genügend Zeit, um mich mit Mile abzusprechen und ein gutes Projekt auszuarbeiten …

Doch insgeheim wussten sie: Ich glaubte ihnen kein Wort. Meine Verzweiflung ließ mich langsam durchdrehen. Es gab keinen Moment, in dem ich nicht an Mile oder unsere Aufgabe dachte. Abends, wenn ich im Bett lag, sah ich sein Gesicht, sobald ich meine Augen schloss. Während meiner Kurse konnte ich mich kaum auf die Musikgeschichte oder Klaviertheorien konzentrieren. Es gab nur Mile, Mile, Mile. Wie ein Zombie lief ich über den Campus. Der Schlafmangel und die Panik vor meinem Versagen gingen mir zunehmend an die Substanz. Aus purer Verzweiflung hatte ich bereits Willow angefleht, seine Nummer herauszufinden. Aber sie hatte abgeblockt.

Also blieb mir nichts anderes übrig, als selbst tätig zu werden. Auch wenn allein der Gedanke daran mir den Schweiß auf die Stirn trieb. Immer wieder hatte ich mir fest vorgenommen, ihn anzusprechen, sollte er mir zufällig über den Weg laufen. Aber entweder hatte er meine Gedanken gehört oder das Schicksal hatte andere Pläne.

Am Freitag saß ich auf dem Campusplatz im Schatten und gönnte mir eine seltene Pause. Ich hörte Georges Bizets Oper *Carmen* über meine In-Ear-Kopfhörer und genoss ein belegtes Sandwich, um dem Alltag für einen Moment zu entfliehen. Die neuen Kurse verlangten mir einiges ab und mir blieb kaum noch Raum über Mile, das Projekt oder irgendetwas anderes nachzudenken. Doch wann immer ich die Gelegenheit hatte, waren die Sorgen intensiver als je zuvor. Außerdem saß mir die Zeit im Nacken und mit ihr meine Angst. Angst zu versagen, meinem Namen nicht gerecht zu werden, oder - noch schlimmer - nur auf ihn reduziert zu werden. Wieder einmal war ich nicht Herrin der Situation. Hatte ich diese Gedanken während der Semesterferien einigermaßen im Griff gehabt, übernahmen sie jetzt langsam die Kontrolle über mich.

Der einzige Strohhalm, der sich mir bot, waren meine festen Strukturen. Ich verplante die wenige freie Zeit, so gut es ging, um nicht ins Grübeln zu geraten. Gerade sichtete ich meine Hausaufgaben für das Wochenende, als jemand vor mir stehen blieb. Ich achtete nicht weiter auf das Geschehen um mich herum, sondern war ganz in die bunten Zeilen meines Kalenders vertieft. Irgendetwas hielt mich davon ab, aufzusehen - wahrscheinlich eine böse Vorahnung oder einfach nur meine ausgeprägte Vorsicht ...

Blut rauschte in meinen Ohren, übertönte die Musik aus meinen Kopfhörern. Ich sah auf muskulöse Männerbeine, die dicht neben mir aufragten. Ich folgte ihnen mit meinem Blick, doch erst als sich meine Augen an das helle Licht des Himmels gewöhnt hatten, erkannte ich, wer vor mir stand: Mile.

Mein Herz hörte für einen Moment auf zu schlagen. Obwohl ich die letzten Tage nur an ihn gedacht hatte, war ich jetzt zu überrumpelt. Nie hätte ich damit gerechnet, er würde zu mir kommen ... Verblüfft sah ich ihn an, betrachtete seinen Gesichtsausdruck. Seine grau-blauen Augen waren starr auf mich gerichtet. Eiskalt und vollkommen emotionslos. Er verzog keine Miene, sah mich einfach an.

»Hey«, brachte ich hervor. Verwundert über meinen Mut gab ich mir alle Mühe, entspannt zu wirken und mir meine Überraschung nicht anmerken zu lassen. Ich wusste nicht, was er erwartete - ob er überhaupt irgendetwas von mir erwartete. Ich friemelte an der Butterbrottüte, die vom Sandwich übrig geblieben war, herum. Mile sah mich mit hochgezogenen Augenbrauen an, deutete dann auf sein Ohr. Unschlüssig, was er andeuten wollte, legte ich den Kopf schief. *Ich hatte noch meine Kopfhörer drinnen.* Die Musik war so in mein Blut übergegangen, ich hatte sie gar nicht mehr wahrgenommen. Schnell ließ ich die Tüte in meinen Schoß fallen, befreite meine Ohren. Die Kopfhörer hatten die Umgebungsgeräusche gedämpft, jetzt prasselten sie erbarmungslos auf mich ein. Vogelgezwitscher, Gelächter, Gespräche. Alles ballte sich zu einer Welle, die mich von den Beinen zu reißen drohte. Ich sah zu Mile. Konzentrierte mich nur auf ihn, auf seinen skeptischen Blick. Doch dann entspannten sich seine Gesichtszüge ganz plötzlich, als wäre diese Reaktion genau die richtige gewesen.

»Hey«, erwiderte er, als wäre es das normalste der Welt und nur eines von hunderten *Heys*, die wir bisher ausgetauscht hatten.

Dann herrschte Stille zwischen uns. Ohrenbetäubende Stille. Ich wollte etwas sagen, wusste nicht was. Auf diesen Moment wartete ich seit jenem Moment der Auslosung vor einer gefühlten Ewigkeit. Und nun war er endlich da, doch ich blieb still, konnte keines der zurechtgelegten Worte über meine Lippen bringen. Mile wandte den Blick ab und starrte in die Ferne, wo er einige andere Studierende zu beobachten schien. Ich nutzte den Moment, um ihn unbemerkt anzusehen. Mir ein Bild von ihm zu machen. Bisher hatte ich ihn nur gesehen, wenn ich wütend oder ängstlich gewesen war. Erst jetzt fiel mir auf, wie golden sein Haar in der Sonne glänzte und seinem kantigen Gesicht den perfekten Rahmen bot. Der Dreitagebart, den er auf der Party getragen hatte, war verschwunden. Stattdessen wirkte seine Haut glatt und weich. Ich musterte sein Gesicht, das nun noch härter, kantiger wirkte. Der goldschimmernde Bart hatte ihm eine Wärme gegeben, die nun fehlte - die mir fehlte ... Wieder überkam mich ein Hauch Vertrautheit, den ich nicht greifen oder erklären konnte.

Es fiel mir schwer zu glauben, dass er auf mich zugekommen war und mir diesmal keine Vorwürfe machte. Stattdessen beließ er es bei seiner schlichten Begrüßung. Ich suchte nach dem Haken und wappnete mich für die nächste Spitze aus seiner Richtung. Irgendeine herablassende Bemerkung oder ein dummer Spruch musste noch folgen, da war ich mir sicher. Doch Mile schwieg weiter. Sollte ich nun etwas sagen? Wollte ich das überhaupt oder war er jetzt nicht an der Reihe?

»Wegen der Sache mit der Aufgabe …« Er stockte, sein Blick schnellte zu mir und schlagartig wirkte er wieder angespannt. »Melde dich einfach bei mir, sobald du ein Stück geschrieben hast. Den Rest erledige ich.« Er hielt meinem Blick noch einen Moment stand, sah mir dabei tief in die Augen, als suchte er nach irgendetwas, was er jedoch nicht zu finden schien. Dann wandte er sich, ohne noch weiter auf meine Reaktion zu warten, zum Gehen.

Perplex starrte ich ihm hinterher. Seine Worte hallten durch meinen Kopf, bis mir ihre Bedeutung endlich klar wurde. War das sein Ernst?! Wollte er sich das Leben wirklich so einfach machen?!

Ich wusste, dass er mich für ein verwöhntes Gör hielt, welches talentlos und ohne Daseinsberechtigung war, doch genau aus diesem Grund würde ich ihn damit nicht davonkommen lassen.

»Vergiss es!«, rief ich, sprang von der Bank und ging ihm nach. Ich packte ihn am Arm und er wirbelte herum. Er zog seine Augenbrauen zusammen, wodurch sich Falten auf seiner Stirn bildeten. Bis zu diesem Moment hatte er mir nicht eine Emotion zugestanden, doch nun schien er genauso überrascht von meinem Verhalten wie ich, aber ich ließ ihn nicht los.

»So funktioniert das nicht. Ich weiß, dass du keine Lust hast, mit mir zu sprechen; geschweige denn mit mir zu arbeiten. Glaub mir, mir passt das genauso wenig. Aber wir müssen da jetzt durch, ob wir wollen oder nicht.«

Zum ersten Mal waren wir uns so nah. Ich nahm seinen angenehm herben Duft wahr, der mich entspannen ließ, obwohl ich mich dagegen wehrte. Aber seine Wirkung auf mich war stärker. Meine Muskeln schienen mir nicht mehr zu gehorchen, sondern ihr eigenes Spiel zu spielen. Was zur Hölle passierte hier?

Scheinbar hatte unsere Nähe aber nicht die gleiche Wirkung auf ihn. Seine Muskeln waren angespannt - beinahe verbissen - als befände er sich im *Fight or Flight Modus*. Als wollte er bei der nächsten Gelegenheit weg von mir.

Mein Blick huschte zu meiner Hand, die noch immer seinen Arm umklammert hielt. Verlegenheit kribbelte in meinen Wangen, in meinen Fingern. Doch ich brachte es nicht über mich, die Verbindung unserer Körper zu lösen. Erst als sich die Wärme unter meiner Hand zu einem Brennen entwickelte, ließ ich los. Wo eben noch meine Finger gelegen hatten, prangte nun ein roter Abdruck auf Miles gebräunter Haut.

Er wich einen Schritt zurück, fasste an seinen Oberarm, als hätte er die Wärme genauso gespürt. Vorsichtig glitten seine Fingerkuppen über die Stelle, die ich vor wenigen Sekunden noch berührt hatte. Er hielt inne, während ich ihn noch eingehender betrachtete.

Sommersprossen umspielten seine Nase. Sie tanzten wild über sein Gesicht, verliehen ihm eine Leichtigkeit, die ich sonst nicht finden konnte. Ich folgte ihrem Weg, konnte mich kaum an ihnen sattsehen.

Als ich seinen Blick bemerkte, der erneut eindringlich auf mich gerichtet war, setzte es meiner Erkundung ein jähes Ende. Ich fühlte mich ertappt, merkte, wie mir das Rot in die Wangen stieg. Verlegen sah ich weg - in der Hoffnung, ihm wäre mein Moment der Schwäche entgangen.

»Was zur Hölle erhoffst du dir?« Seine Stimme war eiskalt, löschte jedes Brennen, jeden Funken. Ich fröstelte, schlang meine Arme eng um mich, doch die Kälte blieb.

Mein Körper spielte mir Streiche, mein Kopf machte, was er wollte und mein Herz war außer Takt. Die Berührung, dieser kleine Moment Nähe zwischen Mile und mir, löste etwas in mir aus. Mein Ärger, der sich in der vergangenen Woche aufgestaut hatte, war vergessen. Mile erschien mir plötzlich in einem anderen Licht. Er war noch immer kalt und unnahbar und doch fühlte ich mich ihm näher. Beinahe so, als verband uns etwas. *Ja, diese Prüfung,* lachte der letzte Rest meiner Vernunft. Von Mile hing alles ab. Seine Entscheidungen, seine Handlungen, würden entscheiden, ob ich bestand - ob ich eine Zukunft an der ADAM hatte. Die Abhängigkeit fraß sich langsam in mich hinein, tat sich mit der Kälte zusammen. Gemeinsam überschatteten sie die Wärme, ließen mich hoffnungslos zurück. Ich sah Mile an, suchte nach Worten, die ich doch nicht finden konnte.

Ich musste ihm klar machen, wie wichtig diese Prüfung für mich war. Wie wichtig er für mich war. Nur ... wie sollte ich an ihn herankommen, wenn er mir ohnehin kein Wort glaubte?

»Du brauchst gar nicht so scheinheilig zu schauen.« Mile schnaubte und schüttelte ungläubig den Kopf. »Ich weiß ganz genau, was bei Leuten wie dir abgeht. Dir ist dein eigener Profit am wichtigsten und dafür scheust du dich nicht, andere zu benutzen.«

Leuten wie dir, hallte es durch meinen Kopf. Was waren denn Leute wie ich? Leute, die sich ständig anhören mussten, wie einfach sie es doch im Leben hätten, obwohl ich eher härter arbeiten musste, damit meine Leistungen anerkannt wurden? Wie kam er überhaupt auf die Idee, ich würde andere benutzen? Seine Unterstellungen schlugen mir ungefiltert entgegen. Ich hatte keine Chance, mich gegen sie zu wappnen. Stattdessen trafen sie mich dort, wo es wehtat - direkt im Herz. Es wurde schwer ... unendlich schwer. Jeglicher Mut verließ meinen Körper, ließ mich ungeschützt zurück.

»Du kennst mich doch überhaupt nicht.« Meine Stimme war dünn - viel zu dünn - doch ich war es so satt, mit Wut auf diese Unterstellungen zu reagieren.

Zorn funkelte in seinen Augen und ich spürte, dass er mir gerne noch viel mehr entgegengeworfen hätte, doch irgendetwas hielt ihn davon ab. Ich wusste nicht, was es war, doch ich nutzte die Chance.

»Ja, mein Vater ist der ach-so-berühmte Komponist Birger Lundström und ja, ich habe davon sicherlich profitiert.« Ich versuchte, die Unsicherheit meiner Stimme in Ruhe umzuwandeln. »Aber mit dem Ganzen hier hat er nichts zu tun. Ich bin auf mich gestellt. Hier zählt nur meine Leistung, unabhängig von meinem Namen. Der macht es mir nämlich nicht leichter - im Gegenteil.«

Als wollte er etwas erwidern, öffnete er den Mund, doch nur ein raues, argwöhnisches Lachen drang aus seiner Kehle. Er musterte mich lange, unerträglich lange. Als suchte er in meinem Gesicht nach Antworten, die er sich selbst nicht geben konnte. Immer wieder schüttelte er den Kopf. Zog die Augenbrauen zusammen, nur um sie im gleichen Moment wieder zu lösen. Ich zwang mich, seinem Blick standzuhalten und mir meine Kraftlosigkeit nicht anmerken zu lassen.

»Also gut.« Die Worte kamen kurz, aber bestimmt. Sie waren leiser, nicht mehr so laut und wütend wie zuvor. Ich war mir nicht sicher, ob er wirklich etwas gesagt hatte. Stattdessen glaubte ich, mich verhört zu haben. Er atmete schwer aus, als hätten diese zwei Worte ihn all seine Überwindung gekostet. In seinem Blick lag Schmerz. Auch sein Körper sprach die gleiche Sprache. Seine Schultern, die gerade noch gestrafft - bereit zum Kampf waren - hingen nun kraftlos nach unten. Es war, als würde ihm seine Antwort unangenehm sein. Als hätte er aufgegeben. Er sah mich nicht mehr an, heftete seinen Blick auf den Boden. »Dann machen wir es aber auf meine Weise.«

Angestrengt suchte ich in seinem Blick einen Hinweis darauf, was er damit meinte. Was er mir vermitteln wollte.

Die Ungewissheit fraß sich wieder durch mein Gewebe. Machte mich mürbe und leer. Dann übernahm die Angst - die Angst vor seiner Vagheit, vor seiner Dunkelheit.

Mile sah mich wieder an - intensiver als je zuvor.

»Ich kann nicht einfach so mit dir zusammenarbeiten. Vorher muss ich dich näher kennenlernen.«

Meinte er damit etwa ...? Nein, sicherlich nicht. Ich schüttelte kaum merklich den Kopf, überlegte, worauf er hinauswollte.

»Für mich ist das Tanzen alles und ich will wissen, ob ich es mit dir teilen kann.« Wieder stockte er, um gleich darauf erneut anzusetzen. »Wir gehen heute Abend in Gladstone etwas trinken. Ich kenne da eine Bar, in der können wir uns abseits von dem ganzen Trubel unterhalten und überlegen, wie wir weiter vorgehen wollen.«

Mein Blick glitt über sein Gesicht, verharrte einen Moment an den Sommersprossen, deren Muster ich liebend gern mit den Fingerspitzen nachfahren würde. Ein Treffen ... schlug er das wirklich vor? Ich wollte ihm sagen, wie gern ich mit ihm nach Gladstone gehen würde, doch die Worte wollten nicht über meine Zunge in die Freiheit purzeln, verknoteten sich irgendwo in meinem Rachen. Er war ein Fremder. Wie sollte ich ihm vertrauen, wenn alles, was ich von ihm kannte, seine Missgunst war?

Mile musterte mich mit schräg gelegtem Kopf, eine blonde Strähne fiel ihm in die Stirn. Ich war ihm noch eine Antwort schuldig ... Langsam schüttelte ich den Kopf.

Ihm schien die Situation genauso unangenehm zu sein wie mir. Schnell schob er eine Erklärung hinterher: »Es sind eh alle bei der Semestereröffnungsparty. Oder hast du auch vor, dahin zu gehen?«

Wieder schüttelte ich den Kopf. Dieses Mal deutlicher, jedoch immer noch außerstande, etwas zu sagen.

»Sehr gut. Ich hole dich so gegen sieben Uhr ab. In welchem Bungalow wohnst du?«

»C412.«

Er nickte. Wieder trafen sich unsere Blicke. Seiner noch eindringlich als zuvor, aber dennoch überrascht und auf eine beunruhigende Art hoffnungsvoll. Ich hingegen wusste nicht, was ich tun, sagen oder denken sollte. Dann drehte er sich um, murmelte noch etwas zur Verabschiedung und verschwand aus meinem Blickfeld.

Den Rest des Tages grübelte ich über Miles Vorschlag und sein Verhalten. Dabei ging ich - wie immer - vom Schlimmsten aus. Ich zermarterte mir das Hirn auf der Suche nach einem plausiblen Beweggrund. Aber egal wie ich es drehte und wendete, es ergab einfach keinen Sinn. Möglicherweise war es so, wie Mile es sagte. Jedoch konnte auch etwas anderes dahinterstecken. Der Zweideutigkeit seiner Einladung wollte ich keine Bedeutung beimessen. Die Ungewissheit sammelte sich in meiner Magengegend und sorgte zunehmend für Unwohlsein. Mir war klar, ich würde nur Antworten bekommen, wenn ich zu diesem Treffen ging.

Ohne mich selbst schlecht zu machen, war ich nun wirklich nicht die Art Frau, auf die jemand wie Mile Lowe stand. Er war - Willows Aussagen zufolge - der Shooting Star seines Jahrgangs. Trainiert, erfolgreich und zugegebenermaßen attraktiv … und auch wenn ich mich so mochte, wie ich war und ebenfalls zu den erfolgreichen Studierenden meines Jahrgangs zählte, passte ich - so nahm ich an - einfach nicht in sein Beuteschema. Also, was erhoffte er sich? Ich musste unbedingt meine Gedanken sortieren, den Kopf freibekommen.

Auf meiner üblichen Joggingrunde durch den Wald konnte ich abschalten. Der holzige Duft, das warme Licht, das Zwitschern der Vögel ... All das half, mich zu entspannen.

Als ich zurückkam, fühlte ich mich geerdeter. Doch das Gefühlschaos war nicht verschwunden. Ich musste reden.

Ich musste all den wirren Fetzen einen Sinn geben. Und dafür gab es keinen besseren Partner als meine Schwester.

Alva würde vermutlich mehr als glücklich sein, wenn ich ihr endlich ein Update gab, da sie mich bereits seit Tagen täglich fragte, ob Mile und ich endlich miteinander gesprochen hatten. Auch wenn sie keine Fernprognose stellen konnte, wusste ich dennoch, dass meine Schwester immer eine Erklärung für alles zu finden versuchte. Und häufig hatte sie mit ihren Vermutungen recht. Vielleicht sollte es ihr auch dieses Mal gelingen. Vielleicht konnte sie mir die Nervosität vor dem anstehenden Treffen mit Mile nehmen. Obwohl ich nicht mal wusste, was mich so nervös machte.

Meine ältere Schwester hatte immer den richtigen Rat, und ich hoffte, sie würde sein Verhalten deuten können. Ich sah auf mein Handy, das mir neben der Uhrzeit von Gladstone auch die Ortszeit von Stockholm anzeigte. Ich hasste diese Zeitverschiebung ... Wir mussten unsere Gespräche genauestens planen, da ich entweder bereits schlief, bei den Proben war - oder es in Schweden mitten in der Nacht war.

09.35 Uhr. Erleichtert atmete ich auf. Um diese Zeit war Alva auf jeden Fall wach und vermutlich beim Sport oder einer anderen Anwendung. Kurz zögerte ich, entschied mich aber, es zumindest zu versuchen.

Unsere Gespräche gaben mir immer die nötige Ruhe und Erdung, die ich manchmal am anderen Ende der Welt verlor. Auch wenn Australien das Heimatland meiner Mutter war und wir viele Jahre hier gewohnt hatten, war Schweden mein Zuhause.

Das Freizeichen klang wie ein schiefer Ton am Klavier durch meinen Gehörgang. Ich kaute auf meiner Nagelhaut herum, während ich die schrillen Töne zählte. Mit jedem einzelnen sank die Wahrscheinlichkeit, dass Alva abnehmen würde. Dann raschelte es am anderen Ende der Leitung. Ich hielt die Luft an und ließ von meinen Nägeln ab.

»Tinker?«, fragte ich vorsichtig, nicht zu erwartungsvoll, aber doch hoffend. Erneut raschelte es. Dann hörte ich jemanden auf Schwedisch leise fluchen. Wieder Sille.

»Ich bin da.« Die Stimme meiner Schwester klang gehetzt am anderen Ende. Ich wartete und gab ihr Raum noch etwas zu ergänzen, da sie es selten bei einem Satz beließ. »Ich bin gerade bei der Physiotherapie und als ich deinen Namen auf dem Display sah und nach dem Handy greifen wollte … den Rest kannst du dir denken.« Der Klang ihres Lachens war so unverfälscht, so ehrlich. Wie sehr ich diesen Klang liebte. Meine große, starke Schwester, die immer lachte, egal wie schwer das Leben es ihr machte. Ganz automatisch verzogen sich meine Lippen zu einem Lächeln. Eines, auf das ich den ganzen Tag gewartet hatte.

Wie oft hatte sie mir gesagt: *Ich bin es, die im Rollstuhl sitzt. Nicht du.* Aber ich war nicht die Starke von uns beiden. Das war ich nie gewesen. Ich hatte immer zu ihr aufgeschaut und selbst als sie fiel, war sie so viel weiter oben als ich.

»Wie geht es dir, *lillasyster*?«

Sie nannte mich immer so. Es bedeutete so viel wie Schwesterchen. Dafür war mein Name für sie *Tinker*. Als ich klein war, hatte ich den Film Peter Pan geliebt und Alva hatte mit ihren weißblonden Haaren genauso ausgesehen wie Tinkerbell. Wenn sie über die Bühne schwebte, glaubte ich, die kleine Fee aus meinem Lieblingsfilm zu sehen und rief sie fortan Tinker. Als ich später herausfand, dass ihr Name Alva im nordischen Raum *die Elfe* bedeutet, hatte er für mich noch mehr an Bedeutung gewonnen als ohnehin schon.

Gänsehaut überzog meinen ganzen Körper, ich schauderte. Wehmut packte mich wie immer, wenn ich an früher dachte. Sie durchflutete bittersüß meinen Körper, ließ mich traurig zurück. Früher … als meine Welt noch in Ordnung und die Angst nicht mein ständiger Begleiter war. Auch wenn es Alva war, die mit ihrem Schicksal leben musste, war bei mir auch etwas zerbrochen.

»Smilla?« Die Stimme meiner Schwester holte mich zurück ins Hier und Jetzt. Ich war in Gedanken versunken, hatte ihre Frage vollkommen vergessen.

»Mir geht es gut.« Bereits als ich es aussprach, merkte ich, dass ich nicht überzeugt wirkte.

»Hm, das würde ich dir ja gerne glauben, aber ich kenne dich besser. Hat sich dieser arrogante Typ immer noch nicht bei dir gemeldet?«

»Doch, hat er. Aber genau das ist mein Problem.«

Alva schwieg, als erwarte sie mehr Informationen von mir.

»Er kam heute zu mir und meinte, ich solle ein Stück schreiben und mich dann bei ihm melden. Das habe ich abgelehnt und jetzt besteht er darauf, mit mir etwas trinken zu gehen?«

»Ein Date?«

»Nein, kein Date.«

»Aber es klingt danach. Oder sind noch andere Leute dabei?«

»Nein, sind es nicht. Es ist mehr … ein Geschäftsessen.«

»Ein Geschäftsessen also. Wann bist du denn unter die Geschäftsfrauen gegangen?« Selbst durchs Telefon konnte ich sehen, wie sie skeptisch eine Augenbraue in die Höhe zog. So wie immer, wenn ich versuchte, ihr etwas vorzumachen.

»Er will mich kennenlernen, um zu sehen, ob er mir vertrauen kann.« In diesem Moment hörte es sich wirklich nach einem Date an … Aber das würde es sicherlich nicht werden, denn Mile Lowe und ich auf einem Date war ein Szenario, das niemals passieren würde. Auch wenn er etwas an sich hatte, was mich anzog, stand für mich das Studium im Vordergrund. Dafür war ein professionelles Verhalten von oberster Priorität.

»Was? Ihr sollt doch nur dieses Projekt zusammen erarbeiten? Ihr müsst ja nicht gleich heiraten.«

»Aber tanzen ist ihm eben sehr wichtig.«

»Dir ist das Klavier spielen auch sehr wichtig und dennoch musst du nicht mit jedem im Publikum ein persönliches Gespräch führen, ob die Person es denn wert sei, deinem Spiel zu zuhören.«

Ich zuckte als Antwort mit den Schultern, obwohl Alva es nicht sehen konnte.

»Irgendwie habe ich ein komisches Gefühl.«

»Inwiefern?« Meine Schwester klang besorgt und ich konnte mir genau vorstellen, wie sie ihre Augen verengte und den Kopf schief legte.

»Ich weiß nicht. Dieser Sinneswandel kommt mir irgendwie nicht echt vor. Ich habe Angst, er könnte nicht ehrlich sein, sondern irgendwelche Hintergedanken hegen. Oder er will auf irgendetwas hinaus.«

»Aber was hätte er davon?« Während ich mich häufig von meinen Gefühlen leiten ließ, war Alva die Ruhigere und Besonnenere. Sie analysierte Situationen, bevor sie ein Urteil fällte.

»Keine Ahnung. Genau das weiß ich nicht und das macht mir Angst.«

»Du musst deinen Kopf frei machen, Smilla.« Sie hatte ihren *ältere Schwester Ton,* der mich besänftigte. »Wann soll euer Treffen denn stattfinden?« Ich stellte mir vor, wie sie mit ihrer freien Hand beim Wort Treffen, Anführungszeichen in die Luft malte. Ich war erleichtert, dass sie Miles Verhalten genauso lächerlich fand wie ich. Mit einem schnellen Blick auf mein Handydisplay stellte ich fest, wie spät es schon war. Mile würde wahrscheinlich jede Minute hier auftauchen.

»Jetzt gleich quasi. Er will mich um 19 Uhr abholen.«

Kurz bereute ich, meine Schwester angerufen zu haben, da die Zeit mit ihr immer wie im Flug verging. Andererseits wollte ich mit ihr sprechen und hätte sonst nur nervös herumgesessen und mir Gedanken über seine möglichen Absichten gemacht.

»Hast du dir denn wenigstens etwas Schönes angezogen?«

»Dein Ernst?«, platzte es aus mir heraus. »Muss ich dich noch einmal daran erinnern? Es ist kein Date!«

»Na und? Trotzdem kannst du dir etwas Schickes anziehen. Du machst das schließlich nicht für ihn, sondern für dich.«

Recht hatte sie, dennoch wollte ich Mile nicht auf falsche Gedanken bringen und hatte meine Kleidung vom Tag bewusst wieder angezogen. Ich würde mir lediglich noch eine Strickjacke überziehen, um auf dem Rückweg nicht zu frieren.

»Na dann schnell, zieh doch dieses süße lila Kleid an, das du dir letzten Sommer in Malmö gekauft hast. Darin siehst du wirklich bezaubernd aus.«

Ich dachte an Malmö, an letzten Sommer, an die ungestörte Zeit. Es waren nur sie und ich gewesen. Für zwei Tage hatten wir vergessen, was uns belastete, wer wir eigentlich waren. Wir konnten sein wie früher. Die Erinnerung traf mich tief, zupfte an meinem Herzen. Das Kleid verkörperte genau diese Tage - wunderschön und doch zu schwer zu ertragen.

»Alva«, stöhnte ich. »Bitte versuche nicht, mich zu überreden.«

»Ach komm schon, dich wird es nicht umbringen und glaub mir, du wirst dich gleich wohler und verhandlungssicherer fühlen.« Wieder lachte sie ihr herzliches Lachen, das mich weich werden ließ.

»Also gut.« Kaum hatte ich es ausgesprochen, ertönte ein kurzes, prägnantes Klopfen an der Tür.

Scheiße. Das konnte nur Mile sein. Willow war sicherlich schon bei der Party und würde nicht versuchen, mich jetzt noch zu überreden. Kurz überlegte ich, mir schnell das besagte Kleid überzuziehen, entschied mich dann aber dagegen.

Zu riskant, jetzt noch etwas anders anzuziehen, in dem ich mich im Zweifelsfall heute nicht wohlfühlen würde.

»Ich muss auflegen. Er ist da«, flüsterte ich. Mile sollte nichts von unserem Gespräch mitbekommen.

»Ich wünsche dir viel Glück für dein … Geschäftsessen. Bleib standhaft und lass dich nicht von deinen Konditionen abbringen. Gibst du mir morgen ein ausführliches Update?«

Ich lachte bitter. »Ja, ja, mach ich.«

»Gib ihm eine Chance, Smilla. Vielleicht hat er gute Absichten und will nur euer Projekt voranbringen.«

Daran glaubte ich nicht, denn dafür war mein Bild von Mile zu schlecht. Er hatte mir bereits zu oft gezeigt, wie er war. Wahrscheinlich mindestens genauso schlecht wie das Bild, das er von mir hatte.

»Älskar dig«, sagte ich, anstatt auf ihre Bemerkung einzugehen.

»Ich dich auch.« Die Worte meiner Schwester hinterließen ein warmes Gefühl in meinem Herzen, das auch noch anhielt, nachdem ich aufgelegt hatte.

Ich nahm mir vor, locker an den Abend mit Mile ranzugehen, doch schon als ich an der Tür ankam, war mein Optimismus verschwunden und hatte der unerbittlichen Angst Platz gemacht.

Fünf *Adagio*

»Bist du fertig?« Mile stand lässig vor meiner Tür. Die Hände in den Taschen seiner weiten Hose versenkt, sah er nicht mehr aus wie der wütende Typ vom Lagerfeuer. Er wirkte entspannter, gelöster. Auch seine Kleidungswahl unterstrich diesen Eindruck. Er hatte seine Trainingsklamotten vom Nachmittag gegen eine Leinenkombi getauscht, die seinen athletischen Körper federleicht aussehen ließ. Er gefiel mir. Es war ein kurzer, flüchtiger Gedanke. Kaum greifbar, während er durch meinen Kopf zog. Aber es war die Wahrheit. Ich konnte es nicht leugnen. Obwohl Mile mich bisher bei jeder Begegnung wütend gemacht hatte, bewirkte er etwas in mir. Etwas, das tiefer ging.

Verlegen sah ich an mir hinunter und fühlte mich wirklich underdressed. Ich bereute, nicht früher auf meine Schwester gehört zu haben.

Ich nickte und schnappte mir die Strickjacke und eine kleine Handtasche, bevor ich auf die Veranda trat. Mile ging die wenigen Stufen hinunter, während ich die Tür hinter mir ins Schloss zog. Unsicher blieb ich auf dem Absatz stehen. Es war eine vollkommen neue Situation, in der ich nicht wusste, wie ich mich verhalten sollte. Aber das war auch nicht nötig, denn während ich versuchte, mir nichts anmerken zu lassen, übernahm Mile das Kommando. Er ging voraus, war selbstsicher und erleichterte mir damit die Situation.

»Mit wem hast du gesprochen?«

»Ich habe mit meiner Schwester telefoniert.«

Er nickte. »Ist sie auch Pianistin?«

Mein Magen zog sich schlagartig zusammen. Mir wurde übel, so unfassbar übel. Sofort war die Hilflosigkeit, die Mile mir gerade genommen hatte, wieder da. Sie nahm mir die Fähigkeit zu denken, zu sprechen. Stattdessen nickte ich nur kaum merklich. Aber Mile verstand.

»Ach so.« Für einen kurzen Moment hatte ich Angst, Mile würde nun gezwungenen Small Talk halten wollen. Aber er schwieg. Wir verließen den Campus durch das Haupttor und liefen die lange Straße bis in die Stadt hinein. Hin und wieder fuhr ein Auto an uns vorbei. Ansonsten waren wir allein mit dem Zwitschern der Vögel und dem Wind zwischen den Blättern. Die Straße schlängelte sich durch den Wald. Endlose Windungen, bis er sich lichtete, die Häuser größer wurden und schließlich in Industriebaracken endeten. Die Vögel wurden leiser, das Röhren der Motoren lauter. Die Luft legte sich schwer über uns, ließ den Weg endlos erscheinen. Dabei waren es nicht einmal dreißig Minuten.

Eine überschaubare Zeit, doch durch die Stille zwischen uns und meinen zunehmenden Drang, diese zu durchbrechen, fühlte es sich unendlich an. Wieder ein Auto, dann Vogelgezwitscher und ich grübelte fieberhaft, was ich sagen könnte. Nur leider gab es - abgesehen von diesem Projekt - nichts, das uns verband.

Schweigen würde wohl unser Ding werden, denn immerhin sagte er genauso wenig wie ich. Bestimmt bereute er längst, mich zu diesem Ausflug gezwungen zu haben. Sonst hätte er die Zeit doch längst genutzt, um mich kennenzulernen. So wie er es angekündigt hatte. Aber nichts passierte. Doch nun war es ohnehin zu spät für Reue, denn wir blieben vor einer Bar, deren Namen ich noch nie gehört hatte, stehen. Ich betrachtete das Gebäude, das wohl mal eine Lagerhalle gewesen war. Die rote Farbe blätterte bereits ab und passte sich damit den anderen Bauten in dieser Straße an. Mein Blick fiel auf das Schild über der Tür, dessen Neonröhren nur noch zur Hälfte funktionierten. *Old Charleston's* klang für mich nicht nach einer hippen Bar, in der fruchtige Cocktails oder trendige Longdrinks serviert würden. Der Name passte zur Optik, denn alles an diesem Ort erschien alt und nicht einladend.

Als wir eintraten, schlug mir der schäbige Geruch nach abgestandenem Bier und Zigaretten entgegen. Das hier war definitiv keine angesagte Bar, sondern eine abgerockte Kneipe. Ich malte mir Mile als Stammgast aus. Wie er in einer Ecke saß und Bier trank. Ich schmunzelte, denn die Vorstellung war zu absurd. Egal wie viel Mühe ich mir gab ... Mile passte genauso wenig hierher wie ich. Wenigstens würde der Abend für ihn somit ebenso unangenehm werden wie für mich.

Der Barkeeper grüßte Mile freundlich, als er uns sah, und murmelte noch etwas Unverständliches. In Miles Gesicht erkannte ich aber nicht einen Funken Verwirrung, als hätte er jedes genuschelte Wort verstanden. Er verschwendete keine Zeit darauf, mich aufzuklären, sondern steuerte zielsicher den hinteren Teil der Kneipe an, wo sich Sitznischen befanden. Das Licht war gedämpft und im Hintergrund klangen schrille E-Gitarren aus irgendwelchen Australian Rock Liedern, die meinem Geschmack nicht im Ansatz entsprachen. Hätte ich diesen Ort mit einem Wort beschreiben müssen, wäre es Abneigung gewesen. Diese Beschreibung passte gleichermaßen für meine Begleitung und unser Treffen.

»Ein Coopers, bitte.« Mile bestellte, ohne in die Karte zu schauen, als eine blonde Kellnerin an unseren Tisch kam, bevor wir überhaupt richtig saßen.

»Gerne.« Mir entging weder ihr sehr ausgeprägter australischer Akzent noch die Blicke, die sie Mile zuwarf. Ich musterte ihre Sommersprossen und die von der Sonne ausgeblichenen Strähnen. Sie war bestimmt Surferin, die jede freie Minute auf dem Wasser verbrachte. Zumindest ließ ihre sportliche Figur das vermuten. Sie strahlte mit jeder Pore ihres Körpers eine Freiheit aus, die ich vermisste. »Willst du auch was bestellen?« Mein Blick schwang hinüber zu Mile, der mich ebenso musterte wie die Kellnerin. Ich hatte sie die vergangenen Sekunden angestarrt und nicht gemerkt, dass ihre Aufmerksamkeit auf mir lag. Mit zittrigen Fingern griff ich nach der Karte und blätterte hastig bis zu den Getränken. Im Augenwinkel bemerkte ich, wie ihr Blick wieder zu Mile wanderte. Jedoch nicht lange genug, um mir Zeit zum Aussuchen eines Getränkes zu geben.

»Also, Süße? Was kann ich dir nun bringen?« Sie schenkte nun mir ihre gesamte Aufmerksamkeit. *Süße.* Wie ich diesen Ausdruck hasste … Aber wahrscheinlich war es hier vollkommen normal, Gäste so zu begrüßen. Ich wog ab, ob es sich lohnte, in der Karte nach einem alkoholfreien Getränk zu suchen. Beschloss aber, dass ein Bier mir sicherlich auch nicht schaden würde. Vielleicht hielt sich meine Angst so mal einen Abend zurück. Denn ich musste mich voll auf dieses verwirrende Treffen konzentrieren.

»Das gleiche wie er.« Ich fokussierte die Blondine, die meine Bestellung zur Kenntnis nahm.

»Kommt sofort.« Bevor sie ging, sah sie einige Male zwischen Mile und mir hin und her und fragte sich vermutlich, warum er sich freiwillig mit mir traf. Hätte sie gewusst, wieso wir hier waren, hätte sie bestimmt nicht gezögert, ihn nach ihrer Schicht anzusprechen. Das Bild der beiden in einer innigen Unterhaltung tauchte in meinen Gedanken auf. Seine Hand auf ihrem Bein, ihr überschwängliches Lachen ...

Ich schluckte schwer. Sollte er doch machen, was er wollte. Ich hatte kein Interesse an einer privaten Beziehung zu Mile Lowe. Zumindest sagte das mein Verstand. Das Ziehen in meinem Unterleib war hingegen anderer Ansicht.

Wieder schwiegen wir. Erst als das Bier vor uns stand und wir beide einen großen Schluck genommen hatten, schien der Knoten zu platzen. Die kühle Flüssigkeit floss meine Kehle hinunter und weckte den Mut in mir, wobei der Alkohol noch gar nicht in meinem Blutkreislauf angekommen sein konnte.

»Also«, durchbrach Mile schließlich die Stille, »erzähl mir etwas von dir.«

Im ersten Moment sah ich seine Worte nicht als eine ernsthafte Aufforderung und musste mich beherrschen, nicht loszulachen. Doch er klang bestimmt und gleichzeitig wirklich interessiert.

»So haben wir nicht gewettet.«

Er legte den Kopf schief und sah mich mit Unverständnis in seinen Augen an.

»Du willst doch mehr über mich wissen und hast dir ja sowieso schon ein Bild über mein Leben gemacht. Frag doch einfach, was du wissen willst, damit wir diese Farce schnell hinter uns bringen können.« Ich war schon wieder viel zu gereizt und meine Worte klangen viel härter, als ich es wollte. Warum sollte ich den Anfang machen, wenn er mich um dieses Treffen gebeten hatte? Warum fragte er mich nicht endlich, was er wissen wollte? Ich verstand nicht, was er beabsichtigte.

Mile zog die Augenbrauen hoch und seufzte. Seinen Ausdruck konnte ich - wie seine Absichten auch - kaum deuten. Statt direkt loszulegen, sah er sich nachdenklich um, als überlegte er, welche Frage taktisch am klügsten wäre.

Die Bar füllte sich langsam. Obwohl wir noch keine halbe Stunde hier waren und zu Beginn kaum ein Tisch belegt war, waren jetzt nur noch wenige frei. Ein Flanellhemd reihte sich an das nächste. Dazwischen verwaschene Basecaps und salzwassergebleichte Haarschöpfe. Raues Lachen drang durch die Luft, durchbrochen vom Klirren der Biergläser.

Mile richtete seine Aufmerksamkeit wieder auf mich, musterte mich abschätzend. Ich wollte nicht, dass er mir Fragen stellte, auf die ich ihm keine Antwort geben konnte oder wollte. Mit meinen Fingern strich ich über die Tropfen, die über das dicke Bierglas perlten. Sie benetzten meine Finger, lenkten mich für einen Moment von meinem Gegenüber ab. Vielleicht war es doch nicht so klug gewesen, ihm das Ruder zu überlassen. Ich hatte keine Kontrolle und lief Gefahr, in unangenehme Situationen zu geraten. Hatte mich selbst in eine Lage gebracht, die ich nur allzu gerne umging. Die Situation, in der die Angst am präsentesten war. Ich musste auf der Hut sein und bedacht antworten. Natürlich musste ich ihm nichts über mich verraten. Dennoch wollte ich, dass es zwischen uns funktionierte, denn nur so konnte ich mein Ziel erreichen. Doch wie viel war ich bereit, preiszugeben? Wie viel konnte ich von mir selbst aufgeben? Wie nah würde ich Mile an meine Mauern heranlassen? Ich sah mich in der Kneipe um und fragte mich, wie ich hier gelandet war. Im Inneren war das *Old Charleston's* noch abstoßender als von außen. Der Boden klebte, die Bänke und Tische hatten schon bessere Zeiten gesehen. Das Leder des Polsters war aufgeplatzt. Ich kauerte verkrampft auf der Kante, wollte mich nicht anlehnen. Mile hingegen saß vollkommen entspannt da.

»Schoko- oder Vanillepudding?«

Ich starrte Mile mit offenem Mund an. »Bitte was?«

»Du hast gesagt, ich soll dich etwas fragen und ich dachte, wir fangen mit etwas Unverfänglichem an. Also Schoko oder Vanille?«

Damit hatte ich nicht gerechnet. Den ganzen Tag war ich jede mögliche Frage durchgegangen, hatte mir Antworten zurechtgelegt und doch schaffte er es, mich aus der Bahn zu werfen. Mit einer verdammt einfachen Frage.

»Also?«

»Ähm, ich denke. Gar keinen Pudding!«

»Gar keinen Pudding? Wie kann man keinen Pudding mögen?«

»Ich mag eher Gebäck. Muffins, Zimtschnecken … so was eben.«

Mile rümpfte die Nase und nickte. »Du bist dran.«

Ich schnaubte, ließ mich dann aber auf sein Spiel ein. Wir bewegten uns auf neutralem Terrain, auf dem ich nicht Gefahr lief, dass er tiefer bohrte.

»Berge oder Meer?«

»Definitiv Meer.« Seine Antwort kam wie aus der Pistole geschossen. »Und du?«

»Berge. Davon gibt es in Schweden schließlich eine Menge.«

»Schweden oder Australien?«

»Das ist gemein!« Ich lachte, wenn auch nicht ganz ernst gemeint. »Dann kannst du mich auch direkt fragen: Bach oder Mozart?«

»Da würde ich ganz klar nichts von beidem sagen.«

Ich riss die Augen auf. »Wie kann man so was auch nur denken?« Mile lachte und stellte die nächste Entweder-oder-Frage.

So ging es weiter. Hin und her. Immer weiter, bis uns die Ideen ausgingen. Und wir waren uns auffallend uneinig. Gemeinsamkeiten waren schwer zu finden. Diese Gewissheit traf mich erschütternd tief. Das Hochgefühl war verschwunden, riss ein Loch in meine Euphorie. Auch aus Miles Gesicht war das Lachen verschwunden. Er spielte mit dem Henkel seines Glases, schien vertieft in seinen Gedanken. Bis er schließlich aufwachte und einen ernsteren Ton anschlug. Vorbei waren die harmlosen Spielchen. Vorüber war mein sicherer Hafen.

»Warum hast du mit dem Klavierspielen angefangen?« Seine Frage traf mich direkt ins Mark. Es war eine dieser Fragen, vor der ich mich fürchtete. Mir wurde abwechselnd warm und kalt. Mein Körper wehrte sich gegen die Gedanken in meinem Kopf. Sie verursachten zu viel Schmerz, waren zu bruchstückhaft. Ich kannte die Antwort selbst kaum, wie sollte ich ihm etwas darüber sagen? Also legte ich mir eine halbwegs plausible Antwort zurecht. Die Standardantwort. *Ich habe schon als Kleinkind herumgeklimpert. Musik war immer meine große Leidenschaft, mein Traumberuf Konzertpianistin.* Aber Mile würde sich damit nicht zufriedengeben. Ich wusste, er wollte mehr. Er wollte tiefer graben, nicht nur an der glänzenden Oberfläche kratzen. Doch jede Variation meiner Lüge war zu offensichtlich, zu angreifbar. Mir blieb nur die Flucht nach vorne, auch wenn sie mich genauso viel kostete.

»Warum hast du angefangen zu tanzen?«, gab ich die Frage in der Hoffnung zurück, er möge sich auf dieses Spiel einlassen.

Er lachte auf. Erst dachte ich, er würde meine Reaktion als lächerlich empfinden. Doch das Leuchten in seinen Augen verriet, wie sehr er sich über meine Frage freute.

»Das ist, als würdest du mich fragen, warum ich atme.«

Wieder trafen mich seine Worte unvermittelt. Dieses Mal aber auf eine andere, fast gute Weise. Ich fühlte sie. Denn ohne Musik würde auch ich auf eine bestimmte Art ersticken.

Ich zuckte mit den Schultern. »Da hast du deine Antwort!« Auch wenn es mir schwerfiel, sah ich ihn direkt an. Ich wollte ihm meinen Schmerz zeigen, hoffte aber, er würde ihn für Stärke halten.

Mile hielt meinem Blick stand, als wollte er genau das sehen. Es war, als suchte und durchdrang er beinahe die Lüge in meinen Augen. Nach unendlichen Sekunden senkte er den Blick, biss sich wissend auf die Lippe und ich dachte, ich sei aufgeflogen. Doch dann hob er den Kopf. Auf seinen Lippen lag ein bestätigendes Lächeln. Er bohrte nicht weiter nach und ich atmete erleichtert auf. Ich hatte es geschafft.

»Touché.« Aus dem Lächeln wurde ein aufrichtiges, raues Lachen, das tief aus seiner Kehle kam. Unter seinen eindringlichen Blicken wurde mir warm, das neckende Kauen auf seiner Lippe machte mich nervös. Er legte den Kopf schief, schenkte mir einen Augenaufschlag, unter dem meine Knie weich wurden. Ein Kribbeln fuhr über meine Haut, drang dann tiefer in meinen Körper vor. Ich knetete meine Hände, um es zu unterdrücken. Es durfte nicht noch weiter vordringen und meinen gesamten Körper in Beschlag nehmen. Denn dann hätte Mile die Kontrolle über mich und das durfte nicht passieren. Ich musste professionell bleiben. Und das konnte ich nur, wenn keine Gefühle im Spiel waren.

Aber ich behielt recht: Er wollte auf das Eine hinaus oder zumindest testen, wie weit ich bereit war zu gehen. Allerdings hatte ich nicht vor, mich auf seine Spielchen einzulassen, und lenkte das Thema in eine andere Richtung.

»Wie bist du an die ADAM gekommen?«

Mile zog die Augenbrauen zusammen und die Unterlippe zwischen die Zähne. Er schien verwirrt, schüttelte dann aber den Kopf. Bevor er antworten konnte, gesellte sich ein Kellner zu uns, der definitiv nicht die Blondine von vorhin war.

»Darf es noch etwas sein?«

Schweigend deutete Mile auf sein Glas, sodass der Kellner seine Aufmerksamkeit direkt auf mich richtete. Das Bier war absolut nicht mein Geschmack gewesen, viel zu bitter und stark. Stattdessen war mir danach den Geschmack und das noch immer nervöse Gefühl in meinem Bauch zu überdecken.

»Habt ihr auch Cocktails?« Ich kam mir lächerlich vor, da dieser Schuppen nicht aussah, als ob er irgendetwas anderes als Bier und Whisky im Angebot hätte. Doch zu meiner Überraschung deutete der Kellner auf die Wand hinter mir, an der einige Cocktails angeschlagen waren. Daneben prangte ein großes Schild mit der Aufschrift *Sonderangebot: Cocktail der Woche*. Obwohl nicht näher ausgeführt war, worum es sich handelte, bestellte ich ihn. Würde schon gut gehen ... Der Kellner notierte meine Bestellung, griff nach den leeren Gläsern und ließ uns wieder allein.

Ich sah zu Mile, der mir noch eine Antwort schuldete. Er achtete jedoch nicht auf mich, sondern knibbelte an dem durchweichten Bierdeckel, der sich bereits auflöste. Ungeduldig wartete ich einen Moment. Hoffte, er würde wieder in das Gespräch einsteigen. Aber nichts passierte. Mit jedem Atemzug wurde die Situation unangenehmer und schwieriger, das Schweigen zu durchbrechen. Aber ich wollte eine Antwort; wollte mehr über diesen Mann wissen, ihn besser kennenlernen. Also riss ich mich zusammen und wiederholte meine Frage.

»Also, wie bist du an die ADAM gekommen?«

Mile ließ von der feuchten Pappe ab. »Na, ich habe mich beworben und wurde aufgenommen?«

Jetzt war ich es, die den Kopf schüttelte. »Ach wirklich? Haben sie dir den Platz nicht direkt und aus freien Stücken angeboten?« Mein Tonfall war trocken und ich freute mich, wie ernst ich klang. Normalerweise war ich nicht die Art Person, die in uneindeutigen Situationen übermäßig witzig oder sarkastisch sein konnte. Aber der Effekt, den es auf Mile zu haben schien, motivierte mich, weiterzumachen.

Er griff erneut nach dem Bierdeckel. »Ähm, nein, haben sie nicht. Dir etwa?«

Als wäre das die dümmste und offensichtlichste Frage der Welt, schürzte ich meine Lippen und kräuselte die Stirn. Es wirkte. Über sein Gesicht huschte ein Hauch von Unsicherheit. Er blinzelte einmal zu oft, rümpfte die Nase. Jetzt saß ich am längeren Hebel. Und doch versetzte mir seine Antwort einen Stich. Auch wenn er es nicht direkt sagte, klang es, als wäre mir alles in den Schoß gefallen. Als hätte ich mich nicht anstrengen müssen. Als hätte man mir meinen Platz geschenkt.

Aber ich war selbst schuld. Mit meiner Reaktion hatte ich ihn in diese Richtung gedrängt und ließ ihn glauben, es wäre die Wahrheit.

Seine Mundwinkel zuckten nervös. Zufrieden lehnte ich mich das erste Mal an diesem Abend zurück. Meine ungewohnte Schlagfertigkeit beflügelte mich und Miles Reaktion darauf entlockte mir ein Grinsen.

Erneut unterbrach uns der Kellner, als er kommentarlos unsere Getränke abstellte. Mile würdigte ihn keines Blickes, sondern konzentrierte sich auf mich. Er fokussierte mein Gesicht, dieses Mal wirkte er jedoch verschlossener und ich befürchtete, er würde sich zurück in seinen Kokon der Ablehnung begeben. Also beendete ich meine Spielchen.

»Natürlich habe ich mich auch beworben. Ganz ohne den Einfluss meines Vaters, so wie alle anderen musste ich vorspielen und mich beweisen. Ich wollte wissen, was dich dazu bewogen hat, dich ausgerechnet an einer Akademie mitten im Nirgendwo des tiefsten Australiens zu bewerben?« Ich stockte, um Mile die Chance zu geben, zu antworten. Aber er sah mich nur fragend an. »Du hättest doch sicherlich auch nach Sydney gehen können oder - was sage ich - New York, London ... Die Welt wird dir doch offen gestanden haben. Auch wenn ich es selbst noch nicht beurteilen kann, sollst du schließlich sehr talentiert sein.« Die letzten Worte kamen mir nur noch flüsternd über die Lippen. »Das habe ich zumindest gehört. Es ist also nicht meine Meinung, sondern nur die Wiedergabe von etwas, das man mir zu getragen hat. Eine vollkommen neutrale Feststellung.« Ich glaubte mir selbst kein Wort.

Mile überging meinen Kommentar, als hätte er ihn nicht gehört. Stattdessen nahm er einen großen Schluck von seinem Bier und stellte es anschließend schwungvoll wieder ab.

Er beobachtete den Schaum, der das Glas hinab ran. Nach einer Weile blickte er schweigend auf und beobachtete mich - sah mich einfach an. Und ich tat es ihm gleich. Unsere Umgebung verschwamm, die Musik wurde leiser, das Licht dunkler. Da waren nur noch wir und das Knistern, das sich zwischen uns ausbreitete und immer intensiver wurde.

Mile lehnte sich zurück und nahm einen weiteren Schluck aus seinem Glas und der Moment brach jäh ab.

»Warum bist du für dein Studium in Australien geblieben? Ausgerechnet an einer Akademie, an der dein Vater enormen Einfluss hat, wenn du ihn doch so verabscheust?« Ich ließ seine Worte wirken. Zu meiner Überraschung konnte ich keine Missgunst in seiner Stimme erkennen. Stattdessen lag ehrliches Interesse darin. Damit hatte ich nicht gerechnet. Dennoch wollte ich ihm keine Antwort auf eine Frage geben, die etwas mit meinem Vater zu tun hatte.

»Ich glaube, hier verweigere ich die Aussage.«

Mile zog eine Augenbraue hoch. »Wieso?«

»Ich möchte nicht über meinen Vater reden. Ich dachte, nach unserer Unterhaltung am Lagerfeuer wäre das klar.« Immerhin hatte ich allen Anwesenden unverblümt mitgeteilt, was ich von ihm hielt.

»Na gut. Dann stelle ich meine Frage um. Warum studierst du ausgerechnet an der ADAM?«

Wieder ließ ich seine Worte auf mich wirken. Scheinbar nahm er nun wirklich ernst, was ich sagte, und überging mich nicht einfach. Unser Gespräch bewegte sich auf einer neuen Ebene, wurde tiefer, ehrlicher. Wollte er wirklich etwas über mich wissen und hinter meine Fassade schauen - die Smilla kennenlernen, die ich wirklich war? Und war ich bereit, ihm diese Einblicke zu gewähren? Vollkommen überrumpelt und unsicher über mein weiteres Vorgehen, sagte ich, was mir zuerst in den Sinn kam.

»Für meine Mutter.« *Und für Alva.*

»Inwiefern? Hat sie sich gewünscht, dass du an die Akademie gehst?«

Ich stocherte mit dem Strohhalm in meinem Cocktail herum, zwang meine Augen nicht zu Mile zu sehen. Die Angst, er könnte die Lüge in meinem Blick erkennen, war zu groß. Wenn er diese Mauer durchbrach, konnte ich mich nicht mehr verstecken. Dann würde er merken, wie sehr ich ihm etwas vormachte. Wie sehr ich mir selbst etwas vormachte ... Also musste ich auf der Hut sein und mir genau überlegen, was ich sagte.

»Nein, wahrscheinlich wäre es ihr sogar lieber gewesen, wenn ich mich in Europa beworben hätte. Aber in Australien fühle ich mich ihr am nächsten.« Und weil es immer Alvas Traum gewesen war, an der ADAM zu studieren, weil sie diesen Traum niemals ausleben konnte, musste ich es für sie tun. Auch wenn es bedeutete, einen Teil meiner Seele zu verkaufen. »Meine Mutter ist Australierin und kommt aus dieser Gegend. Sie ist in Agnes Water geboren und aufgewachsen. Bevor sie meinen Vater kennenlernte, lebte sie in Gladstone. Und auch wenn sie jetzt am anderen Ende der Welt ist, fühle ich mich ihr und ihren Wurzeln hier am nächsten. Paradox, ich weiß.«

»Finde ich nicht. Manchmal erschafft Distanz eine Nähe, die sonst niemals möglich wäre.«

Ich schaute zu Mile auf. Seine Gesichtszüge waren plötzlich nicht mehr steif oder abweisend, sondern weich und offen wie nie zuvor.

»Ich muss ehrlich sagen, dass es mir beinahe egal war, wo ich studiere. Hauptsache weg, Hauptsache tanzen.«

Seine Ehrlichkeit überraschte mich. Auch wenn unsere Gründe so unterschiedlich waren, war es unsere Leidenschaft gewesen, die uns an die ADAM geführt hatte.

»Warum war es dir denn egal?«

»Es geht mir nur ums Tanzen. Das kann ich überall.« Er sah mich nicht an, heftete seinen Blick stattdessen auf sein leeres Bierglas. Aber ich ließ mich nicht abblocken, wollte mehr über ihn wissen.

»Was ist mit deiner Familie?«

»Was soll mit ihr sein?« Jetzt sah er mich an. Sein Ton war schärfer als zuvor.

»Na ja, wohnt sie in der Nähe?«

»Ich wüsste nicht, was das für eine Rolle spielt.«

Ich setzte an, um noch etwas zu erwidern, aber der Ausdruck in Miles Augen sagte alles. Es wäre zwecklos.

Ich sah den Mann mir gegenüber an, musterte seine Sommersprossen, dessen Muster mir bereits so schrecklich vertraut vorkam. Und doch war es anders. Es waren nicht nur die Sommersprossen, Mile fühlte sich plötzlich nicht mehr so weit weg an. Obwohl er mich vor wenigen Sekunden noch entschieden von sich gewiesen hatte. Er war mir weniger fremd, weniger bedrohlich. Stattdessen legte sich eine angenehme Wärme um mein Herz, kitzelte meine Seele und wollte diesen Moment niemals enden lassen. Doch ich war müde. Vom Unterricht, von diesem Tag und von dem ständigen auf der Hut sein. Die Müdigkeit kroch durch meinen Körper, setzte sich fest und ließ sich nicht mehr vertreiben. Mit aller Macht unterdrückte ich das erste Gähnen. Aber dann wurde es drängender und ich gab nach.

»Müde?«, erkundigte Mile sich mit einem Grinsen auf den Lippen. Ich nickte resignierend, als sich bereits der nächste Schwall anbahnte.

Ohne zu zögern, hob Mile die Hand, als der Kellner das nächste Mal an uns vorbeilief. Dieser nickte und kam sofort zu uns.

»Das macht fünfundzwanzig Dollar.«

Mile griff nach seinem Portemonnaie, während ich in meiner Tasche nach meinem suchte.

»Stimmt so.« Er legte dem Kellner einige Scheine hin, bevor ich überhaupt etwas erwidern konnte.

»Danke Mann. Euch dann noch einen schönen Abend.« Er sah einige Male vielsagend zwischen uns hin und her, bevor er die Scheine nahm und ging.

Mile erhob sich, als ich ihm gerade meinen Anteil entgegenstrecken wollte.

»Warte, ich …«

»Lass stecken. Immerhin habe ich auf dieses Treffen bestanden«, sagte Mile und zwinkerte mir zu. Sofort rebellierten meine Organe und meine Knie wurden augenblicklich wieder weich. *Was zur Hölle wollte er mit dieser Geste bezwecken?* Ich lächelte dankbar und hoffte inständig, er würde die Röte in meinem Gesicht nicht bemerken.

Die Straßen Gladstones lagen in vollkommener Dunkelheit, als wir die Kneipe verließen. Nur selten spendete eine Straßenlaterne spärliches Licht. Hin und wieder schimmerte die Beleuchtung eines Hauses in der Nacht. Kaum jemand war noch in dem kleinen Örtchen unterwegs, nur auf der anderen Straßenseite führte ein Mann seinen Hund aus und schlurfte gelangweilt über den Bürgersteig. Es war eine sternenklare Nacht, und obwohl ich die Dunkelheit verabscheute, fühlte es sich jetzt anders an.

Im Dunkeln war man ungeschützt. Die Gefühle konnten einen einholen und übermannen, während man hilflos war. Wie oft lag ich nachts wach und versuchte, sie nicht Besitz von mir ergreifen zu lassen … Doch nun war ich nicht allein. Mile war da. Ich fühlte mich sicher, geborgen. In der Nähe eines Menschen, dem ich noch vor wenigen Stunden nicht über den Weg getraut hatte. Doch nun bot er mir Halt. Genauso wie die funkelnden Sterne, von denen ich meinen Blick nicht abwenden konnte. Es waren zu viele, um sie zählen zu können. Ich dachte an den Himmel in Stockholm, der viel zu oft wolkenverhangen war und nicht einen Stern preisgab. Und selbst in den wenigen, klaren Nächten erstrahlte die Stadt zu hell, sodass man keinen Stern sehen konnte. Aber in einer Kleinstadt am anderen Ende der Welt war das anders. Hier boten die Sterne und der Mond das einzige Licht. Es gab nur sie - und Mile und mich. Niemanden sonst. Keine Geräusche, nur das entfernte Meeresrauschen. Es war perfekt. Die Nacht war zu schön, um sie mit Worten zu unterbrechen. Ich hing meinen Gedanken nach. Dachte an Miles Worte, an seine Blicke. Gänsehaut breitete sich an den Stellen aus, die er mit seinen himmelblauen Augen gestreift hatte.

»Eine Sache ist mir aber immer noch nicht klar.« Mile durchbrach die Stille. Überrascht musterte ich ihn. In der Dunkelheit konnte ich nur seine Silhouette erkennen. Sein Gesichtsausdruck blieb verborgen. Wie gerne ich seine Sommersprossen gesehen hätte oder den Glanz seiner Augen. Stattdessen fiel mir auf, dass Mile nicht viel größer war als ich. Ich musste meinen Kopf nur leicht heben. Unsere Schultern konnten einander beinahe streifen. Eine Tatsache, über die ich bisher nie nachgedacht hatte. So oft hatten wir bereits nebeneinandergestanden, aber ich war immer mit etwas anderem beschäftigt gewesen. Doch der Schutz der Nacht lenkte meine Aufmerksamkeit nun auf seine Größe, auf seinen Körper. Mich überkam das Bedürfnis, nach seinem Arm zu greifen. Meine Hand an die Stelle zu legen, die ich schon einmal berührt hatte. Aber ich widerstand und stieg stattdessen in das Gespräch ein.

»Worauf willst du hinaus?« Ich wusste nicht, was er meinen könnte. Selbst wenn ich mich anstrengte, fiel mir kein Thema ein, das für ihn unklar geblieben war. Wir hatten über meinen Weg zum Klavier gesprochen, meine Lieblingsstücke, meine liebsten männlichen und weiblichen Komponisten. Hier und da hatte ich einige Informationen ausgelassen, um mich zu schützen und nicht zu viel preiszugeben. Doch ich war so geschickt vorgegangen, Mile konnte es nicht gemerkt haben.

»Die Sache mit deinem Vater.«

Ich schluckte. Schweiß trat mir auf die Stirn, als mir klar wurde, wie recht er hatte. Über ihn hatten wir heute Abend nicht gesprochen, wenigstens nicht ausführlich. Und ich hatte gehofft, Mile hätte verstanden, wie kritisch dieses Thema für mich war.

Doch erneut war es, als würde er meine Gedanken lesen.

»Bevor du etwas sagst: Ja, du hast mir unmissverständlich klar gemacht, dass du nicht über ihn reden willst. Doch ich würde gern wissen, wieso das so ist. Ich möchte es verstehen.«

Überrascht sah ich zu ihm und begegnete seinem Blick, in dem ich verzweifelt nach Missgunst und Wut suchte, die ihn beim letzten Mal begleitet hatten. Sie hätten es mir so viel leichter gemacht, ihn einfach anzulügen. Doch nun lag etwas anderes in seinen Augen … und ließ ihn verletzlich wirken.

»Da gibt es nicht viel zu verstehen.« Ich wusste nicht, was er hören wollte. Dass mein Vater ein egoistischer und karrierefokussierter Mann war? Jemand, der sich nicht für das Leben seiner Kinder interessierte, sondern sich nur auf ihre Leistungen konzentrierte? Wie fremd ihm Liebe und Anerkennung waren?

»Das sehe ich anders. Eure Beziehung scheint nicht besonders rosig zu sein, geschweige denn scheinst du ein gutes Bild von ihm zu haben.«

»Und, was willst du jetzt hören?« Mein Ton war rau und abwehrend, als müsste ich mich verteidigen. Ich hasste es, wie sehr mein Vater Einfluss auf mich hatte. Je tiefer Mile bohrte, desto angegriffener fühlte ich mich. Dabei war mein Vater das definitiv nicht wert. Aber ich konnte nicht anders, fühlte mich in die Ecke gedrängt. Ich verschränkte resigniert die Arme vor der Brust und fühlte mich dabei schrecklich trotzig. Ich verhielt mich genauso, wie mein Vater es mir immer vorwarf. *Verdammt* … nicht mal heute Abend konnte ich mich von seinem Einfluss lossagen.

»Hey, ich will dir nichts Böses. Es geht mir nicht darum, dass du deine Probleme hier ausbreitest. Aber ich glaube …«, er stockte, als überlegte er, wie er die nächsten Worte formulieren sollte, »… nein, ich glaube nicht, ich weiß. Ich habe dir Unrecht getan. Das verstehe ich jetzt, auch wenn ich die Gründe dafür noch nicht genau kenne.« In seinen Augen erkannte ich Ehrlichkeit und Interesse, zwei Komponenten, die ich zuvor nicht hatte identifizieren können.

»Er ist arrogant. Seine Karriere ist ihm wichtiger als alles andere und ein richtiger Vater war er nie. Wir hatten immer nach seiner Pfeife zu tanzen. Mussten das machen, was für ihn am besten war, damit er in einem guten Licht stand. Egal, was wir wollten oder brauchten.«

»Aber er wird dich doch in deinem Vorhaben, eine erfolgreiche Pianistin zu werden, unterstützen? Ich meine, immerhin weiß er, wie schwer der Weg ist.«

»Wenn du es als Unterstützung ansiehst, dass er mich ständig unter Druck setzt ... Ich muss überall die Beste sein - selbst wenn ich alles dafür vernachlässige. Egal ob Familie, Freunde oder was auch immer. Dann ja. In dem Fall hat er mich mein Leben lang unterstützt.« Meine Stimme war wieder ruhiger geworden. Doch die Verbitterung, die in ihr mitschwang, hinterließ einen eisigen Hauch. Denn Birger Lundström war für mich nicht mehr als mein Erzeuger und die Person, die mir mein Leben zur Hölle machte und mir jeglichen Spaß an der Musik geraubt hatte.

Ich dachte an früher, als Alva und ich noch klein gewesen waren. Gab mir alle Mühe, mich zu erinnern, wie er damals gewesen war - ob er der liebende Vater gewesen war. Aber das war er nie gewesen, das musste ich mir eingestehen. Und auch die Schicksalsschläge hatten uns nicht zusammengeschweißt. Eher im Gegenteil.

Mile schwieg, als wäre zu dem Thema alles gesagt.

»Also noch mal, was ist mit deinen Eltern?« Die Frage kam unüberlegt und spontan über meine Lippen. Ich wusste, ich würde auf Widerstand stoßen. Seine Eltern schienen eine schwierige Angelegenheit für ihn zu sein. Doch vielleicht wollte ich gerade deshalb tiefer bohren. Vielleicht war ich zu neugierig, vielleicht war das hier aber auch einfach mein gutes Recht. Ich hatte so viel von mir preisgegeben. Viel mehr, als ich geplant hatte. Warum sollte ich nicht für ausgleichende Gerechtigkeit sorgen? So konnte er mir außerdem beweisen, wie ernst er es meinte.

»Was soll mit ihnen sein?« Sein Tonfall war kalt, als würde er nun die gleiche Schutzhaltung einnehmen, in der ich mich viel zu lange befunden hatte.

»Wo leben sie? Was machen sie? Hast du ein gutes Verhältnis zu ihnen?«

»Nein«

»Nein?« Ich blieb stehen und sah ihn verwundert an. »Nein, sie leben nicht mehr oder nein, du hast kein gutes Verhältnis zu ihnen?!«

Schließlich stoppte er einige Schritte von mir entfernt. »Nein, ich möchte nicht über sie reden.« Seine Lippen zuckten, als er die Worte ausgesprochen hatte.

Ich schnaubte. »Ich habe dir so viel über mich erzählt. Meinst du nicht, es wäre fair, wenn du jetzt dran bist?«

Ohne mich zu beachten, setzte Mile den Weg fort. Ich verharrte einen Moment, dachte über seine Worte nach. Schließlich folgte ich ihm und musste mich beeilen, aufzuholen. Am liebsten wäre ich stehen geblieben und hätte ihn gehen lassen. Ich war wütend darüber, wie er mich abblockte, nachdem ich so ehrlich gewesen war. Doch mein Gefühl sagte mir, dass mehr dahintersteckte. Plötzlich war er wieder so still, kalt und abweisend. Vielleicht war ich zu weit gegangen ...

»Hey, es tut mir leid. Du musst mir nichts erzählen, wenn du nicht möchtest. Aber ich dachte, wir wollten ehrlich zueinander sein?« Meine Worte verhallten in der dunklen Nacht, als wir schweigend nebeneinander gingen. Die Stimmung hatte sich verändert. War sie beim Verlassen des Pubs noch entspannt, spürte ich nun förmlich, wie sehr sich immer mehr unangenehme Spannung aufbaute.

»Sie leben in Sydney.« Von seinem plötzlichen Meinungswechsel überrumpelt, hörte ich wortlos zu. »Aber ich habe tatsächlich kein gutes Verhältnis zu ihnen. Zumindest nicht zu meinem Vater. Er hätte es lieber gesehen, wenn ich Anwalt oder Mediziner werden würde. Also das klassische Dilemma, wenn die Kinder nicht den Erwartungen der Eltern entsprechen … oder lieber Tänzer werden.«

Seine Ausführungen kamen mir verdächtig bekannt vor. Auch wenn es bei meinem Vater anders war, konnte ich seinen Erwartungen ebenfalls niemals gerecht werden. Genauso wenig wie er in der Lage war, meine Träume zu akzeptieren.

»Und deine Mutter?«

»Von ihr habe ich die Liebe zum Tanzen geerbt.« Während er die Worte über seinen Vater beinahe herausgeschrien hatte, glich seine Stimme nun einem Flüstern.

»Aber das klingt doch perfekt? Dann sollte dein Vater doch verstehen, wieso du diesen Weg eingeschlagen hast?« Ich konnte die Verwunderung in meiner Stimme nicht verbergen, obwohl ich möglichst neutral bleiben wollte.

»Er hält aber nichts vom Tanzen oder von Künsten generell. *Das kannst du in deiner Freizeit machen, aber nicht als Beruf.* Deswegen hat sie die Ballettschuhe an den Nagel gehängt und ist Hausfrau geworden.«

Ich musste unwillkürlich lachen. »Aus welchem Coming-of-age Film hat er denn den Satz geklaut? Klingt verdächtig nach stereotypischem Trashfilm.«

Mile schmunzelte, wollte es aber mit aller Macht hinter seiner kalten Miene verbergen. »Da könnte er auf jeden Fall ohne Probleme mitspielen. Ich sag mal so, er hat ein sehr klassisches Rollenbild - was alles im Leben angeht.« Mile verstummte, das Schmunzeln verschwand von seinen Lippen. »Ein tanzender Sohn passt da nicht ins Bild.«

»Kommt mir irgendwie bekannt vor.« Ein hoffnungsloses Schnauben drang über meine Lippen. Einen Vater, der die eigenen Kinder nicht unterstützte, sondern sie in eine Schublade packte, die ihm besser gefiel, kannte ich zu gut.

»Was meinst du?« Mile zog eine Augenbraue hoch und ließ nicht locker. »Dein Vater unterstützt dich doch dabei, Klavier zu spielen - es sogar zu studieren. Auch wenn es nicht die Form der Unterstützung ist, die du dir wünscht?!«

Ich nickte. Er hatte recht. Nur wusste er nicht, was noch hinter unserem schlechten Verhältnis lag. Wie auch? Immerhin tat ich alles dafür, dieses Geheimnis zu hüten.

»Du hast recht. Ich meinte, ich kann mir gut vorstellen, wie sich das anfühlen muss.« Wieder eine Lüge. Wieder ein Punkt mehr, in dem Mile mich durchschauen könnte.

»Na ja, letztendlich habe ich mich durchgesetzt und das gemacht, wofür ich brenne. Wie mein Vater auf diese eigenmächtige Entscheidung reagierte, kannst du dir sicher denken. Er toleriert es. Dass er die Studienkosten dennoch trägt, habe ich nur meiner Mutter zu verdanken. Von daher will ich mich nicht beschweren, wir haben schließlich alle unser Päckchen zu tragen.«

Schweigend nickte ich. Das war wohl so …

Der Abstand zwischen den Straßenlaternen wurde immer größer, der Weg immer dunkler. Dennoch konnte ich Mile noch immer neben mir spüren. Auch wenn ich nicht hinsah, wusste ich: Er war da. Hin und wieder streiften sich unsere Arme und hinterließen eine warme Spur auf meiner Haut. Sie hielt viel zu lange an, als wollte mein Körper nicht loslassen. Er verzehrte sich zu sehr nach der Nähe zu Mile. Ich fröstelte trotz des wohligen Gefühls. Die Luft war kalt und kroch durch die Maschen meiner Strickjacke.

»Ich muss mich auch bei dir entschuldigen.«

Überrascht schaute ich auf. »Wofür?« Mir stieg Wärme in die Wangen, ließ sie glühen. Nun war ich dankbar über die Dunkelheit. Sie schirmte mich ab, verbarg meine Anspannung.

»Für mein ganzes Verhalten. Am Tag der Prüfung, am Lagerfeuer, du weißt schon ...«

In seiner Stimme lag echte Reue, aber ich wollte nicht länger über diese Begegnungen nachdenken, sondern sie einfach vergessen. Wir hatten geklärt, dass sein Bild von mir falsch gewesen war, und damit war die Sache für mich geklärt.

»Alles gut. Schnee von gestern.«

»Für mich aber nicht«, sagte er leise. Er machte eine Pause, bevor er lauter und mit mehr Nachdruck weitersprach: »Es tut mir leid. Ich war unfair. Ich hatte ein vollkommen falsches Bild von dir.«

»Du kanntest mich nicht.« Ich winkte ab, wollte diese Sache wirklich hinter mir lassen. Auch wenn seine Worte mich verletzt hatten, nahm ich es ihm nicht länger übel.

»Richtig, ich kannte dich nicht. Gerade deshalb hätte ich dich nicht vorverurteilen und so behandeln dürfen. Ich war an dem Tag einfach selbst frustriert.«

»Frustriert worüber?«, fragte ich vorsichtig. Mile schwieg für einen Moment, als müsste er über die Antwort nachdenken.

»Über meine eigene Unzulänglichkeit.«

Ich sah ihn wieder an, wartete auf eine weitere Erklärung. Waren seine Prüfungen nicht gut gelaufen?

»An dem Prüfungstag war ich furchtbar angespannt und bin meine Choreografie für *Zeitgenössischen Tanz* immer wieder durchgegangen. Aber egal was ich tat, mir wollten die Übergänge nicht gelingen. Als du dann in mich reingelaufen bist …«

»Du hast mich umgehauen!« Er wollte sich bei mir entschuldigen, da sollte er mir nun nicht die Schuld zu schieben. Ja, ich war im Tunnel gewesen und hatte ihn nicht gesehen, dennoch hatte er auch nichts mitten auf dem Weg zu suchen.

Er schmunzelte ein aufrichtiges kleines Lächeln, das über sein Gesicht zog, aber schnell wieder verschwand.

»Als wir ineinander geprallt sind«, verbesserte er sich, »habe ich meine Wut und Verzweiflung einfach ungefiltert an dir abgelassen. Zu dem Zeitpunkt hatte ich keine Ahnung, wer du warst. Später habe ich durch Zufall online einen Artikel über deinen Vater entdeckt und da war auch ein Bild von dir. Ich war neidisch, da meine Prüfungen nicht ansatzweise gut waren. Ich hatte echt Schiss, mein Vater würde mir das Geld streichen, wenn ich nicht der Beste bin. Ich dachte, dein Vater würde dich bedingungslos unterstützen. Ich meine, bei deinem Nachnamen sollte es wohl kein Problem sein, wenn du nicht immer überall die Beste bist.«

Ich prustete los. »Dachtest du wirklich, mein Name würde mir helfen? Er ist der größte Fluch überhaupt.«

Mile stieg in mein Lachen ein. »Ja, das habe ich jetzt auch verstanden. Aber an dem Abend war ich so geblendet von meinem Neid und der Wut. Ich wollte dich provozieren, damit du den gleichen Schmerz spürst wie ich.«

Mein Lachen verstummte, als mir klar wurde, warum ich seine Zielscheibe gewesen war. Ich schluckte schwer.

Wieder einmal hatte ich einen Beweis dafür, was ich ohnehin wusste. Man sah in mir nur die Tochter meines Vaters. Es war egal, was ich tat, wie sehr ich mich bemühte. Hoffnungslosigkeit keimte in mir auf, schwemmte alle Kraft aus mir und ließ nur die schmerzende Erkenntnis zurück.

»Smilla, es tut mir wirklich aufrichtig leid. Mein Verhalten war absolut nicht fair. Unabhängig davon, dass dein Vater wirklich ein Arschloch zu sein scheint. Selbst wenn es nicht so wäre. Es ist nicht deine Schuld, dass mein Vater eines ist und mich nicht unterstützt.«

Auch wenn ich es gerne verhindert hätte, trat ein sanftes Lächeln auf meine Lippen. Vielleicht, weil er meinen Vater als Arschloch beschimpfte. Oder es war die Art, wie er meinen Namen aussprach. Aber das Lächeln blieb und ich konnte nicht anders, als seine Entschuldigung aufrichtig anzunehmen.

»Es ist wirklich in Ordnung. Ich hätte auch besser schauen können, wohin ich laufe. Aber wie du weißt, waren meine Ergebnisse auch nicht brillant. Und wie du ebenfalls weißt, ist das für mich nicht einfach.«

»Ich weiß. Und danke. Wirklich, das ist nicht selbstverständlich.«

»Für mich schon.« Ich lächelte ihn an, was er mit einem breiten Grinsen quittierte.

Wir liefen noch einige Zeit schweigend nebeneinander und ich genoss die ruhige, kühle Nacht. Der Hinweg war mir so viel länger vorgekommen, dass ich überrascht war, als sich die Tore der ADAM vor uns erstreckten.

»Also …«, begann Mile.

»Also?«, erwiderte ich mit skeptischem Unterton.

»Also … wir haben noch gar nicht darüber gesprochen, weshalb wir eigentlich diesen Abend verbracht haben.«

»Haben wir nicht?«

Wir liefen durch das eiserne Tor und betraten das Akademiegelände. Der Campus lag in kompletter Dunkelheit.

Die Lampen der Gebäude reagierten mit Bewegungsmeldern, sodass wir eine Spur aus Licht hinter uns herzogen, als wir unseren Weg fortsetzten. Selbst in dem sanften Schein wirkte der Campus gruselig. Menschenleer und vollkommen still. Ich dachte an Willow und Ivy und ob sie wohl noch auf der Party waren. Vielleicht lagen sie längst im Bett. Die Zeit mit Mile hatte meine Raum-Zeit-Wahrnehmung vollkommen durcheinandergebracht.

»Du wolltest mehr über mich erfahren und wissen, ob du mir vertrauen kannst. Ich glaube, es gibt nur noch wenig, was du nicht über mich weißt.« Ich lachte, um meine Unsicherheit zu überspielen, und weil er eben doch längst nicht alles wusste.

»Das stimmt.« Er nickte und verlangsamte seine Schritte. »Dennoch haben wir kein Wort über den eigentlichen Anlass gesprochen.«

Ich blieb stehen. »Du meinst unser Projekt?« Mile nickte. »Bin ich denn würdigt mit dir dieses Projekt zu machen?« Ich verfiel erneut in einen sarkastischen Unterton, den ich mit einem Kichern abrundete.

Genervt sah Mile mich an und ich verstummte. »Sorry. War nicht so gemeint. Ich fand es durchaus sinnvoll, dass wir uns erst ohne Druck kennenlernen. Nun können wir uns auf die Arbeit fokussieren.«

»Ganz mein Reden. Und ja, du bist würdig«, sagte er und setzte das Wort *würdig* in pantomimische Anführungszeichen. »Passt dir Montag nach den Kursen?«

Ich überlegte kurz und nickte.

»Dann buche ich einen Raum. Gibst du mir deine Nummer? Ich melde mich, sobald ich weiß, wohin wir können.« Er streckte mir sein Handy entgegen und ich griff danach. Für den Hauch einer Sekunde berührten sich unsere Finger und sofort schoss ein Feuerwerk in mir los. Nur eine kleine Berührung, doch sie genügte, um einen Flächenbrand in mir zu entfachen. Nervös tippte ich meine Nummer ein. Ich dachte zurück an den Abend. Wir hatten tatsächlich geschafft, uns anzunähern. Und somit endlich einen ersten wirklichen Schritt in die richtige Richtung. Er verstaute das Smartphone wieder in seiner Hosentasche.

»Sehr gut, dann haben wir das ja geklärt«, murmelte er und ging weiter in Richtung der Bungalows, ohne darauf zu achten, ob ich ihm folgte. Miles Körperhaltung hatte sich in dem Moment verändert, als ich sein Handy hielt. Von dem Moment an war er abweisender, verschlossener gewesen. Lag es an unserer Berührung? Oder hatte ich etwas gesagt, dass ihn verärgerte?

Ich folgte ihm schweigend, bis wir die Abzweigung vor den Quartieren erreichten. Mile verabschiedete sich knapp und lief auf den D-Sektor zu, während ich verwirrt zurückblieb.

Für einen Moment glaubte ich, wir hätten uns aufeinander zu bewegt. Doch seit wir das Gelände der ADAM betreten hatten, war dieser Fortschritt wie weggeblasen. Als hätten wir zwei Schritte zurückgemacht. Als wäre dieser ganze Abend - unsere Gespräche - vollkommen umsonst gewesen.

Sechs Staccato

Wie vereinbart machte ich mich am Montag nach meinem letzten Kurs auf den Weg zum Trainingssaal, den Mile gebucht hatte.

Den ganzen Tag konnte ich mich nur schwer auf den Unterricht und das Klavierspiel konzentrieren, da meine Gedanken immer wieder zum Tanzen, zu Alva und zu Mile abdrifteten. Während der Kurse huschte mein Blick immer wieder zu Phoebe, und die Frage, wie weit sie wohl mit ihrem Projekt war, nagte an mir. Bestimmt schon viel weiter als ich. Das hätte zu ihr gepasst. Für sie schien alles immer so einfach zu sein.

Als unsere Blicke sich trafen, glitten ihre Mundwinkel nach oben, ihre Augen strahlten. *Sie war sicherlich schon fertig.* Ein Kloß setzte sich in meinem Hals fest und doch brachte ich ein Lächeln über mich.

In der Nacht hatte ich wach gelegen, weil meine Gedankenkreise es mir nicht erlaubten, endlich zur Ruhe zu kommen. Die Gedanken darüber, was wäre, wenn. Was, wenn ich es nicht aushielt, Mile tanzen zu sehen. Was, wenn ich den hohen Anforderungen dieser Prüfung nicht standhalten konnte. Was, wenn alles über mir einbrechen, mich begraben würde.

Am nächsten Morgen fühlte ich mich gerädert und versuchte, meine dunkel unterlaufenden Augen mit Concealer zu kaschieren. Vergeblich, wie ein erneuter Blick in den Spiegel verriet.

Auf dem Weg zum Trainingsraum besorgte ich mir einen Kaffee in der Cafeteria und für Mile ein Wasser. Ich wusste nicht, was er mochte, aber mit einem halben Liter stillem Wasser konnte man nichts verkehrt machen … Es fühlte sich ein wenig nach einem Bestechungsversuch an. Als wollte ich mir Miles Sympathie mit einem Getränk erkaufen.

Je näher ich dem Raum kam, desto bescheuerter fühlte ich mich mit der Flasche in der Hand, die immer schwerer zu werden schien. Glaubte ich wirklich, ihn damit bestechen zu können? Und hatte ich das überhaupt nötig? Nein, ich hatte es einfach nett gemeint, als guten Start für unsere Zusammenarbeit … Auch wenn ich immer noch nicht verstand, was am Freitag passiert war. In einem Moment war da diese Verbindung gewesen, im nächsten Moment das Band eiskalt zersplittert. Seitdem dachte ich andauernd daran, was ihn wohl verärgert hatte, was ich falsch gemacht hatte. Alles war nur noch verschwommen. Ich wusste nicht einmal mehr, wie seine Stimme geklungen hatte, als wir uns für dieses Treffen verabredet hatten.

Als ich den Flur mit den kleinen Trainingssälen langlief, wurde mir klar, dass ich noch nie hier gewesen war. Natürlich kannte in das Gebäude, war bisher jedoch nie in der fünften Etage gewesen, auf der der Tanzunterricht stattfand. Auch wenn ich es mir nicht eingestehen wollte, hatte ich häufig mit dem Gedanken gespielt, einfach die Treppe weiterzulaufen und nicht in der ersten Etage abzubiegen. So oft hatte ich mir vorgestellt, wie ich durch die Flure lief, den Duft und die Atmosphäre einsog. Doch ich hatte es nie über mich gebracht. Die Angst vor meiner Reaktion war zu groß. Was würde es mit mir machen, jemanden beim Tanzen zu sehen? Jemanden, der nicht Alva war … Ich würde unweigerlich daran denken müssen, sie niemals wieder dort zu sehen. Bilder tauchten vor meinem inneren Auge auf, die ich jetzt nicht gebrauchen konnte. Bilder, die der Ursprung meiner Angst waren ...

Vielleicht war es Zufall, vielleicht Schicksal … Doch nun keine andere Wahl zu haben, als bis ganz nach oben zu spazieren - als wäre es das normalste der Welt - beflügelte mich ebenso, wie es mich verängstigte.

Als ich die oberste Etage erreichte, sah der Flur genauso aus wie in den unteren Etagen, doch hier lag ein besonderer Duft - eine andere Atmosphäre - in der Luft.

Von dem langen Korridor gingen mehrere Türen zu den einzelnen Tanzsälen ab. Es waren weniger als auf unserer Etage. Was wohl daran lag, dass Tanzsäle größer waren als die kleinen Proberäume, in denen ich mich normalerweise befand.

Ich blieb stehen und beobachtete das rege Treiben auf dem Flur. Kleine Gruppen kamen mir entgegen. Eine Gruppe Frauen in Tutus und einige Männer, die schwarze Strumpfhosen oder Leggings trugen. Wahrscheinlich hatten sie gerade *Pas de deux*, dachte ich noch, als mir zwei Studenten auffielen. Sie schienen in ihr Gespräch vertieft und liefen fast in mich hinein. Eine kurze Entschuldigung murmelnd verschwanden sie im Treppenhaus hinter mir.

Ich stand reglos da, versuchte nicht aufzufallen, und dennoch wollte ich alles in mich aufsaugen. Obwohl ich noch keinen Fuß in einen Tanzsaal gesetzt hatte, konnte ich die Wirkung spüren, die wie Magie in der Luft lag.

Ich fand den richtigen Raum ohne Probleme und auch wenn dieser Flur jedem anderen im Gebäude glich, fühlte es sich anders an.

Mile hatte mir am Morgen eine Nachricht mit unserer Raumnummer geschickt. Noch einmal vergewisserte ich mich, den richtigen Saal gefunden zu haben: B.5.12. Auch wenn sich die vier Zeichen mittlerweile auf meine Netzhaut gebrannt hatten. Aber ich wollte alles richtig machen - für Mile und für mich. Es hing alles an diesem Projekt und ich wollte es nicht mit dem kleinsten Fehler, dem kleinsten Moment der Schwäche gefährden.

Aus dem Raum drang gedämpft Musik an mein Ohr. Ich lauschte und versuchte, die Tonkombinationen zu entschlüsseln. Das Stück kam mir nicht bekannt vor, es war keines der klassischen Klavierstücke, wie ich sie gerne spielte und hörte. Die Klänge waren wütend, ich hörte gestrichene Mol-Akkorde der Kontrabässe und Cellos, die sich aneinanderreihten wie schwere Tropfen.

Vorsichtig öffnete ich die metallene Tür, die nur angelehnt war. Dahinter zeigte sich mir ein wunderschönes Bild, welches dennoch gemischte Gefühle in mir auslöste. Alles war so verdammt vertraut und gleichzeitig vollkommen fremd. Das Tanzstudio war ganz anders gestaltet als unsere Probenräume, die mit grauen Akustikpaneelen verkleidet waren.

Die Wände hier waren mit weiß gestrichenem Holz verkleidet, wozu der hellgraue Boden einen gelungenen Kontrast bildete. Gegenüber der Tür erstreckte sich eine breite Spiegelfront. Sie fing das Licht ein, das durch die hohen Fenster in den Raum fiel. Reflektierte es, gab dem Studio mehr Tiefe. So wirkte es beinahe unendlich.

Mein Blick fand Mile sofort, der durch den Raum tanzte und dabei nahezu schwerelos wirkte. Er bewegte sich mit einer eleganten Natürlichkeit, die ich noch nicht oft bei einem Tänzer gesehen hatte. Es war mir kaum möglich, ihn nicht anzusehen. Um in nicht aus seinem Tunnel aus Konzentration und Leidenschaft zu reißen, lehnte ich mich an den Türrahmen. Ich fühlte mich wie ein Eindringling, trat ungefragt in seine Privatsphäre. Aber ich konnte meinen Blick nicht von ihm nehmen, wollte es noch weniger. Die wütenden Töne, sein zerrissener Ausdruck. All das zog mich in seinen Bann, hypnotisierte mich. Ich war gefangen in seinen Bewegungen, seinen Pirouetten, die nicht sanft und geschmeidig, sondern hart und dennoch so perfekt waren. Und plötzlich überkam mich der Wunsch, zu ihm zu gehen - mit ihm zu tanzen. Mich von seiner Wut leiten zu lassen. Doch ich gestattete es mir nicht. Ich blieb stehen, zu gefangen in meinem eigenen Zorn.

Die Musik schwoll noch einmal an, die Streicher spielten ein großes Finale. Mile reagierte auf diese Veränderung, setzte zu einem Sprung an, landete federleicht auf dem Boden und verharrte in der Hocke, bis der letzte Ton verklang.

Stille breitete sich im Raum aus. Nur sein schwerer Atem war zu hören. Ich traute mich kaum, Luft zu holen oder mich zu bewegen. Ich fühlte mich jetzt noch ertappter, es war mir noch unangenehmer, ihn heimlich beobachtet zu haben. Die Magie war verpufft, zurück blieb nur die Realität. Mile hatte seine Gefühle im Tanz offenbart, obwohl er es gar nicht wollte. Ich hatte genau jene Grenze überschritten, von der er mich versucht hatte, fernzuhalten.

Um vorsichtig auf mich aufmerksam zu machen, bewegte ich mich langsam in den Raum, streifte meine Schuhe neben der Tür aus reiner Gewohnheit ab. Aber Mile schien noch vertieft und mich nicht zu bemerken. Ich räusperte mich erst leise, dann lauter. Er löste sich ruckartig aus der Hocke und drehte sich zu mir. Seine Augen waren vor Schreck geweitet, sein Blick suchte nach der Ursache der Störung.

Schwer atmend starrte er mich für einen Moment an und ich erwiderte seinen Blick schweigend. So wie schon einige Male zuvor. Und doch war es anders. Ich glaubte, den Mann vor mir zu kennen. In meinem Unterleib breitete sich ein warmes Kribbeln aus, das mir mittlerweile genauso bekannt war wie das intensive Blau seiner Augen. Wie gerne wäre ich zu ihm gegangen, hätte nach seiner Hand gegriffen, um mit ihm gemeinsam die Musik zu erleben. Aber ich tat es nicht. Es hätte zu viele Grenzen überschritten. Grenzen, die ich nie wieder zurückbekommen hätte.

Dann löste Mile sich aus seiner Position und ging zu einem weißen Regal, in dem eine Sporttasche, ein Handtuch und eine Flasche lagen. Er bewegte sich mit einer Leichtigkeit - beinahe gleichgültig, als trotzte er allen Kräften um sich herum. Es war, als hätte es diesen Moment nicht gegeben, als wäre ich nicht vollkommen unangebracht in seine Komfortzone eingebrochen - als wäre ich gar nicht da ...

Er wischte sich den Schweiß von der Stirn und setzt seine Flasche an, die jedoch bereits leer zu sein schien. Er stöhnte genervt und pfefferte sie zurück ins Regal. Ich rührte mich nicht, starrte ihm nur hinterher. Die Unsicherheit, ob ich etwas sagen oder machen sollte, zerriss mich beinah.

»Willst du da noch länger stehen?«, fragte er beiläufig. Ich wollte antworten, doch die Worte blieben mir im Hals stecken. Ich fühlte mich so unwohl … Wie ein Parasit, der zwanghaft versuchte, sich einen Platz zu erstreiten.

Ich zog die Tür mit einem leisen Klicken hinter mir ins Schloss und machte vorsichtig einige Schritte auf Mile zu, ohne einen Ton von mir zugeben.

»Du kannst deine Sachen hier ablegen«, sagte er und zeigte auf das Regal.

»Ich habe dir ein Wasser mitgebracht«. Ich hielt die transparente Flasche in die Luft.

»Danke?!« Mile klang überrascht, immerhin hatte er mich nicht darum gebeten.

»Mir war noch nach einem Coffee-to-go und in der Cafeteria fühlte ich mich dann schlecht, wenn ich mir einen frischen Kaffee mitbringe und dir nichts. Da ich aber auch nicht wusste, was du trinkst, dachte ich, mit Wasser kann man nicht viel falsch machen.« Verlegen rieb ich die freie Hand an meiner Hose.

Mile nickte und nahm die Flasche an, die ich ihm entgegenstreckte. Er öffnete sie und leerte sie in einem Zug bis zur Hälfte. Ich beobachtete, wie zärtlich er die Finger um das harte Glas legte. Wie sich wohl seine Hand auf meiner Haut anfühlen würde? Schnell schob ich den Gedanken bei Seite. *Professionell bleiben, Smilla.*

Ich legte meine Tasche ab, achtete darauf, ihm nicht zu nahe zu kommen. Mir reichten meine Gedanken. Ich wollte nicht in Erfahrung bringen, wie mein Körper auf eine tatsächliche Berührung reagieren würde ...

Freitag Nacht hatte ich mich ihm so nah gefühlt. Unsere Gespräche waren so vertraut. Zu vertraut. Ich hatte ihm so viel offenbart, dabei wusste er noch lange nicht alles. Jetzt war es, als wäre Mile weiter entfernt denn je zuvor.

Ich war mir nicht sicher, ob es an seiner Anwesenheit lag oder daran, dass ich mich seit Jahren zum ersten Mal wieder in einem Tanzstudio befand. Aber die Angst suchte sich langsam wieder ihren Weg aus der Unterdrückung. Ich hatte sie weggesperrt und jetzt hämmerte sie mit aller Macht gegen die Stäbe ihres Käfigs. Wir waren an dem Ort, an dem sie am stärksten war. An dem Ort, wo sie ihren Ursprung hatte. Erst als sie sich nun wieder bemerkbar machte, wurde mir klar, wie gut sie sich die letzte halbe Stunde benommen hatte. Wahrscheinlich war selbst sie mit dieser Situation zu überfordert.

Doch lange konnte ich mich nicht darauf konzentrieren, denn Mile legte das Handtuch und die Wasserflasche wieder ins Regal und ging in die Mitte des Raumes. Ich folgte ihm mit meinem Blick, legte meinen Fokus auf ihn.

»Also, wie willst du vorgehen?«

Verblüfft und vollkommen überfordert schaute ich ihn an. Ich wusste genau, was ich wollte. Die Schwierigkeit lag darin, es Mile zu erklären. Ich hatte das heutige Treffen vorgeschlagen, denn irgendwo mussten wir anfangen. Es wäre sinnvoll für meine Inspiration, ihn tanzen zu sehen. Außerdem wollte ich es unbedingt - so paradox dies auch klingen mochte. Doch ich brachte es nicht über mich, ihm diese Überlegungen vorzubringen. Die Worte hingen wie Kaugummi in meinem Mund. Sie waren da, wollten aber nicht hinaus. Stattdessen stotterte ich, bis Mile aussah, als würde er mich jede Sekunde unterbrechen. Innerlich flehte ich ihn an, genau das zu tun. Aber er erwies mir diesen Gefallen nicht, sondern beobachtete mich.

»Ich weiß nicht … Wahrscheinlich sollten wir möglichst strukturiert vorgehen.« Endlich schaffte ich es, etwas zu sagen. »Vielleicht kannst du mir zeigen, was du gerne tanzt, womit du dich wohlfühlst. Ich glaube, das wäre eine gute Grundlage. Dann könnten wir uns über ein Thema oder eine Message austauschen, um nichts zu vergessen.«

»Struktur ist der größte Killer der Kreativität. Sie muss fließen und frei sein. Die Message ist für dich sehr wichtig, oder?« In seiner Stimme schwang ein Ton mit, den ich nicht recht identifizieren konnte. Irgendetwas zwischen Vorwurf und Sarkasmus …

Ich schob den Gedanken beiseite und nickte. »Hat nicht jedes Stück eine Message? Ohne tiefere Botschaft ist ein Lied nicht mehr als leere Töne. Genau wie dein Tanz - damit wolltest du auch etwas ausdrücken, oder? Außerdem sagte Mrs Thompson, eine Grundaussage sei elementar für ein gutes Stück. Es wäre ziemlich naiv, diesen Hinweis zu übergehen.«

Verlegen schaute er zur Seite. Seine Haare waren schweißfeucht, einige klebten ihm in der Stirn. Im Spiegel sah ich, wie er erst eine, dann die andere Augenbraue hochzog und sie wieder entspannte, als dachte er intensiv über meine Worte nach. »Du hast mich also beobachtet?«

Das war alles, was ihm dazu einfiel? Oder wollte er ablenken? Jedenfalls schien er nicht bemerkt zu haben, wie lange ich im Türrahmen gestanden hatte. Vielleicht hatte ich ihn aber mit meiner Frage ertappt. Denn er konnte nicht leugnen, dass sein Tanz auf Gefühlen basierte und mehr als eine aneinander Reihung von Schrittfolgen war.

»Ähm, tut mir leid. Ich wollte dich nicht stören«, gab ich kleinlaut zu.

Er nickte, mehr Reaktion gestand er mir nicht zu. Wieder wirkte er undurchdringlich. Die Mauern, die wir am Freitag abgebaut hatten, waren erneuert - höher und standfester als zuvor. Und ich stand davor, konnte nur darüber mutmaßen, was in seinem Kopf vorging. Doch ich fühlte, wie wir uns wieder von unserem Ziel entfernten; Schritte zurückmachten. Ich wollte dagegen ankämpfen, denn die Zeit lief gegen uns. Wir mussten sie im Auge behalten, um voranzukommen.

Ich wusste nicht, wie ich zu Mile durchdringen könnte. Was ich jedoch wusste, dass mich seine Fähigkeit, mich draußen zu halten, zunehmend verunsicherte. Sie bereitete mir Bauchschmerzen, feuerte mein Gedankenkarussell unerbittlich an. Er war noch immer ein riesiges Geheimnis für mich, das sich mir nicht erschließen wollte und es wahrscheinlich so schnell nicht tun würde - daran änderte auch unser Treffen am Freitag nichts. Aber irgendwie mussten wir auf einen gemeinsamen Nenner kommen. Zumindest für dieses Projekt.

»Also gut«, sagte er, als wäre meine Entschuldigung vollkommen an ihm vorübergegangen und begab sich in Ausgangsposition. Er hielt den Rücken gerade, drehte die Füße aus. Statt die Arme mitzunehmen - wie es üblich gewesen wäre - führte er sie vor seinem Oberkörper zusammen und knetete unruhig seine Finger. So, als wäre es das Normalste der Welt, was es für ihn vermutlich auch war. Doch für mich war es das nicht. Ich fühlte mich wie auf hoher See. Alles schwankte, aber es war keine Rettung in Sicht. Ich wusste nicht, wie ich mich verhalten oder ob ich etwas sagen sollte. Mile schien meine Unsicherheit nicht zu bemerken, sondern fuhr unbeirrt fort.

»Am liebsten tanze ich *Modern*.« Er zeigte einige Bewegungen und Sprüngen, die ich aufmerksam beobachtete und versuchte, jede Position und jede Regung seines Körpers in Gedanken festzuhalten.

»Dabei ist es mir egal, ob *Jazz, Lyrical, Contemporary* …«

Er zeigte verschiedene *Contracts* und *Releases*, Drehungen, *Chassés*, *Pas de Boureés*. Sein Körper wiegte sich dabei so geschmeidig hin und her, als würde Musik spielen, die nur er hören konnte. Dann stoppte er.

»Wir können auch Ballettschritte einbauen.« Er wechselte die Richtung und drehte einige Pirouetten durch die Diagonale, wiederholte einige Sprünge - von einem Sauter bis zu einem Grand Jete'.

Mir blieb nichts anderes übrig, als ihm fasziniert durch den Raum zu folgen. Ich konnte den Blick nicht von ihm abwenden. Selbst wenn ich es gewollt hätte, wäre die Anziehung zu groß gewesen. Alles um mich verschwamm, da war nur noch Mile. Sein Tanz, der mir mit jedem Schritt das Herz ein wenig mehr aus der Brust riss und es gleichzeitig zusammensetzte. Der Schmerz war echt, die Sehnsucht überwältigend. Meine Fingerspitzen kribbelten, mein Magen zog sich zusammen. Mein Wunsch nach diesen Bewegungen war einfach zu groß. Ich wusste noch genau, wie sie sich anfühlten, obwohl ich seit so vielen Jahren nicht mehr in ihren Genuss gekommen war.

Während Mile immer wieder abhob, förmlich durch den Raum schwebte und seine Tanzschritte mit Erklärungen untermalte, stand ich wie angewurzelt auf dem Boden. Das Fremdheitsgefühl wollte nicht verschwinden. Um mich zu erden, lehnte ich mich gegen die Wand und ließ mich an ihr hinab gleiten.

Ich hatte schon als Kind gerne auf dem Boden gesessen - es gab mir Sicherheit und Schutz. Genau wie in diesem Moment. Ich schloss die Augen, fühlte die Kühle des Parketts und entspannte mich sofort.

Als ich wieder aufsah, setzte Mile sich mir gegenüber.

»Und? War das genug Inspiration? Dir haben die Erläuterungen vermutlich recht wenig gebracht, aber so fand ich es stimmiger.«

Ich nickte. *Wenn er wüsste.*

Er grinste süffisant, was ich wieder nicht recht einordnen konnte. Wahrscheinlich gefiel es ihm, am längeren Hebel zu sitzen und mir das Gefühl zu geben, das Projekt vorrangig zu gestalten. Doch er konnte mich nicht aus der Fassung bringen.

Ich schämte mich für meine Unterstellung. Durch die Jahre mit meinem Vater war ich bereits so darauf gepolt, in allem etwas Schlechtes zu vermuten. Aber Mile ... Er hatte mir seine Ehrlichkeit bewiesen. Ihn in eine Schublade mit all den anderen zu stecken, war nicht fair und würde uns sicherlich nicht voranbringen.

»Ach, alles gut. Es klang auf jeden Fall interessant.« Ich lächelte ihn an, was er erwiderte. Es war das erste Mal, dass ich ihn aufrichtig lächeln sah.

Ich legte den Kopf schief. »Was ist los?«

Sein Lächeln wurde frecher, mutiger. Irgendetwas schien ihn zu erheitern.

»Gar nichts.«

»Irgendwas hast du doch. Komm sag schon.«

»Es ist gar nichts.«

Er schaute mich an. Sein Lächeln wich von seinen Lippen, jedoch nicht aus dem Blau seiner Iriden. Sie strahlten, als wollte sie mich blenden.

Ich wollte es erwidern, aber es gelang nicht. Stattdessen schaute ich hilflos weg, suchten mir eine kleine Macke im Boden, auf die ich mich konzentrierte und machte der Stille um uns wieder Platz.

Sie breitete sich aus, wurde beinahe unerträglich. So als wüsste keiner, was er sagen sollte - als wären wir uns fremd, was wir im Grunde genommen auch waren. Ein Abend hatte noch keine Freunde aus uns gemacht.

»Hast du irgendwelche Ideen, in welche Richtung wir gehen können?« Ich bezwang die Stille.

»Du meinst tänzerisch?« Die Verwirrung in seinem Blick war nicht zu übersehen. Er streckte seine Beine aus, dehnte seine Füße. Mit nur einer kurzen Bewegung hätte er meine Beine streifen können.

»Nein, thematisch. Ich meine die ...«

»... Message«, vollendete er meinen Satz - wieder schwang ein süffisanter Unterton in seiner Stimme mit. Das Lächeln schlich sich auf seine Lippen zurück.

Das Blut schoss in meine Wangen, hinterließ ein warmes Glühen. Ich nickte unsicher.

»Ich weiß, ich weiß. Für dich ist *die Message* nur Nebensache.« Ich malte Gänsefüßchen in die Luft. »Aber für mich ist es der Kern eines guten Stücks. Musik besteht daraus. Ohne Botschaft fehlt die Substanz. Jedes Lied, jeder Ton, jeder Tanz sagt etwas aus. Jede deiner Bewegungen vermittelt etwas, das so tief in dir drinsteckt, dass es nur für die sichtbar wird, die genau hinschauen. Oberflächlich betrachtet ist Musik eine Aneinanderreihung von Noten und Pausen, aber wenn du dich traust und genau zuhörst, dann wirst du verstehen, was das Stück aussagen möchte.« Mit jedem Wort klang meine Stimme stärker, hatte mehr Überzeugungskraft. In mir brodelte es. Die Leidenschaft war geweckt und lag nun in jedem einzelnen Ton. Immer wenn ich über Musik sprach, neigte ich dazu, mich in Rage zu reden und nicht mehr aus der Fachsimpelei herauszukommen. Denn Musik war mein Motor und alles, was mir Kraft gab.

Er legte eine Hand an seinen Hals, neigte den Kopf und verbarg so sein Schmunzeln.

»Lach mich ruhig aus.« Meine Euphorie bekam einen jähen Dämpfer. Insgeheim hatte ich gehofft, es würde ihm mit dem Tanzen ähnlich gehen. Doch mittlerweile glaubte ich nicht mehr daran - vielleicht wollte er mich nicht verstehen.

»Ich lach dich nicht aus. Ganz im Gegenteil.« Er stockte, sah mich dann an. »Mir gefällt es, wie du über Dinge redest, die dich begeistern. Dinge, für die du brennst.«

Unsere Blicke trafen sich und ich war mir sicher, dass er mir in diesem Moment einen kleinen Teil seiner Seele offenbarte. In seinen Augen loderte für einen Augenblick Leidenschaft auf, von der ich nicht wusste, was sie bedeutete, oder wem sie galt.

Wieder kehrte die Stille zurück, aber wir gaben ihr keine Chance - waren wie ausgewechselt.

»Bach ist ein super Beispiel für Motive in Kompositionen. Er schafft es, in jeder einzelnen Sequenz etwas auszudrücken, was keinerlei Worte bedarf«, schwärmte ich.

Mile zog die Augenbrauen hoch. »Kann ich nachvollziehen, aber Bach ist mir zu klassisch, irgendwie altbacken. Ich würde *Modern Dance* immer dem Ballett vorziehen, da eignen sich dann eher moderne Klassiker. Kennst du Carmen von George Bizet?«

»Selbstverständlich!« Ich hoffte inständig, er meinte es eher als rhetorische Frage. »Wobei Bizet auch nicht viel später gelebt hat als Bach. Aber ich verstehe, worauf du hinauswillst.«

»Aber seine Motive sind viel zeitgenössischer, irgendwie kritischer. Ich liebe es, zu Suite No.2: Habanera zu tanzen. Es hat so viel Wut und Stärke. Damit kann ich einfach mehr anfangen als mit irgendeinem Tschaikowsky.«

Ich schluckte schwer. Sofort tauchten die Bilder der Schneeflocken auf, der Geruch des Haarsprays, das laute Knacken.

»Smilla?«

»Hm?« Ich sah auf und entdeckte Sorgenfalten um seine Augen. Sorgenfalten, die nur mir galten. Statt auf meine Pause einzugehen, wechselte ich das Thema. Wir näherten uns gerade an, da konnte ich unangenehme Nachfragen nicht gebrauchen.

»Wie stehst du denn zu Filmmusik?«

»Wie soll ich dazu stehen?« Mile zuckte mit den Schultern, als verstand er die Relevanz meiner Frage nicht. »Ohne Musik wäre ein Film vermutlich relativ … na ja, einseitig.«

»Nicht nur das. Ohne Musik wäre ein Film nichts. Die Stücke sind so komponiert, dass sie die Stimmung und das Thema wiedergeben. Sie gibt einer Szene Dynamik, übermittelt Gefühle. Musik ist das, was bei dir ankommt, sich in deinem Kopf festsetzt und unwiderruflich damit verknüpft. Du hörst ein Lied und denkst an den jeweiligen Film. So funktioniert es. Denk doch nur an *Die fabelhafte Welt der Amelie*. Ohne *Comptine d'un autre été* wäre Amelie nur eine leere Hülle. Ganz davon abgesehen, dass ich es liebe, das Stück zu spielen.«

Ich spürte das Kribbeln in meinen Händen erst, als ich stoppte. Genauso wie das Grinsen, welches sich um Miles Lippen schlich.

»Was?«, fragte ich harsch. Lachte er mich aus?

»Du bist so gelöst. Das mag ich.« Wir sahen uns an. Ich inspizierte seine Sommersprossen, deren Muster mir immer vertrauter wurde. Sog das Farbenspiel seiner Iriden in mich auf, prägte mir jede Nuance ein.

Miles Blick war ebenso intensiv - als würde er in mich hineinsehen und ich ließ ihn das erste Mal gewähren. Es war okay. Ich war bereit, mich ihm zu öffnen. Ich wollte noch mehr mit ihm teilen, ihm alles zeigen. Und doch durfte ich nicht leichtsinnig werden. Einen Teil musste ich für mich behalten. Das war ich meiner Schwester schuldig.

Ich zog meine Beine vor meine Brust, begab mich in Schutzhaltung. Jegliche Euphorie verschwand. Was ich für einen kurzen Moment hatte vergessen können, prasselte wieder auf mich ein.

Auch Mile wich ein Stück zurück, half mir so, die Mauer wieder hochzuziehen, die wir mit unseren Worten niedergerissen hatten. Und dennoch war sie ein Stückchen niedriger als zuvor.

Ich sah zu den Fenstern, die mittlerweile nur noch eine schwarze Wand bildeten. Ich konnte nicht sagen, wie lange wir hier gesessen und geredet hatten - es fühlte sich nach einer Ewigkeit an.

Mile richtete sich auf, streckte seine Arme und Beine, da wir stundenlang auf dem Boden gekauert hatten. Er lief auf und ab, zog Kreise, als ob er seinen Bewegungsdrang zu lange unterdrückt hätte.

»Ich denke, es ist schwer, das Thema von Anfang an zu bestimmen. Wir sollten es als Prozess sehen.« Er unterbrach seine Bewegungen und Dehnübungen nicht, während er sprach. »Es erscheint mir sogar fast unmöglich, sich auf etwas festzulegen. Emotionen kann man nicht erzwingen.« Die letzte Bemerkung schob er so trocken hinterher, als gehörte sie gar nicht zum Rest.

»Da gebe ich dir recht. Aber wie stellst du dir den weiteren Prozess vor?« Es war mir nicht ganz klar, worauf er hinauswollte. Wenn er die Emotionen und die Message in einem Prozess entstehen lassen wollte, sah er dann auch die Entwicklung des Stückes als Prozess?

»Ich weiß, es ist viel verlangt, aber ich vertraue auf dich.« Er blieb vor mir stehen, sah zu mir und streckte mir seine Hand entgegen. Ich betrachtete seine Finger, die nun so nah vor mir waren. »Schreib einfach. Schreib dieses Stück und vertraue auf dein Talent und deine Intuition. Wir haben so viel über unsere Vorlieben und Abneigungen gesprochen. Ich bin mir sicher, du wirst für uns das perfekte Stück komponieren.«

Ich ergriff seine Hand und ließ mich von ihm hochziehen. Sie war warm und angenehm weich. Ich wollte weiter in diese Wärme eintauchen, mich an sie schmiegen und ihr Einlass gewähren. Wie sich seine Hand wohl an anderen Stellen meines Körpers anfühlen würde?

Seine Worte schwirrten durch meinen Kopf. Ich fragte mich, wie ich ein Stück schreiben sollte, das uns beiden gefiel, wo unsere Meinung doch bei so vielem so unterschiedlich war.

Ich spürte seinen Atem seicht durch mein Haar streifen. Seinen festen Griff an meiner Hand. Finger, die sich miteinander verbanden, als gehörten sie zusammen. Er musterte mich, als wartete er auf eine Reaktion, doch ich sortierte noch immer seine Worte, ergründete seine Absichten. Angst, ihn zu enttäuschen, seinen Ansprüchen nicht gerecht zu werden, keimte in mir auf. Der Erfolg hing genauso von seiner Leistung ab wie von meiner. Ich war die Musikerin. Es war meine Aufgabe, ein Stück zu schreiben, mit dem wir alle vom Hocker hauen würde. Mit einem Blick, der ihm meine innere Zerrissenheit sicherlich offenbarte, sah ich zu Mile, der mir sofort einen Teil dieser Zweifel nahm. »Zusammen schaffen wir das.«

Zusammen ... Seine Worte waren wie eine weiche Umarmung, die sich schützend um mich legte.

Sein Blick hielt meinen fest und er machte keine Anstalten, diesen Moment zu unterbrechen. Meine Hände wurden feucht. Ich wollte sie aus Miles Griff ziehen, aber ich war unfähig, mich zu bewegen. Wir hielten einander fest, als wäre es das letzte Mal - als hätten wir Angst, diesen Moment enden zu lassen.

Wir verharrten noch für einige Atemzüge, bevor Mile sich löste. Er nahm die Umarmung mit, die Wärme, die mich umgeben hatte, hinterließ Kälte und den Drang, zu ihm zurückzukehren.

Doch er zog wieder seine Kreise. Als er einen finalen Bogen schlug, nahm er seine Tasche und blickte zu mir.

Ich war noch immer unfähig, mich zu bewegen - unfähig, loszulassen.

Mile betrachtete mich und ich glaubte, Schmerz in seinem Blick zu erkennen. Schmerz, den ich ebenfalls spürte. Schmerz der Trennung. Schmerz des *was wäre, wenn.*

Schließlich löste ich mich, machte einige Schritte auf das Regal zu. Mile machte mir Platz, damit ich meine Tasche nehmen konnte.

»Dann melde ich mich bei dir, sobald ich fertig bin?« Die Worte kamen trocken über meine Lippen. Ich wunderte mich selbst darüber. Sie spiegelten nicht im Geringsten wider, was ich fühlte.

»Machen wir so.« Er nickte. Genauso trocken, wie meine Worte es gewesen waren.

Sieben *Sostenuto*

Mile war in meinen Gedanken - seine Worte, seine Berührungen. Immer wieder ging ich unser Gespräch durch. *Mir gefällt es, wie du über Dinge redest, die dich begeistern. Dinge, für die du brennst.*

Ich musste an seinen Blick denken, so intensiv und eindringlich. Irgendwie geheimnisvoll und traurig, aber dennoch auf eine Art liebevoll. Und obwohl wir die Stücke auf eine ähnliche Art fühlten, waren unsere Ansichten ganz und gar unterschiedlich.

Das ständige Hin und Her zwischen Angst und Mut, Hoffnung und Verderben machte sich immer mehr in mir breit. Nistete sich ein, aber ich wollte dieses Stück schreiben.

Es kitzelte mir in den Fingerspitzen, weil ich nichts mehr wollte, als diese Komposition endlich zu Papier zu bringen. Ich wusste noch nicht, wie es aussehen oder wohin es führen würde. Aber es war da, das spürte ich.

Doch da war auch die Angst. Angst, Mile und seinen Ansprüchen nicht gerecht zu werden, mich neben ihm ohnmächtig zu fühlen. Denn wie sollte es funktionieren. Entgegen der landläufigen Meinung passten Gegensätze für mich einfach nicht zueinander.

Genau darüber wollte ich mit Willow in der Mittagspause reden, aber sie ließ sich nicht auf meine Zweifel ein.

»Aber wo genau liegt denn das Problem?«

Manchmal brachte sie mich wirklich um den Verstand. Hätte ich gewusst, was mein Problem war, hätte ich ihr meine Zweifel sicherlich nicht ausgebreitet.

»Genau das will ich doch von dir wissen. Irgendetwas ist ja da. Aber ich weiß einfach nicht, wie ich es deuten oder nutzen soll. Du hast doch sonst immer für alles eine Lösung!« Mein Ton war rauer, als ich es beabsichtigt hatte. In letzter Zeit ertappte ich mich häufiger dabei, über zu reagieren, was mir sehr leidtat. Aber der Stress wegen des Projekts setzte mir immer mehr zu.

Willow schien mir meine Verzweiflung nicht übel zu nehmen, sondern überging sie einfach.

»Du musst dir einfach klar machen, was du willst. Was für ein Stück willst du komponieren? Welchen Stil soll Mile dazu tanzen? Soll es etwas Klassisches sein oder etwas Modernes? Er wird dir doch gesagt haben, was er tänzerisch bevorzugt?«

Ich zerbröselte gedankenverloren die Reste meiner Zimtschnecke zwischen den Fingern und hielt meinen Blick starr auf das Chaos vor mir gerichtet. Ich wollte Willow nicht ansehen und sie meine Verwirrung in Bezug auf Mile sehen lassen. Sie sollte nicht wissen, dass es nicht nur das Stück war, welches mich beschäftigte.

Ich suchte nach Antworten auf ihre Fragen, die mir helfen sollten, aber doch nur zu mehr Verzweiflung führten. Willow war so gradlinig in dem, was sie tat. Sie konnte Emotionen problemlos an die Seite schieben. Obwohl sie sich sonst kaum auf eine Sache konzentrieren konnte, hatte sie aufs Tanzen einen vollkommen analytischen Blick und ließ sich nicht von Emotionen treiben. *Emotionen kommen nachher von selbst, aber für das Grundgerüst brauchst du knallharte Fakten,* hatte sie mir am Anfang unseres Studiums erklärt, als wüsste ich nichts und sie alles.

»Jetzt lass die Sauerei da sein und konzentriere dich bitte aufs Wesentliche.«

Ich stäubte Krümel von meinen Fingern und verhakte sie dann in meinem Schoss. Kurz richtete ich meinen Blick auf Willow, die mich mit hochgezogenen Augenbrauen musterte. Statt ihr zu antworten, beobachtete ich einen Dozenten, der sich an der Theke einen Kaffee eingoss. Gleich daneben kicherten zwei Tänzerinnen über den Tropfen, den er sich dabei aufs weiße Hemd kleckerte.

Die Leute wirkten so fremd, obwohl ich jeden Tag gemeinsam mit ihnen über den Campus lief. Bisher hatte ich nur mit wenigen ein paar Worte gewechselt. Ich fühlte mich verloren, allein. Ein Kloß bildete sich in meinem Hals, als Heimweh in mir aufkeimte. Wie gerne würde ich mit Alva hier sitzen, Kaffee trinken und über das Tanzen fachsimpeln. Ich wollte mit ihr über Kleinigkeiten lachen und das Leben mit ihr teilen. Natürlich hatte ich Willow und Ivy. Aber es war anders. Sie kannten nicht die dunklen Seiten, die Abgründe in mir. Für sie war ich nur eine Version von mir selbst, unfähig, mich ihnen anzuvertrauen. Auch wenn ich es so sehr wollte, gab es wieder zu viele *hätte* und *wäre*. Zu viel, was mich davon abhielt, mich zu befreien. *Vielleicht irgendwann einmal.*

Willow räusperte sich und riss mich aus meinen Gedanken. Die Geräuschkulisse war mit einem Mal lauter als zuvor und dröhnte in meinen Ohren. Das Kichern der Tänzerinnen, das Stöhnen des Dozenten, das Klirren des Geschirrs. Und mittendrin Miles Stimme in meinem Kopf.

»Er hat mir einige Schritte und Abfolgen gezeigt und auch gesagt, dass er sowohl *Modern Dance* als auch Ballett passend fände. Aber diese große Auswahl macht es für mich nun einmal nicht leichter.«

Willow nickte verständnisvoll und rieb sich nachdenklich die Schläfe.

»Es ist ja nicht so, als wäre ich vollkommen planlos. So ein grobes Gefühl ist da, aber ich weiß nicht, wie ich es packen und auf Papier bringen soll.«

»Das verstehe ich wirklich. Ich bin so froh, dass Minou und ich schnell ein Thema hatten.«

»Du wirst mir aber vermutlich nicht verraten, wofür ihr euch entschieden habt?«, fragte ich hoffnungsvoll, wobei ich wusste, wie schweigsam Willow bei solchen Themen sein konnte. Tatsächlich legte sie sich einen Finger vor den Mund und schüttelte entschuldigend den Kopf.

»Was solls.« Ich zuckte mit den Schultern, nahm meine Tasche und stand auf.

»Du schaffst das, Smilla. Ich glaube an dich.«

»Ich schau mal. Phoebe und Michel haben bestimmt auch schon innovative Ideen, mit denen sie mich einfach ausstechen werden.«

»Denk jetzt bitte nicht an die anderen. Die sind egal, es geht um dich und Mile!«

Willow hatte leicht reden. Konkurrenzkampf war schließlich auch kein Thema, wenn man von Natur aus begabt war. Wie sehr ich wünschte, mir davon etwas abschneiden zu können.

Ich ließ meinen Blick durch die sich leerende Cafeteria gleiten, blieb an der Uhr hängen. *Mist.* Ich war spät dran.

»Die Pflicht ruft. Habe jetzt noch einen Kurs und danach setze ich mich mal dran.«

Sie lächelte mir zur Verabschiedung aufmunternd zu, bevor ich mich - niedergeschlagener als zuvor - auf den Weg zu Gebäude B machte.

Nach meinem Kurs *Kompositionen der Postmoderne* ging ich direkt zu meinem Zimmer, um mich an mein E-Piano zu setzen. Die Töne, die seit gestern in meinem Kopf herumschwirrten, mussten endlich aus mir raus und aufs Papier. Zwar waren sie immer noch genauso wirr wie beim Gespräch mit Willow, doch ich musste mich überwinden und es einfach probieren. Das Gefühl war da ... Ich musste nur noch danach greifen und es zu Musik machen.

Im Kurs hatten wir über Kontrapunktierung in der Filmmusik gesprochen. Es ging um Gegensätze von Bild und Musik, was definitiv eher ein Exkurs in dem sonst so klassischen Curriculum meines Studiums war. Doch die Dynamik in den Stücken hatte mich inspiriert. Immer wieder tauchte Mile als Bild vor mir auf. Wie er tanzte, wie er sprach, wie er lachte ... Alles war so klar, so greifbar. Ich wollte ein Stück für uns komponieren. Ein Stück, das ihn widerspiegelte - genauso wie es mich zeigen sollte.

Ich ging auf direktem Weg zu meinem Bungalow, auch wenn ich mich durch die Masse an Studierenden auf dem Campus drängeln musste. Beinahe bereute ich meine Entscheidung, doch ich wollte die Atmosphäre, die sich nach dem Kurs in meinem Kopf entwickelt hatte, nicht verlieren. Sie war unfassbar fremd und gleichzeitig genau richtig.

Ich schloss meine Tür auf, schmiss meine Tasche aufs Bett und steuerte direkt das Piano an. Überschwänglich suchte ich mir ein paar leere Blätter mit Notenlineaturen vom Schreibtisch, bis ich dann endlich auf dem Klavierhocker Platz nahm.

Ich legte hoch motiviert meine Finger auf die Tasten des Pianos. Doch plötzlich war da nur noch Leere. In meinem Kopf war nichts, mein Herz war taub, meine Hände nutzlos. Wo waren all die Emotionen und die Inspiration, die mir seit Tagen durch den Kopf schwirrten, mein Denken vernebelten?

Ich setzte zu einem neuen Versuch an, aber wieder lagen meine Finger nur reglos auf den Tasten, als wüssten sie nicht, was sie tun sollten. Hilflos stieß ich einen Schrei der Verzweiflung aus und vergrub mein Gesicht in den Händen. Dabei kam ich mit meinen Ellenbogen an die Tasten und es ergoss sich ein ohrenbetäubendes Chaos aus Tönen, die nicht zueinander passten, sondern sich gegenseitig überlagerten. Der Lärm schmerzte in meinen Ohren und trieb mir Tränen in die Augen. Wo war die Hoffnung, die mich beflügelt hatte? Nun war alles nur noch unendlich falsch. Die tiefen Momente mit Mile waren kaum noch mehr als ein entfernter Hauch. Ich konnte sie nicht mehr greifen, mich nicht mehr erinnern. Was hatte ich mir gedacht? Wie war all das entstanden?

Ich sprang auf, raufte mir die Haare, tigerte auf und ab, nur um mich wieder hinzusetzen. Ich brauchte irgendein Thema, eine Botschaft, die wir mit unserer Komposition vermitteln wollten. Ohne wäre unser Projekt nur halb. Genauso leer und ausdruckslos, wie ich mich fühlte. Es half auch nichts, alles wie Mile als Prozess zu sehen. Ich war nicht so gut ... Hatte bisher kaum selbst komponiert, weil sich alles in mir dagegen sträubte. Jetzt einfach ein Stück zu komponieren, ohne mir vorher Gedanken über die Sinnhaftigkeit des Ganzen zu machen, ging gegen meine Natur.

Ich fand keinen Ansatzpunkt. Wusste nicht, was ich wollte oder wie ich es anstellen sollte. Alles an mir war schwer. Ich wollte nicht mehr denken, nicht mehr fühlen. Kraftlos stand ich vom Hocker auf, riss dabei einen Hefter mit Noten runter, ließ ihn jedoch achtlos liegen. Stattdessen überbrückte ich die zwei Schritte zu meinem Bett und ließ mich geräuschvoll nieder. Mit letzter Kraft legte ich mich hin und floh in die wohlige Wärme, die mich umarmte. Meinen Blick auf die weiße Decke geheftet, atmete ich durch, schaffte es, meine Gedanken beiseitezuschieben und einfach nichts zu fühlen. Zumindest für einen kurzen Moment. Dann holte mich die Realität ein und mir wurde klar: Ich musste jetzt handeln.

Ich schloss die Augen, stellte mir Mile vor - wie er tanzte und durch die Luft schwebte, als wäre er frei wie ein Vogel. Statt der erhofften Inspiration frustrierte mich dieses Bild jedoch noch viel mehr. Wie sehr ich mir wünschte, diese

Person zu sein. Ich wollte tanzen und nicht die Musik für Tanzenden schreiben. *Ich wollte tanzen.* Die Erkenntnis traf mich wie der Schlag. Ohne Vorwarnung prasselte sie auf mich nieder, riss mich aber nicht zu Boden. Stattdessen stärkte sie mich. Sie war der frische Wind unter meinen lädierten Flügeln. Ich wollte fliegen. Die Euphorie packte mich, trug mich gedanklich aufs Parkett, immer weiter weg vom Piano, weit weg von meinem Ziel. *Halt.* Das durfte ich nicht zu lassen. Das Tanzen war kein Teil mehr von mir. Das hatte ich vor vielen Jahren akzeptiert. Jetzt lebte ich für das Klavierspielen und hatte eine Aufgabe zu erledigen und durfte keine Ablenkung zulassen. Es musste eine andere Strategie her.

Zitternd griff ich nach meinem Handy, öffnete Spotify, suchte nach dem Soundtrack von Titanic. Ich startete die Violinen-Sonate, die der Violinist zwischen all den panischen Leuten gespielt hatte, während das Schiff unterging. Es war das perfekte Beispiel für Kontrapunktierung, doch es erfüllte nicht den erwünschten Zweck. Ich schaffte es nicht, loszulassen und mich auf die wesentlichen Dinge zu konzentrieren. Gegensätze sollten mein Thema sein. Sie wollte ich zu Papier bringen, in Musik verpacken. Aber sie hatten andere Pläne ...

Ich haderte mit meinen Gedanken. Sie waren so erdrückend, als könnte ich in ihnen ertrinken, wie die vielen Seelen, dessen letztes Lied die Sonate der Titanic gewesen war. Mutlos atmete ich aus, als mein Handy klingelte. Ich stöhnte auf, in meiner Verfassung hatte ich keine Lust, mit irgendjemanden zu sprechen. Für einen Moment überlegte ich, das Klingeln zu ignorieren. Doch dann rang ich mich dazu durch, zumindest nachzuschauen, wer es war.

Alva. Sie wegzudrücken brachte ich nicht über mich, denn wenn meine Schwester anrief, machte ich mir direkt Sorgen. Es könnte etwas Schlimmes passiert sein oder ihr könnte es schlechter gehen. Wieder fiel mir auf, wie weit sie von mir entfernt war …

»Smilla!« Alvas Stimme entspannte mich sofort und es schien, als wären alle Probleme vergessen.

»Hej Schwesterherz«, antwortete ich ihr.

»Hur mår du?« Sofort beruhigte ich mich noch etwas mehr. Zu sehr liebte ich es, wenn sie Schwedisch sprach. Auch wenn ich die Heimat meines Vaters für lange Zeit verabscheut hatte, war es jetzt umso mehr eine Sache zwischen uns, die uns zu Verbündeten machte.

»Eigentlich ganz gut, aber komme nicht weiter«, gab ich kleinlaut zu. »Und dir?«

»Mir geht es auch gut. Was ist denn los? Lief das Date nicht wie geplant?«

Ich stöhnte. Auch wenn ich meine große Schwester über alles liebte und wirklich alles für sie tun würde, war sie manchmal nervtötend.

»Zum letzten Mal: Es war kein Date. Obwohl Mile wirklich netter ist, als ich vermutet hatte und wir sogar schon mit der Aufgabe begonnen haben. Aber genau da liegt das Problem.«

Am anderen Ende der Leitung war es still, als wartete Alva darauf, dass ich weitersprach. Da ich aber schwieg, hakte sie nach: »Wo genau liegt das Problem?«

»Na ja, er hat mir seinen Tanzstil gezeigt und erklärt, was er am liebsten mag. Dann haben wir über ein Thema nachgedacht und nun muss ich ein Stück komponieren.« Ich seufzte und hinter meinen Augen baute sich ein brennender Druck auf. »In meinem Kopf war alles fertig und es fühlte sich an, als müsste ich mich nur noch ans Klavier setzen und die Töne und Noten würden aufs Papier fliegen.«

»Aber so war es nicht?«

»Nein. Ganz und gar nicht.«

Wieder wurde es still. Ich hatte mich in Rage geredet,

mein Herz klopfte wild. Mir war dieses Projekt so wichtig. Es musste etwas Gutes dabei herauskommen, sonst hätte ich keine Chance auf eine hohe Punktzahl und somit auf eine gute Platzierung. Phoebe und ihr Partner waren bestimmt schon fertig und hatten bereits etwas Preisverdächtiges zustande gebracht. Nur bei mir lief es wieder rückwärts und bergab.

»Hast du denn eine Idee, woran es liegt?«, hakte meine Schwester nach.

»Keinen blassen Schimmer. Du weißt, dass ich nicht sonderlich gerne komponiere. Aber jetzt hat sich alles so gut angefühlt - doch es ist einfach weg … und wir sind außerdem viel zu verschieden. Uns auf einen Nenner zu bringen, ist quasi unmöglich.«

»Was ist weg?«

»Na das Gefühl, das ich nach dem Treffen mit Mile hatte.«

»Und, was war das?«

Eine gute Frage ... Wonach hatte es sich angefühlt? Die Inspiration hatte mich so überwältig, dass ich gar keine Chance hatte, mich auf ihren Ursprung zu konzentrieren. Und jetzt war sie weg und meine Erfolgsaussichten, sie wieder zu bekommen, gleich null.

»Smilla« Alvas Stimme klang bedächtig, ruhig. »Mach deine Augen zu und höre ganz tief in dich hinein. Stell dir vor, wie er getanzt hat - wie es sich angefühlt hat.« Ich tat, was sie sagte, und schon tauchte Mile vor meinem inneren Auge auf. Wie er Pirouetten drehte, leicht wie eine Feder durch die Luft sprang und sein Körper mit der Musik im Einklang war.

»Als er tanzte, hat das etwas in mir ausgelöst.«

»Und was genau? Du musst noch tiefer gehen.« Selbst durch das Telefon wirkte ihre Stimme eindringlich und stark, optimistisch und hoffnungsvoll - so wie Alva es schon immer gewesen war.

»Tinker …« Ich versuchte, sie von ihrem Vorhaben abzubringen. Ich wollte nicht tiefer gehen, ich konnte nicht … Mile hatte so viel in mir ausgelöst. Er war zu mir vorgedrungen – er sah meine Seele. Sein Blick reichte, um in mir ein Lodern zu entfachen. Ein Lodern, das sich durch meinen Körper bahnte, bis in die tiefste Faser. Dahin, wo die Angst ihren Ursprung hatte. Dort, wo ich mich selbst aufgegeben hatte. Meine Hände wurden feucht, als die Angst sich den Weg an die Oberfläche bahnte. Wenn Alva jetzt weitersprach, würde sie durchbrechen. Und das musste ich auf jeden Fall verhindern.

»Frag bitte nicht weiter.« Meine Stimme war beinahe flehend, die Worte kamen nur noch dünn über meine Lippen.

»Smilla, du musst. Du kannst dich nicht länger davor verstecken.«

»Aber die Bilder in meinem Kopf …«

»Was hat es in dir ausgelöst, ihn tanzen zu sehen?«, unterbrach sie mich, verlieh ihrer Stimme mehr Nachdruck. Am liebsten hätte ich meine Schwester weggedrückt, mein Gesicht im Kissen vergraben und geschrien. Ich wollte alles rausschreien, damit es aus meinem Kopf verschwand. Aber es würde nicht funktionieren … Sie hatte recht, ich musste mich dem stellen, was so tief verborgen lag. Was immer wieder hochkam, wenn ich es nicht verhindern konnte. Also gab ich nach.

Ich schloss die Augen, umklammerte mein Handy noch fester und ließ Mile zurück vor mein inneres Blickfeld tanzen.

»Es hat Schmerz ausgelöst. Schmerz und Hilflosigkeit. Aber auch Freude, Hoffnung und vor allem … Sehnsucht.«

»Sehnsucht wonach?«

»Nach dem Gefühl zu fliegen.«

Stille. Keiner sagte ein Wort. Es war so still, dass ich glaubte zu hören, wie eine Träne meine Wange hinunterlief.

»Da hast du deine Antwort. Jetzt setz dich ans Klavier und schreib genau das auf!« Die sanfte Stimme meiner Schwester durchbrach unser Schweigen.

Ich nickte, obwohl sie mich gar nicht sehen konnte. Dann erinnerte ich mich, dass sie mich angerufen hatte und nicht andersherum. Ich war so beschäftigt mit meinen eigenen Problemen gewesen, und hatte sie nicht mal gefragt, wie es ihr ging.

»Warte mal. Warum hast du eigentlich angerufen? Und wie geht es dir überhaupt?«

»Ich wollte nur hören, was du machst. Wirklich, ich wollte nur deine Stimme hören und wissen, wie es dir geht.«

»Aber …« Ich wollte Alva aufzuhalten, aber sie war schneller.

»Kein aber. Du schaffst das, ich glaube fest an dich. *Älskar dig.*« Dann legte sie auf.

Es dauerte einige Sekunden, bis ich mich aus der Starre löste und mein Handy ablegte. Dann tat ich, was meine Schwester gesagt hatte: Ich setze mich ans Klavier und wie von selbst glitten meine Finger über die weißen Tasten. Getrieben von den Emotionen, die in mir kochten. Unter die Sehnsucht nach dem Fliegen mischte sich etwas, das sich in den letzten Tagen zunehmend aufgebaut hatte. Ich hatte es bisher für ein Gefühl gehalten ... Aber es war etwas anderes. Es war mehr eine Tatsache oder ein Grundsatz. Es waren die Gegensätze, die sich zwischen Mile und mir auftürmten. Bisher hatte ich sie als meinen Feind angesehen, weil sie meinen Erfolg gefährden könnten. Doch nun merkte ich, dass sie nicht mein Gegner waren. Sondern genau das, was ich brauchte. Sie standen nicht zwischen uns, sondern verbanden uns zu einer Einheit. Wir brauchten diese Gegensätze.

Immer wieder notierte ich Tonkombinationen, schlug Tasten an. Bis ich tief in der Nacht den Stift niederlegte und meine Finger dehnte. Ich hatte es geschafft. Das Stück, das ich in den letzten Stunden geschrieben hatte, spiegelte alles wider, was ich gefühlt hatte, als ich Mile tanzen gesehen hatte. Und noch viel mehr. Es drückte aus, wer ich war. Es drückte aus, wer Mile war … und was zwischen uns lag.

Acht Andante

Ich krallte meine Hände in den harten Kunststoff des Tabletts. Die Müdigkeit machte meine Augenlider schwer und ich sehnte mich nach dem Kaffee, der bereits vor mir duftete. Ich musste nur noch den kurzen Weg durch das Labyrinth an Tischen überstehen. Dann konnte das Koffein endlich meine Adern fluten und die versäumten Stunden Schlaf ausgleichen.

Nach meinem gestrigen Gespräch mit Alva hatte die Muse mich nicht geküsst, sie hatte mich förmlich überrannt. Es brauchte einige Zeit, aber dann konnte ich meine Gefühle zulassen. Ich konnte mich dem hingeben, was ich zurückgehalten hatte. Die Töne waren aus mir herausgeströmt und ich war kaum schnell genug, sie aufs Papier zu bringen. Stundenlang spielte ich Phrasen, nur um sie anschließend zu streichen oder umzustellen. Immer wieder schloss ich meine Augen, fühlte in mich hinein und ließ Mile durch pure Vorstellungskraft für mich tanzen. Und dann war es geschehen. Ich hatte ein Stück geschrieben, das alles widerspiegelte, was ich fühlte, aber nicht laut aussprechen konnte. Ein Stück voller Schmerz, Leidenschaft und Hingabe.

Die einzige Hürde, die jetzt noch vor mir lag, war, es Mile zu zeigen. Ich musste mich ihm ein weiteres Mal öffnen. Auch wenn ich noch nicht wusste, wann und wo, ließ der Gedanke das Blut in den Adern gefrieren.

Ich erreichte den Tisch, an dem Willow und Ivy bereits saßen, und stellte mein Tablett etwas zu laut ab. Der Kaffee schwappte über und flutete meinen Frischkäse-Bagel. Ernüchtert schnaubte ich.

Meine beiden Freundinnen schauten erst mich an und dann einander.

»Beschissene Nacht gehabt?« Willow nippte an ihrem Kaffee und musterte mich mit hochgezogener Augenbraue.

Ich nickte.

»So beschissen war sie gar nicht, eher kurz.«

»Aha, wie kam es denn dazu?« Ivy schmunzelte wissend, als wollte sie auf etwas Bestimmtes hinauf.

»Es war jedenfalls nicht das, was du gerade denkst. Ich habe an meinem Projekt gearbeitet.«

»Du hast dein Stück geschrieben?«

Wieder nickte ich. Dieses Mal aber überzeugender. »Und es ist sogar ziemlich gut geworden.« Willow und Ivy stießen einen freudigen und gleichzeitig schrillen Ton aus, in den ich mit einstimmte.

»Wir wollen alles wissen!«

»Hast du es ihm schon gezeigt?«, fragte Ivy behutsam.

Ich schüttelte den Kopf und konnte in ihrem Blick erkennen, dass sie meine Unsicherheit verstand. Sie hatte bereits einige Male beim Pas de deux mit Mile getanzt. Und konnte mir deshalb bestätigen, dass es nicht immer einfach war, mit ihm zusammenzuarbeiten.

»Es wird ihm gefallen«, pflichtete sie mir aufmunternd bei.

»Er wird es lieben!«, fügte Willow hinzu.

»Erst mal muss ich es ihm zeigen.«

»Seid ihr nicht verabredet?« Ich schüttelte den Kopf und biss in meinen aufgeweichten Bagel. Dieser Frage konnte ich mich noch nicht stellen. Vielleicht würde ich ihm später eine Nachricht schreiben oder ihn auf dem Flur ansprechen, sollte es sich ergeben. Aber der Gedanke, Mile das Stück vorzuspielen, ließ den Bagel in meinem Mund staubtrocken werden. Was, wenn er es nicht mochte? Was, wenn die ganze Nacht - die ganze Arbeit - umsonst gewesen war?

»Dann geh doch jetzt rüber.« Willow deutete in Richtung des Einganges, wo Mile sich mit einigen anderen Studierenden an einem Tisch niederließ.

»Bist du von allen guten Geistern verlassen?« Ich gab mir nicht einmal die Mühe, den Rest Bagel hinunterzuschlucken. »Ich gehe doch nicht einfach rüber und sage *Hey, Mile! Heute Nachmittag schon was vor?*«

»Was spricht dagegen?«, stieg Ivy wieder in das Gespräch ein.

»Alles? Ich würde vor Scham im Boden versinken.«

»Ich finde, du solltest es machen.«

»Willow hat recht. Irgendwann musst du es ihm eh zeigen und wenn ihr euch jetzt verabredet, kannst du dich darauf vorbereiten.«

Mir wurde heiß und gleich wieder kalt. Der Appetit war mir vergangen. Sie hatten recht. Es war unumgänglich, Mile das Stück zu zeigen. Aber jetzt? Hier? Vor all den Leuten einfach zu ihm gehen und ihn ansprechen?

Ich linste zu ihm rüber. Mile lachte herzhaft auf, als ob jemand einen guten Witz erzählt hatte. Seine Haare waren noch leicht feucht, wahrscheinlich von der Dusche. Seine Augen strahlten, die Sommersprossen tanzten. Wohlige Wärme breitete sich in meinem Körper aus, pulsierte in meinen Adern und entfachte neuen Mut.

Du kannst das. Ich sprach mir gut zu, ballte meine Fäuste und nickte. Jetzt war der richtige Zeitpunkt. Ich wollte es mir beweisen und irgendwie auch Mile. Ich konnte einfach zu ihm hinüber gehen, ihn ansprechen und alle sollten mir dabei zusehen. Ich war mutig. Und außerdem war Mile mein Projektpartner. Wir waren ein Team.

Ich stützte mich auf dem Tisch ab, schob meinen Stuhl

zurück. Das harte Metall knirschte über die Fliesen und hinterließ schrille Mol-Töne, die ich überhörte. Genauso wie das Getuschel meiner Freundinnen.

»Sie macht das wirklich«, hörte ich Ivy noch sagen, bevor ich außer Reichweite war.

Meine Beine fühlten sich bleischwer an, wollten mit jedem Schritt dringender stoppen, mich zum Umkehren zwingen. Aber ich war stärker. Ich hatte mein Ziel vor Augen, versuchte ruhig zu atmen und mein wildpochendes Herz zu überhören.

Als ich am Tisch ankam, an dem Mile mit einigen Kommilitonen saß, die ebenfalls *Modern Dance* studierten, sah er mich mit zusammengezogenen Augenbrauen an. Ein Lächeln umspielte seine Lippen und gab mir den Rest. Mein Herz flatterte und ließ mich nicht klardenken. Ich war wie im Tunnel, an dessen Ende nur Mile stand. Alles andere blendete ich aus - es gab nur ihn und mich.

»Hast du heute Zeit?« Ich stützte mich auf dem Tisch vor mir ab, in dessen metallener Oberfläche ich mich spiegelte.

»Das ist Smilla Lundström.« Ich vernahm die Stimme nur unterbewusst, aber sie hatte genug Kraft, um mich beinahe von meinem Vorhaben abzubringen. Mein Atem ging schwerer. Ich wollte standhaft bleiben, mich nicht aus der Bahn werfen lassen. *Bitte sag etwas,* flehte ihn stumm an, aber Mile legte nur den Kopf schief und musterte mich kritisch.

»Ich habe das Stück fertig geschrieben. Ich muss es dir zeigen. Heute!« Selbst überrascht von meiner Direktheit, wich ich einen Schritt zurück und wartete auf Miles Reaktion. Was, wenn sie ausblieb? Er mich weggeschickte, auslachte oder Schlimmeres. Meine Gedanken rasten, vernebelten Verstand und Sinne. In mir tobte ein Sturm, den ich nicht bändigen konnte. Doch es genügte nur eines seiner Worte und alle Gedanken verstummten.

»Gerne.«

Stille. Ich atmete auf, ohne aus dem Takt zu kommen.

»Ich habe ein Studio gebucht - gleicher Ort, gleiche Zeit wie beim letzten Mal?« Er lächelte so ehrlich, dass es mich beinahe überwältigte.

Ich brauchte einen Moment, um mich zu besinnen. Dann nickte ich und verschwand ohne ein weiteres Wort zurück zu meinem Tisch. Ivy klopfte mir anerkennend auf die Schulter, als ich mich wieder zu ihnen setzte.

»Bist du da wirklich einfach rüber gestiefelt, ohne irgendeinen Funken Angst oder Zweifel?«

»Komplett ohne wäre gelogen, aber ja. Ich kann euch auch nicht genau sagen, was das war.«

Ich hatte eine leise Ahnung, was mich beflügelt hatte und Miles Sommersprossen spielten dabei eine entscheidende Rolle. Auch wenn ich mir das selber noch nicht eingestehen wollte.

»Was habe ich da nur getan?«, sagte ich mehr zu mir. Ich hatte nun keine andere Wahl, als Mile am Nachmittag das Stück zu zeigen. Bis dahin fühlte es sich noch wie eine Ewigkeit an ... Am liebsten hätte ich es direkt hinter mich gebracht und gleichzeitig wünschte ich, der Moment würde niemals kommen.

Ja, ich glaubte an dieses Stück und war überzeugt, Mile und ich könnten gemeinsam etwas wirklich Gutes erschaffen. Dennoch war ich mir nicht sicher, was er denken würde. Ob es ihn dort erreichen würde, wo es mich erreichte.

Ich fühlte mich wie aufgeladen, euphorisiert und aufgeregt auf das, was kommen würde. In diesem Moment fiel es mir nicht schwer, den Zweifeln und Ängsten keinen Platz einzuräumen. Denn die Aufregung sagte der Angst den Kampf an.

Mein letzter Kurs für den Tag war *Klavierimprovisation*, doch ich konnte mich kaum auf das konzentrieren, was Mr Douglas erzählte. In Gedanken spielte ich immer wieder durch, was Mile zu dem Stück sagen würde. Verschiedenste Szenarien liefen in endlosen Sequenzen ab. Mile liebte es und hasste es. Er fand sofort Zugang, drehte eine Pirouette, stürzte, brach sich das Bein. Er verstand meine Musik nicht, schrie mich an und ließ mich stehen.

Die Melodie ging mir in Dauerschleife durch den Kopf und ich prägte mir jede einzelne Note ein. Als Mr Douglas von uns forderte, vollkommen frei eine Melodie zu spielen, ohne vorher darüber nachzudenken, war mein Kopf voller Töne, die alles andere als improvisiert waren.

Phoebe und Michel spielten wunderschöne Klänge, die nicht im Geringsten nach Improvisation klangen, während ich hilfesuchend auf die Tasten starrte. Mr Douglas schien meine Unsicherheit zu bemerken und kam zu mir.

»Lass los.« Seine Stimme war weich und ermutigend, doch statt zu helfen, schürte sie nur meine Angst. Obwohl es mich einen Haufen Überwindung kostete und ich wusste, dass in meinem Kopf nur dieses eine Stück schlummerte, ließ ich los.

Ich legte meine Hände aufs Klavier und ließ die Töne durch meine Finger aufs Klavier übergehen. Das Stück war nicht vollkommen improvisiert. Dennoch war es eine Abwandlung davon, was ich gestern Abend geschrieben hatte. Es war sanfter als die Version, die ich für Mile komponiert hatte. Weniger wütend, weniger polarisierend. Doch der Charakter des Stückes blieb erhalten. Die aufeinanderprallenden Symphonien blieben klar zu erkennen.

Mein Spiel versetzte mich in einen Tunnel, bis alles um mich herum verblasste. Erst als ich die Finger endlich auf den kalten Tasten ruhen ließ, realisierte ich die Blicke aus drei Augenpaaren, die schwer auf mir lagen. Als alle klatschten, sah ich mich überrascht im Raum um. Meine Kommilitonen hatten ihre Plätze verlassen, kamen zu meinem Flügel und bedachten mich mit verschiedenen Blicken. Michel schaute neutral wie immer, als wäre er kaum anwesend, sondern in einer anderen Sphäre. Dennoch lag so etwas wie ein Schmunzeln auf seinen Lippen. Auch Phoebe lächelte, doch es schien nicht echt. Dieses war anders als sonst - es war Fake. Das Lächeln erreichte ihre Augen nicht, brachte nicht ihre Grübchen hervor. Es war nur eine Maske, die sie aufgelegt hatte. Und hinter ihr verbarg sich etwas, das mir vollkommen neu war: Neid.

Nur Mr Douglas schien wirklich aufrichtig begeistert zu sein. »Das war wirklich ausdrucksvoll, Smilla. Woran hast du gedacht?« Er kehrte ich seinen Lehrmodus zurück und ich wusste, was er mit dieser Frage beabsichtigte.

»An gar nichts«, antwortete ich wahrheitsgemäß. »Ich habe mich in diesem Moment von allem frei gemacht, was mich beschäftigt und habe die Musik einfach durch mich gleiten lassen.«

Mr Douglas nickte und ging zurück zu seinem Pult.

»Und genau darum geht es bei Improvisation. Man muss loslassen, damit die wirklich großen Stücke entstehen können.«

Nach dem Unterricht dröhnte mein Schädel. Trotzdem sprang ich auf, klaubte hektisch meine Sachen zusammen und verließ den Raum. In meinem Kopf tanzten Noten umher, wurden zu Tönen, verbanden sich zu einer Melodie. Zu unserer Melodie.

Ich nutzte das hintere Treppenhaus, da hier weniger los war und mich trotz der Euphorie der Gedanke beschlich, dass ich nicht in die Trainingssäle der Tänzer gehörte. Leise ging ich durch den Gang, der glücklicherweise beinahe leer war, und blieb vor Studio B.5.12 stehen. Vorsichtig lugte ich hinein, ob Mile schon da war, aber der Raum war leer.

Ich wollte eintreten, doch etwas hielt mich davon ab. Niemand war da. Niemand, der etwas hätte dagegen sagen können. Und dennoch schaffte ich den letzten Schritt nicht. Es war, als würde der Raum mich anziehen, nach mir rufen. Und ich wollte mich dieser Kraft hingeben. Also hielt ich die Luft an und wagte es.

Meine Tasche legte ich neben der Tür ab, zog meine Schuhe aus und ließ den kalten Boden unter meinen nackten Füßen wirken. Sofort fühlte ich mich geerdet, wurde mutiger. Ich spürte die Energie aus dem Boden. Spürte, wie sie in meinen Körper floss und die Kontrolle übernahm. Schritt für Schritt ging ich weiter in die Mitte des Studios. Das elektrisierende Kribbeln erreichte meine Arme und Beine. Sie wollten frei sein, endlich wieder das tun, wofür sie geboren waren. Aber ich hielt sie zurück, hielt mich zurück.

Eingehend betrachtete ich den ganzen Raum: die Wände, die Decke, die Ballettstangen und blieb schließlich an meinem Blick im Spiegel hängen. Ich beobachtete mein Abbild. Sanft wiegte ich auf den Füßen hin und her, die fest auf dem Boden standen. Die ganze Atmosphäre an diesem Ort hatte etwas Beflügelndes, das das Blut in meinen Adern rauschen ließ. Das Freiheitsgefühl, das Mile bei unserem letzten Treffen in mir ausgelöst hatte, kam wieder zum Vorschein. Und dieses Mal ließ ich es zu. Ich versuchte, es genau zu erforschen, um es länger festhalten zu können, als es mir zuletzt gelungen war. Um tiefer in mich hineinzufühlen, ließ ich die Energie durch meinen Körper fließen, bis in jede Fingerspitze und jede Haarwurzel. Als würde eine unsichtbare Kraft sie nach oben ziehen, wiegten meine Arme sich auf und ab durch die Luft, zogen dabei eine Woge der Energie mit sich. Schließlich setzten sich auch meine Beine in Bewegung, trugen mich federleicht durch den Raum.

Ich vergaß alles. Meine Sorgen, meine Schmerzen, meine Ängste. Da war nur noch ich. Ich und das Tanzen. Vollkommen gelöst gab ich mich hin. Spürte die Kraft, die jede

Bewegung mit sich brachte. Ich musste nicht denken oder meinem Körper Anweisungen geben. Er funktionierte. Genauso, wie ich es all die Jahre getan hatte. Aber jetzt waren wir wieder eins - kämpften nicht mehr gegeneinander an, sondern konnten gemeinsam fühlen. So leicht ich mich fühlte, so schwer wurde mir mein Verlust erst jetzt bewusst. Das Opfer, das ich gebracht hatte, suchte sich schmerzhaft den Weg an die Oberfläche. Tränen stiegen in mir auf, fluteten meine Augen, brachen heraus. Doch sie hielten mich nicht davon ab, zu tanzen. Nein, ich tanzte weiter und weiter.

»Gehst du jetzt auch unter die Ballerinen?« Miles Stimme hallte durch den Raum und alle Energie verpuffte in Sekundenbruchteilen.

Ich fuhr herum. Er lehnte lässig im Türrahmen, die Arme vor der Brust verschränkt. In seinem Blick lag Neugier und dennoch wirkte er nicht, als ob ihn die Szene überrascht hätte. Ich wischte mir rasch die Tränen aus den Augenwinkeln. Er sollte mich so nicht sehen. Auch wenn es dafür längst zu spät war. Wer weiß, wie lange er dort schon stand.

»Hey!« Entrüstet funkelte ich ihn an.

»Auch hey«, begrüßte Mile mich unbefangen. Er legte den Kopf schief, musterte mich mit einem Lächeln. Er verharrte an der Tür und meine Füße schienen mit dem Boden verwachsen zu sein. Ich war plötzlich vollkommen verloren in diesem riesigen Studio. Kälte kroch meine Wirbelsäule empor, als wolle sie mich gänzlich vereisen. Wie erstarrt sah ich zu Mile, unfähig, etwas zu sagen. Wie sollte ich mich erklären, wenn ich selbst nicht wusste, was eben passiert war?

Mile stieß sich vom Türrahmen ab und kam langsam auf mich zu, blieb vor mir stehen. Seine Trainingstasche hing über seine Schulter, die Bänder seiner Ballettschläppchen schauten aus dem offenen Reißverschluss.

Ich musterte ihn genauer. Über der schwarzen Strumpfhose trug er eine dunkelgraue Sweatshorts, dazu ein schwarzes Tanktop. Auf seiner Haut glänzte ein leichter Schweißfilm. Er musste zuvor Balletttraining gehabt haben.

Wie gerne ich mit ihm zusammen tanzen würde … Ich erschrak bei dem Gedanken und schob ihn schnell beiseite, bevor er sich in meinem Kopf festsetzen konnte.

Auch Mile musterte mich noch immer, als suchte er jeden Zentimeter meines Gesichtes ab. Sein Blick wanderte über meine Haut und hinterließ ein angenehmes Flimmern. Wir rührten uns nicht. Keiner wollte ausbrechen und den Moment beenden. Stattdessen wollte ich viel mehr. Ich wollte ihn berühren, ihm nah sein, seinen herben Duft nur für mich haben.

Es war Mile, der die Kraft hatte und sich löste. Der Moment war vorüber und Mile ging zur Tagesordnung über. Er setzte sich in Bewegung, stellte seine Tasche neben meine und verschwand dann hinter einem der weißen Vorhänge.

Leere breitete sich schlagartig in mir aus, ließ mich traurig zurück. Verwundert sah ich ihm nach, bevor ich mich jedoch fragen konnte, was er tat, hievte er ein E-Piano samt Ständer hervor. Natürlich … Ich war so konzentriert darauf gewesen, Mile das Stück vorzuspielen, dass ich nicht darüber nachgedacht hatte, wie ich das im Tanzsaal machen sollte. Zum Glück waren alle Säle der Akademie gut ausgestattet.

Ich eilte Mile zu Hilfe, nahm ihm den Ständer und einige Kabel ab. Nachdem alles aufgestellt war, positionierte er das Piano und holte einen Hocker, während ich das Instrument anschloss.

Mile holte unsere Taschen und setze sich neben dem Piano auf den Boden. Er streifte seine Sneakers ab und ersetzte sie durch etwas Rosafarbenes, das ich im ersten Augenblick nicht identifizieren konnte.

Ihm entging meine Musterung nicht. »Was ist los?«

»Was ist das?«, antwortete ich mit einer Gegenfrage und bekam einen der sockenähnlichen Stofffetzen zu greifen. Ich hielt ihn in die Höhe und lachte. »Das sieht aus wie eine Unterhose für deine Füße.«

Er grinste, schnappte mir das Ding aus der Hand. »Das ist keine Unterhose, sondern ein Fußschoner. Die benutze ich gerne, wenn ich *Modern* trainiere, da sie die Fußsohlen schützen und Drehungen erleichtern.«

»Sie sehen trotzdem aus wie Miniunterhosen!« Er schnaubte halb ernst, halb belustigt und zog sich den Stoff über.

»Zeig mir lieber, was du für ein Stück geschrieben hast, bevor du dich über meine Ausrüstung lustig machst.«

Ich verkniff mir angestrengt ein weiteres Lachen. Jetzt wurde es ernst ... Ich musste Mile zeigen, was ich komponiert hatte.

Übelkeit stieg in mir auf, begleitet von der hämmernden Überzeugung, er würde es hassen. Aber es half nichts. Ich konnte mir nicht sicher sein, wenn ich es nicht endlich über mich brachte. Mit zittrigen Fingern zog ich die Partitur aus meiner Tasche und nahm auf dem Klavierhocker Platz. Meine Hände waren feucht und ich hasste es, dass mich meine Nervosität, die Zweifel von jetzt auf gleich übermannten. Sie machten es mir unmöglich, einen klaren Gedanken zu fassen. Dabei musste ich mich konzentrieren und die Leistung bringen, die ich wollte.

Mile saß noch immer auf den Boden, die Beine überkreuzt und mit seinem Blick nur bei mir. Ich breitete meine Noten auf dem dafür vorgesehenen Ständer aus und betrachtete die Zeichen, als wären sie fremd und nicht aus meiner Feder.

Zweifel überkamen mich, so wie sie es immer taten. Mehrfach blickte ich zwischen den Noten und meinen Fingern, die ich mittlerweile auf der Klaviertastatur abgelegt hatte, hin und her. Steif lagen sie da und ich flehte sie an, endlich zu starten. Die Realität um mich herum verschwamm mit jedem Wimpernschlag mehr. Ich versank in einem Nebel, der alles verschluckte, kalt und klamm in jede Pore kroch. Er hüllte mich immer weiter ein, ich war machtlos. Wie ich dieses Gefühl hasste ... *Einfach atmen. Nur atmen. Du kannst das.* Und tatsächlich schaffte ich es, Mile über den Notenständer hinweg anzuschauen.

Und da war er wieder. Dieser Blick, den er hatte, wenn ich für einige Sekunden in meiner Welt war und er mich unbemerkt beobachten konnte. Dieser Ausdruck auf seinem Gesicht hatte die Macht, mich vergessen zu lassen, dass mich die Angst lähmte und die Nervosität mich erstickte. Denn all das spielte keine Rolle, wenn er mich so ansah. Dann war alles vergessen und ich fühlte mich wohl. Ich wollte ihn nicht enttäuschen, wollte mich nicht enttäuschen. Also nahm ich mir mein Mantra zu Herzen. Schloss die Augen, flutete meine Lungen endlich wieder mit Luft, versorgte meinen Organismus mit Sauerstoff. Er blies den Nebel davon, klärte meine Sicht und ließ mich spielen.

Meine Finger übernahmen die Kontrolle und trieben mich durch die Seiten voller Töne. Ich fühlte wieder, was ich gespürt hatte, als ich Mile tanzen sah. Ich durchlebte erneut die Verzweiflung, als ich all die Emotionen nicht hatte greifen können. Und konnte nur im Geringsten erahnen, was dieses Stück für Mile und mich bedeuten würde.

Der letzte Ton verklang und mit ihm verließ ich meinen Tunnel, kehrte in die Realität zurück. Ich brauchte einen Moment, um mich zu sammeln, dann hob ich den Blick und sah Mile an. Er saß noch in der gleichen Position wie zu Beginn meiner Darbietung. Nur sein Gesichtsausdruck hatte sich verändert, war nun weniger freundlich. Es schien, als würde er ins Nichts schauen und mir gar nicht zuhören. Er wirkte abwesend; in einer anderen Sphäre als ich.

Ich gab ihm einige Sekunden, doch eine Reaktion blieb aus. Sofort schossen alle Bedenken, alle Zweifel zurück in meinen Kopf. Ich hatte es gewusst. Ich war nicht gut genug. Ich war nicht fähig, etwas zu komponieren. Meine Finger zitterten zuerst, bis schließlich mein ganzer Körper von einer Wucht ergriffen wurde. Ich wollte aufspringen, fliehen, Mile nie wieder in die Augen schauen. Aber ich tat es nicht. Ich blieb sitzen und starrte ihn an, während mir nun noch ein Gedanke durch den Kopf ging: *Er findet es nicht gut. Er findet es nicht gut. Er findet es nicht gut.*

Wahrscheinlich überlegte er, wie er mir das möglichst schonend beibringen sollte. Die negativen Gedankenspiralen kamen so schnell wie die Angst. Sie lähmten mich. Fesselten meinen Geist im Gefängnis meiner Unsicherheit.

Dann erhob er sich, wirkte immer noch gedankenverloren. Nickte abwesend mit dem Kopf. Ich verstand nicht, was er sagen wollte. Ignorierte er mich? Ging einfach darüber hinweg, was gerade passiert war? Mile bewegte sich in die Mitte des Raumes, ohne mich eines Blickes zu würdigen.

»Das ist wirklich brillant!«, sagte er dann vollkommen überraschend. »Die Tempoumschwünge und die Kombination aus Dur und Mol sind echt gut. Mir gefällt die ganze Dynamik des Stücks. Wie die eine Spur die andere überlagert, ohne sie zu ersticken. Die Gegensätze sind so gut ausgearbeitet, dass es sich anfühlt, als würden sie einen jeden Moment überrollen und zerquetschen.« Er sprach so schnell, dass sich seine Worte zu überschlagen schienen, genauso wie die Euphorie, die in ihnen mitschwang.

Verblüfft sah ich ihn an, konnte gar nicht glauben, was er gesagt hatte. Er mochte das Stück. Ihm gefiel, was ich geschrieben hatte. Innerlich löste sich die gesamte Anspannung und wich einem Gefühl von Freude. Sie tanzte durch meinen Körper, riss alte Zweifel in einer Welle der Euphorie davon. *Wie schnell meine Gefühle doch umschlagen konnten.*

Mile bewegte sich langsam, aber zugleich energetisch durch den Raum. Sein Körper war angespannt, als fehlte nur noch ein Funke, um ihn zum Tanzen zu bringen. Ich drehte mich zum ihm, heftete meinen Blick auf ihn, wollte keinen Moment verpassen. »Ich habe direkt ein paar Ideen«, ergänzte er seine Bewegungen, so wie ich es bereits von ihm kannte. »Am Anfang, wo es so langsam und düster ist, könnte ich mir Ballett vorstellen. Ein paar *Pliés* und *Pas de Boureés*, dann vom *Tendu* ins *Relevé.*« Er unterstrich seine Erläuterungen mit den jeweiligen Schritten, die er so präzise ausführte, dass mir die Luft wegblieb. »Wenn es dann schneller wird, könnten wir zum *Modern* übergehen. Dann würden wir auch das Bild der Gegensätze noch etwas unterstreichen können, weißt du?« Er sah das erste Mal zu mir. Unsere Blicke trafen sich und seine Begeisterung schwappte auf mich über. Erst als ich nickte, fuhr er fort. »Die Härte des Balletts gegen weiche, fließende Bewegungen beim *Modern.*«

Verwundert folgte ich ihm mit meinem Blick durch den Raum. Ging er davon aus, ich würde alles verstehen? Oder war er so fokussiert, dass er gar nicht darüber nachdachte? Immer wieder wiederholte er Positionen und kombinierte verschiedene Stile. »Könntest du noch mal von vorne loslegen und nach jedem Abschnitt stoppen?«

Wir gingen das Stück erneut durch. Dieses Mal jedoch langsamer und überlegten uns einen groben Plan, wie wir es tänzerisch untermalen wollten. Wir saßen Stunden zusammen, vergaßen Raum und Zeit. Erst als die Müdigkeit immer stärker in unsere Glieder kroch, verabredeten wir uns für morgen. Es fiel uns beiden schwer, uns von der Arbeit zu lösen. So viele Ideen warteten noch darauf, umgesetzt zu werden. Sie spukten in meinem Kopf herum und ließen mich keinen klaren Gedanken fassen.

Und dieses Gefühl hielt den ganzen Abend an. Als ich mir noch eine Banane und einen Joghurt aus der Küche holte, konnte ich nur an Mol-Dur-Kombinationen denken. Als ich eine kalte Dusche nahm, war alles, was sich vor meinem inneren Auge abspielte, *Tendus* und *Relevés*. Selbst als ich im Bett lag, drehte sich alles in mir. Immer wieder wälzte ich mich von links nach rechts, um endlich in den Schlaf zu finden. Doch mein Kopf war noch nicht bereit, diesen wunderbaren Tag, der mich mit Endorphinen durchflutet hatte, gehen zu lassen. Um mich abzulenken, wollte ich mit einem Hörbuch gegen die Gedankenkreise ankämpfen. Ich griff auf meinen Nachttisch, doch von meinem Handy fehlte jede Spur. Sofort war ich alarmiert und setzte mich auf.

»Wo hatte ich es nur zuletzt?«, murmelte ich und ging im Kopf meinen gesamten Tag durch. Vom Start in der Cafeteria, über meine Kurse, bis zum Treffen mit Mile. Danach war ich so überwältigt und in Gedanken gewesen, da war mein Handy nur nebensächlich gewesen. Also stand ich auf, ging zu meinem Schreibtisch, wo ich meine Tasche auf dem Stuhl abgestellt hatte. Der Boden war eisig unter meinen Füßen und ich griff nach meiner Decke, legte sie mir über die Schultern. Im Dunkeln langte ich ins vordere Fach, in dem mein Telefon normalerweise seinen Platz hatte, doch ich erwischte es nicht sofort. Aber als ich es endlich zwischen einigen Zetteln entdeckte, keimte Erleichterung in mir auf.

Schnell hechtete ich zurück in mein warmes Bett, bevor meine Füße endgültig abfroren. Ich entsperrte den Bildschirm und stockte. Sieben ungelesene Nachrichten.

Es ist etwas mit Alva …

Mein Herz pochte wie verrückt. Ich zögerte, wollte die Nachrichten nicht öffnen und mich der Realität nicht stellen.

Was, wenn wirklich etwas passiert war …?

Nein, daran durfte ich nicht denken. Ich schloss die Augen, atmete dreimal tief ein und aus, bevor ich mit steifen Fingern die Nachrichten öffnete.

Ich blinzelte, konnte aber nichts erkennen. Dann nahm ich allen Mut zusammen und las die Namen. Die erste Nachricht war tatsächlich von Alva. Aber es war nur ein GIF von zwei Ottern, die auf dem Rücken mit gekreuzten Tatzen über das Wasser schwammen. Alva wusste, wie sehr ich Otter und alle Tierbabys liebte. Sie nutzte jede Gelegenheit, um mir mit ihnen ein Lächeln aufs Gesicht zu zaubern.

Ich scrollte weiter. Die nächsten fünf Nachrichten waren aus dem Gruppenchat mit Willow und Ivy.

Willow, 19.55 Uhr
Und? Hat ihm das Stück gefallen?

Willow, 19.55 Uhr
Melde dich, wenn ihr fertig seid.

Ivy, 19.56 Uhr
Er hat es bestimmt geliebt! Zeigst du es uns morgen?

Willow, 20.39 Uhr
Entweder er hat dich umgebracht oder er ist anderweitig über dich hergefallen 😉

Ivy, 20.42 Uhr
Hahaha Willow, woran du gleich wieder denkst 😄

Ivy, 22.02 Uhr
Smilla, melde dich endlich.

Ich schmunzelte. Sie waren wirklich unverbesserlich. Als ob Mile über mich herfallen würde, in welcher Art auf immer ... Sofort tauchte sein Bild vor mir auf. Sein eindringlicher, intensiver Blick. Sein Lächeln, das ein Brennen auf meiner Haut hinterlassen hatte. Die zaghaften, nebensächlichen Berührungen, die in mir ein Feuerwerk entfacht hatten. Mein Unterleib zog sich verdächtig zusammen. Sehnsucht bahnte sich in mir an und übernahm immer mehr meinen Körper. Ich wollte Mile berühren, ihm nah sein. Mit den Fingerspitzen über die tanzenden Sommersprossen in seinem Gesicht fahren. Ich wollte in seinen starken Armen liegen, ihn ... *Stopp. Stopp. Stopp.* Ich schüttelte den Kopf und erstickte das Kribbeln in meinem Körper. Daran durfte ich nicht denken. Ich durfte mich diesen Gefühlen nicht hingeben. Zu viel stand auf dem Spiel. Mile war mein Projektpartner und das würde er auch bleiben.

Doch meinen Freundinnen war ich eine kurze Antwort schuldig.

Smilla, 22.24 Uhr
Es lief besser als gedacht. Mehr Infos morgen. 😉

Ich wollte das Handy auf den Nachttisch legen, um endlich zu schlafen, als mein Blick auf einen weiteren Namen fiel. Der Rausch war sofort zurück und ließ sich dieses Mal nicht mehr einsperren.

Mile. Neben seinem Namen tauchte in diesem Moment eine kleine Eins auf und ich zögerte nicht, sondern öffnete die Nachricht mit laut klopfendem Herzen.

Mile, 20.45 Uhr
Raum ist für morgen gebucht. Gleiche Zeit, gleicher Ort.

Ganz unbewusst schlich sich ein Lächeln auf meine Lippen, das sich zu einem breiten Grinsen mauserte, als ich die Nachricht noch einmal las. *Gleiche Zeit, gleicher Ort* schien langsam zu unserem Insider zu werden. Ohne zu zögern, tippte ich eine Antwort.

Smilla, 22.28 Uhr
Ich freu mich. Gleiche Zeit, gleicher Ort.

Bevor ich jedoch auf Absenden drückte, verharrte ich einen Moment. War ich zu überschwänglich? Nein. Wir näherten uns immer mehr an und das konnte auch ihm nicht verborgen bleiben. Also sendete ich sie ab.

Ich legte das Handy zur Seite und drehte es mit dem Bildschirm nach unten. Das euphorisierende Gefühl, das dieses Projekt in mir auslöste, war zu schön, um wahr zu sein. Mein ganzer Körper glühte vor positiver Energie, die ich festhalten und nie wieder loslassen wollte. Es war so lange her, seit Musik eine derartige Macht auf mich gewirkt hatte, dass ich kaum noch wusste, wie ich sie verarbeiten und kanalisieren sollte. Überall kribbelte es voller Vorfreude auf den nächsten Tag und der weiteren Arbeit am Projekt. Schließlich schlief ich über den Gedanken, ein Hörbuch anzumachen, endlich ein.

Neun Synkope

Auch wenn ich es mir vor wenigen Wochen nicht hätte träumen lassen, machte mir die Inszenierung und Komposition unseres Projektes zunehmend Spaß. Mile und ich verbrachten mittlerweile jeden Nachmittag und meist auch die Wochenenden zusammen im Tanzsaal, um zu arbeiten. Das Stück nahm immer mehr Gestalt an. Die grobe Choreografie stand und wir konnten zu den Feinheiten übergehen. Hier und da veränderten wir kleine Elemente am Stück, damit Mile mehr Zeit für Sprünge und Drehungen hatte, die sonst nicht gepasst, sondern zu hektisch gewirkt hätten. Die Arbeit mit ihm wurde immer harmonischer und fließender. Wir verstanden uns blind und meist reichte es aus, wenn er mir zeigte, wie er sich eine Kombination vorstellte. Dann konnte ich die jeweiligen Takte anpassen und ihm direkt präsentieren. Es war ein Hin und Her zwischen Tanzen, Überdenken, Vorspielen und wieder Tanzen. Aber es funktionierte genauso, wie es sein sollte. Und doch stießen wir immer wieder auf Probleme, auf Dissonanzen. Für Mile konnte es nicht früh genug sein, während ich gerne lange schlief. Meistens gab ich nach und wir trafen uns am Wochenende bereits vor meiner eigentlichen Aufstehzeit.

Die ganze Woche war es das Wetter unerträglich drückend. Zur Abkühlung gönnten Mile und ich uns am Wochenende eine etwas längere Mittagspause im Schatten. Es war nicht zu übersehen, wie sehr ihm das Wetter zu schaffen machte. Die Trainingssäle waren zwar klimatisiert, doch die schwere, heiße Luft war stärker und machte jeden Sprung zu einer Herausforderung.

Einige Zeit saßen wir schweigend nebeneinander und aßen unser Mittagessen. Ich beobachtete dabei die Leute, die über den Campus streiften. Hauptsächlich waren es Studierende in Trainingsklamotten oder mit Bergen aus Notenblättern unter den Armen. Insgesamt war es aber sehr viel leerer als unter der Woche. Viele wohnten in der Umgebung von Gladstone und besuchten ihre Familien über das Wochenende. Manche nutzten auch die freie Zeit für private Aktivitäten, wie Surfen oder Tauchen. Obwohl dies von der Akademie-Leitung nicht gerne gesehen wurde. Extremsportarten zählten zu den absoluten No-Gos, jedoch hielt sich kaum jemand an diese Empfehlungen.

Nur die wenigsten verbrachten die Wochenenden auf dem Campus und nutzten die freie Zeit zum Trainieren oder Proben. Dabei rückte die Abgabefrist mit großen Schritten näher. Ich konnte diese Entspanntheit absolut nicht nachvollziehen. Am liebsten hätte ich jede freie Sekunde mit Proben verbracht, aber Mile bremste mich, erinnerte mich daran, wie weit wir bereits waren und wie harmonisch unser Projekt werden würde.

Auch Mile blieb jedes Wochenende auf dem Campus. So konnten wir gemeinsam trainieren und arbeiten. Und Pausen machen, die ich zugegebenermaßen am meisten genoss. Er war dann entspannt, riss Witze und nahm mir so den Druck, die Beste sein zu müssen.

»Darf ich dich was fragen?« Mile riss mich aus meinen Gedanken. Er wirkte ernst und nachdenklich. Ich zögerte einen Moment, besorgt über mögliche, unangenehme Fragen. Mir war klar, dass er irgendwann mehr über mich wissen wollen würde. Dennoch hatte ich gehofft, ihm würden die Informationen über meinen Vater reichen und er würde nicht tiefer bohren.

»Klar. Die Frage ist eher, ob ich sie beantworten werde«, gab ich neckend zurück, meinte die Worte jedoch ernster, als ich mir eingestehen wollte.

Er starrte weiter ins Leere, als suchte er nach den passenden Worten dafür, was er von mir wissen wollte. Jede Leichtigkeit war aus seinem Blick verschwunden. Dort lag nur noch bittere Ernsthaftigkeit, die nichts Gutes bedeuten konnte. Die Ungewissheit über seine Frage befeuerte meine Angst, die sich lange nicht mehr gerührt hatte. Aber jetzt bewegten wir uns wieder auf ihrem Terrain. Sie nährte sich daran, fraß sich unerbittlich in meinen Verstand. Sie machte mich mürbe, unruhig.

Ich konnte nicht erwarten, was er wissen wollte, und hätte es am liebsten doch niemals erfahren. Wieder und wieder ging ich mögliche Fragen durch, prüfte sie auf ihre Wahrscheinlichkeit, legte mir passende Antworten zurecht. Doch auf das, was kam, war ich nicht vorbereitet.

»Wenn wir im Tanzsaal sind und die Choreografie entwickeln, dann …« Er stoppte und knetete seine Finger, wiegte nachdenklich den Kopf hin und her. » … benutze ich Fachbegriffe für die Schritte. Aber du hast noch nie nachgefragt, was sie bedeuten. Du nimmst es hin oder greifst sie sogar auf und machst andere Vorschläge.«

»Das war aber noch keine Frage.« Zurückhaltend sah ich ihn an, hoffte, sein Blick könnte mir etwas verraten, aber er war noch immer von mir weg gerichtet.

»Verstehst du die ganzen Fachbegriffe?«

Eine einfache Frage, die für Außenstehende vollkommen unverfänglich wirken musste, denn das war sie eigentlich auch. Doch für mich waren diese fünf Worte viel mehr und zogen noch viele weitere offene Punkte nach sich, auf die ich ihm keine Antwort geben wollte.

»Du musst nicht antworten, wenn du …«

»Ja, ich verstehe die Begriffe.«

Jetzt sah er mich an und in seinem Blick lag gleichzeitig Verwunderung und eine Art Schmerz, den ich nicht richtig identifizieren konnte. In seinen Augen tanzten die Emotionen. Unsicherheit, ob er nachhaken sollte. Gewissheit darüber, dass es kein Zufall sein konnte. Denn so viel war uns beiden klar.

»Hat das einen bestimmten Grund? Oder … ist das einfach Zufall?«

Ich hätte ihm Lügen auftischen können. *Ich interessiere mich für Tanztechniken. Ich habe für unser Projekt recherchiert.* Und doch würde er mir keine einzige abkaufen. Er wagte, was seit Jahren niemand versucht hatte: Er riss meine Mauern ein. Sah mich und nicht die unendlichen Lügen. Ich spürte seinen Blick schwer auf mir liegen, brachte es jedoch nicht über mich, ihn zu erwidern.

Dann - endlich - sagte ich die Worte, die ich seit Jahren verschwieg: »Ich habe früher selbst getanzt.«

Jetzt war es raus. Ich schaffte es endlich, Mile anzuschauen, doch in seinem Gesicht spiegelt sich immer noch die gleiche Verwunderung wider.

»Warum hast du aufgehört?« Seine Worte besaßen plötzlich Leichtigkeit. Er drehte sich mit seinem ganzen Körper zu mir, schenkte mir seine ganze Aufmerksamkeit. Wärme kehrte in seine Augen zurück, ermutigte seine Sommersprossen zu neuen Tänzen.

Wieder schluckte ich. Auch wenn es mir aus unerklärlichen Gründen leichter fiel, Mile Dinge zu offenbaren, die ich sonst niemanden erzählte, konnte ich ihm nicht alles sagen. Auch nach zehn Jahren saß der Schmerz noch zu tief.

»Ich hatte schon so eine Vermutung. Ich habe es immer in deinen Augen gesehen. Sie funkeln, sobald du den Trainingsraum betrittst. Also, warum zur Hölle hast du aufgehört?«

»Mile …« Ich flehte seinen Namen beinahe. Ich konnte ihm nicht von Alva erzählen. Sofort blitzten die Bilder auf. Bilder von meiner Schwester, wie sie erst über die Bühne schwebte und dann stürzte. Immer wieder spulte sich der Film ab, wurde zurückgespult, sobald sie auf dem Boden aufschlug und ich das Knacken hörte. Bis zu den *Piqué*-Drehungen, nur um sie erneut und erneut auf dem Boden aufschlagen zu sehen.

In meinem Körper breitete sich ein Rauschen aus. Erst in meinem Bauch, dann nahm es mir die Luft. Ich rang nach Atem, krallte meine Finger in das harte Holz der Bank. Doch es drang erbarmungslos immer weiter vor, bis es meine Ohren erreichte. Unerträglich laut - so wie die Angst, die sich ihren Weg an die Oberfläche suchte. Sie nahm Besitz von mir, legte ihre starken Tentakel um mich, zurrte sie fester und fester, zog mich immer tiefer in ihre undurchdringliche Dunkelheit. Wie sie es immer tat …

Ich wollte aufstehen und wegrennen. Aber das würde nichts bringen. Von der Zusammenarbeit mit Mile hing zu viel ab und wenn ich ihm nun vor den Kopf stoßen würde, würde sich das sicherlich nicht positiv auswirken. Aber war ich bereit, mich ihm so weit zu öffnen? Ihm Dinge zu verraten, die nur meine Familie - nicht mal meine beste Freundin wusste? Oder war die Gefahr zu groß und ich würde mich schließlich nur angreifbar machen?

Langsam ging mir die Luft aus. Ich konzentrierte mich mit aller Macht auf meine Atmung. Einatmen. Ausatmen. Aber es gelang mir nicht. Meine Lunge war wie zusammengeklebt. Die Angst drückte sie zusammen, hielt sie in ihren Fängen. Einatmen. Ausatmen. Ich konnte mich plötzlich nicht erinnern, wie es funktionierte. Grub nach meinem Überlebensreflex, fand ihn nicht. Mein Hals brannte, gleich darauf meine Lunge. Wie nach einem Marathon. Saure Galle stieg auf. Ich hatte nur noch wenige Sekunden.

Aber die Angst war stärker, als mein Drang weiterzumachen.

»Smilla.« Seine Stimme drang nur langsam zu mir durch. Ich lenkte alle Aufmerksamkeit auf sie. Auf das tiefe Vibrato in seiner Bassstimme, auf die vertraute Melodie, wenn er meinen Namen sagte. »Smilla, schau mich bitte an.« Sein Ton war sanft, als wollte er mich nicht drängen, aber nachdrücklich genug, dass ich schließlich nachgab.

Dann schaffte ich es. Ich schnappte nach Luft, keuchte. Sträubte mich gegen die Tentakel, befreite mich aus ihren Fängen. In meinen Augen sammelten sich Tränen - bittersüß und voller Erleichterung.

Mein Blick klärte sich, die Systeme meines Körpers nahmen langsam wieder die Arbeit auf.

In Miles Augen lag Sorge, wenn nicht sogar Angst. Ich musterte sein Gesicht, als wäre es in diesem Moment das erste Mal. Noch immer kannte ich nicht alle Facetten und doch war er mein Anker geworden. Mein Anker auf rauer See, der mich festhielt, aber nicht zu Boden zog.

»Du kannst mir alles sagen. Was auch immer es ist, du musst dich nicht fürchten.«

Er hatte leicht reden … Es gab eine Menge, wovor ich mich fürchtete. So viele Dinge, die jeden Tag drohten, auf mich einzustürzen. Jeder Gedanke an Alva schmerzte genauso, wie all die Leute zu sehen, die meinen Traum lebten.

Manchmal sagte ich mir, dass ich damit abschließen und es akzeptieren müsste, was ich sowieso nicht mehr ändern konnte. Was geschehen war, war geschehen und das Wichtigste war, dass Alva lebte.

Doch vielleicht war das mein Wink des Schicksals. Vielleicht hatte es doch einen tieferen Sinn, dass Mile und ich dieses Studienprojekt gemeinsam erarbeiten mussten. Er war die Brücke, die vor so vielen Jahren eingerissen worden war. Jetzt wurde mir eine Chance geschenkt, die ich ergreifen sollte. Denn das Schicksal verteilte solche nicht sehr oft. Und kein weiteres Wort darüber zu verlieren, würde genauso wenig ändern, wie jetzt darüber zu sprechen. Es würde nicht mehr oder weniger real werden, denn es war bereits so verdammt real.

Also überwand ich mich und gab Mile einen Vertrauensvorschuss, wie es ihn noch nie bei mir gegeben hatte. Denn ich wusste nicht, wann ich je wieder die Chance erhalten würde, all das auszusprechen, was ich schon so lange herunterschluckte. Es war die eine Möglichkeit, die Tentakel endgültig in die Flucht zu schlagen.

»Ich habe früher auch getanzt«, wiederholte ich, was mir schon einmal nur schwer über die Lippen gekommen war. »Genau wie Alva, meine Schwester.«

»Du hast eine Schwester?«, fragte er verwundert. Ich nickte mechanisch, da mich das schlechte Gewissen in diesem Moment plagte. Ich war mir nicht sicher, ob ich ihm meine Schwester bewusst verschwiegen hatte oder ob es eher ein Schutzmechanismus gewesen war, den ich bisher gar nicht wahrgenommen hatte.

»Alva ist drei Jahre älter als ich. Mit zwölf Jahren ist sie von Stockholm nach London an die Royal Academy of Dance gewechselt. Sie war eine begnadete Tänzerin.«

»Sie war? Ist sie … tot?«

Ich schluckte. »Nein. Doch es sah viel zu lange danach aus.« Die elendig langen Stunden, die ich mit meinen Eltern vor ihrem Zimmer gegessen hatte, hatten sich tief in mein Gedächtnis gebrannt. Mit jedem Atemzug hoffend, dass das kurze Piepen des Herzmonitors die Stille durchbrechen würde.

Miles Miene veränderte sich. In seinem Gesicht spiegelten sich so viele verschiedene Emotionen wider. Es war unfair von mir, ihm immer nur Häppchen hinzuwerfen, sowie man es bei einem alten Hund tat.

»Sie war sechzehn, ich dreizehn, als sie bei einer wichtigen Aufführung von *Schwanensee* das Solo des weißen Schwans tanzte. Meine Eltern und ich standen hinter der Bühne. Da ich selber tanzte und Alva mein Vorbild war, liebte ich es, vom Seitenschiff zuzuschauen. All die Ballerinen zu sehen, wie sie über die Bühne flogen und ihren Traum lebten. Ich wusste, dass ich dort ebenfalls hinwollte.« Wieder schluckte ich. Meine Kehle war staubtrocken und je mehr ich erzählte und der entscheidenden Stelle näherkam, desto schwieriger fiel es mir, weiterzusprechen. Jedes Wort brachte mich mehr zu diesen Tag zurück, machte alles realer. Ließ mich den Schmerz mehr spüren.

»Es war also dieser besagte Tag und ich schaute wie immer von der Seitenbühne aus zu. Wir waren bereits in der zweiten Hälfte. Die bekannten Schneeflocken mit ihren federbesetzten Röcken hatten bereits ihren Auftritt gehabt. Alva drehte einige *Piqués*, als alles ganz schnell ging. Sie rutschte auf dieser Feder aus, die eine der Tänzerinnen von ihrem Rock verloren hatte und fiel zu Boden. Sie schlug erst mit dem Rücken auf. Dann prallte ihr Kopf auf das Parkett. Im Saal war es so still, dass jeder das Knacken hören konnte.« Und ebenso still wurde es nun um uns. Ich hörte Miles Atem, obwohl das Blut in meinen Ohren rauschte.

Während meiner Erzählung hatten sich meine Fingernägel in meine Handinnenflächen gebohrt und ich spürte den Schmerz, der sich dort ausbreitete. Im Vergleich zu dem Gefühl, das sich im Rest meines Körpers ausgebreitet hatte, war dies jedoch nicht mehr als ein sanftes Streicheln.

Mile wirkte erschüttert. Er blickte mich mit weit aufgerissenen Augen an. Immer wieder öffnete er den Mund, um etwas zu sagen, aber er schien nicht die richtigen Worte zu finden. Aber was waren schon die richtigen Worte für einen Unfall, den meine Schwester mit ihrem Traum bezahlt hatte. Und ich mit meinem ….

»Wenn sie nicht tot ist, wie geht es ihr jetzt?«

»Sie ist unterhalb der Brust gelähmt.« Jetzt waren sie endlich raus. Die Worte, die es mir jahrelang unmöglich gemacht hatten, zu schlafen.

»Sie hat sich bei dem Sturz mehrere Halswirbel gebrochen. Den untersten so unglücklich, dass er sich durch das Rückenmark bohrte und dabei wichtigen Nervenstränge zerstört hat. Sie lag mehrere Wochen im Koma, und als sie aufwachte, wurde uns bewusst, dass sie nie wieder gehen, geschweige denn tanzen können würde. Sie musste so vieles neu lernen. Lange konnte sie nicht mal allein essen. Die Ärzte waren ratlos. Niemand, der den Sturz gesehen hatte, konnte glauben, dass ihre Verletzungen so massiv waren. Aber so war es. Alva hatte an diesem Tag eine ganze Menge Pech.«

»Das klingt so, als hätte es so kommen sollen. Das sollte es bestimmt nicht ...«

»Stimmt. Sie war zur falschen Zeit am falschen Ort. Hätte diese blöde Feder sich eine Sekunde später gelöst, wäre Alva jetzt vielleicht der Star des Londoner Balletts.« Ich sah Mile ernst an, der sichtlich nach Worten rang, als wollte er nichts Falsches fragen oder sagen.

»Und warum hast du danach mit dem Tanzen aufgehört?« Er wählte seine Worte so vorsichtig, als wüsste er, was er auslöste - als kannte er die Antwort bereits.

Ich schnaubte ungläubig und funkelte ihn an. Er tat so, als hätte ich eine Wahl gehabt. Als wäre es fair gewesen, einfach aufzuhören. Als hätte mein dreizehnjähriges Ich einfach von heute auf morgen damit abgeschlossen.

»Ist das nicht offensichtlich?«

Er verengte seine Augen und schüttelte langsam den Kopf. »Nicht für mich.«

»Ich musste mich entscheiden. Fliegen oder schweben. Und die Wahl fiel aufs Schweben. Weniger Komplikationen, weniger Risiko. Meine Schwester so stürzen zu sehen … war für mich das Schlimmste, was ich jemals gesehen habe. Danach habe ich es nicht mehr über mich gebracht. Ich hatte zu große Angst vor dem Fallen. Außerdem war es die einzige Wahl, die meine Eltern akzeptiert haben.«

»Warum haben sie das denn für dich entschieden?«

»Mein Vater wollte nicht noch eines seiner talentierten Kinder im Rollstuhl sitzen sehen. Wahrscheinlich ist er auch deshalb so verbittert.«

»Dann hat er dich zum Klavier gebracht?«

Selbstverständlich war er es gewesen, durch den ich die Musik für mich entdeckt hatte. Leider war er es auch, der aus meiner Liebe dazu eine Verpflichtung gemacht hatte. Manchmal glaubte ich, dass er froh war, mich nun am Piano und nicht mehr auf der Tanzfläche zu sehen. Hätte ich mich aus freien Stücken und unabhängig von allen Vorkommnissen entscheiden können, wäre meine Wahl nicht aufs Klavier gefallen.

»Ja. Ich habe schon immer gespielt, liebte die Musik aber nicht so wie das Tanzen. Es war die sicherere Nummer und wahrscheinlich bin ich an den Tasten sowieso talentierter als auf dem Parkett.«

Sein mitleidiger Blick verschwand, stattdessen trat Verwunderung in seine Gesichtszüge. »Das glaube ich nicht. Ja, du bist verdammt talentiert, wenn es ums Spielen geht. Aber wenn du das Tanzen so sehr geliebt hast - es wahrscheinlich noch immer liebst - wärst du damit mindestens genauso weit gekommen.«

Ich lehnte mich zurück und dachte über seine Worte nach. Auch wenn ich das Klavierspiel liebte, hatte das Tanzen mir eine Freiheit gegeben, die ich auf den klapprigen Hockern niemals finden würde. Dennoch war es keine Option mehr.

Mile legte den Kopf schief, musterte mich und meinen kraftlosen Körper. Ich saß vollkommen in mich versunken vor ihm; war nur noch ein Hauch meiner selbst. Dennoch schreckte er nicht zurück, sondern bohrte weiter nach: »Wenn du dich damals aus freien Stücken hättest entscheiden können, worauf wäre deine Wahl gefallen? Das Tanzen oder die Musik?«

Das war die Frage aller Fragen ... Trotzdem hatte mich noch nie jemand danach gefragt. Nicht mal ich selbst, denn welche Wahl gab es schon? In Miles Augen schimmerte nichts als pure Empathie, die mich in ihre schützende Umarmung nahm. Ich wandte den Blick kurz ab, sog tief Luft in meine Lunge. Es war an der Zeit, ehrlich zu sein. Zu Mile, zur Welt und vor allem zu mir.

»Das Tanzen.«

Wieder veränderte sich Miles Ausdruck innerhalb von Sekunden. Seine Augen leuchtete Tatendrang. Schwungvoll nahm er die Dose, in der sich noch Rest meines Mittagessens befand, sammelte das übrige Geschirr ein und brachte es eilig in die Küche. Er sah mich nicht ein einziges Mal an. Es war, als wäre ich nicht da, unsichtbar, vollkommen unwichtig. Mile kam auf mich zu, hängte sich meine Tasche über die Schulter und griff energisch nach meiner Hand.

»Unsere Pause ist vorbei.«

Zehn
Dal Segno

Mile zog mich hinter sich her. Seine Hand fest in meiner verankert, stolperte ich ihm nach. Wir liefen zum Komplex B, stoppten aber nicht, sondern eilten zum Treppenhaus.

Ich wollte ihn fragen, was los war, wieso er unsere Pause so abrupt beendet hatte. Doch ich befürchtete, nicht mit seiner Antwort umgehen zu können.

Wir ließen Stockwerk für Stock hinter uns. Hin und wieder drehte er sich um, sah mich kurz an. Mein Herz klopfte wie wild. Die Anstrengung des Treppenanstiegs brachte es an seine Grenzen. Genauso wie die Ungewissheit, die Hilflosigkeit, die es beinahe zum Zerbersten brachten.

Erst vor unserem Studio löste er seine Hand aus meiner. Ich lockerte meine Finger, die sich verkrampft an Miles gekrallt hatten. Nach Atem ringend stützte ich mich auf meine Oberschenkel. Während unser Sprint an Mile scheinbar spurlos vorbeigegangen war, hatte ich Mühe, meine Atmung wieder unter Kontrolle zu bekommen.

Er stand bereits barfuß in der Mitte der Fläche und sah mich emotionslos an, als ich mich beruhigt hatte und in den Raum folgte. Auf seinem Gesicht konnte ich nicht einen Hauch Regung erkennen.

Den Sinn hinter Miles übereiltem Aufbruch hatte ich immer noch nicht verstanden. Sicher war ihm die Situation unangenehm gewesen - ich hatte zu viel offenbart und er wollte nur schnell weg. Anders konnte ich mir seinen plötzlichen

Stimmungsumschwung nicht erklären. Von jetzt auf gleich hatte sich sein Ausdruck, seine ganze Haltung verändert. Aber er war doch selbst schuld. Immerhin hatte er nachgefragt, so tiefgebohrt, ohne zu wissen, worauf er sich einließ.

Doch ich hatte mich hinreißen lassen, hatte ihm die ganze Wahrheit erzählt. Ich erschauderte bei dem Gedanken daran. Wie hatte ich nur so naiv sein können? Ich hätte mit seiner Reaktion rechnen können. Und dennoch hatte ich gehofft, Mile würde mir Verständnis entgegenbringen.

Ich atmete vernehmlich aus. Es fiel mir schwer, ihn anzusehen. Jetzt, da er meine dunkelsten Seiten, meine tiefsten Geheimnisse kannte. Wir hatten eine Grenze überschritten. Eine Grenze, die Mile im gleichen Moment wieder hochgezogen hatte und nun wusste ich nicht mehr, auf welcher Seite ich eigentlich stand.

Er zog sein Handy aus der Hosentasche und startete die Musik eines Indie-Künstlers. Die Band hatte ich schon öfter bei ihm gehört. Wieder ein Punkt, den ich auf die Liste *unerklärliche Aktionen* schreiben konnte: Warum machte er seine Musik an, wenn er ganz eindeutig weiter proben wollte?

»Können wir dann?«, fragte er ungeduldig. Innerhalb weniger Minuten hatte sich seine Stimmung komplett gewandelt, er war zu einem vollkommen anderen Menschen geworden. Er war kalt, verschlossen, abweisend. Zumindest wirkte es so auf mich. In einem Moment war er verständnisvoll gewesen, hatte sich um mich und meine Probleme gesorgt. Jetzt erwartete er nur noch, dass ich funktionierte. Aber für mich kam einfach weiterzumachen nicht in Frage. Enttäuschung keimte in mir auf. Was hatte ich erwartet? Dass er mich mitleidig in die Arme nehmen und meine Tränen trocknen würde? Dass er Verständnis für meine Situation aufbrachte? Oder dass er mich am Ende sogar vielleicht ein bisschen besser verstehen konnte? Eigentlich war es aber auch egal, da wir schließlich keine echten Freunde, sondern nur Partner waren.

Genervt schlurfte ich in den Raum und steuerte das Piano an. *Ich sollte dringend eine Version aufnehmen, damit ich das gleiche Stück nicht immer und immer wieder spielen muss, sondern wir einfach auf dem Handy vor- und zurückspulen können. Dann kann er auch ohne mich proben.*

Als ich mich auf den Klavierhocker fallen lassen wollte, räusperte Mile sich.

»Falscher Platz.«

Verdutzt sah ich ihn an. Was war los mit ihm und was wollte er mit dieser Einstellung bezwecken? Ich wusste nicht, was ich erwidern sollte, und musterte ihn fragend.

»Worauf wartest du denn noch?«

»Darauf, dass du mir sagst, was dein Problem ist?!« Ich erschrak selbst bei meinem schnippischen Ton. Aber ich war zu genervt und hatte keine Kraft mehr, um meinen Unmut zu verstecken. Ich suchte nach dem Punkt, an dem diese Situation dermaßen ins Negative umgeschwungen war. Mich Mile zu öffnen, hatte all meine Kraft benötigt. Nie hatte ich sie aufbringen können, aber Mile hatte es geschafft. Als ich die verhassten Worte endlich über mich gebracht hatte, war eine Last von mir abgefallen, von der ich nicht gewusst hatte, wie groß sie gewesen war. Für einen Moment war ich frei, fühlte mich verstanden, geborgen. Im nächsten Moment raubte Mile mir dieses Gefühl. Er zerrte mich davon, ebenso wie die hart erkämpfte Freiheit.

Kurz sah er mich verwundert an, dann entspannte sich sein Gesichtsausdruck. Ein Lächeln stahl sich auf seine Lippen, bis schließlich ein leises Lachen aus seiner Kehle drang.

»Es gibt kein Problem. Ich will nur, dass du deine Schuhe ausziehst und zu mir kommst.« Sein Ton war wieder sanft und fuhr mir direkt unter die Haut. Sofort veränderte sich die Atmosphäre zwischen uns.

Der offene Mile war zurück und fordert mich mit einer einladenden Geste auf, zu ihm zu kommen. Ich wollte zu ihm gehen, doch dann zögerte ich. Konnte ich ihm vertrauen?

»Wieso?« Das Wort war nur ein Hauch auf meinen Lippen.

»Weil du hierher gehörst.«

Seine Worte strömten durch meinen Kopf, ohne einen Sinn zu ergeben.

Zu perplex, um zu antworten, tat ich, was er verlangte. Ich streifte meine Schlappen von den Füßen und ging zu ihm. Unter meinen Sohlen fühlte ich den kalten Boden, der mich erdete und mir half, mich etwas zu entspannen. Ich spürte die Anziehung, die Mile auf mich hatte. Mit jedem Schritt vernahm ich sie mehr; war ihr mehr ergeben.

»Und jetzt?« Ich stand dicht vor ihm, spürte seinen sanften Atem in meinem Haar. Er hob seine Hand, strich mir eine Strähne hinters Ohr. Berührte mit seinen Fingerspitzen kaum wahrnehmbar meine Wange und dennoch keimte in mir der unstillbare Drang auf, mich ihn seine Berührung zu schmiegen. Es war nur er und ich. Nur wir beide.

»Na also. Geht doch.« Er sprach so leise. »Dann können wir ja loslegen.«

»Loslegen? Womit?« Ich verstand nicht, was passierte. Ich wollte mich hingeben, meinen Kopf ausschalten, doch genauso sehr wollte ich es verstehen.

»Na, mit dem Tanzen! Was glaubst du, wieso ich dich in diesem Affentempo hier hochgeschleift und dann gebeten habe, deine Schuhe auszuziehen?«

Er will, dass ich tanze? Instinktiv wich ich einen Schritt zurück, verschränkte meine Arme vor der Brust.

»Mile, ich werde nicht tanzen. Nicht in einer Millionen Jahren!« Ich lachte spöttisch und konnte nicht glauben, was er vorhatte. Hatte er mir denn nicht zugehört? War meine Erzählung so missverständlich gewesen?

»Bitte.« Seine Stimme klang flehend. »Ich möchte dich tanzen sehen. Und ich möchte, dass das Strahlen in deine Augen zurückkehrt.«

Das Strahlen? Ich hatte mich in Mile geirrt. Auch wenn er nie etwas gesagt hatte, hatte er mich wahrgenommen. Nicht das Bild, das ich krampfhaft aufrechterhielt, damit die Angst nicht nach außen drang und preisgab, wer ich wirklich war. Doch er hatte *mich* gesehen und nicht die Maske, die ich trug.

»Denkst du wirklich, mir ist nie aufgefallen, wie sehr sich dein ganzer Körper danach verzehrt? Jede Faser schreit danach. Als du letztens vor mir im Saal warst und in dich gefühlt und die Bewegung zugelassen hast?« Mile kam einen Schritt auf mich zu und griff nach meiner Hand. Dieses Mal zärtlicher, weniger bestimmend. Er legte sie an seine Brust. Ich fühlte das beständige Pochen seines Herzens. Es gab mir Halt und ließ mich ihn so nah spüren. »Ich glaube, ich habe bis vorhin nicht verstanden, was es zu bedeuten hatte, doch jetzt weiß ich es. Smilla, du hast es im Blut und du nimmst dir selbst die Luft zum Atmen, wenn du diesen Drang unterdrückst.«

Mir wurde schlecht. Nicht, weil mir seine Worte Angst machten oder ich nicht an sie glaubte, sondern weil er mir tief in die Seele gesehen und alles hervorgeholt hatte. Alles, worum ich vor Jahren große Mauern gezogen hatte.

Wir standen uns dicht gegenüber. Ich spürte seinen Atem an meiner Wange. Langsam legte er seine Hand an meine Hüfte. Ein Kribbeln durchlief meinen Körper, ich erschauderte.

Ich konnte nicht widerstehen, vielleicht wollte ich es auch nicht. In mir schrien Vernunft, Sehnsucht und Leidenschaft. Alle Emotionen, die ich in den vergangenen Wochen - den vergangenen Jahren - unterdrückt hatte. Wollte mich Mile hingeben, dem Tanzen hingeben. Aber wie konnte ich mir sicher sein, die richtige Entscheidung zu treffen? Was, wenn ich nicht stark genug wäre und es mich in einen tiefen Abgrund reißen würde? Würde ich es schaffen, aus eigener Kraft wieder rauszukommen?

Doch die vollkommen überraschend aufkeimende Sehnsucht schnürte mir die Kehle zu. Sehnsucht nach dem Tanzen, Sehnsucht danach, frei zu sein. Sehnsucht danach, mit Mile eine Einheit zu sein. Als hätten Miles Worte sie endlich freigelassen.

»Was ist los?« Mile schaute mich besorgt an. Als würde er abwägen, ob er seine Hand liegen lassen durfte. Ich blickte zu der Stelle, an der er mich berührte, sah dann zu ihm auf. Ich wollte ihm seine Unsicherheit nehmen.

»Nichts.« Es fiel mir schwer, die richtigen Worte zu finden. »Ich hätte nur nicht erwartet, dass sich deine Hand auf meinem Körper so gut anfühlen würde.«

Aber ich hatte es gehofft. So viele Male hatte ich mir vorgestellt, wie es wäre, ihn zu spüren. Nur, um mir den Gedanken gleich wieder zu verbieten. Jetzt war es Realität und ich konnte nicht anders, als seine Wärme in mich aufzunehmen.

Sofort entspannte er sich merklich und verstärkte die Intensität seiner Berührung. Wir verharrten in dieser Position, als wollte keiner von uns diesen Moment unterbrechen. Eine Bewegung würde bedeuten, dass wir neues Terrain betreten würden, was auch immer das für uns - für mich - bedeuten würde.

Doch dann schwoll eine Woge der Euphorie in mir an, die sich langsam zwischen uns aufbaute, auf Mile überschlug. Erst bewegten wir uns langsam, dann immer sicherer im Takt der Musik. Zunächst blieben wir an einer Stelle stehen, als wären unsere Füße festgewachsen. Dann riss der nächste Takt uns los und schenkte uns Freiheit. Unsere Körper wiegten sich sanft zu den Klängen der Akustikgitarre, die aus den Boxen drangen.

Mile und ich bildeten eine Einheit. Es war, als hätten wir noch nie etwas anderes gemacht, als gemeinsam zu tanzen. Wir folgten keiner Choreografie - wie auch? Es war der vollkommene Moment, der uns führte.

Mal waren unsere Bewegungen schneller, dann langsamer. Mal intensiv, dann nur ein flüchtiger Hauch. Aber Mile war da. Er gab mir die Kraft, war die Stütze, die ich brauchte, um gemeinsam mit ihm das erste Mal seit langem zu fliegen.

Die Musik setzte sich endlos fort, so wie es unsere Schritte traten.

Irgendwann kamen wir aus dem Takt, stolperten übereinander, taumelten und fielen lachend zu Boden. Ich landete auf Mile und war mir seiner Nähe plötzlich sehr bewusst. Sein Körper so nah an meinem, dass ich seine Wärme und seine Stärke spürte. Wir waren noch immer eine Einheit, in der die Energie sich übertrug - zwei Zahnräder, die lächerlich genau ineinanderpassten.

Über meinen ganzen Körper ergoss sich Gänsehaut, in meinem Kopf sprangen die Gedanken wild hin und her. Ich hatte getanzt. Endlich wieder. Hatte mich frei gefühlt, war geflogen. Meine Augen füllten sich mit Tränen. Tränen der Freude und Überwältigung, nicht der Trauer. Ich wollte schreien, alle wissen lassen, dass ich getanzt hatte. Wie eine Welle überschwemmte mich das Adrenalin, riss mich mit sich.

Dann übernahm schlagartig meine Vernunft das Ruder und machte mir klar, was passierte. Ich lag noch immer auf Mile, der lachend seine Arme um mich geschlungen hatte. Unsere Körper so eng aneinander. Was sich eben noch sicher angefühlt hatte, war jetzt nur noch falsch. Ich verkrampfte mich und rutschte von ihm. Seine Hände versteiften sich, erschwerten es mir zu gehen, gaben mich schließlich frei. Schmerzlich löste ich den letzten Berührungspunkt zwischen uns. Sofort verstummte sein Lachen. Er sah mich ratlos an, beobachtete jede Bewegung, als verstünde er nicht, was mit mir passiert war. Ich wandte mein Gesicht ab, damit er nicht fand, was ich selbst noch nicht verstanden hatte.

Mile setzte sich auf und schlang die Arme um seine Beine, spiegelte meine Abwehrhaltung. Der Moment war verflogen, doch die Erinnerung blieb.

»Danke«, brachte ich nach endlosen Momenten der Stille hervor.

»Wofür?« Miles Stimme war leise, vorsichtig suchend, dennoch unendlich sicher.

»Dass du mir gezeigt hast, wofür mir der Mut gefehlt hat.«

»Dafür sind Freunde doch da, oder?«

Freunde.

Ich erwiderte nichts, abgesehen von einem unaufrichtigen Lächeln. Die Angst hatte mich bereits wieder fest im Griff, saß tief in meinem Körper, doch etwas war anders. Ich war stärker. Das erste Mal seit Alvas Unfall fühlte ich mich überlegen. Meine Angst hingegen war verletzlicher, denn sie lief Gefahr, durchschaut zu werden.

»Hast du eigentlich vor, zum Sponsorship Ball zu gehen?« Mile klang zögerlich und spielte am Stoff seiner Jogginghose.

Wir saßen schon eine ganze Zeit auf dem Boden, fachsimpelten über unser Projekt und das Tanzen im Allgemeinen. Darüber, was davor passiert war, verloren wir kein Wort mehr. Und dennoch konnte ich an nichts anderes denken. Verträumt legte ich eine Hand an meine Hüfte, an die Stelle, wo er mich so innig berührt hatte.

Der Ball war das jährliche Event, zu dem alle Sponsoren der ADAM eingeladen wurden, um ihnen für ihre Großzügigkeit zu danken - so zumindest offiziell. Für mich bestand der einzige Sinn darin, den Studierenden zu zeigen, wie viel Glück sie hatten, an einer der renommiertesten Schulen

Australiens studieren zu dürfen. Und ohne die Unsummen, die jährlich gespendet wurden, wäre das unmöglich.

Als Studentin hatte ich den Ball noch nie besucht, doch meinen Vater hatte ich bereits mehrere Male als Vorzeigeschild begleiten dürfen - welch eine Ehre … Ich hasste diese Veranstaltung und hatte wenig Lust, hinzugehen. Die herrschende Anwesenheitspflicht für alle Studierenden ließ jedoch wenig Spielraum.

»Habe ich eine Wahl?« Ich merkte, wie ich mich zurückzog. Ich wollte nicht über diese Veranstaltung oder meinen Vater sprechen. Nicht jetzt, nicht hier, nicht mit Mile.

»Nein. Eigentlich nicht.« Er klang ernüchtert. Wahrscheinlich wusste er auch ohne nachzufragen, wieso ich keine Lust hatte. Doch ich war bereits in Rage - wie immer, wenn mein Vater Thema wurde.

»Tut mir leid. Aber ich finde diese Art Veranstaltung einfach nur scheinheilig. Außerdem kann ich darauf verzichten, meinem Vater über den Weg zu laufen.«

»Hm.« Mile blinzelte mehrmals und ich zuckte resigniert die Schultern.

Ich dachte an die letzte Begegnung mit meinem Vater und sofort wurde mir eiskalt. Sein verachtender, missbilligender Blick brannte noch immer auf meiner Haut. Dieses Mal würde ich ihm als Schülerin der ADAM gegenübertreten, was meine Position nur noch mehr schwächte. Allein bei dem Gedanken daran würde mir speiübel. Vielleicht könnte ich die Grippe vortäuschen und mit einer Folge *McLeods Töchter* im Bett bleiben.

»Hast du schon eine Begleitung?«

Sofort schwang meine Körpertemperatur von eisigkalt zu feurigwarm. Mile sah mich noch immer nicht an, sondern nestelte weiter an seinem Hosenbein. Ich versuchte dennoch, einen Blick in seine Augen zu erhaschen, aber er gab mir keine Chance.

»Nein?« Fast hätte ich losgelacht, aber Miles Gesichtsausdruck hielt mich davon ab. Er hob seinen Blick. Einen Mundwinkel nach oben gezogen, betrachtete er mich von unten hinauf.

»Na ja, ich hatte überlegt …« Er stoppte, fuhr sich durch die Haare. »… ob wir vielleicht zusammen hingehen wollen?«

»Als Date?«

»Als Partner. Date klingt so förmlich.«

Ich fing Miles Blick auf - Ehrlichkeit und Hoffnung lagen darin. Das Funkeln seiner blauen Iriden fuhr durch meinen Körper, sammelte sich als wohlige Wärme in meiner Mitte.

»Ich meine, wenn du ohnehin hinmusst, warum dann nicht wenigsten Spaß haben? Wir könnten tanzen, einfach den Abend genießen.« Er lächelte mich aufrichtig an. Doch die Furcht, dass ich ihn nicht ernst nehmen würde, lag klar in seinen Augen. »Und ich könnte als Puffer zwischen dir und deinem Vater dienen. Ich weiche nicht von deiner Seite. Versprochen«, fügte er mit einem Zwinkern hinzu.

Ich suchte nach dem Haken nach irgendetwas, das mich davon abhalten könnte Ja zu sagen. Und ich hasste mich dafür. Ich wollte Mile gegenüber nicht so misstrauisch sein. Aber ich konnte diesen inneren Drang nicht abstellen. Der Instinkt, mich selbst zu schützen, war zu groß. Er hatte schon zu oft eingreifen müssen, als dass ich ihn jetzt einfach abstellen konnte. Ich wollte zusagen, wollte mit Mile zu diesem Ball gehen. Der Gedanken, seine Partnerin zu sein, ließ meinen Unterleib erneut kribbeln.

Mit ihm an meiner Seite wäre alles so viel erträglicher. Ganz davon abgesehen, gab es noch einen weiteren Vorteil: Ich wusste, wie sehr es meinen Vater ärgern würde, wenn ich mit einem Mann zum Ball käme. In seiner Vorstellung gab es für diejenigen, die im Leben erfolgreich sein wollten, keinen Platz für eine Partnerschaft. Das hatte er mir viele Male klar gemacht und viele Jahre vorgelebt. Meine Mutter, Alva und ich waren für ihn nicht mehr als Prestigeobjekte. Wir waren es immer schon gewesen, doch vor Alvas Unfall hatte es zumindest noch einen Funken Liebe gegeben. Bis zu diesem Zeitpunkt waren wir eine Familie gewesen, dann aber unaufhaltbar auseinandergedriftet. So lange hatte ich versucht, uns alle zusammenzuhalten, hatte für die Familie mit dem Tanzen aufgehört, aber da war es längst zu spät gewesen.

»Also gut«, stimmte ich seinem Vorschlag zu.

»Also gut?«

»Wir gehen zusammen zum Ball. Aber bilde dir nichts ein. Einen Puffer zwischen meinem Vater und mir zu haben, ist nur zu verlockend, als das ich ablehnen könnte.« Grinsend zwinkerte ich ihm zu. Ich war mir nicht sicher, ob ich den Satz nicht mehr zu mir selbst sagte. Um mir keinen Hoffnungen zu machen, mir nicht zu viel von diesem Abend zu versprechen. Denn langsam konnte ich es nicht mehr leugnen: Mile Lowe löste in mir Gefühle aus.

»Keine Sorge.« Wieder mischte sich dieses Lächeln auf Miles Lippen, das mir Gänsehaut bereitete und ich nicht wusste, wieso. »Nur ein Puffer. Nicht mehr, nicht weniger. Erinnere mich aber bitte daran, ein Foto für meine Mutter zu machen. Letztes Jahr habe ich es vergessen und du glaubst nicht, wie sauer sie war.«

Ich lachte, dachte an meine eigene Mum, mit der ich die gleiche Situation hätte erleben können. »Ich gebe mir Mühe.«

»Sie ist wirklich schrecklich, was das angeht. Am liebsten wäre sie, glaube ich, dabei, um selbst die Fotos machen zu können.«

»Also verstehst du dich gut mit der Mutter?« Ich begab mich auch gefährliches Terrain. Beim letzten Mal hatte Mile sofort dichtgemacht, als dieses Thema aufkam. Aber seitdem war viel passiert.

»Ja, total. Sie ist einer der wohlwollendsten und lustigsten Menschen, die ich kenne. Das, was meinem Vater an Empathie fehlt, hat sie zu viel.«

Wärme keimte in mir auf. Er vertraute mir scheinbar genug, um mehr von sich preiszugeben.

»Siehst du sie oft?«

Mile schüttelte den Kopf. »Nur in den Ferien, ganz selten am Wochenende. Nach Sydney ist es kein Katzensprung. Da lohnt es sich leider selten. Dabei weiß ich, dass meine Mutter sich oft allein fühlte …« Bedauern lag in seiner Stimme. Auch der Ausdruck in seinen Augen trübte sich.

»Hast du keine Geschwister?«

»Nein, bin Einzelkind. Dabei wollte ich immer einen großen Bruder, an den ich mich hätte wenden können.«

So wie ich Alva hatte.

Am Abend lag ich auf meinem Bett und starrte die Decke an. Mein Kopf glich einem Bienenstock, in dem die Gedanken wild und laut umherflogen. Ich würde mit Mile zum Ball gehen und ich hatte getanzt.

Ich war frei gewesen und über das Parkett geschwebt, als ob ich niemals damit aufgehört hätte. Mit Mile hatte es sich so einfach angefühlt. Er war da gewesen, hatte mich geleitet und mir Halt gegeben. Für einen Moment hatte ich die schlimmen Erinnerungen, all den Schmerz vergessen können. Jetzt war ich emotional so erschöpft, dass Tränen sich unerbittlich ihren Weg an die Oberfläche kämpften. Aber nach diesem guten Tag, der so voller Hoffnung und Ehrlichkeit gewesen war, wollte ich ihnen keinen Platz einräumen.

Ich griff, ohne darüber nachzudenken, nach meinem Handy und wählte die Nummer meiner Schwester.

»Smilla!« Alvas Stimme löste - wie immer - jede Anspannung. Wenn im Leben auf nichts Verlass war, so wusste ich, dass ihre Stimme auf mich immer einen beruhigenden Effekt haben würde.

»Tinker«, flüsterte ich, da die Tränen noch einen letzten kläglichen Versuch starteten, als mich das Heimweh plötzlich überrollte. Mein Blick schweifte zu meiner Fotowand. All die wunderschönen Momente, die Erinnerungen. Viel zu lange war keine Neue dazugekommen. Schließlich gab ich den Tränen nach. Ich war heute so stark gewesen und durfte mir nun diesen Moment der Schwäche eingestehen.

»Was ist los?« Alva war sofort in Alarmbereitschaft. Ihr Atem ging schneller und ich konnte ihren sorgenvollen Blick durch das Handy hindurch spüren. »Bitte sprich mit mir.«

»Alles gut. Wirklich. Es sind nur Tränen der Erschöpfung und irgendwie auch der Freude. Ich weiß nicht.« Ich atmete schwer aus, genoss die reinigende Wirkung der Tränen. Es war, als würden sie den alten Schmerz wegspülen. Als könnte ich das erste Mal aus diesem tiefen Ozean der Angst auftauchen und endlich das Licht an der Oberfläche sehen. Zumindest für diesen einen Moment.

»Dennoch muss doch etwas passiert sein. Ich kenne dich, so bist du sonst nicht.«

Sie hatte recht. Es war etwas passiert. Ich hatte endlich mit jemanden über die Wahrheit gesprochen, die mich in ihren Fängen hielt und mich schon so lange eingeschränkte. Doch jetzt, da ich mit ihr redete, fühlte es sich plötzlich falsch an. Es war nicht nur meine Wahrheit gewesen, die ich Mile erzählt hatte, es war vor allem ihre gewesen. Ich hatte ihm Alvas Leidensgeschichte - ihren Schicksalsschlag - vollkommen unüberlegt ausgebreitet, ohne daran zu denken, ob es für sie in Ordnung war.

»Smilla, sag mir bitte, was los ist.«

»Ich habe es ihm erzählt. Es tut mir so leid, aber ich konnte nicht länger … ich musste einfach … ich musste es endlich aussprechen … er hat gesehen, dass ich früher getanzt habe … er hat es erkannt … und dann … Tinker, ich konnte nicht anders, ich konnte ihn nicht länger anlügen. Und mich auch nicht.« Die Tränen brachen vollends aus mir raus. Ein ersticktes Schluchzen drang aus meiner Brust. Mein Körper bebte, das Handy in meinen Fingern zitterte.

Meine Schwester räusperte sich verwirrt. »Wem hast du was erzählt? Ich kann dir nicht folgen.«

»Mile. Ich habe ihm von dir erzählt, von deinem Unfall. Ich habe ihm erzählt, was damals passiert ist, dass ich früher getanzt habe, aber nach deinem Unfall nicht mehr. Er hat den Schmerz in meinen Augen gesehen, die Sehnsucht und das Leid dahinter.«

»Aber das ist doch gut!« Sie klang beinahe glücklich. »Smilla, es ist gut, dass du endlich mit jemanden darüber gesprochen hast. Es hat viel zu lange in dir geschlummert und sich an deine Seele geheftet. Es musste raus und ich bin unglaublich glücklich, dass Mile es aus dir herauslocken konnte.«

»Aber … aber …«, immer wieder stockte ich. »Ich hätte dich doch fragen müssen, ob …«

Alva unterbrach mich: »Du hättest mich nicht fragen müssen. Es ist ein Teil meiner Geschichte, ein Teil von mir. Genauso wie es ein Teil von dir ist. Und es ist kein Geheimnis, was passiert ist. Es ist die Realität, mit der wir alle leben müssen.«

Ich schwieg; unsicher, was ich erwidern sollte. Sie hatte recht und dennoch fühlte ich mich schlecht. Ich hatte mir geschworen, niemals darüber zu sprechen. Mit niemanden. Und jetzt hatte ich es doch getan. War schwach geworden. Aber es hatte sich so richtig angefühlt. Mile war so verständnisvoll gewesen. Noch nie war es mir so leicht gefallen, mich zu öffnen, mich fallen zu lassen. Jetzt war es ohnehin zu spät. Was geschehen war, war geschehen. Ich musste damit leben. Und meiner Schwester die ganze Geschichte beichten. Mir wurde schlecht, meine Kehle trocknete aus, machte es mir unfähig zu sprechen. Ich war so egoistisch gewesen, nur an mich zu denken und nicht an Alva. An Alva, die ihren Traum niemals würde leben können.

»Tinker?«, fragte ich vorsichtig.

»Ja, lillasyster?«

Ich griff nach einem Kissen, strich über die raue Struktur des Musters, fuhr mit meinem Fingernagel über die immer gleiche Stelle. Alva hatte immer zu mir gestanden, mir immer den Rücken gestärkt. Was, wenn ich jetzt einen Schritt zu weitgegangen war? Ich drückte das Kissen enger an mich, als ob es mich vor Alvas Reaktion beschützen könnte.

»Ich habe getanzt.« Am anderen Ende der Leitung blieb es ruhig. »Tinker, ich habe getanzt.«

»Du hast was?«

Ich konnte den Unterton in ihrer Stimme nicht deuten, wiederholte langsam: »Ich habe mit Mile getanzt. Nachdem ich ihm erzählt hatte, was passiert war, hat er mich in den Tanzsaal geschleift und mit mir getanzt.«

Noch bevor ich den Satz zu Ende ausgesprochen hatte, hörte ich meine Schwester kreischen. Ich wartete ab, ob sie etwas sagte, kaum in der Lage, selbst zu sprechen. Mein Herz schlug so laut, jeder Schlag pulsierte durch meinen Körper. Ich hielt die Luft an, wartete endlos auf ihre Reaktion.

»Wie hat es sich angefühlt?« In ihrer Stimme lag ein freudiges Zittern, das von Schmerz und Sehnsucht begleitet wurde. Mein Herz wurde schwer. Bleischwer hinterließ es ein Stechen in meiner Brust, das ich viel zu oft spüren musste. Sie freute sich für mich. Ich konnte nicht ertragen, wie gutmütig sie war. Sie wollte, dass ich dieses unbeschreibliche Gefühl erleben durfte, auch wenn es etwas war, das sie niemals wieder erleben konnte. Ganz tief in mir hatte ich gehofft, sie würde sauer werden und mir damit einen Grund liefern, nicht wieder tanzen zu müssen. Es war nicht fair, aber es wäre einfacher gewesen.

»Es war der Wahnsinn. Ich war frei. Ohne Trauer, ohne Bedauern, ohne Angst.« Mit jedem Wort wurde meine Stimme leiser, bis sie nur noch ein Flüstern war. Wieder brannten Tränen in meinen Augen, rannen meine Wangen hinab. Auch Alva schluchzte.

»Oh, Smilla«, flüsterte sie. »Ich hatte solche Angst, du würdest nie wieder tanzen. Dass dieser Unfall dich für immer gefangen halten würde.«

Mein Herz zog sich zusammen und die Sehnsucht nach meiner Schwester - nach Zuhause - war plötzlich unendlich groß.

Für eine Weile schwiegen wir, ohne dass es unangenehm wurde. Das war es, was ich so an meiner Schwester mochte. Sie war da, egal, wie weit weg sie war. Manchmal war es dennoch so, als würden wir im gleichen Raum sitzen und füreinander da sein.

»Mum meinte, unser Vater ist bald in Gladstone?«, fragte Alva, als wir uns irgendwann beruhigt hatten. Es war mehr eine Aussage als eine Frage, wobei sie ganz offensichtlich ein Fragezeichen ans Ende setzte.

»Ja, leider. Es ist Sponsorship Ball.«

»Gehst du hin?« Es war mehr eine rhetorische Frage, da auch sie wusste, wie meine Antwort lauten würde. Doch dieses Mal konnte ich sie mit einem Detail überraschen.

»Muss ich ja, es ist Pflicht. Du kennst die Regeln. Aber jetzt freue ich mich sogar vielleicht etwas.«

»Wieso das?«, hakte Alva mit verwirrtem Ton nach.

»Mile hat mich gefragt, ob wir zusammen hingehen …«

»Dann habt ihr jetzt doch ein Date!« Sie klang so euphorisch wie schon lange nicht mehr.

»Es ist immer noch kein Date.« Ich verdrehte die Augen.

»Doch, das ist es. Ob du willst oder nicht.«

»Er hat sich lediglich als Puffer angeboten, damit ich nicht allein auf unseren Vater treffe und Dinge sage, die ich irgendwann bereue.«

»Und natürlich hast du nur deswegen zugestimmt.«

»Na ja … vielleicht nicht nur deswegen.« Ich zögerte. Sollte ich ihr von meinen Gefühlen erzählen? Ich war mir ja nicht einmal selber sicher, was ich fühlte.

»Sooooondern?« Ich konnte ihr nichts vormachen, dafür kannte sie mich zu gut.

»Vielleicht finde ich ihn ganz gut.«

»Ganz gut?« Sie bohrte weiter nach. Ich hatte ihr den kleinen Finger gereicht, nun forderte sie die ganze Hand.

»Na gut, ich mag ihn. Ich weiß doch selbst nicht. Er ist attraktiv, nett, witzig, talentiert … immer wenn er lächelt, dann …«

Meine Schwester kreischte schräg. Schnell hielt ich das Handy weiter weg von meinem Ohr, um keinen Tinnitus zu bekommen.

»Smilla ist verliebt … Smilla ist verliebt …«, sang sie laut. Dann lachten wir beide so frei wie schon lange nicht mehr. Die restliche Anspannung, die mich noch immer unterbewusst besetzt hatte, löste sich endlich.

»Aber einmal von deiner Schwärmerei abgesehen, finde ich es sehr gut, wenn Mile dich begleitet. Ein Puffer zwischen dir und unserem Vater war schließlich noch nie schlecht.«

Ich schmunzelte. Recht hatte sie. Obwohl ich zur ruhigen Sorte Mensch zählte, brachte dieser Mann mich regelmäßig zur Weißglut. Zu oft hatte er bewiesen, dass für ihn nur Erfolg und Leistung zählten. Familie war ihm egal, zumindest so lange, wie er keinen weiteren Profit daraus ziehen konnte.

»Genug von mir, was gibt es bei dir Neues?« Die Frage klang desinteressierter, als ich wollte. Ich lief barfuß durch mein Zimmer. Auf meinem Schreibtisch türmten sich Notenberge, die längst nicht mehr sortiert waren. Meine alphabetische Ordnung hatte nicht länger als zwei Wochen gehalten und so konnte ich jetzt nur noch wahllos suchen. »Sorry, ich suche gerade noch meine Noten zusammen.« Alva sollte nicht das Gefühl haben, ich würde ihr nicht zu hören. Aber es war schon spät und meine Vorbereitungen hatte ich in letzter Zeit zu oft schleifen lassen.

»Ach, nichts Spannendes. Ich habe eine neue Therapeutin, die, glaube ich, mal beim Militär war. Zumindest lässt ihr Ton und der Drill darauf schließen.« Sie lachte herzlich auf, als wäre diese Situation nicht anstrengend genug für sie. »Mum kümmert sich schon um Ersatz, aber irgendwie ist der Markt gerade wie leer gefegt.«

Alva erzählte weiter von ihren Bemühungen, sich endlich wieder ans Malen zu setzen und ihren Überlegungen, sich neue Farben zu bestellen, doch ich hörte kaum noch zu, da meine Gedanken zu meiner Mutter wanderten. Seit ich auf die ADAM ging, hatten wir kaum noch Kontakt. Manchmal glaubte ich, sie beneidete mich, dass ich in ihrer Heimat sein konnte, während sie in Schweden festsaß. Sie liebte Alva und die Zeit, die sie zusammenverbrachten. Während mein Vater mit Reisen beschäftigt war, hatte sie sich schon immer liebevoll um ihre Töchter gekümmert, doch ich kannte ihren Wunsch, endlich wieder nach Australien zurückkehren zu können. Alva hatte bereits mehrfach mit mir über diese Tatsache geredet, da sie ebenfalls dazu bereit war. Allein, weil sie dann nicht mehr 15.000 km von mir entfernt waren. Natürlich war es mein Vater, der dagegen war und ihre Bitten immer wieder ablehnte ...

Die ärztliche Versorgung in Schweden ist besser.

Hier sind alle Ärzte, die ihre Krankengeschichte kennen.

Wie stellt ihr euch einen so langen Flug mit einer querschnittsgelähmten Frau vor?

Das Klima in Schweden ist besser für ihre Genesung.

Die Hitze in Australien würde sie niemals aushalten.

Ich hasste ihn dafür. Seine Argumente waren für mich nie nachvollziehbar. Das Reisen mit Querschnittlähmung war heutzutage alltäglich. Immerhin lebten wir nicht mehr in den 1950er-Jahren. Er steckte uns alle in Käfige, damit er die Kontrolle behielt. Mein Herz wurde schwer, als ich an die Opfer dachte, die beide jeden Tag bringen mussten. Sie waren genauso gefangen wie ich, wenn auch auf eine andere Art und Weise.

»Erde an Smilla?« Alvas Stimme riss mich aus meinen Gedankenkreisen, bevor sie mich in ihre Abgründe reißen konnten.

»Erinnerst du dich noch an den Mann, der früher bei uns gegenüber gewohnt hat?«

»Diesen schmierigen Typen mit dem genauso schmierigen Sohn?« Vage Erinnerungen kamen hoch und gaben mir eine schwache Idee, wen sie meinen könnte.

»Ja, genau den! Es ist was passiert, das kannst du dir gar nicht ausmalen, so absurd ist das.«

Ich schmunzelte. Meine Schwester und ihr Gossip.

»Das kann ich wahrscheinlich nicht, aber du wirst es mir sicherlich erzählen.« Erschöpft ließ ich mich auf mein Bett fallen, um Alva meine ganze Aufmerksamkeit zu schenken. Noten zusammensuchen konnte ich auch morgen früh noch. Die Zeit mit ihr war viel zu kostbar, als dass ich nur nebenbei anwesend sein könnte. Selbst, wenn es nur belanglosen Geschichten über unsere früheren Nachbarn waren.

»Also, beide haben jemand Neues kennengelernt und wurden wohl auch mehrfach mit ihrer neuen Partnerin gesichtet. Als der Sohn sie seinem Vater vorstellen wollte, stellte sich heraus, dass sie ein und dieselbe Frau gedatet haben und sie zweigleisig gefahren ist. Und jetzt kommt der Kracher …« Alva machte eine dramaturgische Pause, als wüsste sie nicht, dass mich Tratsch wenig interessierte. Ich griff zu meiner Wasserflasche und trank einen großen Schluck. »Sie ist schwanger.«

Damit hatte ich tatsächlich nicht gerechnet. Ich prustete laut und hemmungslos. Das Wasser verteilte sich über mein Bett und hinterließ dunkle Sprenkel. Alva stimmte ein und wir lachten, bis uns die Luft wegblieb.

»Und wer ist der Vater?«

»Das wissen sie nicht. Sie hat mit beiden geschlafen. Mehrmals und kurz hintereinander. Rein rechnerisch kommen beide als Erzeuger infrage.«

Angewidert verzog ich das Gesicht. Die Vorstellung, dass sie sowohl mit dem Vater und als auch mit dem Sohn geschlafen hatte, war nicht nur ekelig, sondern klang auch gar nicht nach schwedischer Vorstadt.

»Wo hast du das denn bitte gehört? Das ist wirklich absurd!« Ich hielt mir den Bauch vor Lachen.

»Mum hat es erzählt und die hat es von …«

»… der neuen Freundin persönlich«, unterbrach ich meine Schwester immer noch lachend.

»Keine Ahnung, hier weiß es aber wirklich jeder. Ich habe sie auch seit Tagen nicht mehr gesehen.«

»Verständlich, oder?«

Alva und ich schwelgten noch ein wenig in Gedanken, während wir über Skandale der letzten paar Jahre redeten. Meine Schwester saß am anderen Ende der Welt, und obwohl sich unsere Gespräche nicht danach anfühlten, vermisste ich sie in diesen Momenten mehr als alles andere.

Elf Allegro

Ich stand ich vor dem Spiegel in meinem Zimmer, wippte von einem auf das andere Bein und betrachtete mich in dem dunkelroten Kleid von allen Seiten. Es war aus einem sanften Satinstoff gefertigt und hatte einen tiefen V-Ausschnitt, der nur von dünnen Spaghettiträgern gehalten wurde. Ab der Taille fiel es sanft bis zum Boden, umspielte zart meine Silhouette und trumpfte mit einem Beinschlitz auf.

Es hatte nichts mit dem zu tun, was ich sonst trug. Im Gegensatz zu meiner sonstigen Garderobe - ausschließlich in Pastelltönen - fühlte ich mich nun wie ein Feuerlöscher. Ich hatte mir das Kleid vor einiger Zeit in Sydney gekauft, als ich mit meinem Vater dort gewesen war. Er hatte mich zu einem Konzert von Ludovico Einaudi mitgenommen. Die Musik hatte ich sehr genossen, ganz im Gegenteil zu der Zeit mit meiner Begleitung. Kurz vor unserer Abreise hatte ich dann dieses Kleid entdeckt, es mir gekauft, aber nicht geplant, es jemals zu tragen. Als ich es vorgestern in der hintersten Ecke meines Schrankes wiedergefunden hatte, wirkte es auf einmal perfekt. Ich wollte es an diesem besonderen Abend tragen.

Mit Mile zu tanzen hatte so viel in mir ausgelöst. Ich schwebte immer noch wie auf Wolken und sich wieder an das Klavier zusetzen, hatte sich beinahe fremd angefühlt. Viel zu lange hatte das Tanzen keine Rolle in meinem Leben gespielt. Alles war nur nach dem Klavier ausgerichtet. Jetzt hatten sich die Verhältnisse auf einen Schlag verschoben. Nur ein Tanz hatte gereicht, um diesen Teil meines Lebens wieder Platz einzuräumen, der gar nicht mehr vorhanden war. Wie Engelchen und Teufelchen kämpften diese beiden Anteile in mir um ihre Existenz. Aber ich musste vernünftig sein und mir eingestehen, was der einzig richtige Weg war. Tanzen war nur ein Hobby - vom Klavier hing meine ganze Karriere ab.

Dennoch hatte sich etwas verändert und ich wollte diese Veränderung nicht nur in mir spüren, sondern auch nach außen tragen. Und dafür war dieses Kleid perfekt.

Meine Haare hatte ich nach dem Duschen glatt geföhnt. Normalerweise trug ich sie entweder im Zopf oder geflochten, da ich es hasste, wenn mir beim Spielen Strähnen ins Gesicht fielen. Aber heute Abend musste ich nicht am Klavier sitzen und meine Frisur ergänzte meinen Look perfekt.

Außerdem verzichtete ich im Alltag auf ein aufwendiges Make-up, da die Sonne Australiens es ohnehin schmelzen lassen würde. Aber für heute Abend hatte ich ein leichtes Make-up mit Lidschatten und rotem Lippenstift, der farblich zum Kleid passte, aufgetragen. Willow wäre stolz auf mich. Wie oft hatte sie mich überreden wollen, optisch mehr aus mir zu machen. Nicht weil sie dachte, dass ich nur dann hübsch war, sondern weil sie es liebte, sich mit Make-up auszutoben. Mittlerweile hatte sie es aufgegeben und mich für einen hoffnungslosen Fall erklärt. Heute Abend würde ich sie überraschen und den Trumpf in der Hand halten.

Ich drehte mich wieder vorm Spiegel, konnte mich nicht sattsehen. Dieses Kleid pushte mein neugewonnenes Selbstbewusstsein noch mehr, was sich unglaublich gut anfühlte. Schnell zückte ich mein Handy, um Alva an diesem Moment teilhaben zu lassen. Ich schickte ihr ein Spiegel-Selfie, auf das keine Sekunde später drei Smileys mit Herzaugen als Antwort folgte.

Ich sah auf die Uhr und stellte fest, dass es bereits 19.20 Uhr war. Ich musste mich beeilen, wenn ich meine beiden Freundinnen pünktlich an Willows Zimmer abholen wollte, um dann gemeinsam mit ihnen zum Festsaal zu gehen. Dort war ich mit Mile verabredet und Willow mit ihrem Freund Jonathan. Beim Gedanken an Mile schmunzelte ich und mein Herz schlug sofort höher. Ich wusste noch nicht genau, was es war, wie tief diese Schwärmerei ging … Ich wusste nur, dass mir dieses Gefühl gefiel. Die vielen Brausepulvermomente, die Leichtigkeit, die er in mir auslöste. Bisher hatte ich es darauf geschoben, dass ich Mile mit dem Tanzen in Verbindung brachte. Doch heute Abend würde ich herausfinden, ob mehr dahintersteckte.

Willows Zimmer lag im Bungalow neben meinem. Als ich vor ihrem Zimmer ankam, wurde die Tür geöffnet und Willow trat - in einem Traum aus grünem Tüll und silbernen Perlen - hinaus. Sie sah aus wie eine Elfe und meine Gedanken schwangen direkt zu Alva. Es war mir schon oft aufgefallen, wie ähnlich die beiden sich sahen. Hätte man uns drei zusammen gesehen, hätte jeder, der es nicht besser wusste, vermutet, Alva und Willow wären Geschwister. Sie hatten beide weißblondes Haar und zarte Gesichtszüge. Zwar hatte ich die gleichen Züge, jedoch hatte ich die dunklen Haare und olivfarbene Haut meiner Mutter geerbt. Alva hingegen kam eher nach unserem Vater.

»Wow! Du siehst unglaublich aus!«, kommentierte ich Willows Auftritt.

»Das kann ich nur zurückgeben. Ich wusste nicht einmal von diesem Kleid.«

»Bis vor ein paar Tagen hatte ich das ebenfalls vergessen.« Wieder drehte ich mich leicht hin und her, um das Gefühl des Kleides an meinem Körper noch mehr auszukosten. Der kühle Satin auf meiner Haut bescherte mir eine Gänsehaut und sofort dachte ich wieder an Mile und die Hitze seines

Körpers. Vorfreude, ihn wiederzusehen, verteilte sich mit jedem flattrigen Herzschlag in meinem Körper, drang in jede Pore. Hitze kribbelte in meinen Wangen und ich war froh über das Make-up auf meiner Haut. Willow hätte meine Röte sonst trotz des schummerigen Lichts des Abends sicherlich bemerkt. Um den Gedanken zu verdrängen, schüttelte ich den Kopf, was Willow nicht entging. Doch sie verkniff es sich nachzufragen. Sie kam die Veranda herunter und hakte sich bei mir ein, als wir die ersten Schritte machten.

»Wo ist denn eigentlich Ivy?«, erkundigte ich mich verwundert.

»Sie war kurz bei mir, musste aber noch bei den Vorbereitungen der Fachschaft helfen. Wir treffen sie dort.« Willow zuckte mit den Schultern.

In der Luft lag bereits jetzt Magie. Die Atmosphäre flimmerte aufgeregt. Von überall kamen kleine Gruppen Studierender, die kicherten und sich vorfreudig unterhielten. Auch ich war angespannt, knetete pausenlos meine Finger. Willow hingegen wirkte ausgelassen wie immer.

»Du bist mir eine Erklärung schuldig.«

Fragend sah ich sie an. War ich das? Ich konnte mich nicht erinnern, dass wir bei unserem letzten Gespräch unterbrochen worden waren. Wir blieben stehen. Ungeduldig sah sie mich an und wir starteten einen stillen Starrwettbewerb, bevor wir uns wieder in Bewegung setzten.

»Worauf willst du hinaus?«

»Deine Ballbegleitung?«

Aha, daher weht der Wind.

»Was ist mit ihm?«

»Das fragst du noch?«

Bei aller Liebe wusste ich nicht, worauf sie hinaus wollte. Zumindest tat ich so, als wäre es das Normalste der Welt, dass ich mit einer Begleitung zum Ball ging.

»Du gehst mit Mile Lowe zum Sponsorshipball!«

»Ich weiß.« Mehr erwiderte ich nicht. Ich war selbst noch viel zu verwundert, dennoch konnte ich mir ein verlegenes Grinsen nicht verkneifen.

»Also läuft was zwischen euch?«

»Nein?«, entfuhr es mir sofort. Willow sah mich an, als glaubte sie mir kein Wort. Sofort blitze Mile vor meinem inneren Auge auf. Er dicht an mir. Unsere Körper im Gleichklang. Schlagartig stieg mir wieder Hitze in die Wangen.

»Wie kommt es dann? Lass dir doch nicht alles aus der Nase ziehen.«

Wo sollte ich nur anfangen? Ich wusste ja selber nicht, was genau zwischen uns passiert war. Was sich verändert hatte und vor allem wieso.

»Bei einer Probe letztes Wochenende hat er mich gefragt, ob ich zum Ball gehe und ob ich schon eine Begleitung habe. Und da die Antwort auf die erste Frage *Ja, leider* und auf die zweite Frage *Nein* war, hat er mich gefragt, ob wir zusammen hingehen wollen.«

»Als Freunde?« Dabei dehnte sie *Freunde* weit aus. Ihre Frage triefte vor Ironie, genauso wie das verstohlene Lächeln auf ihre Lippen.

»Ja, als Freunde! Beziehungsweise als Puffer zwischen meinem Vater und mir. Zumindest war das das Argument, mit dem er mich überredet hat.«

»Aber du magst ihn?« Willow gab keine Ruhe.

Das war die Frage, die mich seit einer Woche wach hielt.

»Irgendwie schon … keine Ahnung. Irgendwas ist da zwischen uns. Ein Knistern. Aber wir müssen uns auf die Prüfung konzentrieren, da ist kein Platz für irgendwelche Gefühle.«

Willow entfuhr ein schiefes Kreischen. In ihren Augen glitzerten Neugier und Freude gleichermaßen. »Und was ist mit ihm? Hat er schon mal irgendwelche Andeutungen gemacht oder so?«

Glücklicherweise kam ich nicht zum Antworten, weil wir in diesem Moment am Campus ankamen. Hunderte Lichterketten schaukelten im Wind und tauchten die Umgebung in ein romantisches Licht. Fackeln zauberten tanzende Schatten auf den Boden. Leichte Jazzklänge drangen aus Boxen an den Bänken und nahmen mir einen Hauch der Anspannung.

Die feinen Härchen auf meinen Armen stellten sich auf. Über meine Haut ergoss sich ein aufgeregtes Prickeln. Ich erschauderte und wusste nicht, wohin ich zuerst schauen sollte. Auch Willow blickte sich staunend um, das Glitzern in ihren Augen wurde noch stärker. Ihr Kopf schnellte mehrfach von links nach rechts. »Wow«, entfuhr es ihr leise. Wir kamen beide aus dem Staunen nicht mehr heraus. Immerhin vergaß sie so ihre noch offene Frage.

Wir gingen in Richtung der Tchaikovsy Hall, in der der Ball stattfand. Die Nervosität kroch langsam immer weiter in mir hoch. Ich hielt Ausschau nach Mile und nach meinem Vater. Diesem heute zu begegnen, würde ich am liebsten vermeiden. Allein der Gedanke an ihn reichte, um mich am liebsten umkehren zu lassen. Er wusste sicherlich bereits von meinen Zwischenprüfungen und würde es sich nicht nehmen lassen, mich auf meine - in seinen Augen - minderwertige Leistung hinzuweisen. Mir zu zeigen, wie sehr ich ihn enttäuscht hatte. Wieder einmal. Zu wissen, nicht seinen Ansprüchen zu entsprechen, ihn nicht stolz machen zu können, war mein ständiger Begleiter geworden. Ich hatte längst aufgehört zu hoffen, dass es jemals genug wäre. Dass ich genug wäre. Aber das war es nie. Man konnte seinen Maßstäben nicht gerecht werden.

Ich entsprach nicht seinen Anforderungen und er demonstrierte mir sein Missfallen. Als ob ich nicht genug eigene Selbstzweifel hätte.

Doch heute war kein Platz dafür. Dieser Abend sollte nur uns gehören - nur Mile und mir. Ich wollte herausfinden, was zwischen uns war. Was das Kribbeln bedeutete und ob es auch außerhalb des Tanzstudios existierte. Ich wollte wissen, ob dieses Knistern eine einmalige Sache gewesen war oder sich langsam, aber sicher zu einem Flächenbrand ausbreiten würde. Denn eines war klar: Mein Körper stand bereits jetzt in Flammen. Am liebsten wäre ich sofort losgestürmt, um Mile endlich zu sehen. Stattdessen schlenderte ich betont locker neben Willow her, die tiefenentspannt zu sein schien und jede Fackel einzeln bewunderte.

Zuerst erblickten wir Jonathan, Willows Freund und heutige Begleitung.

»Oh, Johnny Boy!«. Wir erreichten ihn, Willow fiel ihm um den Hals und hauchte ihm einen Kuss auf die Wange. »Dir steht dieser Anzug ausgezeichnet!«

Sie hatte recht. Jonathan wirkte auf den ersten Blick groß und schlaksig. Wenn man aber genauer hinsah, änderte sich dieser Eindruck. Zwar war er mit seiner Körpergröße von 1,95 m tatsächlich riesig und eigentlich viel zu groß für einen Tänzer. Aber ihn schlaksig zu nennen, wäre eine Beleidigung gewesen. Jede Faser seines Körpers war mit Muskeln durchzogen. Ich hatte ihn schon einige Mal mit Willow tanzen sehen. Die Eleganz, die seine Kraft ihm verlieh, erstaunte mich jedes Mal. Er studierte *Modern Dance*, hatte seinen Fokus aber wie Willow auf Ballett gelegt.

»Wo wartet denn dein Date auf dich?«, fragte Jonathan und löste sich aus Willows Umarmung.

»Er ist nicht ihr Date!« Damit sprach sie aus, was ich dachte. Ihre hochgezogenen Augenbrauchen und die geschürzten Lippen sagten jedoch etwas ganz anderes.

»Korrekt! Mile wartet am Festeingang auf mich.«

Jonathan nickte und wir liefen weiter. Meine Hände wurden immer schwitziger, meine Kehle immer trockener, je weiter wir kamen. Ich wollte der Angst heute Abend keinen Raum gehen, wollte sie einsperren und nur an mich denken. Als hätte ich es nicht besser gewusst … Denn sie klopfte nicht an und fragte, ob es passte. Nein, sie kam unangekündigt und riss alles mit sich.

Schon von Weitem erkannte ich Mile. Auch er trug einen Anzug, wobei dieser schlichter war als der von Jonathan. Er hatte seinen Dreitagebart abrasiert und wirkte weicher und jünger. Ich dachte an unsere Begegnung im Tanzsaal, wie liebevoll er Alvas Geschichte aufgenommen hatte. Meine Taille kribbelte an der Stelle, auf der seine Hand so verlockend geruht hatte. Auch jetzt schickte allein die Erinnerung ein Feuerwerk an Emotionen durch meinen Körper, das sich schließlich als Grinsen in meinem Gesicht niederließ. Ich wollte zurückkehren zu diesem Moment, in dem wir uns so nah gewesen waren. Ich wollte Mile noch viel näher sein, ihn spüren. Vielleicht würde ich heute Abend die Gelegenheit dazu bekommen.

Als er uns entdeckte, nahm er seine Hände aus den Hosentaschen und winkte kurz. Willow erwiderte es überschwänglich, während ich mich zurückhielt. Es fühlte sich komisch an, ihn in einer anderen Umgebung als beim Training zu begegnen. Unsicherheit lähmte mich. Wie sollte ich ihm gegenübertreten? Sollte ich ihm die Hand schütteln oder ihn umarmen? Wie begrüßten wir uns sonst? Tausend Fragen, ohne eine Antwort. Es war beinahe, als wären wir Fremde, die sich zum ersten Mal begegneten. So, als hätten wir nicht schon wundervolle Momente geteilt.

Glücklicherweise schien er keine Berührungsängste zu haben, denn er nahm mich sanft in dem Arm. Ein unbekannter Duft stieg in meine Nase, überwältigte mich. Er trug ein anderes Parfüm, als er es im *Old Charleston's* oder beim letzten Training getan hatte. Dieser Duft war herber, drängender und ließ meine Beine weich werden. Ich erwiderte die Umarmung, legte einen Arm auf seinen Rücken, strich über den groben Stoff seines Jacketts. Die Sekunden verstrichen, doch ich wollte mich nicht lösen. Wollte nicht ohne ihn sein. Die Welt um uns schien still zu stehen. Alles verstummte, das Gelächter, die Musik.

Dann lösten wir uns aus der Umarmung, er nahm seine Wärme mit und sofort breitete sich kalte Leere um mich aus. Mile sah mich an - lange und mit diesem Blick, den ich schon beim Training an ihm bemerkt hatte. Ich hielt seinen Blick fest, betrachtete die Sprenkel in seinen Iriden, sog alles in mich auf. Doch dann überkamen mich Zweifel, eine Welle der Angst packte mich und riss mich mit. Ich kostete noch einen letzten Moment von seinem Anblick, bevor ich nachgab und wegsah.

Es war nur dieser eine Moment. Er war flüchtig und viel zu schnell vorbei. Zu schnell, als darüber nachzudenken. Doch er war da gewesen und das nicht zum ersten Mal.

Der Versammlungssaal war nicht wiederzuerkennen. Überall hingen Lichterketten, die von der Mitte der Decke ausgehend bis zu den Wänden und anschließend zum Boden gespannt worden waren. Darunter befanden sich große weiße Tücher, die das Licht einfingen und für ihren eigenen Tanz nutzten. In der Mitte gab es eine riesige Tanzfläche, die den Großteil des Raumes einnahm. Auf der Bühne, auf der zu Beginn des Semesters noch Mrs Thompson und die anderen Lehrkräfte gestanden hatten, musizierte eine Band. Alle Mitglieder waren in weiß gekleidet und spielten ein Lied von Bruno Mars, als wir eintraten. Ich wollte mitwippen, hielt mich jedoch zurück. Obwohl der Ball erst begonnen hatte, drängten sich bereits eine Menge Leute auf der Tanzfläche und feierten zu den Beats von *Locked out of heaven*, dessen eindeutig zweideutiger Text die Luft zu elektrisieren schien.

Um die Tanzfläche herum waren mehrere meterlange Tische mit einem wunderbar duftenden Buffet aufgebaut. Gegenüber der Bühne gab es eine Bar, die allerlei Getränke anbot.

Ich wusste nicht, wo ich zuerst hinsehen sollte. Immer wieder huschte mein Blick von einer Sache zu nächsten. Auch Mile schien aus dem Staunen nicht mehr herauszukommen. Die ganze Veranstaltung hatte den Charme eines Schulballs an der Highschool, war aber so viel aufwendiger und exklusiver.

Ich blickte mich um, aber Willow war schon in der Menge verschwunden, also drehte ich mich zu Mile. »Was willst du zuerst machen?«

Er stockte, zuckte dann mit den Schultern. »Gute Frage. Es sieht alles so atemberaubend aus.« Ich entdeckte immer neue Details, es gab sogar eine Fotobox neben der Bar.

»Zuerst etwas essen, würde ich sagen?«

Ich nickte.

»Ich kann uns aber auch einen Drink holen?«, fragte er dann.

Wieder nickte ich. »Ich komme mit.« Ich wollte nicht allein sein. Der Saal war wunderschön und doch befürchtete ich, er könnte mich verschlucken. Bei Mile war ich sicher. Selbst wenn ich meinem Vater bereits jetzt begegnen sollte.

Nachdem wir uns an den Köstlichkeiten des Buffets bedient und einen Aperitif an der Bar geholt hatten, nahmen wir an einem der Tische Platz. Sie waren im Halbkreis um die Tanzfläche positioniert. Das Essen war köstlich und nach der zweiten Runde war ich so gesättigt, ich wusste nicht, wie ich auch nur zu einem Lied tanzen sollte.

Ich blieb in Alarmbereitschaft, sah mich im Saal um. Mehrfach stoppte mein Blick an einem hellblonden Haarschopf oder einer vertrauten Mimik. Jedes Mal hielt ich den Atem an, sah genauer hin und atmete wieder auf. Mein Vater war nicht da. Noch nicht. Im Augenwinkel sah ich, wie Mile mich von der Seite musterte.

»Ist alles in Ordnung?«

Ich zögerte. »Ja … Es ist nur …«

»Dein Vater«, beendete er meinen Satz. Es faszinierte mich, wie gut er sich in mich hineinversetzen konnte. Wie gut er in meinen Augen lesen konnte, was ich wollte, was ich dachte.

»Ich habe ihn seit einer Ewigkeit nicht mehr gesehen und war sehr glücklich damit. Aber jetzt lässt es sich wohl nicht mehr vermeiden. Er bleibt für Investorenmeetings noch einige Tage.«

»Er hat sich bei dir gemeldet?«

»Zu aller Überraschung schon. Es war aber nur eine kurze Nachricht.« Und ich war froh darüber. Ich brauchte kein Telefonat, in dem er mir Vorwürfe machte oder an mir herumnörgelte.

»Mehr nicht? Kein Besuch? Nicht mal ein Anruf?« Mile zog die Augenbrauen hoch und schnaubte. Ich hatte ihm erzählt, wie meine Familie tickte, wie das Verhältnis zu meinem Vater war. Und doch schien ihn die bittere Realität zu überraschen.

»Nein. So was erwarte ich auch nicht von ihm. Um ehrlich zu sein, bin ich sogar froh darüber. Ich kann wirklich darauf verzichten, ihm über den Weg zu laufen und unter seiner strengen Beobachtung zu stehen.«

»Hmm.« Er schien sich nicht vorstellen zu können, wie schlecht unser Verhältnis wirklich war. Und das, obwohl das Verhältnis zu seinem eigenen Vater ähnlich schlecht war. Vielleicht war Mile einfach unverbesserlich optimistisch, was ich von mir wirklich nicht behaupten konnte. Ich sah immer erst das Schlechte in jeder Situation. Nur nach und nach konnte ich meinen Blick schärfen, um auch die Freude im Leben zu sehen. Und häufig wurde mir genau das zum Verhängnis. Mein Pessimismus stand mir zu oft im Weg, blockierte mich und ließ mich Situationen vollkommen falsch deuten. Aber wie sehr ich mich auch anstrengte, es gelang mir nicht, optimistischer zu sein.

Wir saßen einige Zeit am Tisch und sahen den Studierenden beim Tanzen zu. Auch einige Lehrkräfte und Investoren hatten sich auf der Tanzfläche versammelt. Jede Faser meines Körpers zog in Richtung der Saalmitte. Meine Füße konnten kaum stillstehen, ich wollte endlich aufstehen und tun, wonach ich mich sehnte: Seine Nähe, seine Bewegungen spüren, während wir zusammen über das Parkett schwebten. Ich hoffte, Mile würde mich auffordern. Natürlich hätte auch ich den ersten Schritt machen können, aber wie sollte ich den Mut dafür aufbringen? Ich verzehrte mich danach, wieder mit ihm zu tanzen, ihm nahe zu sein. Aber nichts passierte, wir beobachteten nur das Treiben. Wieder einmal wollte ich etwas so sehr, konnte es aber einfach nicht.

»Smilla.« Die Stimme meines Vaters drang mit einer Wucht an mein Ohr, die mich fast zu Boden riss. Meinen Namen aus dem Mund jeder anderen Person zu hören, wäre Musik in meinen Ohren gewesen. Doch so ließ es mir das Blut in den Adern gefrieren.

Ich drehte mich ruckartig um und sah ihn direkt hinter uns stehen. Ich sprang von meinem Stuhl auf, als hätte er mich bei etwas Verbotenen erwischt und zog Mile dabei instinktiv mit hoch. Dieser drehte sich nun ebenfalls überrascht um und sah zu meinem Vater.

»Ich bin überrascht, dich hier zu sehen.« Seine Aussage triefte vor Missgunst und Überheblichkeit. Er wusste genau, dass ich keine Wahl gehabt hatte. Statt ihm meine Meinung entgegenzuwerfen und ihm damit Angriffsfläche und Genugtuung zu geben, lächelte ich ihn an. Doch es war nur eine Maske, meine ganz persönliche Rüstung, die ich immer anzog, wenn ich ihn sah. Es war der einzige Weg, ihn nicht zu mir durchdringen zu lassen, ihn nicht mein schwaches Inneres sehen zu lassen.

Birger Lundström war wie immer eine Erscheinung. Sein maßgeschneiderter Smoking saß perfekt und schmiegte sich an seinen athletischen Körper. Das Blau seiner Fliege spiegelte sich in dem stechenden Grau-Blau seiner Augen. Im selben Ton wie die von Ava. Mir wurde übel. Optisch waren sie einander so ähnlich, doch innerlich hätten sie unterschiedlicher nicht sein könnten. Auch sein Haar war hellblond. Er trug es meist zurückgekämmt, mit Haargel zusammengeklebt. Jedes Haar saß exakt dort, wo es sollte. So wie er es sich auch von seinen Töchtern wünschte.

Er erwiderte mein Lächeln mindestens genauso unecht und wendete sich dann Mile zu.

»Und Sie sind?«, erkundigte er sich forsch. Der Ton in seiner Stimme ließ meinen Puls ins Unermessliche steigen. Ich ballte meine Fäuste, händelte so einen Teil der negativen Energie. Mile war ihm keine Rechenschaft schuldig - genauso wenig wie ich - und ich erwartete, dass er ihm mit dem nötigen Respekt entgegentrat. Immerhin war Mile ebenfalls Student an der ADAM, wie die meisten anderen in diesem Raum. Dabei spielte es absolut keine Rolle, dass ich mit ihm bei diesem Ball war und schon gar nicht, in welchem Verhältnis wir zueinander standen.

Mile sah kurz zu mir, straffte dann die Schultern und trat meinem Vater mit dem Selbstbewusstsein gegenüber, mit dem er mich am Lagerfeuer herunter gemacht hatte und setzte sogar noch einen drauf.

»Mile Lowe. Und Sie sind?« Mein Vater lachte laut und unangenehm - so, wie er immer war. Er klopfte Mile auf die Schulter, überschritt damit alle Grenzen. Die Überlegenheit brannte in seinen Augen.

»Da ist jemand aber heute ganz lustig. Birger Lundström, sehr erfreut.«

»Ach, Smillas Vater also?« Miles Gesicht hellte sich auf. Aber es war kein echtes Lächeln. Es erreichte nicht seine Augen, ließ sie nicht glänzen. Es war eine Maske, genauso wie ich sie trug.

»Korrekt. Und Sponsor dieser Akademie, ebenso wie renommierter Komponist und Pianist. Scheinbar hat da jemand eine Menge Nachholbedarf«, antwortete mein Vater nüchtern.

Mile nickte, als müsste er die Nachrichten erst einmal verdauen und überlegen, ob ihn diese Tatsachen beeindrucken sollte.

»Dann freue ich mich sehr, Sie kennenzulernen!«, flötete er und streckte meinem Vater die Hand zum Gruß entgegen. Seinen freien Arm legte er lässig um meine Taille.

Seine Hand lag an meiner Hüfte, genau dort, wo sie auch beim Tanzen gelegen hatte. Ein wohliges Schaudern erfasste mich. Der Stoff meines Kleides war so viel dünner, seine Berührung so viel näher. Mein Blut kochte, pulsierte in meinen Ohren, ließ mich meinen Vater beinahe vergessen.

Er erwiderte Miles Handdruck nur kurz und richtete sich dann selbstgerecht die Fliege. Er sah mich an, als erwarte er eine Erklärung, die ich ihm nicht geben wollte. Statt meinen Vater aufzuklären, entschied ich, ihn genau über dieses Verhältnis im Unklaren zu lassen.

Sein Blick bohrte sich bis in mein Mark. Ich wollte dem standhalten, wollte ihm endlich etwas entgegensetzen. Aber die Macht meines Vaters war zu stark. Seit zu vielen Jahren hatte er die Oberhand. Zu lange hatte ich nur nach seinen Bedingungen gelebt, wollte seine Ansprüchen gerecht werden. Bis zuletzt hatte ich auf seine Anerkennung gehofft, aber nie erhalten. Jetzt standen wir uns gegenüber und alles war wie immer. Ich war das kleine Mädchen und er der große, starke Mann. Ich wollte seine Aufmerksamkeit und erfuhr nur Abweisung.

Mein einziger Anker war Mile. Wie ein Fels in der Brandung stand er neben mir, wich nicht beiseite, egal wie stark der Wind doch blies.

Und seine Anwesenheit schien meinen Vater zu stören - somit hatte ich genau das erreicht, was ich wollte. Ich musste ihm nicht allein gegenübertreten. Und gleichzeitig konnte ich ihm einen Seitenhieb verpassen, den er nicht hatte kommen sehen und der so subtil war, dass er gar keine andere Chance hatte, als mich gewähren zu lassen. Es wäre alles andere als professionell gewesen, vor der gesamten Akademie einen Aufstand zu machen, um mich daran zu erinnern, was er von Beziehungen während der Ausbildung hielt.

»Dann will ich mal nicht länger stören. Es gibt noch einige wichtige Funktionäre und Sponsoren, die ich begrüßen will und wo meine Anwesenheit geschätzt wird.« Statt unsere Antwort abzuwarten, nickte mein Vater und verschwand dann aus unserem Blickfeld.

Mile hielt mich fest, bis Birger in der Menge verschwunden war. Ich schmiegte mich in die Berührung, genoss seine Nähe, die mir so viel Ruhe schenkte. Solange ich mich erinnern konnte, war ich meinem Vater nie so selbstbewusst entgegengetreten. Es war, als wäre die Zeit stehen geblieben, als gäbe es nur noch uns beide, um die sich die ganze Welt drehte.

Dann nahm sie wieder Fahrt auf, als Mile seine Hand von meiner Taille nahm und eine glühende Leerstelle hinterließ. Er hatte mich nur berührt, um meinen Vater zu provozieren, genauso wie wir es besprochen hatten. Diese Erkenntnis traf mich tief, vertrieb jedes Kribbeln aus meinem Körper und brachte nur Leere mit. Für ihn hatten wir ein professionelles Verhältnis und meine Gefühle waren vollkommen fehl am Platz.

Alles drehte sich immer schneller, drohte zusammenzubrechen. Mile war nicht als mein Date hier, sondern nur als Puffer. Das hatte ich nun verstanden.

»Ist der immer so angespannt? Und redet der verdammt noch mal immer so geschwollen?« Mile grinste spöttisch und rieb sich in einer genervten Geste die Schläfen. Er wartete meine Antwort nicht ab. Plötzlich wirkte er distanziert, hielt einen Schritt Abstand und sah sich nervös um. Ich zog mich wie automatisch von ihm zurück, dabei wollte ich ihm nur nah sein. Aber er stieß mich weg und ich ließ es zu.

»Ich brauche jetzt erst mal etwas zu trinken.« Es war als Aussage formuliert, nicht als Frage, ob ich nicht auch etwas wollte.

In meinem Bauch breitete sich bleischwere Ungewissheit aus. Der harte Bass dröhnte in meinen Ohren. Ich wollte weg und doch bei Mile bleiben, er wandte sich bereits zum Gehen, ohne auf meine Antwort zu warten. Im Augenwinkel sah ich Willow, die mit Ivy und Minou über die Tanzfläche fegte.

»Okay«, brachte ich mühsam hervor. »Ich geselle mich dann mal zu den Mädels.« Mit einer flüchtigen Handbewegung deutete ich zu ihnen. Doch Mile wandte sich mit einem kurzen Nicken bereits zum Gehen. Sein abweisendes Verhalten erinnerte mich schmerzhaft an die Situation mit meinem Vater. Wieder Abweisung, die mich hart traf. Ich wollte ihn aufhalten, aber es hätte nichts gebracht. Es war egal, was ich sagte, was ich wollte, am Ende gewannen immer die anderen. Ich hatte gelernt, mich dem zu beugen.

»Dann bis später.« Ohne den Hauch eines Lächelns verschwand er in der Menschenmenge. Ich sah ihm aus leeren Augen nach. Schluckte die Verwirrung hinunter, fraß sie weiter in mich hinein.

Alle feierte, jubelten, tanzten. Die Atmosphäre triefte vor Freiheit. Voller Kraft drückte ich mich durch die Menge, erhaschte dabei immer nur einen kurzen Blick auf meine Freundinnen. Ein Moment der Unaufmerksamkeit reichte, schon befand ich mich ganz woanders. Die Dynamik der Masse drohte mich zu verschlucken. Es war brütend heiß. In der Luft lag eine säuerliche Schweißnote, die sich tief in meinen Kopf bohrte.

Dann war es nur noch eine Gruppe, die mich von meinem Ziel trennte. Wenige bestimmte Schritte in die richtige Richtung. Zwischen den Leuten erreichte mich eine Hand. Ich ergriff sie, bis sie mich wie ein Rettungsanker an Land zog.

»Was machst du denn hier?« Willow kreischte beinahe, um die Lautstärke zu übertönen. »Ich dachte, du wolltest nicht tanzen?«

Wollte ich auch nicht … Zumindest hatte ich ihr das vor einigen Wochen erzählt, als wir das erste Mal über den Ball sprachen. Während Willow zu diesem Zeitpunkt bereits vollkommen euphorisch war, hielt meine Begeisterung sich in Grenzen. Da ich ihr nicht zu viele Hoffnungen auf meine aktive Teilnahme machen wollte, erzählte ich ihr, dass ich nicht tanzen würde und das lieber den professionellen Tänzern überlassen wollte. Nach mehreren Protestversuchen hatte sie sich damit abgefunden.

Doch seitdem war viel passiert. Seitdem hatte ich mich daran erinnert, wie gut es sich anfühlte, frei herumzuwirbeln. Wie sehr ich dieses Gefühl von Freiheit vermisste. Hier würde es nicht dasselbe sein wie in einem Studio. Die mehr oder weniger koordinierten Bewegungen zu den Popliedern konnte man nicht mit choreografierten Schritten beim *Modern Dance* vergleichen. Aber es war Tanzen … Ich tanzte vollkommen im Bann von Adrenalin und Endorphin.

Zwölf
Crescendo

Ich tanzte und tanzte und tanzte. Dabei vergaß ich alles um mich herum. Die gesamte Welt, Mile und meinen Vater. Ich war frei zu lassen und zu tun, was ich wollte. Ich konnte mit meinen Freundinnen auf der Tanzfläche stehen und mich zu den Beats bewegen. Es war egal, was gewesen war. Alva, ihr Unfall … es zählte nur noch das berauschende Gefühl, das durch meine Adern strömte. Als mir die Füße wehtaten und meine Kehle verdächtigt nach Flüssigkeit verlangte, löste ich mich von der Gruppe und suchte mir erneut einen Weg durch die immer größer werdende Menge.

Ich hielt nach Mile Ausschau. Ernüchterung und Müdigkeit packten mich, ließen meine Glieder schwer werden. So viele Menschen; dicht gedrängt, aber keine Spur von Mile. Geknickt setzte ich mich mit einem Getränk an einen freien Tisch. Ich nippte an der roten Bowle und genoss es, als sie kühl meine Kehle hinab rann. Aber es hielt mich nicht davon ab, an Mile zu denken. Wir wollten diesen Abend gemeinsam verbringen. Ich wollte meinen Gefühlen nachgehen. Doch nun war ich alleine. Traurigkeit legte sich wie ein Schleier über mich, zog mich hinab in seine dunklen Fänge.

Ich blickte gedankenversunken zu Willow und Jonathan, die eng umschlungen über die Tanzfläche glitten. Sie strahlten dabei eine Präsenz aus, wie ich sie bisher selten gesehen hatte. Neid zupfte unangenehm an meinen Eingeweiden. Die beiden waren einfach zu süß zusammen, als dass man nicht beneiden konnte, was sie hatten. Sie waren eins. Sie konnten alles miteinander teilen, ohne sich rechtfertigen oder schämen zu müssen. Sie gehörten zusammen.

Manchmal wünschte ich mir genau das. Jemanden an meiner Seite, der zu mir stand, egal, in welcher Verfassung ich war. Bisher war es immer nur eine vage Idee gewesen. Nichts, was dauerhaft präsent war. Ich hatte ohnehin keine Zeit dafür. Meist hatte ich mit mir und dem Studium bereits genug zu tun. Es blieb kein Raum für jemanden, der nach einem Teil meiner Aufmerksamkeit verlangte, kein Platz für romantische Gefühle … aber nun war da Mile. Plötzlich war aus einer Idee Realität geworden. Mit ihm war es anders, mit ihm erschien alles so leicht. Und ich genoss jede Sekunde davon. Jede Minute, die ich in seiner Nähe sein konnte, war eine gute Minute. Wie es wohl nach dem Projekt werden würde? Wenn wir keinen Grund mehr hatten, Zeit miteinander zu verbringen? Sofort packte mich wieder Traurigkeit. Aber ich schob den Gedanken schnell genug bei Seite.

»Die beiden sind wirklich zu beneiden.«

Ich schreckte hoch und entdeckte Mile, der auf dem freien Stuhl neben mir Platz nahm. Ihm schien mein Blick nicht entgangen zu sein oder vielleicht las er einmal mehr meine Gedanken.

»Hm?«

»Ich meine, sie sind schon süß zusammen. Zu sehen, wie gut sie einander tun, lässt einen überlegen, wie es wäre, wenn man ebenfalls so jemanden an seiner Seite hätte.«

Das tat es auf jeden Fall. Sollte es eine Anspielung sein? Hatte er die gleichen Gedanken wie ich? Immerhin empfand ich erst diese romantischen Bedürfnisse, seitdem Mile sich in mein Leben getanzt hatte.

Doch das Studium ging vor. Ich musste die Beste sein, ohne Widerrede, ohne Ablenkungen. In meinem Leben war kein Platz für Liebe. Bisher hatte das auch keine Rolle gespielt. Das Romantischste, was ich seit meiner Zeit an der ADAM erlebt hatte, war der Tanz mit Mile gewesen. Die Nähe seines Körpers ... Ein Schaudern durchfuhr mich. Wie ein Echo hörte ich Miles schweren Atem an meinem Ohr, spürte seine Hitze auf meiner Haut. Wir waren wieder im Studio - nur wir beide - eng beieinander. In mir flammte Sehnsucht auf, ließ meinen Unterlieb brennen, mich nach Mile verzehren. Der moschusartige Duft seines After Shaves drang in meine Nase, brachte meine Sinne zum Explodieren und …

Nein. Nein. Nein. Mile und ich hatten ein professionelles Verhältnis. Wir waren beide ehrgeizig, wollten uns nicht ablenken lassen. Es gab nur diesen einen Weg und der war: zu gewinnen. Ich musste mich beherrschen, mich auf das wirklich Wichtige besinnen und meine Gefühle ein für alle Mal wegschließen. Zumindest bis zur Prüfung.

»Gibt es denn jemanden?« Wieder sein beiläufiger Ton, als interessierte ihn die Antwort ohnehin nicht.

»Was meinst du?«

»Na ja, ich meine … jemanden an deiner Seite.« Er zuckte mit den Schultern, so als wäre er sich selbst nicht sicher, worauf er hinauswollte.

Ich schnaufte. Manchmal raubte Mile mir mit seinen Fragen wirklich den letzten Nerv. Hätte es jemanden gegeben, hätte er das wohl in den letzten Wochen unvermeidbar mitbekommen. Außerdem hätte ich diesen einen Moment zwischen uns dann wohl kaum zugelassen.

»Abgesehen von meinem Klavier und meiner ständigen Angst zu versagen? Nein.« Ich wusste, wie sehr er es hasste, wenn ich auf ernste Fragen mit Sarkasmus antworte, doch es war ein Schutzmechanismus, gegen den ich nichts tun konnte.

Statt etwas zu erwidern, schmunzelte Mile. Ich sah zu seinen Lippen - diese vollen Lippen. Wie es wohl wäre sie zu küssen? Ihre Wärme zu spüren und ihn zu schmecken? Mein Unterleib zog sie verdächtig zusammen. Schnell lenkte ich meinen Blick weg, heftete ihn auf den Hinterkopf neben Mile.

»Und bei dir? Gibt es jemanden?« Dieses Mal fragte ich tatsächlich nebensächlich - zu beschäftigt, die Lust in mir zu bändigen. Mile wurde verräterisch still. Er sah zu seinen Fingern, die er unablässig knetete und wirkte abwesend, ganz im Gegensatz zu mir. Sein Schweigen irritierte mich. »Es gibt also jemanden?!«

Mein müdes Gehirn arbeitete plötzlich auf Hochtouren, ein Gedanke wurde vom nächsten gejagt. Bedeutete das … Empfand er das Gleiche für mich? Hatten unsere Berührungen in ihm ebenfalls etwas ausgelöst? Oder galt seine Zuneigung gar nicht mir? Gab es einen anderen Menschen?

Mile starrte an mir und meiner Frage vorbei auf die Tanzfläche. Aber ich brauchte eine Antwort. Ich musste wissen, ob es für ihn jemanden gab. Jemanden, den er mochte, jemanden, für den er Gefühle hatte.

»Also?« Neugier brannte in mir, befeuerte meine Hartnäckigkeit. Und gleichzeitig die Angst davor, er könnte nicht mich meinen. Das Warten entfesselte ein Stechen in meiner Magengegend. Es schmerzte, hielt mich aber davon ab, die Beherrschung zu verlieren.

»Also … es gibt da schon jemanden, ja.«

Ich war im freien Fall fiel und fiel und fiel, nur mühsam schaffte ich es, etwas zu sagen. »Bist du mit diesem jemanden zusammen? Liebst du diesen jemanden? Kenne ich diesen jemanden? Mile! Ein bisschen mehr Informationen, bitte. Du kannst das nicht anteasern und dann schweigen. Mit deiner Frage hast du es doch darauf angelegt, dass ich noch mal nachhake.« Die Fragen platzten ungehemmt aus mir heraus. Sie hatten nur eine Funktion:

meine schlimmsten Befürchtungen zu überdecken. Unfähig, mich zu beherrschen, starrte ich ihn an. In mir tobte ein Sturm der paradoxen Gegensätze. Ich musste wissen, was er fühlte. Und doch fürchtete ich es. Das Stechen in meinem Bauch wurde zu einem Dolch, der sich ungehindert in meine Gedärme bohrte. Hatte ich sie mir diese besonderen Momente zwischen uns - das Kribbeln - nur eingebildet? Hatte ich sie nur sehen wollen, weil ich es mir insgeheim wünschte?

Er zuckte mit den Schultern und unsere Blicke trafen sich für den Hauch einer Sekunde. Ein kurzer, vager Funken Hoffnung.

»Es ist nichts. Ich mag sie, aber mehr ist da nicht.«

»Sieht sie das denn genauso? Weiß sie überhaupt davon?« So viele Fragen, zu wenig Antworten und dazwischen nur Chaos.

»Sie weiß nichts davon und selbst wenn sie es wüsste, würde es nichts ändern.«

Verdutzt sah ich ihn an. »Woher willst du das wissen? Du musst es ihr sagen. Ich bin mir ganz sicher, sie findet dich auch gut. Ich meine, hast du dich mal im Spiegel angeschaut?« Meine letzte Frage meinte ich nur halbernst, zumindest verpackte ich sie so. Dabei entsprach sie zu einhundert Prozent der Wahrheit. Nur war ich nicht in der Lage, ihm dieses Kompliment ganz ehrlich zu machen. Was, wenn er meine Lüge durchschauen würde? Wenn er sah, was ich zu verbergen versuchte?

»Es kommt dir also nur auf die äußeren Werte an? Meine inneren Werte spielen gar keine Rolle?« Mile zog eine Augenbraue hoch, lachte dann aber.

»Du weißt ganz genau, wie ich das meine.« Gespielt genervt verdrehte ich die Augen und knuffte ihn in die Seite. »Trau dich. Sag ihr, was du fühlst. Sie wird dich sicherlich genauso sehen und wenn nicht, ist sie blind und blöd.« Ich sagte es zu ihm wie zu mir. Doch bittere Eifersucht keimte in meinem Herzen auf, fraß sich unerbittlich durch meinen Körper. Meine Worte waren reine Fassade, eine schlechte Lüge. Am meisten belog ich dabei mich selbst.

Mile riss die Augen auf, öffnete den Mund, als wollte er etwas sagen, schloss ihn jedoch schnell wieder. Dann zuckten seine Mundwinkel, bevor sich ein zaghaftes Lächeln zeigte. »Ich werde es vielleicht in Erwägung ziehen.«

Auch wenn ich zu gerne noch weiter nachgehakt hätte, beließ ich es dabei. Er hatte deutlich gemacht, dass er nicht darüber reden wollte, auch wenn es mir noch immer in den Fingerspitzen kribbelte. Ich konnte nicht anders, als darüber nachzudenken, wer sie wohl war. War sie jemand vom Campus oder von außerhalb? Vielleicht auch jemand aus Sydney, die er von früher kannte? Und was, wenn er mich meinte? Wenn er genauso empfand wie ich?

Mile rettete mich aus meinem Gedankenkarussell, als er sich von seinem Stuhl erhob und mir seine geöffnete Hand entgegenstreckte.

»Würdest du mit mir tanzen?« In seinen Augen lag eine Tiefe, die mir vollkommen neu war. Sie hatte etwas Hoffendes, das erwartungsvoll meiner Antwort entgegenblickte.

Ich lauschte auf die Musik, die zum ersten Mal an diesem Abend ruhiger wurde. Gänsehaut zog sich über jeden Millimeter meines Körpers. Die Musik erfasste mich dort, wo meine Gefühle schlummerten. Mein Blick glitt zu Miles Hand. Sie war ein Angebot. Ich musste nur danach greifen, um mich der Sehnsucht hingeben zu können. Der Sehnsucht nach dem Tanzen, der Sehnsucht nach Mile. Wie in Zeitlupe legte ich meine Hand in seine, vereinte unsere Finger zu einem Versprechen.

Wir schwebten, ich war kaum fähig, einen Fuß vor den anderen zu setzen und doch schafften wir es, die Tanzfläche zu erreichen. Ich konnte den Moment kaum fassen, zu intensiv waren meine Emotionen. Hitze durchfuhr meinen Körper, wurde zu Vorfreude und beflügelte mich. Doch die Zweifel schwiegen nicht. Sie schrien lauter als je zuvor. Was, wenn mein Vater uns sah? Wenn er mich tanzen sah?

Du wirst nie wieder tanzen. Seine schwere Stimme hallte durch meinen Kopf, erschütterte mich. Ein Schaudern erfasste mich, verebbte zitternd in meiner Hand.

»Alles in Ordnung?« Mile sah zu mir, legte seine Hand an meine Wange. Ich schmiegte mich der Wärme, der Geborgenheit, entgegen und nickte leicht.

Verloren standen wir einander gegenüber, blickten uns an, als wäre es das erste Mal. Wieder entdeckte ich die Facetten seines Gesichtes neu. Neue Sommersprossen, die in unbekannten Mustern tanzten. Neue Schattierungen des endlosen Blaus seiner Augen. Neue Gefühle, tiefer und hingebungsvoller als zuvor.

Mile machte den ersten Schritt, legte seine Hände an meine Hüfte und zog mich näher an sich. Mit seinen Fingern traf er genau die Stelle, die er im Tanzsaal berührt hatte. Seine Wärme drang durch den dünnen Stoff meines Kleides, verriet, wie nervös auch er plötzlich war.

Wie selbstverständlich legte ich meine Hände auf seine Schultern, rückte noch näher an ihn heran, bis sich unsere Körper vollkommen berührten.

Und dann kam alles automatisch, wie beim ersten Mal, als wir zusammen getanzt hatten. Die Nervosität, meine Steifheit, alles verschwand - wir konzentrierten uns gänzlich auf uns. Es war, als würde durch unsere Berührungen etwas ausgelöst werden, das alles so einfach erscheinen ließ. Etwas, das es uns ermöglichte, alles, um uns zu vergessen. Wie ein Filter, der sich über die Welt - über uns - legte, alles leichter, weicher erschienen ließ. Es zählten nur wir.

Die Lichter über uns verschwammen zu einem Sternenmeer, durch das wir glitten. Alles andere war nebensächlich; da waren nur noch wir und die Musik - im Einklang. Ich wollte die Luft anhalten, diesen Moment für immer festhalten, denn mehr brauchte ich nicht: nur Mile und das Tanzen.

Wir bewegten uns sanft im Takt der Klänge. Mile führte mich dabei so selbstsicher, ich hatte gar keine Wahl, als ihm zu folgen. Dennoch hatte er nicht die Oberhand, sondern war immer darauf bedacht, dass wir als Einheit funktionierten. Es fühlte sich so gut an, sich fallen lassen zu können, ohne sich Gedanken oder Sorgen über irgendetwas zu machen. Ich war vollkommen im Hier und Jetzt damit beschäftigt, die Atmosphäre in mich aufzusaugen und sie einen Teil meiner Selbst werden zu lassen.

Mein gesamter Körper wurde von puren Endorphinen geflutet. Dieser Moment sollte niemals enden - *durfte* niemals enden.

Wir tanzten, tanzten, tanzten ... Ein Lied nach dem anderen. Jedes Mal, wenn die Band einen neuen Song anstimmte, passten wir die Haltung dem jeweiligen Takt an. Ich konnte nicht sagen, wie lange wir dieses Spiel wiederholten. Es fühlte sich endlos an. Endlos perfekt.

Wir brauchten nicht viele Worte, dennoch herrschte keine Stille zwischen uns. Unsere Blicke waren es, die für uns sprachen.

Nach einer Weile zog Mile mich enger an sich. Im Hintergrund spielte eine romantische Ballade, deren Name mir nicht einfallen wollte. Wir wiegten uns sanft hin und her, unsere Blicke tief ineinander verschlungen. Alles fühlte sich so perfekt, so vollkommen an.

Mile löste unseren Blickkontakt, sah zu meinen Lippen, die verräterisch kribbelten. Dachte er das Gleiche, wie ich?

Die Spannung zwischen uns ging in ein aufregendes Knistern über, das die Luft flimmern ließ. Unsicherheit keimte erneut in mir auf, blockierte mich. Ich tauchte ab in meine Zweifel, übergab meinem Körper die Kontrolle. Meine Lippen verzehrten sich nach Miles, wollten sich endlich mit ihnen vereinen, aber es stand zu viel zwischen uns. Zu viele ungesagte Worte, zu viele unausgesprochene Versprechen. Zu viel Last, die die Spannung erdrückten und unsere Chance verpuffen ließen.

»Alles gut?« Mile musterte mich sorgenvoll.

»Natürlich«, kam es halb gestottert über meine Lippen.

»Du wirkst … nachdenklich.«

»Alles gut. Es waren einfach viele Eindrücke und langsam werde ich etwas müde.« Eine Lüge. Ich wollte nichts hiervon enden lassen. Und doch musste ich hier weg, raus aus dieser Situation. Die Erkenntnis legte sich wie eine Schlinge um meinen Hals. Sie zog sich langsam zu, nahm mir die Luft zum Atmen, zum klaren Denken. Ich konnte nicht verhindern, was längst bevorstand.

Der Abend neigte sich immer mehr dem Ende zu. Auf der Tanzfläche herrschte bereits gähnende Leere, nur noch einige Paare schaukelten eng umschlungen im Takt der Musik. Um uns herum verließen immer wieder Paare und Gruppen die Tanzfläche. Willow und Jonathan hatten sich schon vor über einer Stunde verabschiedet, da sie ganz offensichtlich noch etwas anderes vorgehabt hatten … Meinem Vater war ich glücklicherweise auch nicht mehr über den Weg gelaufen, was vermutlich in beider Seiten Interesse lag.

»Dies ist der letzte Song. Wir wünschen euch noch eine gute Nacht.« Der Pianist spielte die ersten Töne von Robbie Williams‘ *Angels*.

Ich sah zu Mile auf, in seinen Augen glitzerte Wehmut. Er zog mich noch enger an sich heran. Zögerliche legte ich meinen Kopf an seine Schulter, während wir im Takt der Musik wiegten, den Moment genossen. Ich prägte mir jedes Detail seiner Berührung, seiner Wärme, seines Geruches ein. Im letzten Refrain stimmten alle um uns mit ein, bildeten einen Chor, doch wir waren nur beieinander. Träge löste ich mich von Mile, wollte noch einmal sein Gesicht sehen. Seine müden Augen schenkten mir Hoffnung auf eine Wiederholung. Dann war das Lied vorbei und riss mich zurück in die Realität.

»Dann müssen wir wohl.«

»Uns bleibt wohl keine andere Wahl.« Gequält rang ich mir ein Lächeln ab.

Dann hauchte Mile mir einen Kuss auf die Wange. Zart, flüchtig und doch hinterließ er einen brennenden Abdruck. »Danke für diesen Tanz.«

Unfähig etwas zu erwidern, sah ich ihn an. In mir loderte eine tiefere Verbundenheit, Zuneigung. Ein Gefühl, das dort nicht sein sollte und doch immer stärker wurde.

Über dem nächtlichen Campus funkelte der sternenklare Himmel. Die Luft war angenehm, kühlte meinen hitzigen Körper. Die Fackeln waren längst verglüht, im Gegensatz zu den Lichterketten, die im seichten Wind tanzten. Mile hielt noch immer meine Hand. Und ich hoffte, er würde sie nie mehr loslassen.

»Danke für den schönen Abend«, sagte er, kurz bevor wir an der Gabelung waren, wo sich unsere Wege trennen würden.

»Danke, dass du den Puffer zwischen meinem Vater und mir gespielt hast. Und selbstverständlich auch für alles andere.«

Wir sahen uns an. Unsere Blicke spielten miteinander, tauschten Versprechen und sagten die Worte, die nicht über unsere Lippen kamen. Ein kleines Lächeln stahl sich auf meine Lippen. Ich war glücklich - ohne Wenn und Aber, ohne Zweifel.

Wir hielten den Moment fest. Ließen alles um uns einfach sein, wie es war. Die Luft zwischen uns flimmerte. Wieder ein Kribbeln auf meinen Lippen, Trockenheit in meiner Kehle, neben dem unbändigen Bedürfnis, Mile noch näher zu kommen. Ich wartete, hoffte, flehte, ohne zu wissen, wofür. Sollte ich es wagen? Mile küssen, obwohl wir uns geschworen hatten, nur Partner zu sein? Würde ich damit alles ins Wanken bringen? War es das wert?

Nein. Es ging nicht, obwohl ich es so sehr wollte. Ich machte einen Schritt zurück. Einen Schritt weg von Mile, weg von uns. Es war der ständige Kampf Vernunft gegen Gefühle, Ehrgeiz gegen Anziehung. Aber immer gewann die Rationalität. Sie packte mich, zerrte an mir und zerriss mich. Ließ nur noch Fetzen meines Willens übrig.

»Dann sehen wir uns beim Training.«

Er atmete schwer aus, fuhr durch seine Haare, die längst nicht mehr gestylt, sondern endlich wieder *typisch Mile* waren. »Wir sehen uns beim Training.« Miles Augen waren im letzten Schein des Abends nur noch ein tiefer, schwerer Ozean. Er ließ mich allein mit dem kribbelnden Lächeln und den Erinnerungen an den Abend in der einsamen Nacht, aber vor allem mit einem dumpfen Gefühl in der Magengegend.

Dreizehn
Diminuendo

Willow gähnte aus vollem Herzen und untermalte dabei ihren offensichtlichen Sauerstoffmangel akustisch. Mir ging es ähnlich, auch wenn ich meine Müdigkeit dank einiger Kaffee besser verbergen konnte als sie. Ivy war wie immer wach, obwohl sie keinen Kaffee mochte. Im Gegensatz zu Willow waren Ivy und ich aber gestern allein nach Hause gegangen und hatten nicht noch einige heiße Stunden mit unserem Freund verbracht.

»Lange Nacht gehabt?«, fragte ich. Neben mir kicherte Ivy.

Willow wiegte ihren Kopf nachdenklich von rechts nach links und suchte nach Worten, bis sie schließlich verlegen mit den Schultern zuckte.

»Eigentlich sind wir ja nicht so die Romantiker, sondern kommen … na ja … zügig zur Sache. Aber so ein Ball hat schon etwas Verzauberndes, da werde sogar ich gefühlsduselig.« Auf ihren Lippen lag ein träumerisches, aber verdächtiges Lächeln.

Ich lachte und reichte Willow meinen noch fast vollen Kaffeebecher, den sie dankend entgegennahm. Sie hatte den Kaffee definitiv nötiger als ich.

Sie nahm einige große Schlucke und wirkte direkt wacher. Wahrscheinlich, weil sie mit diesen wenigen Schlucken ihren Wochenbedarf an Koffein gedeckt hatte. Wenn man - wie sie - von Natur aus energiegeladen und fröhlich war, brauchte man einfach wesentlich weniger von dieser kostbaren Flüssigkeit.

»Ich habe deinen Vater und Mrs. Thompson gestern bei einem Gespräch belauschen können«, erzählte Ivy und weckte damit auch Willows Aufmerksamkeit. »Ich wusste gar nicht, dass sie zusammen studiert haben.«

»Das ist mir auch neu!«, empörte sich Willow. Ich verdrehte nur genervt die Augen.

»Erzähl doch endlich!«

»Sie haben zusammen studiert. Das war es. Alva vermutet, sie hätten mal eine Affäre gehabt, aber das kann ich mir echt nicht vorstellen.«

»Die Thompson und dein Vater? Eine Affäre?« Wie immer sprach Willow viel zu laut. Einige Köpfe wandten sich in unsere Richtung.

»Pssst. Geht das auch etwas leiser? Ich bin nicht scharf auf irgendwelche Gerüchte.«

Willow hielt sich die Hand vor den Mund, brachte Ivy damit erneut zum Lachen.

»Sie wirkten auf jeden Fall vertraut, haben viel gelacht.«

»Mein Vater hat gelacht?« Jetzt war ich überrascht.

»Ja. Ich weiß auch nicht. Er war ganz anders, als du ihn beschrieben hast.« Unsicher zuckte Ivy mit den Schultern.

»Das kann er gut. Nach außen lässt er immer den Gentleman raushängen.« Ich hoffte, nicht noch mehr Leute hatten dieses Gespräch belauscht. Es reichte mir, die Tochter eines berühmten Komponisten zu sein. Private Verbindungen zur Akademieleitung konnte ich nicht brauchen.

»Oh, ich muss los. Bin noch mit Paul verabredet.« Ivy griff nach ihrer Tasche, rückte mit dem Stuhl zurück. »Wir sehen uns später.« Dann lief sie Richtung Ausgang, wo ihr Trainingspartner auf sie wartete. Willow und ich folgten ihr mit unseren Blicken, winkten zum Abschied.

Willow griff nach meinem Kaffee und leerte ihn mit einem beherzten Schluck.

»Darf ich dich was fragen?«, fragte sie, als sie den Becher absetzte. Mit großen Augen sah ich sie an.

»Klar. Worum gehts?« Ich ahnte, worauf ihre Frage abzielen würde und wie auf Kommando machte sich eine unbehagliche Schwere in meinem Bauch breit. Dieses - unglücklicherweise - viel zu vertraute Gefühl, das immer aufkeimende Angst ankündigte.

»Jetzt mal wirklich und ganz ehrlich, ohne irgendwelche Ausflüchte: Was läuft da zwischen dir und Mile?« Willow sah mich mit schiefgelegtem Kopf. Ein Kribbeln löste sich von meinem Herzen, legte sich auf meine Lippen. Wollte sich dort als verräterisches Dauergrinsen festsetzen. Aber ich schluckte es hinunter.

»Haben wir da nicht gestern schon drüber gesprochen und sind zu dem Schluss gekommen, dass da rein gar nichts läuft?«

»Aber ihr verbringt neuerdings sehr viel Zeit miteinander.«

»Wir arbeiten an unserem Projekt. Das ist dir klar, oder?«

»Das meine ich nicht.«

»Sondern?« Es war kein Geheimnis, dass wir beinahe jede freie Minute zum Proben und Tanzen nutzten. Wobei ich das Detail des Tanzes vor Willow verschwieg. So wollte mich nicht erklären oder dieses schwierige Gespräch noch einmal führen. Auch wenn es mein schlechtes Gewissen ihr gegenüber nur noch mehr fütterte. Ich fühlte mich schlecht, meine beste Freundin anzulügen. Aber ich war noch nicht bereit, mehr zu offenbaren.

»Die Art, wie er dich ansieht.« Willow hatte noch immer den Kopf schief gelegt und musterte mich forschend. In mir breitete sich Verunsicherung aus. Lange konnte ich sie nicht mehr mit meinem Ausweichen beschwichtigen. Da war ich mir sicher. Dennoch musste ich diesen Moment möglichst weit rauszögern.

Es stimmte ... Miles Ausdruck hatte sich verändert. In seinen eisblauen Augen blitzte immer häufiger Freude und Zufriedenheit durch. Hin und wieder Neugier ... Die Wut war verschwunden. Doch ich hatte es auf unsere erfolgreichen Proben geschoben - eine andere Erklärung gab es schließlich nicht. Oder?

»Immer, wenn du es nicht bemerkst, sieht er dich so an.«

»So?«

»Na, so mit diesem besonderen Blick. Wie man jemanden ansieht, den man wirklich mag, wenn die Person es nicht bemerkt. Sein Blick hellt sich immer etwas auf und auf seinen Lippen liegt dieses wissende Grinsen. So, als wüssten nur er und du, was zwischen euch liegt.«

Ich musste mich beherrschen, nicht laut loszulachen. Sie trug ihre Beobachtungen mit beachtlicher Ernsthaftigkeit vor. Gerne hätte ich geglaubt, was sie sagte. Es war ein Schutzmechanismus, der ihre Aussagen als Unsinn abstempelte. Ich wollte mich davor schützen, ihren Worten wirklich Glauben zu schenken. Wobei ich es so sehr hoffte. Denn wenn ich ehrlich zu mir selbst war, wollte ich genauso durch Miles Kopf spuken, wie er durch meinen.

»Das bildest du dir ganz sicher ein.«

Willow schüttelte energisch den Kopf. »Mir ist das jetzt schon mehrfach aufgefallen. Und die letzten Male habe ich bewusst drauf geachtet. Nach *Zeitgenössischem Tanz* packt er seine Sachen extra langsam, damit du vor dem Saal auf ihn wartest und wenn du dich mir zuwendest, sieht er dich mit diesem Blick an.«

Ich konnte nicht anders als das Lächeln, das sich mit aller Macht auf meine Lippen drängte, endlich zu zulassen.

»Er mag jemand anderen.« Ich haderte mit mir. Jetzt, wo es ich aussprach, wurde es plötzlich unendlich real. Genauso wie der Kloß in meinem Hals.

»Woher willst du das wissen?« Ihre Stimme hatte einen

misstrauischen Ton angenommen, als hätte ich mir das nur ausgedacht.

»Er hat es mir beim Ball gesagt.«

»Du meinst auf dem Ball, bei dem ihr eng umschlungen miteinander getanzt habt?« Sie zog skeptisch eine Augenbraue in die Höhe, verlieh ihrem zarten Gesicht damit eine gewisse Härte.

»Wir haben nicht eng umschlungen getanzt. Wir haben *miteinander* getanzt wie Freunde auf einem Ball. Mehr nicht.« Wenn ich mir so zuhörte, glaubte ich mir selbst kein einziges Wort. Mile und ich waren keine Freunde, dafür war die Spannung zwischen uns zu knisternd.

»Und warum sollte er das tun?«

»Keine Ahnung. Wahrscheinlich, weil ich nicht der einzige Mensch auf der Erde bin und Mile schließlich lange Zeit nicht mein größter Fan war.«

Ich machte mir etwas vor. Mit jedem einzelnen Wort wollte ich mich selbst davon überzeugen. Auch wenn ich nicht wahrhaben wollte, was Mile erzählt hatte. Und dennoch versuchte ich, Willow genau das zu verkaufen.

Verwirrt sah sie mich an, winkte dann aber ab. »Das meine ich nicht«, genervt schüttelte sie den Kopf. »Ich meine, warum er dir ohne Grund erzählen sollte, dass er verliebt ist. Oder hast du ihn danach gefragt?« Sofort schwankte ihr Blick von misstrauisch verwirrt zu entzückt interessiert.

Frustriert atmete ich aus. »Keine Ahnung, wir sind drauf zu sprechen gekommen und dann hat er es erwähnt.« Natürlich wusste ich, dass Jonathan und sie der Auslöser unseres Gesprächs waren und Mile mein neidischer Blick nicht entgangen war, aber das musste Willow wirklich nicht wissen.

»Er will dich eifersüchtig machen und sehen, wie du reagierst.« Willow klang überzeugt von ihrer Theorie, während ich dieser keine Glaubwürdigkeit zugestand. Ich wünschte, es wäre so - aber um mich zu schützen, durfte ich ihr nicht glauben. Der gemeinsame Abend sprach die eine Sprache, seine Aussage eine ganz andere. Enttäuschung breitete sich aus, nahm mich ein. Wieder einmal. Und wieder einmal war Mile der Auslöser.

»Willow, nein, einfach nein. Ich weiß, du willst mein Bestes, aber hier kann ich dir leider nicht zustimmen. Zusammengefasst für dich: Mile steht nicht auf mich, sondern auf eine andere.« Ich wollte keine große Sache daraus machen, vor allem nicht für mich. Denn dann würde es wehtun. Stattdessen musste ich ihr zeigen, wie falsch sie mit ihrer Vermutung lag. Trotzdem hallten Willows Worte durch meinen Kopf, gingen nicht spurlos an mir vorbei. Was, wenn sie recht hatte? Was, wenn Mile mich meinte? Wenn ich die Frau war, für die er Gefühle hegte? *Nein. Nein. Nein.* Ich hatte mir diesen Gedanken auf dem Ball nicht erlaubt und würde es auch jetzt nicht tun.

Doch ich hätte wissen müssen, dass Willow es nicht gut sein lassen würde. Sie wollte erneut ansetzen, aber ich schüttelte den Kopf. »Lass es uns bitte dabei belassen.« Ich war erschöpft von dem ständigen *Was-wenn* und *Was-wenn-nicht.* Willow musterte mich skeptisch, kam meiner Bitte aber nach. Sie nippte an meinem Kaffeebecher, gab ihn mir dann zurück.

Als hätten wir ihn mit unserem Gespräch heraufbeschworen, kam Mile kurze Zeit später lässig an uns vorbei geschlendert. Er trug Trainingsklamotten, seine Tasche hing über der Schulter. Vermutlich war er auf den Weg zum Studio, da wir nach dem Mittag verabredet waren. Nach dem Ball hatte ich nun Angst vor unserer nächsten Begegnung und hoffte, sie noch etwas herauszögern zu können. Vor allem, da Willow neben mir saß. Ich senkte den Kopf in der Hoffnung, er würde uns nicht entdecken. Doch als ich vorsichtig aufschaute, sah ich ihn näherkommen. Zwar steuerte er nicht direkt auf uns zu, doch er hatte einen Bogen in unsere Richtung geschlagen.

Panik kam in mir hoch, da ich absolut keine Ahnung hatte, wie ich mich verhalten sollte. *Einfach normal, Smilla. Es ist nichts passiert.* Doch … es war etwas passiert und das wusste ich genau. Mein Herz schlug mir bis zum Hals. Ich atmete möglichst gleichmäßig, wollte mich selbst beruhigen. Vergeblich. Ich war nicht entspannt, sondern vollkommen überfordert. Die Gefühle für Mile tobten in mir wie ein unbändiger Orkan.

Als er auf Höhe der Bank war, lächelte er und winkte, was auch Willows Aufmerksamkeit erweckte.

»Wen haben wir denn da?«, flüsterte sie in meine Richtung, konnte sich ein wissendes Lächeln nicht verkneifen.

»Gleicher Saal wie immer?«, rief Mile uns zu, ohne seine Geschwindigkeit zu drosseln. Ich nickte, bis mir auffiel, dass er das aus dieser Entfernung wahrscheinlich kaum erkennen konnte, hob also noch beide Daumen nach oben, um die Peinlichkeit auf den Höhepunkt zu treiben. Wie unangenehm sollte es noch werden ...

Mit geöffnetem Mund und hochgezogenen Augenbrauen sah Mile zwischen Willow und mir hin und her. Dann hob auch er beide Daumen und setzte kopfschüttelnd seinen Weg fort.

Willow schien die gesamte Situation vollends zu genießen und winkte Mile lachend zu.

»Da war es schon wieder«, flüsterte sie, als Mile aus dem Sichtfeld verschwunden war.

»Du meinst Mile?«

»Ich meine seinen Blick«, sagte sie etwas lauter. »Dieser Blick, Smilla.« Willow imitierte Miles Blick - oder versuchte es zumindest. Sie sah eher aus, als hätte sie auf eine Zitrone gebissen. Ich schmunzelte.

»Habe ich nicht gesehen. Ich war damit beschäftigt, mich peinlich zu verhalten.«

»Das habe ich gemerkt.« Wieder lachte Willow. Dieses Mal lauter, sodass einige Studierende sich umblickten.

Dann verfielen wir in Schweigen, während ich in meinen Gedanken versank. Ich blickte mich auf dem Campus um und beobachtete die anderen Studierenden, die sich abhetzten oder entspannt durch die Mittagssonne schlenderten. Mittlerweile war es beinahe zu einem Ritual geworden, hier zu sitzen und mein Leben für einen Moment still stehen zu lassen. Ich genoss diese Ruhe; diesen Hauch von Stillstand in meiner sich so rasant drehenden Welt.

»Auch gestern auf dem Ball ...« Willow schien nichts von Ruhe und Schweigen zu halten. »Dieser Blick, Smilla. Ich bilde mir das nicht ein.«

»Das glaube ich allerdings schon. Außerdem dachte ich, wir hätten das geklärt. Und falls ich dich daran erinnern darf: Der werte Herr war vor wenigen Wochen noch dermaßen genervt von mir. Er wollte nicht mal mit mir reden. Da wird er mir jetzt sicherlich nicht irgendwelche ominösen Blicke zu werfen, in die du etwas rein interpretieren musst.«

Willow sah mich skeptisch an, als würde sie überprüfen, ob ich wirklich meinte, was ich sagte. Doch ich war ihr keine Rechenschaft schuldig. Ich hatte keine Lust, über Miles Verhalten zu philosophieren. Ganz davon abgesehen, hatte ich nichts davon mitbekommen. Und gut war es auch nicht für mich. Ich wollte nicht mehr nur Hypothesen, sondern Gewissheit.

»Wie auch immer. Ich muss jetzt los.« Ich nahm meine Tasche und stand auf.

»Zu Mile?« In Willows Stimme lag eine gewisse Neugier, die gleichzeitig etwas Neckendes hatte.

»Ja, zu Mile. Wie ich bereits sagte: Zu unserem gemeinsamen Training.« Das Wort Training betonte ich dabei besonders, um ihr zu verdeutlichen, dass es sich bei unserer Verbindung um etwas rein Professionelles handelte und ich an keinerlei romantischen Beziehungen interessiert war.

Zumindest sollte sie das glauben und vielleicht würde auch ich es dann endlich verstehen und mich wieder auf meine Karriere konzentrieren.

»Dann wünsche ich euch beiden viel Spaß.« Sie zwinkerte und zog ihr Tablet aus der Tasche. Ich lachte leise und ignorierte ihre Anspielung, sondern fokussierte mich auf das bevorstehende Training.

Heute kam mir der Weg zum Studio endlos und gleichzeitig viel zu kurz vor. Mein Kopf brummte und mir war gar nicht mehr nach Training. Ich fühlte mich träge, wäre am liebsten umgekehrt, um Mile nicht sehen zu müssen. Das Vertrauen in meine Selbstbeherrschung war längst Geschichte. Zu stark, zu unkontrolliert waren meine Gefühle.

Zögerlich öffnete ich die eiserne Tür, lugte hinein. Mile machte sich bereits warm, war vertieft in seine Übungen. Ich betrachtete die Sorgenfalten auf seiner Stirn, seine in sich gekehrte Haltung. Normalerweise war er im Training immer fokussiert, aber heute war es anders.

Er ging zu den Stangen, dehnte sich. Dann sah er mich im Türrahmen stehen. Sofort hellte sich sein Gesicht auf, bis jede Faser strahlte. War das der Blick, von dem Willow gesprochen hatte? Nein ... Sie sagte, er sähe mich nur so an, wenn ich es nicht bemerkte. Jetzt waren unsere Blicke vereint. Ich musterte sein Gesicht noch etwas länger, ohne etwas zu sagen, bis Mile verunsichert wegsah und den Kopf schief legte.

»Wo treibst du dich denn gedanklich herum?«, fragte er mit belustigtem Unterton, ohne mich anzusehen. Doch ich nahm ihm die Leichtigkeit in seiner Stimme nicht ab. Sie war nicht echt, sondern überdeckte nur die Unsicherheit, die die Situation anscheinend in ihm auslöste.

Schließlich befreite ich mich aus meiner Starre und damit auch ihn.

»Sorry«, wieder schüttelte ich den Kopf. »Ich bin total in Gedanken.«

»Gibt es dafür einen Grund?« Mile klang ehrlich besorgt und kam einige Schritte auf mich zu.

Den gab es, nur konnte ich ihm das kaum sagen. Schließlich war er der Grund. Angestrengt suchte ich nach einer Lüge, die er mir abkaufen würde. Aber es war hoffnungslos. Er kannte mich inzwischen zu gut, konnte mich zu gut lesen. Also speiste ich ihn mit einer Halbwahrheit ab: »Einfach im Moment viel Stress in den Kursen, da neige ich immer dazu, etwas in mich gekehrt zu sein. Also nichts Gravierendes.« Ich sah ihn an und zwang mich zu einem Lächeln, das er zögernd erwiderte.

»Dann müssen wir dich wohl auf andere Gedanken bringen.« Schlagartig wurde aus seinem Lächeln ein breites Grinsen, als er zu seinem Handy ging, das an der Musikanlage lag. Kurz darauf dröhnten Hip-Hop Beats aus den Boxen und ließen den ganzen Raum beben.

Mile kam auf mich zu. »Na los!« Mit einem gekonnten Griff nahm er mir meine Tasche ab und deutete auf meine Schuhe. »Ausziehen.«

Ich zögerte. Mein Körper fühlte sich so schwer an, ich glaubte nicht, mich auch nur einen Zentimeter weiter bewegen zu wollen oder zu können.

»Keine Ausreden!« Er griff nach meinen Händen. Seine Haut auf meiner verscheuchte jede Schwerfälligkeit und ich gab nach.

Mile zog mich in die Mitte des Saals, wirbelte mich herum. Es dauerte einen Moment, bis ich loslassen konnte, doch dann ließ ich Mile und die Musik übernehmen. Ich folgte den Klängen, meinem Gefühl und dem Sog, der uns umgab und vollkommen einhüllte.

Die Zeit verlor jegliche Bedeutung - für mich zählte nur noch der Moment mit Mile. Unsere Bewegungen wurden offener, immer wilder und verrückter. Mile wurde übermütig und zwickte mir scherzhaft mehrfach in die Seite, konnte meinen Gegenattacken aber immer wieder entwischen. Er ließ sich immer wieder etwas Neues einfallen, um mich zu ärgern, mich zu necken - ich war nie schnell genug, es zu erwidern oder ihm zu entwischen.

Wie zwei Welpen tollten wir durch den Saal, bis mir das Lachen die Tränen in die Augen trieb. Es glich einer Jagd, bei der es keinen Gewinner geben würde.

Als ich es endlich schaffte, Mile zu erreichen und ihn zu knuffen, stolperte ich. Doch mit einem routinierten Griff fing er mich auf, legte eine Hand an meine Hüfte, verband die andere mit meiner. Unsere Finger verhakten sich. Meine Brust lehnte an seiner, unter der ich seinen schweren Atem hören konnte - genauso schwer wie meiner. Ich hoffte, Mile würde es nicht bemerken. Er sollte nicht bemerken, wie sehr meine Hände zitterten, wie schnell mein Herz pochte, wie sehr jede Faser sich nach ihm verzehrte.

Ich brauchte einige Herzschläge, bis ich meinen Mut fand und zu ihm aufsah. Unsere Blicke trafen sich, sein Atem strich sanft über meine Wange. Ich traute mich nicht, mich auch nur einen Millimeter zu bewegen, doch Mile war mutiger und verkürzte die Distanz zwischen unseren Lippen weiter.

Würden wir? Sollte ich?

Meine Gedanken überschlugen sich. Es brauchte nur noch eine kurze Bewegung, um meine Lippen auf seine zu legen. Was würde das bedeuten? Was hatte diese Situation zu bedeuten und warum gerieten wir immer wieder so nah aneinander? Auf diese verdammt gute, berauschende Art …

Die Stille um uns brachte mich fast um den Verstand, während die Fragen in meinen Kopf ohrenbetäubend laut schrien.

Alles zog mich zu ihm hin. Er war der Magnet, nach dem

sich mein Körper ausrichtete. Ich wollte Mile Lowe. Ich wollte ihn berühren, ihm nah sein, mich ihm hingeben.

Und dann ließen wir los … Ließen die Zweifel hinter uns, warfen die Vernunft über Bord, sahen nur noch einander. Es war nur noch ein Hauch zwischen unseren Lippen. Ich spürte die Hitze in ihm lodern. Es war die gleiche Hitze, die auf meinen Lippen brannte.

Wir kosteten voneinander. Erst zurückhaltend, dann stürmischer. Wir wollten mehr. Der Kuss wurde intensiver, drängender. Unsere Zungen tanzten im Einklang. Unsere Körper schmiegten sich eng aneinander. Seine Hände erkundeten meinen Rücken, meinen Po. Hinterließen brennende Schneisen. Ich glitt mit den Händen über seine Arme, seine Brust. In meinen Gedanken war nur noch Mile, sein süßlicher Geschmack im Gegensatz zu seinem herben Duft.

Ein Räuspern durchbrach die Stille um uns, brachte meine Gedanken zum Verstummen und unsere Verbindung zerbarst.

Vierzehn *Fortissimo*

Wir wichen ein Stück auseinander, Miles Hand ruhte aber noch an meiner Hüfte, seine andere blieb mit meiner verbunden.

Mein Blick wanderte zur Tür und ich erstarrte. Ich sah in die kalten Augen meines Vaters, fühlte mich ertappt, obwohl ich nichts Verbotenes getan hatte. Er sah genauso aus wie gestern, nur hatte er seinen perfekt sitzenden Smoking gegen einen makellosen Anzug getauscht. Er wirkte so fremd, so fehl am Platz, wie er im Rahmen der schweren Metalltür stand.

»Smilla«, seine Stimme war ernst, als wäre ich eine flüchtige Bekannte und nicht sein eigen Fleisch und Blut. Altbekannte Enttäuschung baute sich in mir auf, setzte sich schwer in meine Glieder. Sein Blick war zwar auf mich gerichtet und doch war es, als sähe er durch mich hindurch, als fühle er keinerlei Verbindung. Keinerlei Liebe.

Dann wandte er sich an Mile, dem er mit etwas mehr Freundlichkeit entgegentrat. »Mile Lowe. Ich hätte nicht gedacht, Sie so schnell wieder zu sehen.« Die Überheblichkeit in seiner Stimme trieb mir die Galle hoch. Er schleimte sich ein, obwohl er nur Macht demonstrieren wollte. Während ich auf dem Ball meinen Trumpf ausgespielt hatte, setzte er nun seinen Stich. Mein Vater trat mit seinen polierten Loafern in das Studio, ignorierte die Etikette, obwohl er sie kannte. Machte seine Verachtung fürs Tanzen damit so klar wie nur irgendwie möglich.

»Mr Lundström, Sir. Schön, Sie hier begrüßen zu dürfen.« Mile klang nicht wie er selbst. In seiner Stimme lag so viel Missachtung, die nur ich erkannte, weil ich wusste, wie er wirklich war. Doch mein Vater war zu verblendet, um die wahren Absichten und Gesichter eines Menschen zu erkennen. Mit gerümpfter Nase sah er sich im Studio um, als stände er nicht an der ADAM, sondern in einem modrigen Keller. Dabei war sein arrogantes Verhalten das abstoßendste hier.

Mile löste sich von mir, jedoch nicht die Verbindung unserer Hände. Er drückte meine Finger fester, gab mir damit Kraft und Halt. Er war für mich da. So wie er es mir versprochen hatte.

»Und was tut ihr hier? Ihr habt euch ja fernab der Auditorien versteckt.« Die Verachtung triefte aus jedem seiner Worte. Er fuchtelte tadelnd mit seinem Finger herum, als würden wir nur lächerlich herumtollen. Mein Vater sprach es nicht aus, aber seine abwehrende Haltung - seine schmalen Augen - verrieten, worauf er hinauswollte.

»Wir trainieren.«

»Für das Abschlussprojekt?« Als hätten wir uns abgesprochen, nickten Mile und ich synchron. An mich gewandt fügte Birger hinzu: »Du hast auf dem Ball gar nicht erwähnt, dass ihr Projektpartner seid.« Er lachte abwertend. »Wenn ich mich recht erinnere, hast du zuletzt noch Klassisches Klavier studiert?« Von jetzt auf gleich klang er ernst. Jede gespielte Freundlichkeit war aus seiner Stimme, jedes Lächeln aus seinem Gesicht verschwunden. »Das sieht für mich definitiv nicht nach Klavier, sondern nach Zeitverschwendung aus.«

Zeitverschwendung. Da war es wieder. Das Wort, das ich in den vergangenen Jahren so oft gehört hatte. Jede Bemühung, mich in Richtung Tanz zu orientieren - mehr ich selbst zu sein - hatte er als Zeitverschwendung abgetan.

Jedes einzelne Mal. Es war ihm egal, wie sehr ich mich bemühte oder wie sehr ich mich verraten musste. Für ihn zählte nur, dass ich meine Zeit nicht verschwendete, sondern eine Karriere anstrebte, die seiner gleichkam. Auch wenn das kaum möglich war.

Mile schob sich einige Zentimeter vor mich, als könnte er mich damit von den Blicken meines Vaters beschützen. Ich wollte protestieren, für mich selbst einstehen, aber war wie erstarrt. Mile hingegen wollte mein Puffer sein. Und ich war dankbar, ihn an meiner Seite zu wissen.

»Ich habe sie gebeten, mit mir einige Schritte auszuprobieren, damit ich mich besser in das Stück fühlen und noch weitere Teile hinzufügen kann.«

»Einem ausgezeichneten Tänzer würde seine Vorstellungskraft dafür reichen. Er bräuchte nicht die Hilfe einer Laiin.«

»Bei allem Respekt, Sir, ich befinde mich noch in der Ausbildung. Ich denke, dass ich mich da durchaus gewisser Hilfsmittel bedienen kann. Außerdem würde ich ihre Tochter definitiv nicht als Laiin bezeichnen. Sie versteht viel vom Tanzen und hat Talent.«

Wieder lachte mein Vater auf. Er lachte, während sich mir der Hals zu schnürte und ich Miles Hand immer fester drückte. Ohne zu zögern hatte er sich vor mich gestellt und Partei für mich ergriffen. Er hatte sein Versprechen gehalten, war mein Puffer und gleichzeitig noch viel mehr.

»Das ist typisch.« Der Ausdruck in den Augen meines Vaters war starr, vollkommen lieblos und distanziert.

»Was denn?« Ich wollte schnippisch klingen, doch meine Stimme war nicht mehr als ein erstickter Laut.

»Dass du wieder jemand anderen brauchst, der für dich einsteht.«

Mile zuckte, als wollte er wieder für mich einspringen. Aber ich hielt ihn zurück. Diese Genugtuung würde ich meinem Vater nicht geben. Nicht in dieser Situation - niemals.

»Das brauche ich ganz sicher nicht. Ich kann sehr wohl für mich und meine Bedürfnisse einstehen und das ganz allein. Wärst du in den letzten Jahren mehr für mich da gewesen, wüsstest du das.«

»Wahrscheinlich bin ich dann auch an deinen miserablen Zwischenergebnissen schuld?« Sein stechender Blick bohrte sich durch meine Haut, traf mich dort, wo meine tiefen Selbstzweifel zu Hause waren. Er kannte mich und wusste, wo er mich packen musste, um genau das zu erreichen. Und dieser Schlag hatte gesessen.

Ich schluckte schwer, wusste nicht, was ich erwidern sollte und ob ich das überhaupt wollte. Ich wollte mich nicht wieder rechtfertigen, Dinge erklären, für die ich ihm keine Erklärung schuldig war.

»Nur schwache Menschen rechtfertigen sich, Smilla. Menschen, die Erfolg haben, müssen sich dieser Art Hilfsmittel nicht bedienen.«

»Aber«, setzte ich erneut an, nur um wieder abgeschmettert zu werden.

»Nein. Ich will es nicht hören.« Auf dem Gesicht meines Vaters lag keine Emotion, nicht ein Hauch von Verständnis. Hunderte dieser Konversationen hallten durch meinen Kopf, riefen mir ins Gedächtnis, was ich gelernt hatte ...

Meine Glieder wurden schwer, diese Situation - er - machte mich mürbe.

Starr blickte ich zu meinem Vater, der seine Haltung jedoch nicht änderte. Die Fronten zwischen uns waren schon lange verhärtet und ich war der schwächere Part. Egal, was ich gesagt hätte, es wäre an ihm abgeprallt.

Meine Zwischenergebnisse waren nicht im Ansatz miserabel gewesen. Ich war auch nicht zufrieden, nein, aber das war etwas anderes. Er hatte kein Recht, über mich oder meine Leistungen zu urteilen - niemand hatte das.

Ich schwieg, auch wenn ich mir sicher war, dass er das als Schwäche und nicht als Stärke sehen würde. Langsam kochte Wut in mir auf. Wie gerne ich ihn angeschrien, ihm an den Kopf geworfen hätte, was er mir genommen hatte. Aber ich tat es nicht. Ich hielt mir zurück und ließ mich von der Wut zerfressen.

Er nickte siegessicher, als würde er verstehen. Doch er verstand nicht das Geringste.

»Damit das klar ist, ein solches Versagen werde ich ab sofort nicht mehr tolerieren und noch weniger akzeptieren. Hast du daran gedacht, was das für ein Bild auf mich wirft? Dein Versagen hat auch Auswirkungen auf mich. Du solltest dir ganz dringend klarmachen, dass du in der Öffentlichkeit stehst. Alle Augen sind auf dich gerichtet. Wenn du hier nicht ablieferst, bekommt es jeder mit und außerhalb dieser Akademie wirst du anschließend keine Chance mehr auf irgendetwas haben.«

Ich ballte meine Fäuste so sehr, bis sich die Fingernägel in meine Handinnenflächen bohrten und sich die Knöchel weiß abzeichneten.

Wut. Angst. Panik. Und wieder Wut. Alles rauschte gleichzeitig durch meine Blutbahn, vernebelten meine Sinne, überforderten mich. Die Flut der Emotionen machte mich schwer, so unfassbar schwer. Ich war unfähig, etwas zu sagen oder zu tun. Stand nur da, schaute diesen Mann an, der wenige Meter vor mir stand, doch sich so entfernt anfühlte, als wäre er aus einer fremden Galaxie. Dabei wünschte ich mir nichts mehr als einen Funken Unterstützung.

Mile schien ähnlich wütend zu sein wie ich, hielt meine Hand noch immer fest umklammert. Jede Faser seines Körpers schien ebenso angespannt wie die meinen. Doch er fand vor mir seine Worte wieder.

»Meinen Sie, diese Ansprache hilft Smilla?« Mile klang wütend, doch mit der Konfrontation schürte er den Unmut meines Vaters nur noch weiter.

»Sie sollten sich lieber um Ihre eigenen Angelegenheiten und Ihre eigene Leistung Gedanken machen! So rosig sah es bei Ihnen ja auch nicht aus. Passen Sie also lieber auf, dass Ihre Unzulänglichkeit nicht auf meine Tochter abfärbt.«

Jetzt reichte es. Es war mir egal, wer er war. Was er für die ADAM getan hatte oder welche Macht er ausüben konnte. Ich hatte sein Verhalten so lange toleriert, es einfach geschehen lassen und mich dabei selbst verloren. Er hatte mich klein gehalten, in einen Käfig gesperrt und nur herausgelassen, um ihn in ein gutes Licht zu stellen. Doch nun war es an mir, mich selbst zu befreien. Jetzt fühlte ich mich nicht mehr hilflos, sondern ermutigt, endlich für mich einzustehen.

»Verschwinde.«

»Wie bitte?« Statt zu tun, was ich verlangte, funkelte er mich mit gerecktem Kinn an.

»Du hast mich verstanden. Du sollst verschwinden. Ich möchte nichts mehr von dir wissen oder hören oder was auch immer. Wenn du mich nicht unterstützt, will ich dich nicht an meiner Seite. Ich bin für dich sowieso eine Enttäuschung.« Ich brannte vor Zorn und doch fiel endlich eine Last von mir ab. Eine, die ich seit Jahren mit mir herumtrug, wie einen viel zu schweren Wanderrucksack. Jetzt konnte ich mich endlich befreien, alles ablegen, was mich auf meinem Weg nicht weiterbrachte.

Einen Moment erwiderte er nichts - hatte er wirklich ein schlechtes Gewissen oder dachte sogar über meine Worte nach? Aber nicht er. Nicht der große Birger Lundström, der weltweites Ansehen genoss und zu den größten Komponisten unserer Zeit zählte. Er würde nicht verstehen oder sich gar selbst reflektieren.

»Ich verstehe.« Er wandte sich zum Gehen, stoppte dann aber noch einmal. »Du wirst sehen, was du davon hast.« Dann ging er. Ohne einen Blick zurück oder einen Hauch von Reue in der Stimme. Schließlich hatte er es nicht nötig.

Ich zitterte am ganzen Körper. Jede einzelne Zelle war am Ende - vollkommen zerstört und in tausend Teile zerbrochen. Mile schloss mich in die Arme, als könnte er damit irgendetwas retten oder heilen. Doch das Zittern hielt an, egal wie sehr seine Wärme auf mich überging. Immer noch durchfluteten Wut, Angst und Panik meinen Körper. Sie schnürten mir die Luft ab und ließen mich kaum atmen.

Mehrfach setzte Mile an, um etwas sagen, nur um am Ende doch zu schweigen. Es hätte eh nichts gebracht. Es gab nichts, was er hätte sagen können, hätte diese Situation erträglicher gemacht. Und das war ihm wohl genauso klar wie mir.

Meine Worte vom Lagerfeuer hallten in meinem Kopf wider. Die Worte, die ich dem Mann, der mich jetzt in den Armen hielt, entgegen geschmettert hatte, obwohl er für mich ein Fremder gewesen war. Jetzt war er das nicht mehr, ganz im Gegenteil. Ich war nicht die verwöhnte Göre, für die er mich gehalten hatte, das hatte er mit eigenen Augen sehen können.

Ich löste mich von Mile, als die Wut in mir wieder hoch sprudelte. Ich wollte um mich schlagen und schreien. Alles rauslassen, was sich angestaut hatte. Aber ich tat es nicht. Stattdessen behielt ich sie einfach in mir, gleich neben der Angst, die sowieso mein allgegenwärtiger Begleiter war. Ich wollte Mile sagen, welcher Sturm in mir tobte, ihm Einblicke gewähren. So wie ich es schon einmal getan hatte. Doch es ging nicht. Sie in mir zu halten, war der einzige Weg, sie zu kontrollieren. Einmal entfesselt, wäre es zu spät. Dann würde Mile mein tiefstes Inneres sehen. Es würde ihn abschrecken, in die Flucht schlagen und mich allein zurücklassen. Das wollte ich nicht riskieren. Ich konnte es einfach nicht.

»Es tut mir leid.« Mile ging auf Abstand, nur um dann wieder auf mich zuzukommen. Aber dann bog er ab und zog seine altbewährten Kreise. »Ich kann gar nicht in Worte fassen, wie leid es mir tut. Dieser Mann … er ist nicht, für wen ich ihn gehalten haben. Ich dachte, du profitierst von seiner Karriere. Doch nichts davon ist wahr.« Er rang nach Worten. »Es tut mir wirklich …«

»Nicht!« Ich stoppte ihn, bevor er seinen Satz vollenden konnte. Mile sah mich verwundert an, als würde er in meinem Gesicht nach einer Antwort suchen. »Bemitleide mich jetzt nicht. Du kannst mich nicht erst für diese Dinge verurteilen und mich dann genau dafür bemitleiden.«

»Aber ich wusste ja nicht, …« Wieder unterbrach ich ihn, indem ich dieses Mal die Hand hob. »Hätte ich geahnt, wie sehr du darunter …«

»Leidest?« Langsam wurde es lästig, seine Sätze zu beenden, doch ich konnte nicht anders. Die Wut war zu groß. Mile hatte es nicht verdient, dass ich sie an ihm ausließ. Aber sie war zu überwältigend, zu stark. Ich konnte ihr nicht trotzen.

»Smilla.« Wieder kam er auf mich zu. Dieses Mal machte er keinen Rückzieher, sondern trat vor mich. Wir sahen uns an, wie so oft zuvor, wie noch vor wenigen Minuten. Doch dieses Mal war es mir unangenehm. Die Situation war anders - ich war anders.

Ich atmete Miles herben, so vertrauten Duft ein, der sonst Geborgenheit durch meine Adern fließen ließ. Doch nun zog sich mein Magen zusammen und Übelkeit stieg in mir auf. Ich wich einen Schritt zurück.

»Vielleicht hat er recht.« Die Worte kamen trocken aus meinem Mund. Wie spitze Pfeile, die genau wussten, wo sie treffen sollten.

»Was meinst du?« Mile war seine Verwunderung anzusehen, doch statt mich zu besänftigten, entfachte sie die Wut noch mehr.

»Mein Vater. Vielleicht hat er recht. Vielleicht verschwende ich hier wirklich meine Zeit.« Ich tat ihm unrecht, war nicht fair. Aber ich war mit meiner Kraft am Ende. Ich baute die Mauern wieder auf, die Mile so mühsam eingerissen hatte.

»Meinst du mich oder das Tanzen?« In Miles Augen funkelten Angst und Zorn gleichermaßen. Angst vor meiner Antwort und Zorn, weil er sie bereits kannte.

Ich überlegte einen Moment und schwieg. Unsicher, ob ich die nächsten Worte wirklich aussprechen wollte oder vielmehr sollte. Nicht, weil ich nicht an sie glaubte, sondern weil ich wusste, was sie bei Mile auslösen würden.

Die Wut hatte längst das Kommando übernommen. Und auch wenn mein Herz ganz tief in mir flehte, still zu sein, brachte es nichts.

»Wahrscheinlich etwas von beidem.«

Die Worte trafen ihr Ziel genau. Ich spielte mit seinen Gefühlen, mit unseren Momenten. All das redete ich klein, maß ihm keine Bedeutung mehr bei. Ich hörte sie einschlagen und stecken bleiben, als sie nichts hinterließen als Stille und Leere.

Mile erstarrte und ich sah, wie alle Freude aus seinem Gesicht wich. Das Glitzern aus seinen Augen verschwand und er einen Riegel vor sein Herz schob. Er machte einige Schritte zurück. Erst langsam, dann immer sicherer. Er nickte, als würden meine Worte erst in diesem Moment wirklich bei ihm ankommen.

»Ich verstehe«, sagte er mehr zu sich selbst, nahm seine Tasche und verließ den Raum, ohne mich noch einmal anzusehen.

Ich blieb zurück; allein, überrumpelt von dem, was passiert

war. Die Wut in mir lachte sich in Fäustchen, während mir langsam klar wurde, was ich angerichtet hatte.

Warum konntest du nicht einfach still sein? Warum? Warum? Warum?

Ich wollte ihm nachlaufen, nach ihm rufen: *Bitte, bleib hier!* Aber ich tat es nicht. Ich blieb still, hatte in meiner Hilflosigkeit bereits alles gesagt. Doch nichts davon hatte ich so gemeint und doch war es das Einfachste gewesen. Mile wegzustoßen, war einfacher gewesen, als ihn bei mir zu halten.

Erstarrt verharrte ich an der Stelle, als ob Mile noch da wäre, und konnte nicht sagen, ob Sekunden, Minuten oder Stunden vergangen waren.

Die Gewissheit breitete sich kriechend in mir aus und ließ nichts zurück als Leere. Leere, weil Mile weg war. Leere, weil ich wieder allein war. Leere, weil ich mich verloren fühlte. Und erbarmungslos schlug die Angst zu.

Alles brach über mir zusammen. Wie eine Lawine überrollte sie mich. Sie setzte sich so tief in den Fasern meines Körpers fest, dass ich zu ersticken drohte.

Ich musste hier weg ... Fort aus dem Raum, der nur noch Beklemmung in mir auslöste. Ich hatte die Kontrolle über die Situation; über meinen Körper verloren. Machtlos schnappte ich nach Luft, doch es war, als wäre der Sauerstoff aufgebraucht. Ich konnte kaum atmen, driftete immer weiter in das Dunkel in mir. Das Gefühl, das immer tiefer in meinen Körper kroch, würde bald die Kontrolle übernehmen. Niemand sollte mich so sehen und Verdacht schöpfen. Niemand sollte wissen, wie kaputt und zerrissen ich innerlich war.

Ich schaltete meinen Verstand ab, so wie ich es immer tat, wenn ich mich nicht mehr auf meinen Instinkt verlassen konnte, weil er bereits von der Angst unterwandert war. Doch schon lange war es nicht mehr so schlimm wie jetzt gewesen. Krampfhaft suchte ich nach einer Erinnerung ans letzte Mal, als ich mich so hilflos gefühlt hatte, und wurde schnell fündig. Auch wenn es schon einige Zeit her war, saß die Erinnerung so tief in meinem Gedächtnis, als wäre es gestern gewesen. Die Verkündung der Zwischenergebnisse, der Moment, in dem ich wusste, nicht gut genug zu sein. Der Moment, in dem ich Mile das erste Mal über den Weg gelaufen war. Ich war am Boden gewesen, hatte nicht tiefer sinken können. Und dennoch hatte genau dort Miles und meine Geschichte begonnen. In mir stahl sich die Befürchtung an die Oberfläche, diese Geschichte könnte nun zu Ende sein.

Ich lief schneller und schneller, bremste mich jedoch, um nicht loszurennen. Das hätte zu viel Aufmerksamkeit auf mich gezogen - wobei eine schnell laufende Studentin auf dem Campus nichts Außergewöhnliches war.

Dieses Mal nahm ich einen Weg zwischen den Bungalows hindurch, um Miles Zimmer zu meiden. Ich ließ die Gebäude hinter mir und musste nur noch um eine Ecke biegen, als von weitem ein blonder Haarschopf auftauchte. Mir stockte der Atem. Ich konnte Willow nicht gegenübertreten - nicht so. Hilflos sah ich mich um, doch es gab keinen Ausweg, ich konnte nur geradewegs auf sie zu laufen. Meine Gedanken rasten, mein Blut pulsierte stärker als sonst. Wie sollte ich ihr meinen aufgelösten Zustand erklären? Was könnte ich ihr sagen, damit sie meine Lüge nicht sofort durchschaute? Kurz dachte ich daran, ihr die Wahrheit zu sagen, verwarf den Gedanken aber wieder. Je weniger Leute wussten, was in mir vorging, desto besser. Ich hatte an Mile gesehen, was ich davon hatte, wenn ich mich öffnete ...

Das Mädchen lachte kurz auf und verschwand dann hinter der nächsten Ecke. Ich atmete erleichtert aus, es war nicht Willow, sondern nur eine andere Studentin, die ihr durch meinen Tränenschleier ähnlich sah. Eine Woge der Erleichterung machte sich in mir breit, fand aber keinen Platz, um sich festzusetzen.

Ich hielt die Luft an, überbrückte die letzten Meter zu meinem Zimmer, öffnete mit zittrigen Fingern die Tür. Als sie hinter mir ins Schloss fiel, brachen alle Dämme. Achtlos schmiss ich meine Sachen zu Boden, bevor ein ersticktes Schluchzen aus meiner Kehle drang.

Ich kauerte mich hinter der Tür zusammen, zog meine Beine so nah an mich, wie es ging, als würde das irgendetwas ändern. Als könnte ich mich zusammenhalten und würde nicht in meine Einzelteile zerschellen. Aber die Woge aus Angst und Wut war stärker, sie packte mich, zog mich mit in ihre Abgründe. Tränen liefen über meine Wangen, während ich vor Schluchzen kaum noch Luft bekam. Meine Lunge zog sich zusammen, gierte nach dem letzten Fitzel Sauerstoff. Aber es war nichts mehr übrig. Ich wollte den Mund öffnen, atmen, aber es gelang mir nicht. Stattdessen überkam mich ein trockenes, verbrauchtes Husten. Das Kohlenstoffdioxid flutete meine Organe. Meine Hände bebten, dann erfasste das Beben meinen ganzen Körper. Alles brannte lichterloh. Nicht fähig, einen Gedanken zu fassen, gab ich mich hin, fiel ins tiefe Schwarz. Es umarmte mich wohlig wie ein guter Freund - doch es war mein schlimmster Feind. Mir blieben nur letzte Sekunden. Ich musste kämpfen, emporsteigen und endlich atmen. Tränen rannen über meine Wangen, während ich flehte, bettelte. Dabei war ich es, die entschied, was passierte. Dann drang ein wenig Luft in meinen Körper. Ich hielt mich an diesem Bruchteil fest und zog mich wieder an die Oberfläche. Keuchend schnappte ich nach Luft. Wieder und wieder, bis das Brennen verschwunden war und ich wieder klarer sehen konnte.

Wie sehr ich diese Momente hasste. Der Kontrollverlust machte mich wahnsinnig. Er ließ mich jedes Mal ein Stück gebrochener - verwundeter - zurück. Nahm mir jedes Mal ein Teil von mir mit sich, nährte sich daran, bis von mir nur noch eine leere, erschöpfte Hülle übrig blieb.

Ich wollte stärker sein als die Panik, doch ich hatte sie zu oft zugelassen. Ich wusste, ich hatte keine Chance.

Ich vergaß, warum ich so wütend und zu gleich so unglaublich ängstlich war. Ich hatte Mile verletzt, hatte ihn weggestoßen. Obwohl er seit langem die einzige Person war, der ich mich wirklich hatte öffnen können. Die einzige Person, die mich sah - mit meinen Gefühlen und meinen Ängsten. Ihm war egal, was ich mit mir herumschleppte, dass ich nicht so perfekt war, wie ich es zu heucheln versuchte. Und doch hatte ich ihn zurückgewiesen, war dem alten Muster verfallen, nur weil mein Vater wieder einmal Macht über mich gehabt hatte. Ich hasste es ... Warum lernte ich nicht aus meinen Fehlern?

Wieder entflammte das Brennen in meiner Brust, doch ich wollte mich dieses Mal nicht so schnell aufgeben, sondern kämpfen. Ich musste atmen. Einfach atmen. Tief ein und aus, damit Luft meine Lunge fluten konnte. Doch es gelang mir nicht. Ich erstickte allmählich, obwohl ich nur die Hand nach Hilfe hätte ausstrecken müssen. Ich hätte der Angst - der ungebremsten Wut - entkommen können. Aber mir fehlte die Kraft, der Wille, mich zur Wehr zu setzen. Ich gab auf, überließ mich vollkommen der schmerzenden Leere und weinte, weinte, weinte, bis meine Augen rot, meine Wangen wund und in mir nur noch Erschöpfung war. Alle Tränen waren aufgebraucht, aus meiner Brust drang nur noch ein leises Wimmern.

Plötzlich riss mich ein dumpfes Klopfen direkt neben meinem Kopf aus meinen panischen Gedankenschleifen. Bevor ich einen klaren Gedanken fassen konnte, rissen mich die Tränen zurück in ihren Bann.

Wieder ein Klopfen.

»Smilla«, fragte die Person auf der anderen Seite der Tür. Der vorsichtige Ton der Stimme erklang auf Höhe meines Kopfes - als hätte dieser jemand sich hingekniet. Als könnte sie sehen oder hören, dass ich direkt hinter der Tür kauerte. »Smilla. Ich bin es, Willow.«

Sofort versiegten meine Tränen, ich hielt den Atem an, um mich nicht zu verraten, obwohl es dafür längst zu spät war. Ich wollte niemanden sehen und niemand sollte mich so sehen. Und noch weniger wollte ich Willow erklären, was passiert war, welchen Fehler ich gerade begangen hatte.

»Ich weiß, du bist da. Mach bitte auf.«

»Geh weg.« Meine Stimme klang heiser. Selbst wenn ich mir Mühe gegeben, wenn ich die Kraft gehabt hätte, hätte ich es nicht vor Willow verbergen können.

Ich hörte, wie sie sich auf der anderen Seite der Tür auf den Boden fallen ließ und sich gegen das Holz lehnte.

»Ich werde nicht gehen. Entweder du lässt mich rein und erklärst mir, was los ist oder ich warte hier bis du rauskommst. Es liegt bei dir.« Jede Sanftheit war aus ihrer Stimme gewichen, stattdessen wirkte sie sicher und bestimmt. Denn wenn sie sich etwas in den Kopf setzte, würde sie nicht davon abweichen. Das war typisch für sie.

Ich wollte allein sein und leiden, doch ich wusste, wie sinnlos es war. Dennoch wartete ich darauf, ob ich mich nicht irrte und sie ging, vergeblich. Also gab ich nach, rutschte an die Wand und drückte resigniert die Klinke runter. Mit einem leisen Knarren wurde die Tür ein Stück geöffnet. Willow zögerte einen Moment, trat dann aber ein und sah sich um. Als sich unsere Blicke trafen, rannen sofort neue Tränen über meine Wangen, dieses Mal jedoch stummer. Ich vergrub mein Gesicht in meinem Schoss und verdeckte es mit meinen Armen. Die Tür fiel mit einem leisen *Klick* ins Schloss und Willow setzte sich neben mich. Sofort spürte ich die Wärme, die Geborgenheit, die sie ausstrahlte.

Vielleicht brauchte ich doch ganz dringend meine Freundin an meiner Seite.

Ich spürte ihre kühle Hand auf meiner erhitzten Haut und erwartete, sie würde mit einer Predigt auf mich einreden. Aber sie blieb stumm und wartete, bis meine Tränen erneut versiegten.

»Smilla, was zur Hölle ist passiert?« Willow klang ehrlich besorgt, was bei meinem Anblick kaum zu vermeiden war.

Unfähig zu sprechen, schüttelte ich nur mit dem Kopf, während ich mein Gesicht noch immer in meinem Schoß verbarg.

»Irgendetwas muss passiert sein. Ich habe vorhin Mile getroffen und ich muss zugeben, er war in einer ähnlichen Stimmung wie du, wenn auch eher sauer als traurig.«

Als ich seinen Namen hörte, hob ich den Kopf und sah Willow zum ersten Mal, seit sie das Zimmer betreten hatte, an.

Ihr Gesichtsausdruck änderte sich von besorgt zu mitleidig, als sie in mein Gesicht sah, welches furchtbar verquollen aussehen musste. Sanft strich sie mir über die Haare und seufzte.

»Ich habe mich gewundert und ihn gefragt, ob euer Training schon zu Ende ist, da ich euch um diese Zeit normalerweise nicht zu Gesicht bekomme und seine Antwort war bloß *Ist doch sowieso alles nur Zeitverschwendung*. Sein Unterton war dermaßen verletzt und wütend, da konnte irgendetwas nicht stimmen.«

Wieder schluchzte ich. Die Worte nun aus Willows Mund zu hören, machte mir klar, wie schlagkräftig sie tatsächlich gewesen waren. Es tat weh, sie selbst zu spüren, und ich konnte mir kaum vorstellen, wie sehr sie Mile getroffen haben mussten, der nichts mehr wollte, als dass es mir gut ging.

»An diesem ganzen Schlamassel ist nur mein Vater schuld. Hätte er sich nicht eingemischt, hätte ich nicht dichtgemacht und Mile so verletzt.« Wut stieg in mir auf.

Ich war dankbar, da sie die Angst verdrängen konnte. »Alles, was Mile und ich uns aufgebaut haben - das Vertrauen, meine Offenheit - hat er mit wenigen Worten zerstört.«

»Aber warum hat er denn so eine Macht über dich, wenn er dir doch letztendlich so egal ist?«

Ja, warum hatte er so eine Macht über mich? Diese Frage hatte ich mir schon so oft selbst gestellt - ohne je eine Antwort zu finden.

»Ich weiß es nicht.« Ich seufzte schwer. In so vielen Punkten hatte ich es geschafft, mich gegen ihn zu behaupten, ihn mit erhobenem Kopf gegenüberzutreten, doch wenn ich nicht damit rechnete und nicht gewappnet war, nutzte er seine Macht. Er nutzt meine Unsicherheit, meine Angst zu versagen, um mich noch weiter zu verwirren.

Von der Seite sah Willow mich an. »Was hast du denn eigentlich zu Mile gesagt, was ihn so in Rage versetzt hat?«

»Dass mein Vater recht hat und die Zeit mit ihm nur Zeitverschwendung ist.« Ich sprach die Worte so leise und so langsam aus, als wären sie dadurch weniger wahr, weniger verletzend ...

»Ach Smilla.« Jetzt war es Willow, die schwer seufzte. »Da kann ich verstehen, dass er wütend ist.« Das konnte ich auch - sogar viel zu gut.

»Ich weiß, es war falsch. Aber ich ...« Ich stockte. Was sollte ich Willow sagen? Sie kannte nur die halbe Wahrheit. Sie wusste nicht, dass Mile Dinge aus mir heraus gekitzelt hatte, die bisher verborgen geblieben waren, dass er die Sehnsucht in meinen Augen gesehen und sie endlich freigelassen hatte. All das wusste Willow nicht. Sie konnte gar nicht verstehen, wie tief die Verbindung zwischen uns wirklich ging.

Ich sah sie an und dachte an Alva. Sie hatten so viel gemeinsam, sahen sich so ähnlich. Willow war hier zu meiner engsten Vertrauten geworden. Sollte ich die Chance nutzen und auch ihr von Alva und dem Tanzen erzählen? Vom Schmerz und der Sehnsucht, die so tief in mir schlummerten?

Alva würde es wollen. Der Gedanke kam so kraftvoll und rasant. Ich konnte nicht anders, als ihm nachzugeben.

»Ich habe getanzt. So wie du, Ivy und Mile …«

Also erzählte ich Willow von Alva und von *Schwanensee.* Von ihrem Sturz, meiner Leidenschaft und der Sehnsucht nach dem Tanzen und von Mile, der all das aus mir hervor geholt hatte, um mich endlich wieder fliegen zu lassen.

Während ich erzählte, flossen Willow stumme Tränen über die Wangen und ich ließ mich davon anstecken, stimmte mit ein. Sie griff nach meinen Händen und drückte sie so fest, bis sich Taubheit in ihnen ausbreitete.

»Warum, gottverdammt, hast du nie etwas gesagt? Ich habe dir ständig vom Tanzen erzählt, dir vorgetanzt und habe deinen Schmerz dabei nie erkannt!«

»Wie auch? Ich war eine Meisterin darin, ihn zu verstecken. Ich wollte nicht, dass du ihn siehst. Ich hatte Angst, du würdest dich dann anders verhalten und diesen Teil deines Lebens nicht mehr mit mir teilen.«

Willow rutschte näher zu mir, legte ihre Arme um mich und setzte die Teile in mir, die heute zerbrochen waren, wieder ein kleines Stückchen zusammen.

Fünfzehn
Accelerando

Wie sollte ich Mile je wieder unter die Augen treten?

Diese Frage spukte seit Tagen in meinem Kopf herum. Nach unserem letzten Training hatten wir uns nicht mehr gesehen. Die beiden Termine danach hatte er mit einer kurzen Nachricht abgesagt und behauptet, er hätte Migräne. Oder eher *er würde Migräne bekommen, sobald er mich sah*, hatte ich in Gedanken hinzugefügt, ihm aber nur gute Besserung gewünscht. Ich konnte es ihm nicht verübeln, dass er mich nicht sehen oder gar mit mir trainieren wollte. Hätte ich eine Wahl gehabt, hätte ich mich genauso wie er entschieden, doch ich konnte mir und meinen Gedanken nicht entfliehen. Die Gewissensbisse begleiteten mich Tag und Nacht. Ich war Mile gegenüber nicht fair gewesen und wollte mich so gerne entschuldigen, ihm alles erklären. Nur wusste ich nicht, wie und ob es dafür nicht längst zu spät war. Also spielte ich die Entschuldigungen nur in meinem Kopf in Dauerschleife durch und wartete auf den passenden Moment.

Die Zeit bis zu der finalen Prüfung rückte immer näher und jede Möglichkeit, die wir versäumten, um an unserem Projekt zu feilen, machte mich nervöser.

Ich wollte nichts mehr als einen Schritt auf Mile zumachen. Mich entschuldigen und ihm erklären, wieso ich diese Dinge gesagt hatte, doch die Angst vor seiner Reaktion war zu groß.

Dank meiner Gewohnheit, mich zurückzuziehen, hatte ich jede freie Minute in meinem Zimmer verbracht, war lediglich für die Kurse und Mahlzeiten herausgekommen. So hatte ich es vermeiden können, meinem Vater noch öfter über den Weg zu laufen. Anfang der Woche hatte er mich nach dem Abendessen abgefangen, halb um sich zu verabschieden und halb um mir seinen Unmut über meine *Tanzrebellion*, wie er sie nannte, mitzuteilen. Er machte keinen Hehl daraus, wie wenig ihm mein Verhalten noch meine Einstellung passte. Doch da ich mich in den letzten Jahren an diesen Zustand gewöhnt hatte, beeindruckte mich das nicht. Ich war erleichtert, als er abgereist war und ich ihn nun für eine hoffentlich lange Zeit weder sehen noch hören musste.

Die einzigen Personen, die mich auf meinem Zimmer besuchten, damit ich nicht in der vollkommenen Isolation verrottete, waren meine Freundinnen. Nachdem ich es geschafft hatte, mich Willow anzuvertrauen, war ich auch Ivy gegenüber offen gewesen. Sie war mir schluchzend in die Arme gefallen und hatte ebenso viel Verständnis gezeigt wie Willow.

Da sie nun über meine Ängste Bescheid wussten, konnte ich endlich offen mit ihnen reden und gemeinsam nach einer Lösung suchen. Aber auch die beiden sahen die einzige Möglichkeit darin, mich bei Mile zu entschuldigen. Auch für sie führte kein Weg daran vorbei, insbesondere im Hinblick auf die Prüfung. Und auch Alva hatte mehrfach versucht, mich in meinem Vorhaben zu bestärken, und für die Dauer des Telefonats funktionierte es sogar. Doch sobald ich aufgelegt hatte, war mein Tatendrang verloren und zurückblieb eine hilflose Leere.

Verzweifelt überlegte ich, während ich zu meinem Kurs in *Kompositionen der Postmoderne* ging. Sowohl meine Laune als auch meine Motivation waren im Keller, außerdem lief mir die Zeit unerbittlich davon, was mich zusätzlich nervös machte.

Wir hatten die ganze Woche nicht trainiert und ich wusste nicht, wie wir den Trainingsrückstand je aufholen sollten. Ich musste etwas ändern. Ich musste endlich meinen Arsch hochkriegen, meine Frau stehen und Mile unter die Augen treten, egal wie die Konsequenzen aussahen.

Ich legte mir passende Worte zurecht, mit denen ich Mile mein Verhalten erklären und mich entschuldigen wollte, als mich ein Räuspern aus meinen Gedanken riss.

Vor dem Eingang zu Gebäudekomplex B stand Mile, sah mich erwartungsvoll an. Er trug eine weite Jogginghose, die locker auf seinen Hüften saß, und ein verblasstes Tanktop. Er verschränkte die Arme vor seiner trainierten Brust, betonte seine muskulösen Arme, die mich schon so oft gehalten hatten. Wie gerne hätte ich durch sein zerzaustes Haar gestrichen, es gebändigt. Über seiner Schulter hing seine Trainingstasche. Er wirkte entspannt, cool wie immer.

»Oh«, machte ich wenig eloquent. »Hey.«

»Hey«, erwiderte er abwartend. Unsere Blicke hielten einander fest, als hätte es nie einen Streit, nie verletzenden Worte, nie die ganzen kleinen Momente dazwischen gegeben. »Was hast du heute Abend vor?« Mile durchbrach die Stille.

Ich hatte mit vielem gerechnet: mit Vorwürfen und Ausflüchten, warum wir nicht mehr zusammen trainieren könnten. Sogar mit Missgunst, aber nichts davon trat ein.

Verwunderung vernebelte meinen Gedanken und ich blickte ihn mit weit aufgerissenen Augen an.

»Wegen des Trainings …« Ich hatte keine Ahnung, wie ich den Satz beenden wollte. Die Unsicherheit war zu präsent und beißend.

»Es geht nicht ums Training.« Wieder dieser trockene Ton.

»Nicht?« Meine Stimme triefte vor Überraschung. Tausend Möglichkeiten, was er meinen könnte, ploppten in meinen Gedanken auf, doch keine erschien sinnvoll. Ich fühlte mich wie in einem klapprigen Boot auf hoher See, das jede Sekunde kentern würde. Ich hatte das erste Zusammentreffen mit Mile nach unserem Streit hunderte Male in meinem Kopf durchgespielt, doch diese Situation war definitiv kein mögliches Szenario gewesen.

»Nein, wirklich nicht.« Ich glaubte den Ansatz eines Lächelns auf seinen Lippen zu erkennen. Lässig fuhr er sich durch die Haare, verstrubbelte sie nur noch mehr. »Also?«

»Mile, ich wollte nicht … es tut mir unglaublich leid … was ich gesagt habe, das war nur …« Meine Worte überschlugen sich. Hektisch fuchtelte ich mit meinen Händen herum, um meinen nichtssagenden Worten einen Sinn zu verleihen.

»Alles gut. Lass uns jetzt nicht drüber reden. Wenn du etwas gut machen willst, dann geh heute Abend mit mir aus. Ich möchte dir etwas zeigen.« Sein Ton war geduldig, ohne Wut oder Vorwürfe, nur sanft und lieb.

Sprachlos sah ich ihn an, setzte mehrfach zu einer Erwiderung an, doch ich war nicht in der Lage, etwas zu sagen. Ich war zu überfordert von seiner Reaktion, von seiner Bitte, dass jegliche Worte aus meinem Kopf gelöscht waren. Also nickte ich - wie so oft - und stotterte schließlich: »O … kay.«

»Dann hole ich dich um fünf Uhr ab? Passt das mit deinen Kursen?«

»Auf jeden Fall.« Nicht die passendste Antwort, aber immerhin eine Antwort und mehr als ein hilfloses Nicken.

»Sehr gut. Ich freu mich.« Ohne meine Reaktion abzuwarten, verschwand er im Gebäude und ließ mich stehen.

Was war da passiert? Und zur Hölle - war dieses Gespräch überhaupt real oder befand ich mich in einem Tagtraum?

»Smilla!«, hörte ich Willow rufen. Als sie mich erreichte, musterte sie mich. »Hast du einen Geist gesehen?«

»So in etwa«, beantwortete ich ihre Frage vage.

»Ich brauche etwas mehr Kontext, um dir folgen zu können, Süße.«

»Der Geist war Mile.«

Erstaunen breitete sich auf ihrem Gesicht aus. »Bist du endlich auf ihn zugegangen? Was hat er gesagt? Wie hat er reagiert?«

»Er war eben hier und hat sich für heute Abend mit mir verabredet. Ich weiß absolut nicht, was das soll. Mile hat sich in vollkommenes Schweigen gehüllt.«

»Wie jetzt? Er will ein Date als Entschuldigung? Du glaubst ja wohl nicht, dass er …«

»Ähm, Willow, wir reden hier immer noch von Mile und mir. Es klang nicht, als würde er etwas von mir verlangen, sondern eher, als würde ich ihm einen Gefallen tun. Ich habe keine Ahnung, was er vorhat.«

Es war mir unmöglich, mich auf meine Kurse zu konzentrieren oder mich aktiv zu beteiligen. Ich war damit beschäftigt, zu überlegen, was Mile vorhaben könnte und wieso er unseren Streit einfach so überging. Ich hoffte, ich würde heute Abend eine Gelegenheit bekommen, mich aufrichtig zu entschuldigen. Denn was ich gesagt hatte, wollte ich nicht weiter zwischen uns stehen lassen, das war ich vor allem ihm, aber auch mir schuldig.

Ich entschied mich, vor der Verabredung noch etwas zu essen, bekam aber kaum einen Bissen herunter. Mich beschäftigte nur eine Frage: *Was hatte er vor?* Ich überlegte fieberhaft etwas anderes anzuziehen, fand mich mehrfach vor meinem Kleiderschrank wieder, war aber zu ratlos, um eine Entscheidung zu treffen.

Smilla, 16.38 Uhr
Ich weiß nicht, was ich anziehen soll. Keine Ahnung, was er vorhat.

Willow, 16.39 Uhr
Wichtig ist nur, was du drunter trägst. 😉

Ich überging Willows Kommentar. Ich wünschte sehr, dass die Wahl meiner Unterwäsche relevant sein würde. Aber an dem Punkt waren wir nun wirklich nicht.

Ivy, 16.39 Uhr
Willooow! Lass dir keine Panik machen. Lass das Kleid von heute Mittag an. Damit bist du für alles vorbereitet.

Smilla, 16.42 Uhr
Ich drehe noch am Rad …

Ivy, 16.44 Uhr
Bleib ruhig! Du schaffst das! Sei einfach du selbst! 💕

Willow, 16.47 Uhr
Genieße die Zeit mit ihm. Und sei vor allem ehrlich zu ihm. Und auch zu dir!

Ich wollte noch eine Antwort tippen, doch meine Finger zitterten zu sehr. Schwermütig sank ich auf meinem Bett, starrte die weiße Tapete gegenüber an und knetete meine Finger. Ich wollte das Chaos in meinem Kopf bändigen, bevor ich Mile unter die Augen trat. Die Sorge, etwas Unüberlegtes, Verletzendes zu sagen, brannte in mir. Mile war mir nicht egal. Ganz im Gegenteil. Die vergangenen Tage hatten mir gezeigt, wie sehr ich ihn vermisste, wie sehr ich mich danach sehnte, wieder mit ihm lachen zu können.

Kurz bevor der große Zeiger die Zwölf erreichte, hielt ich es in den Fängen meines Zimmers nicht mehr aus. Ich wollte raus, wollte die warme Luft auf meiner Haut spüren. Also nahm ich noch einen dünnen Pullover aus meinem Schrank und verließ mein Zimmer.

Draußen lief ich nervös auf und ab, einige andere Studierende kamen vorbei und musterten mich irritiert. Aber es war mir egal. Es hielt mich nicht davon ab, denn still stehen war keine Option. Ich atmete möglichst gleichmäßig, dachte an etwas anderes als Mile, aber alles vergeblich. Ich kam einfach nicht zur Ruhe. Und mittlerweile war es mir egal, dass mir keine plausible Option eingefallen war. Ich konnte mich nur überraschen lassen. Auch wenn es das war, was mir am schwersten fiel.

Als Mile um die Ecke bog, ergriff mich eine Invasion flatternder Schmetterlinge. Mir wurde übel, warm, kalt, alles gleichzeitig. Ihm war nichts dergleichen anzumerken. Der Ausdruck in seinem Blick war absolut entspannt, ebenso wie sein Gang. Er trug eine legere Stoffhose mit Gummizug, die ihm locker auf den Hüften saß und dazu ein leicht verwaschenes T-Shirt. Über seinen Schultern baumelte ein Kapuzenpullover. Jetzt war ich froh, mich nicht umgezogen zu haben. Ich trug noch immer das wadenlange Kleid, zu dem Ivy mir geraten hatte. Mit dem leichten Strickpullover entsprach es Miles Outfit.

»Sollen wir?«, fragte Mile, als er mich erreichte. Statt ihm zu antworten, nickte ich mal wieder und wir liefen einige Zeit schweigend nebeneinander her.

Anders als in meiner Vorstellung gingen wir nicht in Richtung Campus, um zum Haupttor zu gelangen, sondern steuerten auf den Waldweg zu, der zur Lagerfeuerstelle führte.

Wollte er an den Ort unseres zweiten Aufeinandertreffens zurückkehren, um mir mein Problem mit hitzigen Auseinandersetzungen aufzeigen? Doch wir ließen den Platz hinter uns und folgten weiter meiner üblichen Joggingroute.

Ich ging den gesamten Weg in Gedanken durch, vom Waldrand, über die Lagerfeuerstelle und entlang des Bachlaufes. Fieberhaft stellte ich mir jedes Detail vor, das in Erwägung kam. Hinter dem Wald erstreckten sich endlose Felder, malerische Farmen, sonst nichts. Wir liefen landeinwärts, das Meer konnte also auch nicht das Ziel sein.

»Verrätst du mir endlich, wohin wir gehen?« Viel Hoffnung auf eine Antwort hatte ich nicht, aber einen Versuch war es wert. Doch Mile schüttelte erwartungsgemäß den Kopf.

»Das wirst du sehen, wenn wir da sind.«

»Wir laufen aber immer tiefer in den Wald hinein. Wie soll ich sichergehen, dass das kein Vorwand ist, damit du mich ohne Zeugen loswerden kannst?« Ich meinte meine Aussage nicht ernst. In mir keimte das zwanghafte Bedürfnis auf, die Situation etwas aufzulockern. Wir sollten wieder zusammen lachen, unbeschwert sein, aber bis dahin war es ein weiter Weg. Mein Humor war nicht der Originellste, das wussten wir beide. Dennoch versuchte ich, das Beste herauszuholen und mich anzustrengen.

»Guter Punkt.« Er lachte auf. »Andererseits, wenn ich wirklich ein Axtmörder wäre und es auf hilflose Studentinnen abgesehen hätte, hätte ich schon genügend Möglichkeiten und Gründe gehabt, dich zum Schweigen zu bringen. Zeugen hin oder her.«

Touché. Der Seitenhieb hatte gesessen. Ich schluckte schwer. Offensichtlich hatte er mir nicht vergeben, sondern nahm mir mein Verhalten berechtigterweise noch übel. Ich wollte etwas Schlagfertiges erwidern, aber mir fiel auf die Schnelle nichts Passendes ein. Außerdem war ich nicht in der Stimmung für Humor. Also schwieg ich niedergeschlagen.

»Das war ein Witz!« Er grinste schelmisch. »Ja, du bringst mich auf die Palme, gerne und oft. Aber du bist mir viel zu wichtig, als dass ich dich loswerden wollen würde.«

Sofort stieg vertraute Wärme in mir auf. *Ich war ihm wichtig?* Erleichterung flutete mein Gehirn. In seinem Gesicht spiegelte sich Ehrlichkeit, ließ keinen Platz für Zweifel. Endlich wieder bei ihm zu sein, fühlte sich unendlich gut an. Es kam mir vor wie Wochen, seit wir das letzte Mal unbeschwert zusammen gewesen waren. Gänsehaut ergoss sich über meinen Körper, als ich an unseren Kuss dachte. An seine zarten Lippen, die drängend auf meinen lagen. Mein Atem ging schneller, genau wie mein Herzschlag.

Ich wollte etwas erwidern, um mich abzulenken, doch Mile kam mir zuvor: »Und bevor du doch noch mit dem Gedanken spielst umzukehren … wir sind da.«

Der Wald lichtete sich, wir erreichten den Rand eines großen Feldes, auf dem sich Weinreben aneinanderreihten. Dahinter ragte eine kleine Ranch auf, zu der ein Weg zwischen zwei Feldern führte. Wir steuerten das Farmhaus aus roten Ziegeln an, das von Scheunen im selben Farbton umringt wurde.

Sonnenstrahlen legten sich über die Kulisse wie ein gleißender Schleier. Singvögel zwitscherten, ließen mich vergessen, wie Stille klang. Dazwischen ertönte immer wieder das schrille Kreischen von Papageien.

Ich kannte die Umgebung der Akademie, aber dieser unwirkliche Ort war mir verborgen geblieben. Die Weinreben bildeten ein grünes Meer, welches nur hier und da von lila Tupfern der Blätter einzelner Pflanzen durchbrochen wurde.

»Wo sind wir hier?«, fragte ich staunend und sog die Atmosphäre in mich auf.

Das Haupthaus der Farm war mit Efeu berankt und erstreckte sich über zwei Stockwerke, mehrere Türen und viele Fenster durchbrachen die Fassade. Daneben schmiegten sich Scheunen um den großen Platz in der Mitte, über den zwei Kätzchen streiften. Ich wusste gar nicht, wo ich zuerst hinschauen sollte. Es war, als wären wir in eine andere Welt eingetaucht. Fernab von der ADAM und der kühlen, gradlinigen Architektur des Campus. Hier wirkte alles frischer, freier und lebhafter.

»Das ist die McLennan Farm. Ich habe mich bei einem meiner Streifzüge durchs Umland im ersten Semester in den Weinfeldern verlaufen und Mr McLennan hat mich schließlich aufgelesen und zurück zur ADAM gebracht. Seitdem komme ich öfter her, helfe auf der Farm oder verbringe hier einfach etwas Zeit.«

»Du hast nie davon erzählt.«

»Du hast nie danach gefragt.«

Ich schmunzelte. Da hatte er recht, dennoch wunderte ich mich, dass ich nie etwas davon mitbekommen hatte.

»Mile! Da seid ihr ja.« Eine Frau mittleren Alters mit Jeans und Karohemd kam uns entgegen. Ihre goldbraunen Locken hatte sie hochgesteckt, ein paar Strähnen umrahmten ihr sonnengebräuntes Gesicht. Um ihre Augen strahlten Lachfältchen mich an und machten sie mir direkt sympathisch.

»Mrs McLennan, darf ich vorstellen? Das ist Smilla«, stellte er mich vor, nachdem er die Frau umarmt hatte.

»Wie oft habe ich es dir schon gesagt: Du sollst mich Helen nennen.« Mit hochgezogener Augenbraue sah sie zu Mile, der schuldbewusst mit den Schultern zuckte. »Die berühmte Smilla, schön dich kennenzulernen und herzlichen willkommen auf der Farm.« Sie kam auf mich zu und begrüßte mich genauso herzlich, wie sie zuvor Mile. Ein wenig überrumpelt erwiderte ich die Umarmung. Dann wurde mir klar: Mile musste ihr von mir erzählt haben. Ich blickte zu ihm, doch sein aufrichtiges Lächeln und das Funkeln seiner Augen ließen mich alle Vorbehalte vergessen.

»Ich habe noch einiges zu tun. Aber du kennst dich ja aus«, sagte Mrs McLennan zu Mile. Sie verabschiedete sich mit einem Lächeln und ließ uns allein.

Sechzehn Legato

»Wenn Sie mir dann folgen würden«, bat Mile mit affektiertem Akzent und reichte mir seinen Arm. Lachend schüttelte ich den Kopf, hakte mich ein und folgte ihm zu einer der Scheunen. Seine Berührung zog durch meinen ganzen Körper. Ich verzehrte mich nach mehr, wollte ihn küssen, ihn spüren. Aber es ging nicht. Unsere Verbindung war zu wackelig, ich zu sehr auf Bewährung.

Wir liefen über den Hof, geradewegs auf ein großes rotes Tor zu. Mile schob es auf, ohne sich von mir zu lösen. Mit jedem Zentimeter quietschte es unangenehmer in meinen Ohren. Doch dann konnte ich endlich sehen, was sich in der Scheune befand und das ekelhafte Quietschen war vergessen.

Ungläubig starrte ich erst auf das Geschehen, das sich mir hinter dem niedrigen Holzzaun zeigte, dann zu Mile.

»Was ist das?«

»Ein Krokodilterrarium, siehst du doch. Was sonst?« Miles Stimme triefte vor Ironie.

»Sehr witzig.«

Er lachte, öffnete das kleine Tor, schlüpfte hindurch und reichte mir die Hand, damit ich über den hölzernen Absatz klettern konnte. Dann schloss er das Tor behutsam.

Ich sah mich um, traute meinen Augen kaum, als mich vier Wallabybabys umringten. Es war Jahre her, seit ich zuletzt welche gesehen hatte.

Als meine Mutter, Alva und ich früher meine Großeltern in Australien besuchten, waren wir häufig an Orten wie diesen gewesen. Hatten Wallabys und Koalas gesehen. *Das gehört zu eurer Identität. Das ist Australien,* klang noch die tiefe Bassstimme meines Großvaters in meinen Ohren. Es war so unfassbar lange her. Vor Alvas Unfall war alles so anders, so viel unbeschwerter gewesen. Es war immer noch komisch, dort zu wohnen, wo sie zu Hause gewesen waren. Mein ganzes Leben lang sah ich sie nur wenige Male im Jahr. Jetzt war ich hier, nur waren sie kein Teil unserer Erde mehr. Ich war allein. Wehmut zupfte an meinem Herzen, drückte schwer auf meine Brust. Schnell schob ich sie beiseite - in die hinterste Ecke meines Kopfes. Ich konnte nicht in der Vergangenheit schwelgen, wenn ich in der Gegenwart so viel wieder gutzumachen, so viel zu verlieren hatte.

Ich beugte mich zu den Wallabys. Ihre kurzen Arme wirkten im Vergleichen zu den langen Beinen und dem kräftigen Schwanz winzig. Aus tiefbraunen Kulleraugen sahen sie mich an, musterten mich neugierig. Eines der braunen Wollknäuel trug einen roten Gips am rechten Arm und saß bedröppelt in der Ecke.

»Darf ich vorstellen, das sind Marie, Toulouse und Berlioz«, erklärte Mile und deutete der Reihe nach auf die Wallabys, die langsam näherkamen.

»Wie die Kätzchen aus Aristocats?«, fragte ich verwundert.

»Korrekt. Mrs McLennan hat eine Schwäche für Disneyfilme. Und das dahinten.« Er deutete auf das Baby mit dem Gips. »Ist Captain Hook - aus Peter Pan, du weißt schon …« Mile stockte und grinste. »Wegen dem Gips. Der Name kommt allerdings von Mr McLennan.«

Unsicher, ob ich lachen oder Mile einen Stoß versetzen sollte, kam ein grunzendes Schnauben über meine Lippen, was die Aufmerksamkeit der Wallabys erregte. Eines der Babykängurus kam auf mich zu gehüpft und Mile lachte.

»Was ist das hier für ein Ort?«

»Die McLennans hatten eigentlich nur ein Weingut. Vor einigen Jahren haben sie eine Wallaby-Mama mit ihrem verletzten Baby auf einem der Felder gefunden, haben es aufgenommen und aufgepäppelt, bis sie zurück in die freie Wildbahn konnten. Dabei hat Mrs McLennan ihre Liebe für Wallabys entdeckt.« Er holte aus einer Ecke des Geheges eine Box mit Leckerchen und machte mit einem Schütteln darauf aufmerksam. »Mittlerweile sind sie in der Region für ihre Auffangstation bekannt und nehmen regelmäßig verletzte oder alleingelassene Wallabys auf. Die Tiere werden so lange gepflegt und aufgezogen, bis sie - im besten Fall - wieder ausgewildert werden können. Was leider nicht immer funktioniert, wie bei diesem kleinen Kerlchen.« Mile hatte sich auf dem Boden niedergelassen, Captain Hook auf den Arm genommen, der sich nun auf seinem Schoss zusammengerollt hatte. Auch ich hatte mich hingesetzt und eines der drei Aristocats-Wallabys war auf meinen Schoß geklettert und ließ sich von mir streicheln.

»Was passiert mit den Kängurus, die nicht ausgewildert werden können?« Ein ungutes Gefühl beschlich mich. Dennoch war ich mir sicher, es gab auch für sie eine passende Unterkunft.

»Die Kängurus, die zu schwach oder zu krank sind, bleiben hier. Hinter der Farm gibt es ein riesiges Gelände, wo sie ihr Leben friedlich und weitestgehend ohne Gefahr von außen verbringen können.«

Ich nickte zufrieden über die Antwort. In meinem Kopf allerdings herrschte schon wieder Chaos. So viele Fragen zu den Wallabys, zu Miles Verbindung dazu und zu den McLennans, schwirrten umher. Doch eine Frage war besonders präsent: »Warum hast du mich hergebracht?« Ich sah ihn an. Ich wollte mich und meine Gefühle nicht mehr vor ihm verstecken, sondern Mile in die Augen sehen, und endlich alle Unklarheiten und Zweifel aus der Welt schaffen.

Mile zögerte einen Moment, kraulte das Köpfchen des kleinen Wallabys auf seinem Arm. Dann hob er den Kopf und sah mich an, ohne die Hand aus dem Fell zu lösen.

»Ich wollte dich auf andere Gedanken bringen. Dich von deinem Vater, von dem Stress, von deiner Angst ablenken. Ich wollte dir ein Stück der bedingungslosen Liebe dieser wunderbaren Kreaturen abgeben. Und ich wollte diesen Ort mit dir teilen.« Als er weitersprach, war seine Stimme leiser und bedachter als zuvor, »... ich kann hier einfach ich sein. Frei von der ADAM, dem Leistungsdruck und allen Sorgen.«

Mein Hals wurde trocken, meine Hände immer schwitziger. Ich versuchte, seinem Blick standzuhalten, aber meine Verlegenheit übermannte mich. Schnell sah ich weg und dachte über seine Worte nach.

»Es tut mir so leid, was ich im Tanzsaal gesagt habe.« Ich flüsterte nur; war zu beschämt für mehr.

»Ich weiß.« Mile klang nicht wütend oder aufgebracht. Seine Stimme war ruhig und voller Verständnis, bestärkte mich, weiterzusprechen.

»Ich war einfach so überfordert mit dem Auftauchen meines Vaters und damit, dass er uns tanzen gesehen hat. Es war plötzlich alles so schrecklich falsch - da sind bei mir die Sicherungen durchgebrannt. Glaub mir bitte, ich habe schreckliche Gewissensbisse und würde es sofort rückgängig machen, wenn ich könnte.«

»Wie gesagt, das weiß ich. Du hast es nicht so gemeint und aus dir haben Verunsicherung und Wut gesprochen. In dem Moment haben mich deine Worte dennoch sehr getroffen und ich wollte die Situation nicht noch befeuern. Deswegen bin ich gegangen. Ich war auch verletzt, wütend und habe einige Tage gebraucht. Dann habe ich verstanden: Das warst nicht du, die aus dir gesprochen hat.«

Ich war so froh, dass er erkannt hatte, was ich nicht sehen konnte.

»Kannst du mir vergeben?« Auch wenn er diese Frage eigentlich schon beantwortet hatte, wollte ich auf Nummer sichergehen. Den Fehler, den ich gemacht hatte, wollte ich hinter mir lassen, damit wir gemeinsam nach vorne sehen und uns wieder auf die wichtigen Dinge konzentrieren konnten.

»Vergeben und vergessen!« Er lächelte mir aufmunternd zu. Ich atmete erleichtert auf, als die Last der vergangenen Tage endlich von mir abfiel. Sein Lächeln hinterließ nicht nur ein angenehmes Prickeln auf meiner Haut, sondern auch ein warmes Gefühl - tief in meinem Inneren - das mir vollkommen neu war. Ich konnte nicht anders, als ebenfalls zu lächeln.

Erneut vergrub ich meine Finger in dem weichen Fell des Wallabys und versuchte, den Moment zu genießen. Den Moment mit Mile und den flauschigen Wollknäueln. Den Moment der Friedlichkeit. Es war der erste Augenblick seit über einer Woche, in der ich nicht angespannt war oder mir Sorgen machte. Hier war alles gut - ohne Angst, ohne Stress.

»Wenn du genug gekuschelt hast, würde ich dir gerne noch etwas zeigen.« Mile sah mich erwartungsvoll an. Verwunderung kitzelte meine Gesichtszüge.

»War das nicht Überraschung genug?« Ich schnaubte amüsiert, während ich noch immer nicht ganz glauben konnte, wo ich mich gerade befand.

»Das war ein Teil des Ausfluges. Ich würde dir aber gerne noch einen weiteren Ort zeigen, der mir viel bedeutet.«

Die Verletzlichkeit in seinen Augen war nicht zu übersehen. Er öffnete sich mir, so wie ich mich ihm geöffnet hatte. Zu oft hatte Mile mir schon einen Vertrauensvorschuss gegeben. Jetzt war ich an der Reihe.

»Okay«, sagte ich voller Tatendrang, ohne dabei die Wallabys zu erschrecken. Schweren Herzens löste ich mich von ihnen. Ich hoffte, sie noch häufiger zu sehen, sie mit Mile gemeinsam zu besuchen.

Als wir die Scheune verließen, kam Mrs McLennan uns entgegen. Es dämmerte bereits und ich stellte überrascht fest, wie schnell die Zeit vergangen war.

»Und? Ist sie verliebt?«, erkundigte sie sich in Miles Richtung.

»Äh … ja …«, stottert er. »Also in die Wallabys.«

Mrs McLennan lachte und sah dann zu mir. »Du kannst gerne jederzeit wiederkommen. Die Kleinen freuen sich immer über etwas Liebe und Aufmerksamkeit.«

»Vielen Dank für Ihr Vertrauen. Es war wirklich eine einmalige Erfahrung!« Sie nickte freundlich, wendete sich dann aber wieder Mile zu.

»Ich habe drinnen alles zurechtgelegt. Holst du es dir?«

Verwirrt und ahnungslos sah ich zwischen den beiden hin und her. Mile nickte, bedankte sich mit einer kurzen Umarmung bei Mrs McLennan und verschwand dann im Haus. Ich schaute ihm hinterher und hoffte, er würde zurückkommen und mich nicht einfach stehenlassen. Doch Mrs McLennan kam mir zuvor.

»Für dich habe ich auch noch etwas.« Eine Überraschung jagte die nächste, während ich kaum verstand, was vor sich ging. Ihr verschwörerisches Lächeln ließ mich jedoch vermuten, Mile hatte nichts damit zu tun.

Ich folgte ihr durch eine kleine Tür nicht weit von der Haustür, die in einen kleinen Raum führt. Von dort ging eine Treppe ab, die in einen Keller zu führen schien. Vor der steinernen Treppe blieben wir stehen, bis ich einen Blick auf die gemauerten Wände werfen konnte.

»Macht euch einen schönen Abend!« Mrs McLennan reichte mir eine Weinflasche, die mit dem schwarzen Etikett äußerst edel und teuer aussah.

»Das können wir nicht annehmen.« Zaghaft griff ich nach der Flasche, da sie keinen Anstalten machte, sie zurückzuziehen.

»Ein kleines Geschenk für das verliebte Paar.«

Mein Herz raste plötzlich wie wild. Dachte sie, Mile und ich …? Was hatte er ihr über mich - oder besser - über uns erzählt?

»Wir sind kein Paar.« Die Worte schossen schlagartig aus mir heraus, als wäre ihre Vermutung vollkommen absurd, wenn nicht sogar beleidigend.

»Da sagt sein Blick aber etwas anderes.«

Sein Blick. Da war es wieder - genau das, was Willow mir erzählt hatte … Sein Blick, der - wenn ich nicht hinsah - Bände sprach. War vielleicht doch etwas an ihrer Vermutung dran? Nein … Das konnte nicht sein.

»Ähm, ich … danke.« Mir fiel nichts besser ein, als mich für die nette Geste zu bedanken. Und mich beschlich das Gefühl, Leugnen wäre zwecklos.

»Sehr gerne. Er mag dich wirklich, das merke ich an der Art, wie er über dich spricht. Und was nicht ist, kann ja noch werden. Also macht was draus.«

Ich ließ ihre Worte auf mich wirken, ohne sie wirklich zu verarbeiten. War ich so blind gewesen?

»Smilla?«, hallte Miles Stimme über den Hof.

Mrs McLennan scheuchte mich mit einer Geste zu Mile zurück. Also bedankte ich mich und ging dann zu Mile.

Als er mich sah, erkannte ich Erleichterung in seinen Zügen, als hatte er befürchtet, ich hätte mich aus dem Staub gemacht. Sie schwang in Verwunderung um, als er die dunkelgrüne Flasche in meinen Händen entdeckte.

»Ein Geschenk des Hauses«, kam ich ihm zuvor, bevor er fragen konnte, ließ aber bewusst den Rest von Mrs McLennans Aussage weg. Ich musste erst selbst verstehen, was sie bedeuten könnte - sowohl für mich als auch für ihn.

»Sie ist einfach so zuvorkommend und hat alles perfekt vorbereitet.« Mile hielt einen Korb hoch, auf dem eine blau karierte Decke thronte, die den Inhalt verbarg. »Sollen wir dann?«

Auch wenn ich immer noch nicht wusste, was er vorhatte, hatte ich zumindest mittlerweile eine Ahnung und Vorfreude breitete sich langsam in mir aus.

Wir ließen den Hof hinter uns, erreichten einen Zaun, durch den ein schmales Tor führte. Auch diesen ließen wir hinter uns, und vor meinen Augen erstreckte sich eine weite Fläche mit einem kleinen Hügel, auf dem irgendetwas zu stehen schien. Der Sonnenuntergang tauchte den Hügel in ein orangenes Licht.

»Hier leben die Wallabys, die nicht mehr ausgewildert werden können. Sie haben hier eine riesige Fläche, auf der sie geschützt umher hüpfen können.«

Ich blickte mich um, um ein Wallaby zu erblicken, doch die Fläche war zu groß, weshalb ich keines erspähte.

»Und hier machen wir jetzt ein Picknick?« Zumindest tippte ich darauf oder auf etwas Ähnliches, andernfalls ergaben die Decke und der Korb keinen Sinn.

»Picknick ja, aber nicht hier.« Im Licht der Dämmerung erkannte ich Miles Grinsen.

Wir erreichten den Fuß des Hügels, der von unten gar nicht mehr so klein aussah. Ohne mich zu beachten, folgte Mile dem kleinen Trampelpfad, der sich in Schlangenlinien bis zur Kuppel zog.

Oben angekommen, eröffnete sich mir ein Bild, für das sich der Aufstieg gelohnt hatte. Auf der anderen Seite des Hügels schimmerte der Horizont in allen Rottönen meines Vorstellungsvermögens und ließ die Landschaft vollkommen surreal erscheinen. In der Mitte des kleinen Plateaus stand eine Bank, die genau in Richtung des Sonnenuntergangs ausgerichtet war.

Mile stellte den Korb darauf, nahm die Decke und breitete sie auf der Bank aus. Als er einen weiteren Blick hinein warf, schmunzelte er und hielt zwei Weingläser in die Höhe. »Ich hatte mich schon gefragt, ob wir den Wein aus der Flasche trinken müssten.«

Ich erwiderte sein Lächeln peinlich berührt von dem Aufwand, den er und die McLennans für uns betrieben hatten. Gekonnt schenkte Mile uns die klare Flüssigkeit ein, bevor er einige Snacks in der Mitte der Bank aufreihte.

»Wenn ich bitte darf.« Er deutete auf die Sitzfläche. Ich kam seiner Bitte nach, setzte mich und nahm eines der Gläser entgegen.

Ich ließ meinen Blick über die Landschaft, den Sonnenuntergang gleiten und konnte mein Glück kaum fassen. Noch bei meiner morgendlichen Joggingrunde war unser Streit der Top-Gedanke gewesen. Und nun saßen wir zusammen in dieser absurd schönen Umgebung. Der Horizont glitzerte in allen erdenklichen Goldtönen gemischt mit Rot und Orange.

Gänsehaut überzog meinen Körper, da ich mich nicht erinnern konnte, wann ich das letzte Mal an einem so wunderschönen Ort gewesen war. Alles kam mir so irreal vor. Selbst in meinen Träumen hätte ich mir niemals diese Situation vorstellen können, weder das Setting noch die Umstände, die mich hierhergeführt hatten.

»Gefällt es dir?« Miles Stimme war sanft und sofort fühlte ich mich noch geborgener, noch sicherer.

»Es … es … es ist wunderschön.« Ich wandte meinen Blick ab und sah zu Mile, der in einen goldenen Lichtschimmer getaucht war. »Danke, dass du mir diesen Ort gezeigt hast, ihn mit mir teilst.«

»Sehr gerne, ich habe schon häufiger hier gesessen und an dich gedacht. Mich gefragt, wie es wohl wäre, wenn wir zusammen hier wären.«

Ich habe hier schon öfter an dich gedacht.
Da sagt sein Blick aber etwas anderes.
Es gibt da jemanden, ja.
Die Art, wie er dich ansieht.

Miles, Mrs McLennans und Willows Worte zogen durch meinen Kopf, doch das Bild wurde und wurde nicht klarer. Wie passte das alles zusammen. Wieso sagte Mile solche Dinge, wenn es doch eine andere Frau in seinem Leben gab, die er mochte?

Und was war mit mir - mit meinen Gefühlen? Was fühlte ich? Was wollte ich?

Bisher hatte ich alle Signale ignoriert. Das Brennen auf meiner Haut, wenn Mile mich berührte. Das Kribbeln in meinem Bauch, wenn er lächelte und den Schmerz, der mich beinah zerrissen hatte, als ich ihn nicht sehen konnte. Doch jetzt fühlte es sich plötzlich anders an; die Situation fühlte sich anders an.

Als sich unsere Blicke nun trafen, konnte ich es endlich sehen ... Ich war verliebt in Mile Lowe. Die ganze Zeit war das Gefühl da gewesen, die Anzeichen hatten sich schon so lange bemerkbar gemacht, nur hatte ich sie nicht sehen können. Oder hatte ich sie nicht sehen wollen, um mich zu schützen? Weil Mile und ich nur Trainingspartner waren und ich wusste, er hatte Gefühle für jemand anderen? Oder hatte ich Angst - Angst davor, verletzt zu werden und einen geliebten Menschen zu verlieren?

»Alles in Ordnung?« Mile sah mich besorgt an. Scheinbar konnte ich nicht verbergen, dass alles in mir aus den Fugen geriet. Aber ich konnte ihm jetzt nichts sagen. Zuerst musste ich verstehen, was mir da klar geworden war.

Und selbst wenn ich etwas sagte? Panik keimte auf. Was würden meine Gefühle ändern? Tiefe, romantische Empfindungen bedeuteten Kontrollverlust, würden alles ändern.

Mile griff nach meiner Hand und erstickte damit sofort jede negative Emotion. Der Effekt, den er immer auf mich hatte, den er nur auf mich haben konnte.

»Tanz mit mir.« Seine Stimme war nur ein Hauch, ging mir unter die Haut.

»Hier?« Verwundert sah ich mich um, betrachtete den unbefestigten Boden, den hinabfallenden Hügel.

»Könntest du dir einen besseren Ort zum Tanzen vorstellen?« Er nickte in Richtung des Horizonts. Mit meinem Blick folgte ich seiner Geste, blieb an der endlosen Farbpalette des Sonnenuntergangs hängen. Rot, orange, pink, lila. Die Farben verschwammen, überlappten sich, fügten sich zu einem perfekten Bild zusammen. Das goldene Licht legte sich über uns, hüllte uns in einen glühenden Schleier. Ich sah zu Mile, sein Blick lag erwartungsvoll auf mir. Die letzten Sonnenstrahlen zeichneten goldene Muster in seine Iriden. Unsere Hände waren noch immer miteinander verbunden.

Dieser Ort war magisch - die ganze Situation war es. Sie verzauberte mich, zog mich in ihren Bann, weckte meine Sehnsucht.

»Okay.«

Mile löste seinen Griff um meine Hand, wanderte mit seinen Fingern zu meinen Hüften. Fachte das vertraute Kribbeln, die vertraute Wärme an. Ich legte zögernd meine Hände auf seine Schultern.

Wir brauchten keine Worte, um zu wissen, was wir taten. Wir brauchten keine Musik. Uns genügte das Rauschen des Windes im hohen Gras, das Zirpen der Grillen, der synchronisierte Schlag unserer Herzen. Es brauchte nur wenige Bewegungen, bis wir zu einer Einheit verschmolzen. Zu unserer vertrauten Einheit.

Erst bewegten wir uns zaghaft und sanft, waren ganz beieinander. Dann wurden wir lebhafter, blieben aber immer vertraut.

Mile löste seine Hände, ich tat es ihm nach. Er ergriff eine, führte sie über meinen Kopf. Leichtfüßig drehte ich mich hindurch, einmal um meine eigene Achse, um dann näher als zuvor bei ihm zu landen. Seine Hüfte streifte meinen Bauch, hinterließ eine glühende Spur. Er zog mich noch dichter an sich. Ich legte meinen Kopf auf seine Schulter, sog seinen herben Duft bis in meine Seele. Das war mein Platz. Mein Ort der Sicherheit.

Ich schloss die Augen, wollte Mile noch intensiver wahrnehmen, ihn spüren. Wir wiegten uns hin und her. Sein Körper so nah. Von meiner Körpermitte breitete sich eine angenehme Wärme aus. Es war egal, wie sehr ich es leugnete, wie sehr ich mich fürchtete, es war unumgänglich. Ich hatte mich in Mile Lowe verliebt. Die Gefühle für ihn wurden immer tiefer, immer intensiver. Ich wollte ihn immer mehr.

»Woran denkst du?« Seine Stimme war so nah, ich spürte die Vibration an meinem Ohr. Als könnte er meine Gedanken lesen ...

Schnell schüttelte ich den Kopf in dem Versuch, die Gedankenspiralen zu durchbrechen und stattdessen ein Lächeln aufzusetzen. »Alles gut, ich war nur einen Moment mit meinen Gedanken woanders.«

»Das habe ich gemerkt.« Ich konnte nicht erkennen, ob sich Belustigung oder Sorge in seinen Worten lag. »Wollen wir morgen früh trainieren?« Ein Stein fiel von meinem Herzen. Bisher hatte ich mich nicht getraut, auf unser Training zu sprechen zu kommen.

»Klar. So wie immer gegen zehn Uhr?« Ich war absolut kein Morgenmensch und brauchte meinen geregelten Schlaf, was Mile mittlerweile - entgegen seiner eigener Vorliebe - zum Glück akzeptiert hatte.

»Ich weiß, du stehst nicht gerne früh auf, aber gehts um neun Uhr? Ich habe mittags noch einiges zu tun.«

»Okay.« Verwundert über seine Geheimniskrämerei, stimmte ich zu.

Der goldene Schimmer wurde weniger, die Farben des Sonnenuntergangs verblassten. Mile ging zur Bank, teilte den Chardonnay auf und wir genossen die Snacks im letzten Licht des Tages.

Als der Himmel in dunkles Blau getaucht war und nur noch ein tiefroter Streifen über dem Horizont schwebte, brach Mile das Schweigen: »Wir sollten uns auf den Weg machen, bevor es komplett dunkel ist.«

Als wir alles im Korb verstauten, merkte ich, wie befangen ich war. Plötzlich sah ich Mile in einem anderen Blickwinkel und die Angst, mich zu verraten oder mir irgendetwas anmerken zu lassen, war auf einmal allumfassend.

Mile streckte mir die Hand entgegen. Ich zögerte kurz, ergriff sie dann aber. Seine Nähe machte mich ganz wackelig – denn das konnte nicht nur am Wein liegen. Er stand wenige Zentimeter vor mir, hielt meine Hand und zog mich mit einer fließenden Bewegung in seine Arme. Ich erwiderte die Umarmung, versuchte aber, möglichst flach zu atmen, obwohl mein Herz wie verrückt pochte. Ich ertrank in seinem Duft, der so vertraut und dennoch so neu und aufregend war. Mile legte seine Wange sanft an mein Haar.

Wieder rasten meine Gedanken, wollten all die Eindrücke und Gefühle in Einklang zu bringen. Doch es gelang nicht - alles war zu verwirrend.

Mit einer sanften Geste legte Mile zwei Finger unter mein Kinn, zwang mich mit sanftem Druck, ihn anzusehen. Vorsichtig strich er mir eine Strähne hinters Ohr, die sich aus meinem Dutt gelöst hatte. Unsere Blicke verhakten sich. Ich erkundete seine Iriden; hilflos auf der Suche nach Antworten auf meine Fragen. Doch er warf nur weitere auf, als er mich noch näher an sich zog.

Unsere Gesichter waren nicht mehr als ein kurzes Zucken voneinander entfernt. In Miles Augen schimmerte ein unsicheres Funkeln. Er legte seine Hand sanft an meine Wange, dann überbrückte er den Abstand zwischen unseren Lippen. Als sie sich zart berührten, lösten sich alle Fragen, alle Zweifel auf und verteilten sich kribbelnd in meinem Körper.

In meinen Ohren rauschte es, als Mile den sanften Kuss intensivierte. Seine Hand wanderte von meiner Wange an meinen Hinterkopf und schließlich in meinen Nacken. Ich erkundete mit den Fingern seinen Rücken auf eine ganz neue, andere Art als beim Tanzen. Nahm alles viel intensiver wahr. Seinen Geschmack auf meinen Lippen, seinen Duft in meiner Nase und seine Haut unter meinen Fingerspitzen.

Doch genauso plötzlich, wie es begonnen hatte, war es vorbei. Mile löste sich ohne einen Hinweis darauf, was sich geändert hatte.

Er fuhr mit zwei Fingern über seine Lippen. Ob sie genauso brannten wie meine? Ob sie sich genauso nach meinen sehnten, wie ich mich nach seinen?

»Wir sollten uns wirklich auf den Weg machen.« Mile nahm den Korb und wandte sich zum Gehen. Ohne zu antworten, folgte ich ihm innerlich vollkommen zerrissen. Ich wollte ihn so viel fragen, ihm so viel sagen, doch seine Reaktion hatte mehr als deutlich gemacht, dass er daran kein Interesse hatte.

Auf dem Weg zurück sagten wir kein Wort. Es fühlte sich an, als hätten wir einen Fehler gemacht oder etwas Verbotenes getan, wofür man uns bestrafen würde. Aber so war es nicht. Es war nur vollkommen überraschend und dennoch unglaublich intensiv gewesen.

Mile hatte recht gehabt. Im Wald konnte man kaum seine Hand vor Augen sehen. Ab der Lagerfeuerstelle war der Weg glücklicherweise beleuchtet, doch die Lampen glommen so schwach, dass ich Mile nur schemenhaft neben mir erkennen konnte.

Als wir vor meinem Bungalow ankamen, stoppten wir.

»Dann sehen wir uns morgen beim Training?« Ich versah die Aussage mit einem Fragezeichen, da ich mir nicht mehr sicher war, wie wir nun miteinander umgehen würden. Auch wenn uns kaum eine andere Wahl blieb, als zu trainieren.

»Alles klar.« Mehr sagte Mile nicht, bevor er sich umdrehte und in der Dunkelheit verschwand.

Siebzehn Glissando

Nervös trommelte ich mit den Fingern auf dem Boden. Ich saß auf dem kalten Linoleum an die Wand gelehnt und starrte auf die Uhr, die an der Wand gegenüber hing.

Normalerweise war ich diejenige, die zu spät zum Training kam. Doch heute hatte ich es kaum ausgehalten und mich viel zu früh vor dem gebuchten Saal wiedergefunden. Da ich vor Mile ankam, konnte ich mich einrichten und für die bevorstehende Begegnung wappnen.

Ich war den gestrigen Abend tausende und abertausende Male im Kopf durchgegangen. Hatte jedes Wort - jeden Satz - in seine Einzelteile zerlegt und mich damit selbst um den Schlaf gebracht, ohne am Ende schlauer als vorher zu sein. Die Ereignisse ergaben keinen Sinn, der Kuss ergab keinen Sinn, nichts ergab einen Sinn. Dennoch hatte er sich so verdammt richtig angefühlt.

Das Trommeln meiner Finger und der Blick auf die Uhr ergaben langsam ein Muster, das mich immer hibbeliger machte. Sonst war Mile immer überpünktlich und nun war es bereits zehn Minuten nach neun und er war nicht da.

Ich war mir nicht sicher, wieso ich seinem Kommen so entgegenfieberte, schließlich hatte ich nicht den blassesten Schimmer, wie ich ihm gegenübertreten sollte. Sollte ich unseren Kuss ansprechen? Sollte ich so tun, als wäre nichts passiert? Wobei die viel bessere Frage war, konnte ich das überhaupt? Konnte ich so tun, als hätten wir uns nicht geküsst?

Bevor ich Antworten finden konnte, kam Mile durch die Tür und schloss sie hinter sich.

»Sorry, irgendwie bin ich heute Morgen nicht aus dem Bett gekommen und bin spät dran.« Er klang wie immer. Zwar gestresst, aber nicht angespannt oder irgendwie anders. So weit, so gut. Auch sein Aussehen gab keinen Aufschluss - er sah aus wie immer. Das Haar zerzaust, lockere Trainingssachen in Grau und Schwarz. Als mein Blick auf den Bund seiner Jogginghose fiel, musste ich schlucken. Sein T-Shirt hatte sich im Riemen seiner Tasche verfangen und gab den Blick auf den unteren Teil seines trainierten Bauches frei. Mein Unterleib fing Feuer und ließ die Hitze in mir hochsteigen.

»Dafür warst du heute scheinbar früh dran?!«, stellte er halbfragend fest und nickte anerkennend, als er seine Tasche ins Regal stellte. Ertappt riss ich meinen Blick von seinem Körper los und sah ihm in die Augen. Das löschte das Lodern in mir allerdings nicht. Stattdessen feuerte sein Blick es weiter an. Ich spürte Miles Lippen wieder auf meinen, seine Hände auf meinem Körper. Ich wollte zu ihm gehen, ihm nahe sein, ihn wieder spüren.

Aber ich regte mich nicht, sondern blieb auf dem Boden sitzen, betrachtete Mile und verzehrte mich dabei noch mehr nach ihm.

Er streifte seine Schuhe ab und begann, sich warm zu machen, ohne mir weiter Beachtung zu schenken.

»Wie wollen wir weiter vorgehen?«, fragte er zwischen seinen Übungen. »Ich meine, wir haben jetzt seit über einer Woche nicht trainiert. Wahrscheinlich wäre eine Bestandsaufnahme am sinnvollsten? Einmal die gesamte Choreografie mit Musik durchgehen und dann schauen, woran wir noch feilen wollen oder müssen.«

Er tat tatsächlich so, als wäre nichts passiert. Als hätte es diesen Moment, diesen Kuss nie gegeben. Oder hatte ich mir den gesamten Abend nur eingebildet? Ich konnte nicht verstehen, was er bezwecken wollte. Oder bereute er unsere Küsse und hoffte, es ginge mir ähnlich. Die Nervosität und Anziehung wich Ernüchterung. Was hatte ich auch erwartet? Eine überschwängliche Umarmung und einen Kuss zur Begrüßung? Wie er die andere Frau wohl begrüßte?

Ich war mir nicht einmal sicher, ob ich enttäuscht oder sauer war. Vielleicht keines von beidem, denn plötzlich kehrte die vertraute Leere zurück und Vertrautheit war gut. Damit konnte ich arbeiten, auch wenn es wehtat.

»Oder würdest du anders vorgehen?« Mile hatte seine Aufwärmübungen beendet und stand nun erwartungsvoll in der Raummitte. Für ihn schien sich nichts geändert zu haben. Ich musterte ihn einen Moment. Beobachtete, wie er die schlanken Muskeln seiner Arme dehnte und locker auf und ab federte. Wie gern würde ich ihn fragen - erfahren, was er über den Kuss dachte und - Himmel! - ich wollte ihn wieder küssen. Seine weichen Lippen auf meinen. Aber Mile schien das anders zu sehen. Mit einem tiefen Seufzen rappelte ich mich vom Boden auf, ging zum Piano und ließ mich auf dem Hocker nieder. Wenn es das war, was Mile wollte, konnte er es haben.

»Das klingt nach einem Plan. Die Choreo steht ja, sollten vielleicht nur noch Details sein.« Ich war überrascht, wie sicher meine Stimme klang, obwohl es in meinem Inneren rumorte. »Lass uns keine Zeit verlieren.«

Obwohl wir einiges an Trainingszeit verloren hatten, lief der Durchgang überraschend gut. Abgesehen davon, dass ich mich einige Mal verspielte, da ich meine Gedanken nicht in Schach halten konnte, war unsere Präsentation schon durchaus sehenswert. Wir machten Notizen zu Passagen, die wir beim nächsten Mal noch einmal angehen wollten. Mile hatte - wie angekündigt - nicht viel Zeit und sah immer wieder unruhig zur Uhr. Auch wenn er mir keine Erklärung schuldig war, war ich neugierig. Darauf ansprechen wollte ich ihn aber nicht. Dafür waren die Fronten zwischen uns - mal wieder - zu unklar.

»Du kannst auch gehen. Ich mache mir noch Notizen und dann sind wir für heute ja ohnehin durch.«

»Ne, ne. Mach du in Ruhe fertig. Ich warte so lange.«

Ich hatte erwartet, er würde sofort aufspringen, doch er blieb sitzen und wartete, bis ich fertig war.

In der Luft lag eine komische Spannung, die ich nicht einordnen konnte. Mile wirkte nervös, was mich sofort das Schlimmste befürchten ließ. Auf irgendwelche Erklärungen oder Entschuldigungen konnte ich verzichten. Wenn er den Kuss wirklich bereute, konnten wir es von mir aus totschweigen, vergessen und weitermachen wie bisher. Zumindest wäre das für mich die am wenigsten schmerzhafte Variante gewesen. Ich könnte mich in meinem Zimmer verkriechen und heimlich trauern. Eine Konfrontation war hingegen das Letzte, was ich aktuell gebrauchen konnte.

»Wir müssen noch einen Titel für unser Projekt festlegen. Morgen ist die Frist zu Ende.«

Mist! Er hatte recht. Das hatte ich vollkommen vergessen. Durch die Trainingspause, den ganzen Stress und meine wirren Gefühle, hatte ich die wichtigen Dinge aus den Augen verloren. Genauso wie die Tatsache, dass in weniger als einer Woche schon die Prüfung war. Adrenalin wogte plötzlich durch meine Adern, ließ meine Umgebung verschwimmen. So etwas durfte einfach nicht passieren ... Die Ereignisse der letzten Wochen hatte nur dazu geführt, dass ich mein Ziel aus den Augen verloren hatte. Ich war zu abgelenkt gewesen und der Hauptgrund dafür saß direkt vor mir.

Wie sollten wir das jetzt noch schaffen? Die Choreografie war gut, es waren nur noch Kleinigkeiten, an denen wir arbeiten mussten. Doch egal, wie viel wir trainieren würden, ich hatte nicht das Gefühl, wir könnten es pünktlich schaffen. Mein Perfektionismus und der Anspruch meines Vaters würden mich nicht ruhig schlafen lassen. Ich würde immer das Gefühl haben, wir könnten noch mehr trainieren, noch besser werden.

»Stimmt. Gut, dass du daran gedacht hast. Hast du eine Idee?«, fragte ich kleinlaut. Mein Geist war so ausgelaugt, ihm fehlte jegliche Kraft für Kreativität.

»Puh, nicht wirklich. Zugegebenermaßen hatte ich gehofft, du hättest eine. Du hast sonst immer gute Ideen.«

»Jetzt leider nicht.« Ich war so genervt von meiner eigenen Unzulänglichkeit. Sie war so präsent, ich schaffte es nicht, sie zu verbergen. »Wir brauchen etwas, das die Gegensätze darstellt - ihr Aufeinandertreffen, denn darum geht es ja maßgeblich, oder?«

Mile nickte nachdenklich und atmete schwer aus. »Echt nicht leicht. Wir dürfen nicht unterschätzen, wie wichtig der Titel ist, auch wenn er nur nebensächlich scheint.«

»Auf jeden Fall. Das ist der erste Eindruck.« Ich suchte angestrengt nach passenden Worten. »Vielleicht irgendetwas mit *Colliding*? Und dann noch etwas, was die Musik mit reinbringt?«

Er murmelte einige Worte vor sich hin. »Was hältst du von *Melodies*?«

»*Colliding Melodies*. Klingt gut, aber noch nicht perfekt.«

»Du hast recht. Hm, … lass uns noch mal bis morgen überlegen, vielleicht fällt uns etwas Besseres ein.«

»Machen wir.« Dann sah ich zur Uhr. »Musst du nicht ohnehin jetzt zu deinem Termin?«, fragte ich betont beiläufig, während ich meine Notizen sortierte.

»Ähm ja, deswegen wollte ich dich noch was fragen.«

Ruckartig drehte ich mich zu ihm. »Was denn?« Die Frage kam schneller und verblüffter über meine Lippen, als ich es beabsichtigte hatte.

»Ich habe Geburtstag.«

»Heute?«, fragte ich entsetzt. Hatte er das erwähnt? Schnell ging ich die letzten Wochen in meinem Kopf durch, doch von seinem Geburtstag war nie die Rede.

»Morgen«, beschwichtigte er mich schnell. Das war auch nicht besser, denn so blieb mir ebenfalls keine Zeit, ein Geschenk zu besorgen.

»Warum hast du denn nichts gesagt?«

»Geburtstage spielen für mich irgendwie keine wirklich wichtige Rolle und Dreiundzwanzig ist jetzt auch nicht die typische Zahl zum Feiern, aber einige aus meinem Jahrgang haben mich überredet, zumindest eine kleine Party zu feiern. Deswegen feiere ich heute Abend an der Lagerfeuerstelle in meinen Geburtstag rein.«

»Heute Abend?«

»Es wird nur eine kleine Feier, nichts großes.«

Irgendwie wusste ich nicht, wohin dieses Gespräch führen sollte. Er wollte mir eine Frage stellen, das hatte er aber bisher nicht getan, stattdessen hatte er mir von seinen Plänen erzählt, von denen ich offensichtlich kein Teil war.

»Du wolltest mich etwas fragen«, stellte ich fest, um das Gespräch voranzubringen. Ich war angefressen und das durfte er spüren. Nichts von seiner Feier zu wissen, versetzte mir einen tiefen Stich. Auch wenn ich natürlich nicht ganz unschuldig daran war.

»Würdest du kommen? Willow und Jonathan sind auch da, dann wärst du auf jeden Fall nicht allein.«

Ach? Auf einmal lud er mich doch ein? Jetzt, wo er merkte, wie sehr es mich traf, nicht eingeladen zu sein.

»Von mir aus.« Ich war genervt und konnte mich nicht über die Einladung freuen.

»Du musst mir auch nichts schenken oder so. Ich freue mich einfach, wenn du kommst.«

»Hatte ich auch nicht vor. Dafür ist die Einladung etwas zu spät.«

»Sorry.« Missmutig zuckte er mit den Schultern. »Darf ich dich trotzdem noch um eine zweite Sache bitten?«

Ich wartete seine Frage ab, anstatt etwas zu erwidern.

»Hättest du heute Nachmittag Zeit, mir bei den Vorbereitungen zu helfen?«

Ich sah ihn an. Der Verdacht beschlich mich, er hätte mich nur eingeladen, damit ich ihm helfen würde - auch wenn das absolut nicht zu Mile passen würde. Ich musste meine Verärgerung dringend bei Seite schieben. Doch im Moment spielten meine Emotionen verrückt, gaben mir keine Chance einen klaren Gedanken zu fassen. Mile und ich verstrickten uns immer mehr in Widersprüchen. Küssen, streiten, küssen ... Das war kein gesunder Umgang. Es ärgerte mich, außen vor gewesen zu sein. Aber jetzt hatte er mich eingeladen. Warum konnte ich mich nicht freuen? Ich wollte ihm helfen - immerhin konnte ich so mehr Zeit mit ihm verbringen. Was zur Hölle war also mein Problem? Ich sammelte mich, atmete tief durch und schob meinen Ärger beiseite. Ich könnte mich später damit auseinandersetzen, wenn Mile mir nicht mehr gegenübersaß.

»Ähm, klar. Gar kein Problem.«

»Super, das ist wirklich lieb von dir. Ich gehe eben duschen und dann einkaufen. Kann ich dir schreiben, dann könnten wir uns direkt in der Küche treffen?«

Wieder nickte ich bloß.

»Danke, wirklich!« Er nahm seine Sachen und ließ mich einmal mehr mit vielen Fragezeichen im Tanzsaal zurück.

Statt die freie Zeit auf meinem Zimmer zu verbringen, nutzte ich den Tanzsaal, der noch für mindestens zwei Stunden gebucht war, um endlich wieder zwanglos Zeit am Klavier zu verbringen. Zwar hätte ich auch die Instrumente in der ersten Etage nutzen können, die einen besseren Klang hatten als das wackelige E-Piano, doch die Atmosphäre des

Probensaals hatte plötzlich eine inspirierende Wirkung auf mich.

Ich machte einige Fingerübungen, die ich kürzlich im Unterricht kennengelernt hatte, ging dann zu Stücken über, die mir durch den Kopf schwirrten. Schließlich veränderte ich die Melodie und machte sie zu meiner eigenen.

Dann stoppte ich. Plötzlich überkam mich das Bedürfnis, aufzustehen und zu tanzen. Unsicher blickte ich mich um, aber niemand konnte mich beobachten. Die Vorhänge waren zugezogen, die Tür geschlossen.

Langsam streifte ich meine Sandalen von den Füßen und dachte dabei an Mile; es war immer das Erste, das er tat, wenn er den Saal betrat. Dann ging ich zum Spiegel, an dem die Ballettstangen befestigt waren.

Ich legte meine Hand auf den hölzernen Balken, nahm jede Faser der Struktur auf. Es war Jahre her, seit ich eine Stange in der Hand gehalten hatte. Viel zu lange. Vorsichtig strich ich über das Holz, als würde ich nach der richtigen Stelle suchen, um meine Finger darum zu schließen.

Dann streckte ich meinen Fuß, spürte die Spannung in der Sohle. Zuerst fühlte es sich befremdlich an, doch nach einigen Versuchen war das vertraute Kribbeln in meinen Zehen zurück. Mit Blick in den Spiegel ließ ich mein Bein einige Male kontrolliert hin und her schwingen, bevor ich die fünf Grundpositionen des Balletts durchging. Ich merkte, wie steif ich geworden war. Aber von Mal zu Mal, mit jeder Bewegung, gelangen mir die Übergänge fließender. Endorphine sprudelten durch meinen Körper, beflügelten mich weiterzumachen, weiterzugehen.

Es steckte noch in mir. Da war nicht nur die Leidenschaft, die Sehnsucht, sondern auch ein Gedächtnis, das nicht vergessen hatte, wofür ich all die Jahre trainiert hatte. Ich stand noch vor einer letzten Hürde. Es war nur noch ein Schritt, um endgültig alle guten Vorsätze hinter mir zu lassen. All die Konzentration auf meine Karriere und diese Prüfung. Das Tanzen mit Mile hatte mir einen Vorgeschmack gegeben auf das, was hinter der Mauer auf mich wartete. Und ich beschloss, sie vollends einzureißen.

Von Schritt zu Schritt wurde ich mutiger, versuchte eine *Pirouette*, hielt die Arme gebogen vor dem Körper, doch die Spannung fehlte und ich brach weg. Wieder nahm ich die Grundposition ein, fühlte tief in mich hinein. Ich suchte nach der Erinnerung, wie es sich anfühlte, frei über die Diagonale zu fliegen. Und dann hob ich ab ... Dieses Mal funktionierte es, ich stand ohne Probleme fünf Pirouetten hintereinander, dann sank ich zu Boden. Alle Viere von mir gestreckt lag ich auf dem Rücken, starrte an die Schallschutzdecke und atmete tief ein. Mein Körper flimmerte vor Adrenalin. Ich war geflogen. Zwar waren meine Flügel ein wenig lädiert, aber ich konnte fliegen.

Wehmütig dachte ich an zurück und an die Zeit nach Alvas Unfall, in der ich mich nach dem Tanzen verzehrt hatte, aber niemals schwach geworden war. Jetzt kam es mir vollkommen absurd vor. Die Angst zu überwinden, zeugte von Stärke. Ich hatte losgelassen, obwohl ich mich so davor fürchtete, die Kontrolle zu verlieren und meinem Schicksal ausgeliefert zu sein. So lange war ich gefangen gewesen in dem *Was wäre, wenn mir das gleiche widerfährt*. Aber jetzt hatte ich endlich einen Schritt hinter die Angst getan und verstanden, Alvas Schicksal war nichts meines. Genauso wenig hatte es etwas mit Schwäche zu tun - auch wenn mein Vater mir sicherlich gerne etwas anderes eingeredet hätte.

Ohne Mile wäre ich niemals aus meinem Kokon herausgekommen, sondern hätte nur vom Tanzen geträumt, statt endlich wieder zu fliegen. Ich war mir noch nicht sicher, was ich mit dieser neuen Stärke anfangen wollte. Aber ich war mir sicher: Ich würde das Tanzen nie wieder von mir stoßen, sondern es als einen Teil von mir akzeptieren.

Ich vernahm ein entferntes Brummen und setzte mich auf, um das Geräusch besser zu verorten. Mein Handy ... Schnell sprang ich auf, jedoch nicht schnell genug. Das Smartphone zeigte mir einen entgangenen Anruf von Mile an. Bevor ich ihn zurückrufen konnte, blinkte es erneut. Dieses Mal mit einer Nachricht.

Mile 13:49 Uhr
Bin jetzt in der Küche. Habe alles eingekauft. Kommst du helfen?

War es wirklich schon so spät? Scheinbar hatte ich es geschafft, mich dem Tanzen hinzugeben, dabei jedoch vollkommen die Zeit aus den Augen verloren. Eigentlich hatte ich geplant, noch bei Willow vorbeizuschauen und mit ihr zu schimpfen, weil sie mir nichts von Miles Geburtstag erzählt hatte. Das musste nun aber bis heute Abend warten.

Ich lief über den Campus zur Studentenküche, die rund um die Uhr für uns geöffnet war. Auch wenn wir zwei Mahlzeiten von der Akademie gestellt bekamen, mussten wir uns mittags selbst versorgen, wenn auch dafür Lebensmittel gestellt wurden.

»Wo hast du dich denn rumgetrieben?« Mile musterte mich und nach einem kurzen Blick auf die metallisch spiegelnden Fronten der Kühlschränke wusste ich auch, wieso. Meine Wangen glühten. Nicht nur mein Sprint zur Küche hatte mir den Schweiß auf die Stirn getrieben. Auch das Tanzen hatte mich körperlich herausgefordert. Ich war aber noch nicht bereit, irgendjemanden davon zu erzählen. Stattdessen wollte ich dieses Gefühl, die Genugtuung einen Moment nur für mich behalten.

»Ich habe versucht, dich zu erreichen.«

»Sorry. Ich war zu langsam und da hattest du schon geschrieben, also bin ich lieber schnell rübergekommen, anstatt dir zu antworten.«

»Alles gut. Ich muss eben noch alles sortieren, dann können wir starten.«

»Wenn ich etwas tun kann, sag Bescheid.«

Mile tigerte durch die Küche, ich musste immer wieder zur Seite springen, weil ich ihm ständig im Weg war. Statt ihm zu helfen, nervte ich vermutlich mehr.

Ich sah mich in der Küche nach einer freien Stelle um, zu der er hoffentlich nicht bald musste. In sicherer Entfernung rutschte ich auf die freie Arbeitsplatte und betrachtete Mile. In dieser fremden Umgebung wirkte er ganz anders als im Studio oder am gestrigen Abend. Er war fokussiert auf seine Rezepte, bemerkte nicht, wie ich jeden Zentimeter seines Körpers in mich aufsog. Und immer wieder keimte ein Gedanke in meinem Kopf auf: *Was hatte das alles mit uns zu bedeuten?* Ich rekapitulierte unsere letzten Begegnungen, unsere Küsse. Analysierte alles möglichst sachlich, aber kam wieder zu keinem Ergebnis. Falls Mile wirklich beabsichtigte, es zu übergehen, musste ich damit leben, keine Antwort zu bekommen würde. Natürlich hätte ich ihn auch darauf ansprechen können, doch die Angst vor seiner Antwort war wieder präsent. Und wie immer hinderte sie mich daran, endlich über meinen Schatten zu springen. Egal, wie sehr ich es mir auch wünschte.

»Es freut mich, dass du dich dazu erbarmt hast, mich zu unterstützen. Wenn du jetzt aber nur rumsitzt, bist du wahrlich keine große Hilfe.« Er wirkte etwas gestresst, was ich gar nicht von ihm kannte.

Überschwänglich sprang ich von der Anrichte, um meine Motivation zu demonstrieren. »Was kann ich tun?«

Mile drückte mir das Rezept für einen Nudelsalat und zwei Dips in die Hand.

»Schaffst du das?«, fragte er ernst.

»Willst du mich beleidigen?«, erwiderte ich nur noch halb so ernst. »Alva und ich haben in Stockholm ständig zusammen gekocht. Wir waren so gut, fast hätte man uns einen Michelin-Stern verliehen. Einen Nudelsalat und ein paar Dips sollte ich da noch hinbekommen.« Gespielt genervt hob ich eine Augenbraue und sah ihn herausfordernd an.

Schmunzelnd verdrehte er die Augen. »Dann zeig mal was zu kannst.«

Ich salutierte und machte mich an die Arbeit.

»Puh«, stöhnte Mile und strich sich mit dem Handrücken die schweißnassen Haare aus der Stirn. Wir hatten über eine Stunde schweigend nebeneinander gearbeitet und hatten nicht gemerkt, wie spät es geworden war.

»Ich sterbe vor Hunger. Willst du auch ein paar Eier?«

Erst wollte ich einen Witz reißen, verkniff ihn mir aber. »Ich esse lieber einen Joghurt. Eier sind mir gerade zu fettig.«

Mile balancierte mehrere Eier in einer Hand, fischte mit der anderen eine Schüssel aus dem Schrank. Ich setzte mich auf die Arbeitsplatte neben dem Herd, um in seiner Nähe zu sein, und löffelte meinen Joghurt. So viel Zeit mit ihm auf engsten Raum zu verbringen, ließ meine Nerven verrückt spielen. Auch ganz andere Teile meines Körpers wurden langsam schwach. Ich wollte meine Hand nach ihm ausstrecken, ihn berühren, als wäre es vollkommen in Ordnung. Doch das war es nicht. Wir waren kein Paar, sondern … sich küssende Prüfungspartner. Nicht mehr, nicht weniger. Wie verhielt man sich da *normal*? Welche Grenzen gab es und wann durfte ich sie endlich wieder überschreiten?

»Ich hätte übrigens nicht gedacht, dass du so eine gute Figur in der Küche machst«, gab ich in neckendem Ton zurück.

»Ach, ist das so?«, ein spöttisches Grinsen stahl sich auf seine Lippen.

»Ich lass mich gerne überraschen.«

»Und ich überrasche dich gerne.« Unsere Blicke trafen sich für einen flüchtigen Moment. Aber es reichte, um das

Knistern zwischen uns anzuheizen. Es nahm den gesamten Raum ein, vergrößerte seine Anziehung auf mich und ich genoss es. Noch am Vormittag war es alles andere als entspannt gewesen, doch nun - seit wir in der Küche werkelten - wirkten wir beinahe gelöst.

Mile manövrierte gekonnt die Eier in die Schüssel und ich nutzte den unbeobachteten Moment, um ihn zu betrachten. Eigentlich war es genau dasselbe, wie wenn er im Tanzsaal auf und ab schwebte. Doch aus dieser Position, so still von der Seite, hatte ich ihn noch nie gesehen. Mir fiel seine starke Kinnpartie auf, die er konzentriert anspannte, ähnlich wie während unserer endlosen Diskussionen über Synkopen, die ihn in meiner Komposition störten, oder über Sprünge, die ich nicht passend fand.

Ich schmunzelte, was Mile nicht entging. Mit hochgezogener Augenbraue sah er mich an.

»Ist was?« Sein neckender Unterton jagte mir einen wohligen Schauer über den Rücken.

Ich winkte ab. »Nichts, nichts. Alles gut.« Dabei war gar nichts gut. Die Begierde in mir brannte stärker denn je zuvor.

Er zerschlug die Eier am Rand der Schüssel, wirbelte sie dann mit dem Schneebesen durch. Als Butter in der Pfanne geschmolzen war, gab Mile die Eier dazu. Mit sanften Bewegungen zog er den Wender durch die Masse, bis die Pfanne voll mit fluffigem Rührei war. Der Duft ließ mir das Wasser im Mund zusammenlaufen.

Ich stellte meine Schüssel beiseite, sprang von der Arbeitsfläche und trat näher zum Herd, näher zu Mile. Wir standen so nah beieinander. Ich vernahm seine Anwesenheit, seine Nähe, ohne hinzusehen. In mir setzte sich eine prickelnde Wärme fest, die ich auf die Resthitze des Herdes schob - dabei hatte sie einen ganz anderen Ursprung.

»Na? Überrascht?«, flüsterte er triumphierend und lächelte breit. Wir verharrten. Endlose Sekunden. Meine Gedanken rasten, das Blut rauschte pulsierend in meinen Ohren und ein alles zerreißendes Ziehen tobte in meinem Unterleib. Ich wollte Mile.

»Nicht wirklich …« Meine Stimme brach ab, genau wie der Moment zwischen uns. Ich schnappte mir eine Gabel aus der Besteckschublade, um etwas Rühreis direkt aus der Pfanne zu probieren.

»Hey! Du wolltest keins.« Mile wollte mich mit dem Pfannenwender davon abhalten, etwas zu stibitzen, aber ich war schneller und schaffte es mit der Gabel noch zur Pfanne, bevor er mich mit dem öligen Ende des Wenders traf. Schnell schob ich mir das Ei in den Mund, wobei etwas auf meinem weißen Top landete und einen dicken Fettfleck hinterließ.

Er beäugte das Schauspiel und brach dann in tosendes Gelächter aus. »Das nenne ich mal Karma!«

»Hey!«, beschwerte ich mich lautstark und griff in meiner Hilflosigkeit beherzt in die offene Mehltüte und warf Mile eine Handvoll entgegen. Er wich zurück und obwohl das meiste sich in der Luft verteilte, legte sich ein Teil als dünne Schicht über ihn. Mile prustete und rieb sich Mehl aus den Augen.

»Na warte!«

Ehe ich mich versah, langte Mile in die Tüte und ließ das weiße Pulver direkt über meinen Kopf rieseln. Ich wollte mich wehren, ihn wegschubsen, doch er war stärker. Er griff nach meinen Händen, bevor ich erneut die Tüte zu fassen bekam.

Ich schrie auf, verschluckte mich dabei an meinem eigenen Lachen. Mile schlang seine Arme um meine Hüfte, zog mich näher an sich. Lachend wand ich mich in seiner Umarmung, aber er dachte nicht daran, mich loszulassen. Stattdessen manövrierte er mich in sichere Entfernung jeglicher Lebensmittel. Wir lachten, tollten herum und vergaßen dabei vollkommen, dass wir schneeweiß in der Küche der ADAM standen. Ich wand mich aus Miles festen Griff und kicherte dabei viel zu laut.

Ich schaffte es, mich etwas zu drehen, doch statt mich zu befreien, war ich noch immer in Miles Armen gefangen - unsere Gesichter dicht voreinander. Meine Hände waren unbeholfen zwischen unseren Oberkörpern eingeklemmt.

Ich sah auf, genauso, wie ich es auf dem Hügel getan hatte. Wieder nur wenige Zentimeter zwischen uns ... Beide wie erstarrt standen wir uns gegenüber. Sahen uns wortlos an. Doch in mir schrie das Verlangen nach Mile, nach seiner Nähe, so laut. Ich wollte ihn wieder küssen, ihn wieder so nah bei mir spüren. Aber ich konnte mich nicht überwinden, den ersten Schritt zu machen. Der kleine Rest Vernunft in mir hielt mich ab. Erinnerte mich daran, in welchem Verhältnis wir standen, viel mehr stehen sollten. Aber ich hörte nicht zu. Meine Gefühle waren zu stark, zu intensiv. Ich konnte mich ihnen nicht mehr widersetzen.

Keiner von uns regte sich, die Zeit stand still, bis mit einem Schlag der Moment vorbei war. Mile ließ seine Arme sinken und ich trat zögerlich einen Schritt zurück, ohne den Blick zu senken. Er heftete sich auf Mile, als ob es etwas ändern könnte. Jede Freude verschwand, machte Platz für eisige Stille. In mir war nur noch Leere, Unverständnis. Wir waren uns so nah und dennoch Galaxien voneinander entfernt. Machten jedes Mal drei Schritte zurück, statt endlich wieder voranzugehen.

»Was habt ihr denn gefeiert?« Willow stand mit einer leeren Plastikdose in der Hand im Türrahmen und beäugte das Bild, das wir boten.

Mile und ich, beide mit Mehl gepudert, genauso weiß wie der Boden und die Arbeitsfläche. Die Stimmung schlug erneut um; dieses Mal anders. Die Luft füllte sich mit knisternder Belustigung. Wir sahen einander an; unsere gepuderten

Körper, wie nach einem Schneesturm. Und konnten nicht anders. Kurze Zeit später hallte schallendes Gelächter von den sterilen Wänden der Küche zurück.

Willow schüttelte nur den Kopf, stieg dann aber in unser Lachen ein. Sie stapfte durch den weißen Mehlstaub und stellte ihre Dose in die Spüle. Das Lachen verebbte schließlich in einem Japsen auf allen Seiten. Ich hielt mir den schmerzenden Bauch.

»Aufräumen dürft ihr das Chaos hier aber allein«, sagte Willow und verschwand wieder durch die Tür. Mile und ich sahen ihr erst nach, dann wieder uns an und konnten das Lachen nicht hinunterschlucken.

»Auch wenn ich es nur ungern zugebe, muss ich Willow recht geben. Wir sollten den Saustall hier schnellstens beseitigen.« Ich sah mich um. Wie sollten wir das alles wieder sauber bekommen? Und doch war es jede Prise Mehl wert. Ich war Mile nahe gewesen. Vollkommen unbeschwert, ohne einen lästigen Gedanken.

»Duschen sollten wir wahrscheinlich auch noch vor der Party«, stellte Mile fest, als er an sich heruntersah. Meine Haare hatten ebenfalls eine Mehl-Kur hinter sich und brauchten dringend eine Wäsche.

Wir räumten schweigend auf, nur im Hintergrund plätscherten Indie-Beats daher. Doch ich hing sowieso in meinen Gedanken fest, verlor mich in Erinnerungen.

»So, das sollte das letzte Kehrblech Mehl gewesen sein.« Ich schob den Besen und die Schaufel zurück in den Putzschrank und wusch mir die Hände.

»Gut.« Mile wirkte abwesend und wieder vollkommen unnahbar. Sein Blick war leer, seine Stimme farblos - als hätte er einen Riegel vorgeschoben und wollte mich draußen halten. »Dann sehen wir uns bei der Party? Neunzehn Uhr beim Lagerfeuer?«

»Neunzehn Uhr beim Lagerfeuer«, echote ich.

Wieder machte sich dieses Kribbeln, eine gewisse Vorfreude, in meinem Körper breit - und mein Herz tanzte wild voll mit Glücksgefühlen.

Achtzehn Dissonanz

Ich brauchte eine Dusche, wollte das klebrige Mehl von mir waschen. In der Küche hatten mich die Glücksgefühle - die Gefühle für Mile - übermannt.

Doch nun, wieder allein, holten meine Zweifel mich ein. Egal wie sehr ich es versuchte, ich schaffte es nicht, sie zu verscheuchen.

Ich verschwendete literweise heißes Wasser in der Hoffnung, irgendwann Erleichterung zu spüren. Aber ich war so verwirrt, wenn nicht sogar verloren ...

Ich suchte Halt bei Willow, wollte sie über die Party ausfragen. Und - das musste ich zugeben - meinem Unmut ein kleinwenig Luft machen. Wieso hatte sie mir nichts erzählt?

Smilla 17:18 Uhr
Machen wir uns später zusammen fertig? Weiß nicht, was ich anziehen soll.

Willow 17:19 Uhr
Sitze noch an diesem blöden Essay für Tanzgeschichte. Leistest du mir Gesellschaft? Cafeteria, ganz hinten rechts.

»Er hat dir wirklich nichts von seinem Geburtstag erzählt?« Willow klappte ihren Laptop zu und schlürfte an ihrem

Kaffee. Auch ich nahm einen großen Schluck aus meiner dampfenden Tasse. Die unruhige Nacht hing mir langsam nach …

»Bis heute Morgen hat er seinen Geburtstag mit keinem Wort erwähnt.«

»Na ja, immerhin hattet ihr bis vor kurzem noch Stress«, merkte sie an, ohne mich anzusehen.

»Das haben wir ja zum Glück aus der Welt geschafft.«

»Wo wir gerade beim Thema sind: Du musst mir noch erzählen, wie es war.« Sie grinste verschwörerisch und ich atmete tief durch. Ich konnte es nicht länger vor ihr verheimlichen. Irgendwann würde sie mich durchschauen und ich hatte es satt, mich in Schweigen zu hüllen.

»Es war … intensiv.« Ich hatte keine Ahnung, wo ich anfangen sollte. Bei unserem Kuss im Studio oder erst bei dem bei Sonnenuntergang? Oder irgendwo in der Mitte?

»Heißt was genau?«

»Wir haben uns geküsst.«

Mit weit aufgerissenen Augen sah Willow mich an. »Du verarscht mich?«

Langsam schüttelte ich den Kopf. Alles durch meine Worte Realität werden zu lassen war beängstigend.

»Wie? Wann? Wo? Und was?«

»Das erste Mal …«

»Das erste Mal!?« Willow unterbrach mich, bevor ich wirklich anfangen konnte. »Es gab mehr als einen Kuss?«

»Es waren zwei. Wenn du mich ausreden lassen würdest, könnte ich dir die Details erzählen.« Willow machte eine verschließende Geste vor dem Mund und warf den imaginären Schlüssel weg. »Das erste Mal haben wir uns am Morgen nach dem Ball geküsst. Wir waren beim Training und irgendwie ist es passiert. Das war vor unserem Streit. Der zweite Kuss passierte bei unserem Ausflug.« Ich zuckte mit den Schultern, konnte nicht in Worte fassen, was passiert war. »Er hat mich zu einer Farm mitgenommen, auf der er sich häufig um verwaiste Wallaby-Babys kümmert und … da ist es dann um mich geschehen. Danach waren wir auf diesem Hügel, haben getanzt und uns geküsst …«

Willows Augen weiteten sich - wenn überhaupt möglich - noch mehr. Sie quietschte so laut, dass sich an den Nachbartischen einige Leute umdrehten und uns verwirrt musterten.

»Und jetzt?«, bohrte sie aufgeregt nach.

»Wie und jetzt?«

»Ja, seid ihr jetzt ein Paar oder was ist das mit euch?«

Wenn ich das wüsste, wäre ich auch um einiges schlauer.

»Nein, sind wir nicht. Wir haben auch nicht darüber gesprochen, keine Ahnung …« Wieder zuckte ich mit den Schultern. Ich schwamm in einem Meer aus Fragen, ohne dass Land in Sicht war.

»Heute Abend werdet ihr euch bestimmt wieder küssen und ich bin dabei.« Freudig klatschte sie in die Hände.

»Werden wir bestimmt nicht. So weit sind wir nicht und keine Ahnung, ob wir es jemals sein werden. Wir sind Trainingspartner und müssen erst mal diese Prüfung hinter uns bringen.« Meine kleine Predigt sollte mehr mich als Willow überzeugen. Sie wollte etwas erwidern, aber ich war zu kraftlos, um weiter gegen ihre Vorstellungen anzukämpfen. Also schnitt ich ihr das Wort ab und wechselte abrupt das Thema. »Im Moment haben wir noch ganz andere Probleme. Ich habe zum Beispiel kein Geschenk, auch wenn er angeblich nichts will …«

»Das sagen sie immer«, schob Willow ein. »Und am Ende sind sie enttäuscht, wenn du wirklich kein Geschenk hast.«

Ich lachte. »Eben. Aber ich wüsste nicht, was ich ihm schenken könnte.«

»Ich frage mich sowieso, warum er überhaupt feiert. Jonathan meinte, Mile fährt gar nicht auf die Aufmerksamkeit ab und sie versuchen schon seit Wochen, ihn zu überreden. Bis er vor einigen Tagen völlig überraschend zugestimmt hat.«

Aufmerksam sah ich zu Willow. »Er meinte auch zu mir, es sei spontan. Was hat seine Meinung geändert?«

Sie zuckte mit den Schultern. »Das haben sie sich alle gefragt. Aber Hauptsache es gibt es eine Party, oder?«

Nachdenklich stimmte ich ihr zu.

Mile war heute wie ausgewechselt gewesen - reizbarer und fokussierter als sonst. Wenn etwas nicht perfekt war, machte er es neu, wieder und wieder, bis er mit dem Ergebnis zufrieden war. Ein Gedanke schlich sich in meinen Kopf - leise, aber zerstörerisch. Was, wenn *jemand* der Grund dafür war? Die Frau, die er mochte. Ob sie auch da sein würde?

Übelkeit stieg in mir hoch, als mir der Ernst der Lage bewusst wurde. Meine Gefühle konnte ich nicht mehr leugnen, von nun an war mein Herz in Gefahr - *ich* lief Gefahr, verletzt zu werden.

Willow leerte ihren Kaffee. »Na ja, ich muss dann. Wir sehen uns gleich. Laufen wir zusammen rüber?«

»Ja.«

Willow winkte mir zum Abschied, doch ich hatte auf einmal kaum mehr die Kraft, meinen Arm zu heben. Ich starrte in meinen halb vollen Kaffeebecher und immer wieder verschwamm meine Sicht. Ich schob es auf den heißen Dampf, denn es konnte unmöglich Tränen sein … Was, wenn Miles Traumfrau heute wirklich zu seiner Party käme? Bei dem Gedanken krampfte sich mein Herz schmerzhaft zusammen und ich ließ das dumpfe Pochen in meiner Brust einen Moment lang zu. Doch dann ballte ich die Hände zu Fäusten. Ich würde nicht klein beigeben und Mile kampflos einer anderen überlassen. Ich brauchte einen Plan!

Langsam fand ich Gefallen daran, mir etwas anzuziehen, in dem ich mich wohl und dennoch sexy fühlte. Ich stand vor meinem Kleiderschrank, wühlte mich durch die wenigen partytauglichen Outfits, schob ein langweiliges Teil nach dem nächsten zur Seite. In einer der hintersten Ecke tauchte ein fließender Stofffetzen auf. Ich griff danach und holte einem langen schwarzen Jumpsuit heraus. *Perfekt.* Ich hatte ihn schon einige Male zu Events getragen und wusste, wie gut er meine Figur umspielte. Ich wollte mich gut; selbstsicher fühlen. Als Nebeneffekt sollte Mile meine Kurven, meinen Körper bemerken.

Meine Haare trug ich wie auf dem Ball. Es war albern und dennoch hoffte ich, Mile würde es bemerken. Vielleicht würde es ihn an diese magische Nacht erinnern. In sanften Wellen fielen sie mir über die Schultern, bedeckten, was der Jumpsuit offenließ. Dann zauberte ich mir noch ein zartes Make-up aufs Gesicht.

»Heiß siehst du aus!«, flötete Willow, als ich beim verabredeten Treffpunkt ankam. Sie war ebenfalls wieder ein Hingucker. Ihr kurzes Paillettenkleid, das je nach Lichteinfall rosé oder grünlich schimmerte, ließ sie noch elfenhafter aussehen als sonst. Ich dachte wieder an den Ball und sofort keimten jegliche Erinnerungen, jegliche Gefühle in mir auf.

»Sagst gerade du!« Anerkennend deutete ich auf ihr fantastisches Kleid.

»Cool, dass du dabei bist!«, begrüßte auch Jonathan mich mit einem verschwörerischen Lächeln.

Fragend sah ich ihn an. Ob Willow ihm etwas erzählt hatte? Aber er winkte nur ab und ging in Richtung des Lagerfeuers. Willow hakte sich bei mir ein und erzählte von einem neuen Trick für den perfekten Lidstrich, den ich sicherlich niemals ausprobieren würde.

Es brannte ein kleines Lagerfeuer, um das bereits einige Leute saßen. An der Hütte war das Buffet aufgebaut, über das sich schon mehrere Gäste hermachten. Daneben stand eine kleine Bar mit einigen Getränken.

Wir gingen zu Mile, der bei zwei Frauen stand, von denen eine auffällig laut kicherte. Ich musterte sie, konnte sie aber nicht einordnen. Ich musste Willow später dringend über sie ausfragen.

Immer wieder glitt mein Blick zu ihnen. Und in meinem Kopf brannte die Frage: *War sie die eine*?

Mit jedem Atemzug legte sie sich schwerer um mein Herz, zog sich immer weiter zusammen, bis es schmerzhaft wimmerte.

Mile begrüßte Jonathan und Willow, umarmte dann mich. Ich schmiegte mich in seine Umarmung, die so warm und vertraut war. Sie hätte ewig andauern können.

»Du siehst gut aus.« Seine Stimme war leise an meinem Ohr. Ich war mir nicht sicher, ob er überhaupt etwas gesagt hatte - vielleicht bildete ich es mir auch nur ein. Als er sich von mir löste, strich seine Hand bedächtig über meinen Rücken, hinterließ eine brennende Spur auf meiner Haut. Verwirrt sah ich ihn an, doch er schenkte mir nur ein sicheres Lächeln, bevor Willow mich zum Buffet und zur Bar zog.

Der Nudelsalat, den ich zubereitet hatte, schmeckte wirklich gut und war am schnellsten leer. Nachdem ich genug für die nächsten drei Tage gegessen hatte, reichte Willow mir ein Glas Erdbeerbowle. Sie floss süß durch meine Kehle und hinterließ nach wenigen Schlucken ein angenehmes Gefühl in meinen Beinen. Außerdem unterstützte sie mein Vorhaben, mich heute Abend locker zu machen.

Tatsächlich gelang es mir, nicht immerzu an Mile und die mysteriöse Frau zu denken, sondern mit Willow zu feiern und zu tanzen. Es lief Dance Hall und Indie Sounds. Einige Lieder kannte ich aus den Trainings mit Mile.

Ivy war mittlerweile auch zu uns gestoßen und zu dritt konnten wir den Abend nun genießen. Irgendwann kam Mile vorbei, um uns mit einer Runde Kurze zu versorgen. Die Pinnchen waren mit Coffee Liqueur gefüllt, den ich trotz meiner Vorliebe für Kaffee nur schwer hinunter bekam. Auch meine Freundinnen husteten und spülten mit Bowle nach, Mile hingegen schien jeden Milliliter der hellbraunen Flüssigkeit zu genießen.

Später auf der Tanzfläche tanzte Mile Willow an. Sie ging darauf ein und Pfiffe der umstehenden Partygäste begleiteten ihren Tanz.

»Noch einen Shot für die Ladies?«, fragte Mile, doch wir lehnten dankend ab. »Schade.« Unsere Blicke trafen sich. Mile biss sich auf die Lippe. Sofort verzehrte ich mich danach, sie zu berühren und zu necken. Doch ich brachte es nicht über mich, diesen Schritt auf ihn zuzugehen. Niemand, abgesehen von meinen Freundinnen, würde Notiz davon nehmen. Und trotzdem konnte ich nicht über meinen Schatten springen.

Die Stimmung war ausgelassen und entspannt. Alle hatten Spaß, tanzten, sangen zu den Liedern, die aus der großen Box in der Hütte strömten. Nur meine Freundinnen warfen mir vielsagende Blicke zu, als Mile sich schließlich von uns abwandte.

Als ich uns das dritte Glas Bowle holte, dachte ich zurück ans Lagerfeuer am Ende des letzten Semesters. Wir waren am gleichen Ort gewesen, nur hatte es mich damals eine Menge Überwindung gekostet, alleine zur Bar zu gehen. Jetzt war das keine große Sache mehr für mich. Ein Lächeln stahl sich auf meine Lippen und das Bedürfnis, Mile von meinem Triumph zu berichten, wurde riesig. Ich sah mich nach ihm um und entdeckte ihn etwas abseits im Schein des Feuers - doch nicht allein. Im schummrigen Licht erkannte ich nicht, wer neben ihm stand. Ohne meinen Blick abzuwenden, ging ich zu Willow und Ivy, beobachtete ihn und die schemenhafte Person. Als sie schließlich näher ans Feuer traten, erkannte ich sie. Es war die Frau, die mir bereits bei der Begrüßung aufgefallen war. Ihre Haare leuchteten feuerrot, tanzten in wilden Locken um ihr Gesicht. Ihr Top reichte knapp bis zum Rippenbogen, gab einen furchtbar trainierten Bauch frei. Auch die Hose schmiegte sich um ihre definierten Beine. Ihr Anblick brannte sich in meine Netzhaut, stachelten alle Zweifel in mir an. Ihre Hand lag auf Miles Brust - dort, wo mein Kopf geruht hatte. Sie fühlte sein Herz schlagen, wie ich es getan hatte. In ihrer anderen Hand hielt sie einen Becher, an dem sie immer wieder nippte.

Mile schien ihre Aufmerksamkeit und das Gespräch mit ihr zu genießen. Immer wenn sie etwas sagte, lachte er, und sie rutschte noch näher an ihn heran.

Als Mile irgendwann aufsah, trafen sich unsere Blicke. Schnell schaute ich weg, in der Hoffnung, er würde nicht bemerken, dass ich sie beobachtete.

»Alles gut?«, fragte Ivy und sah sich nachdenklich um. Willow tat es ihr gleich.

Ich nickte und nahm einen großen Schluck Bowle, statt etwas zu erwidern.

Ich konzentrierte mich auf meine Freundinnen, doch mein Blick wanderte immer wieder zu Mile. Zu Mile, der nun eng umschlungen mit einer anderen Frau tanzte, obwohl er mich vor gerade einmal vierundzwanzig Stunden geküsst hatte. Seine Anziehungskraft war einfach zu groß. Mit jedem Blick verletzte ich mich mehr, zog die Schlinge enger um mein Herz. Aber der Schmerz war mir egal.

Beim Gedanken an unseren Kuss wurde mir übel. Er fühlte sich plötzlich so falsch und so fern an, als wäre er nur ein schlechter Traum gewesen.

Immer wieder sah ich rüber - auch wenn ich mir damit nur selbst schadete, konnte ich nicht widerstehen. Die freie Hand der Frau fuhr unentwegt über Miles Brust, über seine muskulösen Oberarme. Er hielt sie an ihrer Hüfte fest - so wie er es auch mit mir getan hatte. Die Wut in mir wurde immer größer. Sie durchbohrte meine guten Vorsätze, ließ mich vergessen, was gut für mich war. Ich verstand nicht, was er sich von unseren Küssen erhofft hatte. Wollte er einfach wissen, ob er es konnte? Ob ich mich auf ihn einlassen würde? Spielte er nur mit mir?

Langsam mischte sich Verzweiflung und Abneigung zur Wut. Tausend Gefühle pulsierten in meiner Blutbahn und die Gedanken in meinem Kopf rotieren. Ich konnte es kaum noch aushalten. Die Musik wurde schlagartig so viel lauter, das Feuer roch intensiver, zumindest kam es mir so vor.

Willow musterte mich skeptisch, wollte mich in ein Gespräch verwickeln, griff nach meiner Hand, um mit mir zu tanzen. Aber ich blockte alles ab. Schließlich folgte sie meinem Blick, bis sie Mile entdeckte.

Fragend sah sie mich an. »Was läuft da?«

»Das wüsste ich auch gerne.«

»Ich kenne sie. Sie heißt Sam und ist im dritten Jahr. Das da was mit Mile läuft, wusste ich aber nicht.« Ivys Feststellung klang bedauernd. Genauso bedauernd, wie ich mich fühlte.

Sam. Ich ließ mir ihren Namen durch den Kopf gehen, aber Mile hatte sie nie erwähnt. Dennoch war für mich klar, welche Rolle sie in seinem Leben spielen musste.

»Ich auch nicht.« Mein Ton war scharf.

Willow zog die Augenbrauen hoch, als wäre ihr gerade eine wichtige Erkenntnis gekommen.

»Meinst du, sie ist die … du weißt schon, von der du mir erzählt hast?« Sie versuchte wohl, eine möglichst sanfte Formulierung zu finden, als wüsste sie, wie schwer diese Situation für mich war. Wie sehr sie mein Herz aus meiner Brust riss.

Statt zu antworten, starrte ich wieder zu Mile, nur um den Blick wieder abzuwenden. Sie tanzten so eng miteinander, kein Blatt hätte mehr zwischen sie gepasst. Ihre Hände streichelten über seinen Hals und prompt stieg Galle in mir auf.

Wieder schaute ich hin, im gleichen Moment hob Mile den Kopf und unsere Blicke trafen sich. Das Blitzen in seinen Augen drehte mir endgültig den Magen um. Er genoss es. Er genoss die Nähe zu dieser Sam. Er wollte sie. Genauso wie er genoss, dass ich ihm dabei zuschaute.

Er hatte das alles geplant. Mich um den Finger zu wickeln, damit ich ihm vertraute, ihn an mich heranließ, nur um nah genug zu sein, mir das Herz dann vollends herauszureißen.

Ich wollte es nicht glauben - konnte nicht glauben, wozu Mile fähig war. Alles, was wir uns in den letzten Wochen aufgebaut hatten, war nur eine Lüge. Doch es war die bittere Wahrheit, der ich nun ins Auge blicken musste: Seine Meinung über mich hatte sich nicht geändert. Sie war die ganze Zeit da, nur hatte Mile sich alle Mühe gegeben, sie zu überdecken. Und ich war naiv genug gewesen, ihm seine Spielchen abzukaufen.

Willow legte mir aufmunternd die Hand auf den Arm. »Er will sicher nichts von Sam. Nicht nachdem ihr euch so nah gekommen seid.«

Ivy sah zwischen uns hin und her. »Was ist denn passiert?« Ihr Blick blieb an mir hängen. »Was verschweigt ihr mir?« Bisher hatte ich ihr nichts erzählt und war ihr eine Erklärung schuldig.

»Wir haben uns geküsst.«

Auf Ivy Gesicht spiegelte sich erst Überraschung, dann Freude und schließlich Unverständnis wider.

»Wann? Wie und wo? Warum hast du nichts erzählt. Smilla, ich verstehe nicht. Ich dachte nicht, ich wusste nicht, dass ihr etwas miteinander habt. Aber was ist dann jetzt mit Sam?«

Willow sprang mir bei, beantwortete Ivys Fragen. Beide redeten wild durcheinander, sahen immer wieder zwischen mir, Mile und Sam hin und her.

»Ich weiß es nicht, ich kann dir nicht sagen, wieso oder was er sich davon erhofft hat. Aber es ist passiert. Ich habe mich ihm geöffnet und du siehst ja, was daraus geworden ist.« Ihre mitleidigen Blicke ekelten mich an. Ich wollte ihr Mitgefühl nicht. Ich hatte mich selbst in diese Situation gebracht. War zu naiv, zu geblendet gewesen, um Miles Absichten zu sehen. Sein wahres Gesicht war mir bis jetzt verborgen geblieben. »Ich gehe. Das muss ich mir nicht geben«, presste ich zwischen zusammengebissenen Zähnen hervor.

»Du kannst nicht gehen. Es ist noch nicht Mitternacht«, sagte Ivy.

»Das ist bestimmt ein großes Missverständnis.« Willow klang - genau wie Ivy - verzweifelt.

»Sag ihm, dass mir übel war. Wäre nicht einmal gelogen.«

»Smilla, hier muss doch ein Irrtum vorliegen. Irgendwer … irgendwer muss doch irgendwas falsch verstanden haben.«

Wie sehr ich mir das wünschte ... Ich sah wieder rüber und bereute es im gleichen Moment. »Sieht das für dich so aus, als könnte man es falsch verstehen?«, blaffte ich und zeigte in die Richtung, in der Miles Tanzpartnerin ihre Lippen auf seine drückte. Es wirkte nicht wie ein sanfter Kuss - nicht wie unserer. Sondern wie einer, der vor Leidenschaft brannte. Mile erwiderte ihn, als wäre es alles, was er je wollte.

Meine Augen waren wie festgeheftet, obwohl mein Herz mit jeder Sekunde ein Stück mehr zerbrach, bevor es in seine Einzelteile zersprang. Mile hätte es mir lieber an Ort und Stelle herausreißen können ... Das wäre weniger schmerzhaft und demütigend gewesen.

Ich sah, wie sie sich für einen kurzen Moment voneinander lösten. Sam säuselte ihm etwas ins Ohr und Mile sah zu mir. Sah mich direkt an, unverblümt und ohne Regung. Die Erkenntnis traf mich bittersüß: Er hatte nie ehrliches Interesse an mir gehabt - es war nur ein intriganter Plan.

Neunzehn
Ritardando

Alles in mir sträubte sich. Ich wollte umkehren und nie wieder einen Fuß in diesen Saal setzen oder Mile in die Augen sehen.

Aber ich hatte keine Wahl. Meine Karriere, meine Zukunft an der ADAM standen auf dem Spiel. Ich hatte für all das zu hart gekämpft, um so kurz vor dem Ziel aufzugeben.

Ich lief betont langsam, als hätte ich damit etwas an meiner Situation ändern können. Ich konnte das Zusammentreffen mit Mile um wenige Augenblicke hinauszögern, doch weniger schmerzhaft würde es dadurch nicht werden.

Immer wieder fragte ich mich, ob ich selbst schuld war. Hätte ich die Signale anders deuten müssen oder anders auf seinen Verrat reagieren können. Doch egal wie oft ich mir diese Fragen stellte, ich konnte sie nur mit *Nein* beantworten. Mile war der Einzige, der mir Antworten liefern konnte. Ihn würde ich aber niemals fragen.

Ich ließ mit mir jeder Treppenstufe extra viel Zeit, streckte meinen Weg in die fünfte Etage ins Unermessliche. Mit bleischweren Füßen betrat ich den Flur. Von weitem konnte ich die offene Tür unserer Studios sehen. *Unser Studio*. Wie sich das anhörte. Der Ort, an dem wir so viele gemeinsame Stunde verbracht hatten. Jetzt war er das Einzige, das uns noch zusammenhielt. Es fühlte sich falsch an, einfach weiterzumachen, und ich wusste nicht, wie das gehen sollte. Wie verhielt man sich mit gebrochenem Herzen, was war überhaupt noch *normal*?

Licht fiel durch den offenen Spalt auf den Boden vor der Tür. Er leitete mir den Weg, sollte mir Hoffnung geben. Aber nichts von dem passierte. Ich schleppte mich Schritt für Schritt voran. Die bevorstehende Begegnung lag mir drückend im Magen. Meine Augen waren schwer. In der Nacht hatte ich zu lange wach gelegen, hatte die Bilder von Mile und Sam nicht vergessen können.

Doch ich wollte mir nichts anmerken lassen, wollte so tun, als wäre alles wie immer. Als hätte mir Mile nicht mein Herz aus der Brust gerissen, um darauf zu tanzen. Ich atmete noch einmal durch, bevor ich die Tür weiter öffnete und über die Schwelle trat.

»Hey.« Ich presste das Wort gequält über die Lippen, ohne Mile anzusehen und ging zum Piano.

Er erwiderte meine Begrüßung und es fühlte sich an wie am Anfang unseres Projekts. Alle Fortschritte, alle Vertrauensbekenntnisse … alles war weg. Wir waren zwei Fremde, die nicht gut übereinander dachten und gezwungen waren, zusammenzuarbeiten.

Wir gingen schweigend unseren Vorbereitungen nach, bis ich nicht mehr wusste, was ich noch tun sollte.

Jede Harmonie war Vergangenheit. Wir funktionierten nur noch - nebeneinander, aber nicht mehr miteinander. Wir hatten den Zugang zueinander verloren, lächelten einander nicht mehr aufbauend an, vollendeten nicht mehr unsere Sätze und tauschten keine verstohlenen Blicke mehr. Doch unsere professionelle Zusammenarbeit durfte darunter nicht leiden, denn darauf kam es jetzt an. Wir gingen die Choreografie mehrfach durch, beschränkten die Kommunikation jedoch auf das Nötigste.

»Die Drehung brauche ich noch mal.«

»Können wir den Teil vor der Coda einmal langsam durchgehen.«

»Wäre es nicht besser, wenn wir vom *Assamblé* in den Bodenteil übergehen?«

Es waren nur noch Kleinigkeiten, Feinheiten, die eine Anpassung benötigten. Aber alles musste stimmig und rund sein. Wir wollten beide Perfektion.

Schließlich gelang uns der perfekte Durchgang - ohne Wackler, ohne unstimmige Übergänge, ohne Zweifel.

Erleichtert atmete Mile aus.

»Ich würde sagen, wir haben es, oder?«

Ich nickte und legte meinen Kopf auf die Klaviertasten, was eine furchtbare Mischung von Tönen hervorbrachte. Meine Batterie war leer, ich war viel zu erschöpft.

Mile schien genauso ausgelaugt, als er sich gegen die Wand vor dem Piano lehnte. Meine erste Wasserflasche war bereits leer. Ich ging zu meiner Tasche und ließ mich mit einer weiteren Flasche mit einigem Abstand zu ihm nieder.

»Hast du den Titel bei der Prüfungskommission eingereicht?« Sein Blick streifte mich nur flüchtig.

»Natürlich, habe ich direkt nach der Probe gestern gemacht. Dachtest du, ich würde so etwas Wichtiges vergessen?«

»Nein.« Er schüttelte den Kopf. »Aber wir hatten gar nicht mehr darüber gesprochen.«

»Gab ja auch wenig Zeit zum Sprechen seitdem.«

Mile schien meinen Wink zu verstehen und wechselte das Thema. »Was ist dein Gefühl für die Prüfung?«

Ich schnaubte, hielt mich jedoch mit weiteren Reaktionen zurück.

»Wovor hast du Angst? Was hält dich zurück?« Eindringlich sah er mich an. Ich konnte seine Dreistigkeit, mir eine derartige Frage zu stellen, kaum fassen. Gestern hatte er all unsere Fortschritte - uns - zunichtegemacht. Sein Recht auf private Fragen war verwirkt. Ich wollte schweigen, ihn im Dunkeln lassen, aber der Drang, ehrlich zu sein, übermannte mich, kitzelte die Antwort aus mir heraus.

»Davor, zu versagen. Dass alle Bemühungen umsonst waren und wir nicht bestehen.«

Er zögerte einen Moment. »Wir werden nicht versagen und wir werden bestehen. Selbst, wenn wir nicht die Besten sind, na und? Wir müssen zufrieden mit unserer Leistung sein, nicht die anderen.«

»Das sieht mein Vater aber anders. Du hast doch gesehen, wie er ist.«

»Smilla, nur du bestimmst, wer du bist und was du willst. Nicht dein Vater oder die Erwartungen irgendwelcher Menschen, die du nicht kennst.« Kurz fühlte es sich normal zwischen uns an, als könnten wir offen reden. Doch dann prasselte die Realität auf mich ein wie ein Meteoritenschauer: heiß und zerstörerisch. Zwischen uns war gar nichts mehr normal. Ich wollte schreien, toben, ihm alles sagen. Ich erwartete die vertraute Wut in mir aufkeimen, doch ich war zu schwach, zu gebrochen. Also schob ich einen Riegel vor meine Gefühle, um Mile draußen zu halten.

Mile sah mich an, als hätte er hundert Fragen und würde sich nicht trauen, auch nur eine laut auszusprechen. Doch das kümmerte mich nicht, denn ich war ihm nichts schuldig, keine Antwort, keine Erklärung.

Seine Party hatte ich verlassen, ohne mich zu verabschieden. Ob Willow ihm etwas gesagt hatte, wusste ich nicht und es interessierte mich nicht. Mile hatte mir und allen anderen gezeigt, was er wollte und sich dabei nicht zurückgehalten. Also würde ich nun auch nicht mit meiner Meinung hinter dem Berg halten.

Zumindest hatte ich so viel Anstand gehabt und ihm zu seinem Geburtstag eine kurze Nachricht mit Glückwünschen geschickt, auf die er ebenso neutral geantwortet hatte.

»Smilla, ich will, dass das hier funktioniert.«

Überrascht sah ich auf, als Miles Stimme die vertraute Stille durchbrach. Er wirkte ernst, doch etwas schwang in seinen Worten mit: Schmerz. Verzweiflung. Angst. All das spiegelte sich auch in dem Blau seiner Augen.

Ich war mir nicht sicher, ob er nur auf unser Projekt anspielte oder ob noch mehr dahintersteckte.

»Das will ich auch.« Ich hielt mich absichtlich vage, wollte ihn so aus der Reserve locken. Er sollte seinen Fehler zugeben.

»Was tun wir dann hier?« In seinen Worten hörte ich seine Hilflosigkeit, seinen Wunsch, ich möge ihm verraten, was mich beschäftigte. Doch diesen Gefallen würde ich ihm nicht tun.

»Was meinst du? Wir trainieren doch. Ich gebe mein Bestes und ich hoffe sehr, du tust das Gleiche.«

Mile sah mich an. »Was bedeutet dir das hier?«

Es bedeutete mir alles. Das Training, genauso wie er. Die Erkenntnis schmerzte mehr, als ich mir eingestehen wollte.

»Alles«, presste ich hervor. Erst wollte ich es dabei belassen, aber Mile würde sich nicht damit zufriedengeben. »Ich will das hier. Ich will Klavier spielen, an der ADAM studieren und allen beweisen, dass ich mehr bin als der Nachname meines Vaters, dass ich die bin, die diese Leistungen bringen kann.«

Seine Frage war damit nicht vollends beantwortet, doch ich war zu verletzt, um zu sagen, was er hören wollte. Allein diese Worte über mich zu bringen, verlangten mir einiges ab. Aber egal, was zwischen uns passiert war, es war immer noch Mile, der mir gegenübersaß. Er hatte meine Mauern eingerissen und nun war es für ihn ein Leichtes, auch mein notdürftig errichtetes Provisorium zu durchbrechen. Mir fehlte die Kraft, ihn abzuwehren, ihn daran zu hindern. Auch wenn er nicht der Mensch war, für den ich ihn gehalten hatte - den ich mir so sehnlich gewünscht hatte.

»Ich will die Beste sein.« Jetzt war es raus. Ich hatte ausgesprochen, was ich so lange nur in meinem Kopf gehalten hatte. Es war zu egoistisch, zu selbstverliebt. Aber in diesem Semester hatte sich so viel verändert. Ich hatte mich verändert. Ich hatte die Kraft in mir gefunden, die Zweifel zu vergessen und für mich selbst einzustehen. Zumindest in dieser einen Sache; nicht was Mile anging. Meine Zuneigung für ihn war zu stark. Ich wollte mich widersetzen, wollte stark sein, aber meine Gefühle waren immer stärker. Sie schwächten mich, ließen mich Dinge sagen, Dinge tun, die ich nicht wollte.

»Gut, dann sind wir uns ja zumindest in dieser Sache einig.« In seiner Stimme schwang ein Hauch Resignation mit, als hätte er verstanden, dass ich ihm nicht mehr geben würde.

Für mich war dieses Gespräch beenden. Mein Herz war schwer und ich emotional erschöpft. Der einzige Weg war nur noch die Flucht. Ich wollte raus, weg von Mile, für mich sein. Es war einfach zu viel - seine Nähe, die anstehende Prüfung, die Erinnerung an den vorherigen Abend, die immer wieder als unerträglich helle Gedankenblitze aufflammten.

Ich stand auf und räumte meine Dinge zusammen, als Mile sich ebenfalls erhob.

»Hey.« Seine Stimme war gleichzeitig fordernd und flehend. Seine Finger strichen über meine Haut und hinterließen einen Hauch von Brennen. Dann schloss er sie um meinen Arm. Nicht zu fest, aber fest genug, dass ich stehen blieb. Ich schloss die Augen und zog scharf die Luft ein. Seine Berührung riss all die Wunden auf, die ich in der letzten Nacht notdürftig geflickt hatte.

Ich stand mit dem Rücken zu ihm, festgefroren, nicht fähig, mich umzudrehen. Wir verharrten regungslos - vielleicht für Sekunden, vielleicht für Stunden. Dann rutschten seine Finger an meinem Arm hinunter, bis sie meine Hand erreichten. Ich drehte mich um und seine Finger verschränkten sich mit meinen.

Es genügte nur ein Blick von Mile und ich war bereit, alles zu vergessen, nur um ihm nah zu sein. Ich wollte es, ich wollte es so sehr. Ihn spüren, seine Nähe … Doch ich war mir nicht sicher, ob ich bereit war, mir noch einmal das Herz brechen zu lassen.

Er strich mir eine Haarsträhne aus dem Gesicht. Mein Körper versteifte sich, zu schmerzhaft waren die Erinnerungen an unseren Moment auf dem Hügel. Mit den Fingerspitzen zog er eine Linie über meine Wange, suchte sich einen Weg bis zu meinen Lippen. Er machte einen Schritt auf mich zu, während ich wie erstarrt dastand. Unsere Gesichter waren sich so nah, ich bildete mir ein, die Wärme seiner Haut zu spüren. Mile sah mich an, bewegte sich wie in Zeitlupe auf mich zu. Meine Gedanken rasten, spielten wie in einem Zeitraffer ab, was in den nächsten Sekunden geschehen könnte. Dieser Kuss würde alles vergeben. Er würde Mile Genugtuung geben, zeigen, wie schwach ich war. Ich wich zurück, löste mich aus seinem Griff, wandte mich ab. Mein zerbrochenes Herz ächzte.

»Sie war es!«

»Wer?«

»Die Frau auf deiner Party. Sam.« Ich presste ihren Namen gequält über meine trockenen Lippen. »Für sie hast du Gefühle.«

»Was?« Miles Augen weiteten sich, Unverständnis lag in seinem Blick.

»Warum hast du mir diesen Ort gezeigt? Warum hast du mich in deine Seele gelassen und warum verdammt, hast du mich geküsst?« Meine Stimme zitterte, doch ich hielt die Tränen mit aller Macht zurück.

»Glaubst du wirklich …?« Er schnaubte, machte einen Schritt zurück und raufte sich die Haare. Ich folgte ihm mit meinem Blick. Mehrfach setzte er an, etwas zu sagen, nur um immer wieder zu stoppen. »Smilla, du bist diese Person.

Du bist die Person, die mir den Schlaf raubt, weil ich an nichts anders denken kann als an dich. Ich habe Gefühle für dich. Für niemand anderen, nur für dich!« Schmerz brannte in seinen Augen, schwang in jeder Silbe mit.

Ich hörte seine Worte, ohne sie zu verstehen. In meinem Kopf herrschte nur noch Chaos. Die Neuronen liefen heiß, verschickten irreführende Signale. Wie Gummigeschosse flogen seine Worte umher, setzten sich zu immer neuen Interpretationen zusammen.

Du bist die Person.

Ich hatte mir so oft den Kopf zerbrochen. Jedes Mal, wenn ich über den Campus gegangen war, hatte ich nach dieser *anderen* Frau Ausschau gehalten. Dabei hätte ich nur in den Spiegel schauen müssen. In meinem Bauch flatterte es, doch zu schnell wurden die Schmetterlinge von der aufkeimenden Wut erstickt.

»Warum hast du dann mit ihr getanzt und es mir noch unter die Nase gerieben, nachdem du mich geküsst hast? Du hast keinen Tag gewartet, um dich an die Nächstbeste ran zu machen. Du hast mich ausgenutzt, mir das Herz gebrochen. War es das, was du wolltest?« Ich gab mir keine Mühe, meinen Zorn zu verstecken. Auch die Tränen hielt ich nicht mehr zurück. Mile sollte wissen, was es mit mir gemacht hatte.

»Sie hat mich angemacht und sich nicht abwimmeln lassen.«

Ich lachte auf. »Klar, du warst komplett unbeteiligt. Und warum hast du ständig zu mir gesehen? Damit ich mitbekomme, wie begehrt du bist und dass du andere Frauen haben kannst?«

Mile löste sich, lief auf und ab, vergrub die Hände in den Haaren. »Ich habe zu dir gesehen, weil ich bei dir sein wollte! Aber ich wusste nicht, ob das auch wolltest. Und dann bist du einfach gegangen .... Es tut mir so leid. Ich wollte das mit Sam niemals so ausufern lassen. Und noch weniger wollte ich es dich sehen lassen. Das hast du nicht verdient.« Wieder raufte er sich verzweifelt die Haare. In seiner Stimme lag so viel Schmerz. »Aber ich war so verdammt verwirrt. Unsere Küsse waren so befreiend, haben meine Gefühle für dich nur vertieft. Doch immer wieder hast du mich weggestoßen. Wie hätte ich wissen sollen, was du fühlst?« Verzweiflung rann aus jedem seiner Worte, die sich träge einen Weg in meinen Verstand suchten. In meinem Kopf pochte es. Die Wut zerfraß mich, lähmte mich. Machte mich unfähig, ihm zu zuhören, seine Erklärungen zu realisieren.

»Ich will nur dir nah sein, mit dir tanzen, dich küssen. Ich kann an nichts anderes denken als an unsere Küsse, an dich.« Seine Augen glänzten, doch dieses Mal waren es Tränen.

Wir hatten es endlich geschafft, über unsere Gefühle zu reden, uns einzugestehen, dass wir längst so viel mehr waren als nur Prüfungspartner. Und doch war es zu spät. Zwischen uns war zu viel zerbrochen, zu viel passiert, um diesen Triumph zu genießen.

Das gab mir den letzten Rest. Alle Sicherungen brannten durch, was die Angst für sich nutzte. Sie übernahm die Kontrolle. Wieder einmal, obwohl ich gedacht hatte, ich würde am Ruder sitzen. Doch ich konnte nur hilflos zusehen, wie alles zerbrach, war der bitteren Realität ausgeliefert.

»Das ist ein Fehler, das alles. Es kann einfach nicht funktionieren.« Aus meinem Mund drangen endlos geschriene Worte.

»Und warum hast du dann all meine Signale erwidert? Warum hast du auf dem Ball mit mir getanzt? Warum hast du mich geküsst? Du hast die Gefühle, das Knistern, die Blicke doch auch bemerkt?« Er ballte die Hände zu Fäusten, funkelte mich aus wütenden Augen an, in denen noch immer Tränen schwammen.

»Natürlich habe ich das. Aber dennoch ist es ein einziger Fehler.« Wir sahen uns an. Lange und intensiv. Hielten wie versteinert stand, als ahnten wir beide: Vielleicht war es der letzte gemeinsame Moment.

»Ein Fehler, den man mehr als einmal macht, ist eine Entscheidung.« Seine Worte kamen zu spät, denn meine Entscheidung war längst gefallen. Unaufhaltbare Stille machte sich breit. Doch dieses Mal war sie anders, dieses Mal war sie endgültig.

»Was bedeutet das jetzt für uns?« Seine Stimme bebte vor Wut. Sein Körper sprach eine vollkommen andere Sprache als sonst. In sich zusammengesackt stand er vor mir, sah mich mit schmerzverzerrtem Blick an.

»Ich glaube nicht, dass es ein *uns* geben kann.« Der Schmerz in Miles Augen gab mir den Rest. Egal, wie sehr ich mich anstrengte, die Tränen waren stärker und ich gab ihnen schließlich nach.

Zwanzig – Duett

Ich lehnte am Türrahmen und trommelte mit meinen Fingerspitzen eine unruhige Melodie auf das kalte Metall. Meine Nerven, meine Haut, meine Seele - alles schien zum Zerreißen gespannt zu sein. Als wäre ich ein Seil, das eine viel zu schwere Last trug. Mit der leicht zitternden Hand zog ich das Handy aus meiner Tasche, blickte auf die leuchtenden Ziffern der Uhr. Keine zehn Minuten mehr … Unruhig wischte ich über das Display, drückte auf Miles Namen und hielt mir das Gerät ans Ohr. Jedes Freizeichen hallte überlaut durch meinen leeren Körper. Aber Mile nahm nicht ab. *Scheiße.*

Aus dem Prüfungssaal drang eine fröhliche Melodie, die einer meiner Kommilitonen komponiert hatte und die meine Stimmung nicht weniger hätte treffen können. Trotzdem klang sie gut – viel zu gut. Wie sollten wir da mit unserem Stück punkten? Immer wieder wälzte sich die gleiche Frage durch meine Gedanken: Waren wir gut genug?

Ein feines Rinnsal aus kaltem Schweiß rann meinen Rücken hinab, ließ mich erschaudern. In weniger als zehn Minuten waren Mile und ich mit unserer Präsentation dran. Nur eine entscheidende Sache fehlte: Mile.

Seit der Generalprobe hatte ich ihn weder gesehen noch etwas von ihm gehört. Stattdessen war ich unser Gespräch immer wieder durchgegangen und hatte an den Punkt gespult, an dem alles aus den Fugen geraten war.

Ein Fehler, den man öfter als einmal macht, ist eine Entscheidung.

Diesen Satz hatte ich abertausende Male hin und her gewendet. Ihn in seine Einzelteile zerlegt, um zu verstehen, was Mile mir sagen wollte. Aber egal, was ich tat, ich wurde nicht schlau daraus.

Ja, ich hatte ihn mehrfach weggestoßen und ja, wir waren uns nicht nur einmal nahegekommen. Doch Mile und ich waren auch Partner für dieses Projekt und wir durften nicht zulassen, dass Gefühle oder Zärtlichkeiten dies gefährdeten. Zumindest war ich dieser Ansicht. Bei Mile war ich damit auf vollkommenes Unverständnis gestoßen.

Ich fühlte mich wie ein kleines Kind, dem man etwas zu erklären versuchte, es aber den springenden Punkt einfach nicht verstand. Doch ich wusste, was ich wollte und musste an meinen Prinzipien festhalten, ganz unabhängig davon, ob ich Mile damit verletzten würde oder nicht. Das mit uns hätte eh keine Zukunft gehabt. Das redete ich mir wenigstens ein.

Wieder sah ich zur Uhr. Noch drei Minuten, dann kam die Stunde der Wahrheit und ich stand mit einem Bein bereits im Fegefeuer. Das Zittern meiner Hand weitete sich auf meinen ganzen Körper aus. Jede Faser bebte geflutet vom Adrenalin. Ich fror fürchterlich, gleichzeitig waren meine Hände feucht vor Schweiß. Von Miles Erscheinen hing nicht nur seine Karriere ab, auch meine Zeit an der ADAM wäre damit angezählt. Das wussten wir beide, doch im Gegensatz zu ihm war ich nicht bereit, dieses Risiko einzugehen. Jetzt war es egal, was gewesen oder nicht gewesen war - oder was hätte sein können.

Ich war allein mit meinen Sorgen und meiner Nervosität. Die Zeit rückte unerbittlich weiter. Wieder wählte ich Miles Nummer, aber nichts. Nach dem letzten Piepen sprach ich auf seine Mailbox. »Wo zur Hölle bist du? Wir sind in zwei Minuten dran! Mile, ich drehe gleich durch. Tu mir das bitte nicht an, tu dir das nicht an. Wir haben zu hart gearbeitet, zu hart gekämpft, um jetzt aufzugeben.«

Ich schluckte die Tränen runter, wollte noch einmal ansetzen, als ich Klatschen im Raum hinter mir hörte.

»Beeile dich bitte einfach!« Es war eine letzte flehende Bitte, bevor ich auflegte.

Augenblicke später wurde die Tür geöffnet und zwei strahlende Studentinnen kamen mir entgegen. Ich kannte sie nicht und trotzdem sah ich sofort, welch Einheit sie bildeten.

Sie fielen sich in die Arme, kreischten vor Freude, liefen dann den Flur entlang und ließen mich in der Stille zurück. Ich atmete tief ein, befürchtete, die Nervosität würde in Panik umschlagen, doch sie verwandelte sich in Verzweiflung. Mile würde mich nicht vor der gesamten Leitungsetage der ADAM auflaufen lassen. So war er nicht - das hatte er mehrfach unter Beweis gestellt. Er stand für Menschen, die ihm wichtig waren, ein und stellte sie nicht bloß. Und trotzdem war er nicht hier ... Vielleicht kannte ich ihn doch nicht so gut, wie ich es angenommen hatte. Oder meine Worte hatten ihn zu sehr verletzt und ihm war es egal, was aus mir wurde.

»Lowe und Lundström, bitte.«

Eine helle Stimme drang aus dem Saal und augenblicklich gefror das Blut in meinen Adern. Mein Körper schaltete in *Fight-or-Flight* Modus, der meistens keinen guten Ausgang fand. Aber ich hatte keine Wahl. Ich musste diesen Raum betreten und hoffen – flehen - dass die Jury Miles Fehlen als Individualproblem verbuchte und nicht meinen Strick direkt mit band.

Doch egal wie sehr ich mir vornahm, meine Tasche zu nehmen und voller Selbstbewusstsein in diesen Raum zu spazieren, meine Füße hatten andere Pläne. Sie stemmten sich mit aller Macht in den Boden, als würde die Nervosität so schwer wiegen wie Blei.

Wieder ertönte die Stimme, dieses Mal bestimmter und gleichzeitig fragender.

Es half nichts ... Ich war allein und musste die Suppe für uns beide auslöffeln. Ob ich ihm mit einer halbwegs plausiblen Ausrede den Arsch retten sollte, wusste ich nicht. Immerhin hatte ich keine Ahnung, wo er war - oder besser, warum er nicht hier auftauchte. Es konnte schließlich sein, dass ich ihm unrecht tat und er sich nur verspätete oder einen Unfall gehabt hatte und bewusstlos in seinem Zimmer lag.

Es hatte keinen Zweck; ich musste für mich selbst einstehen. Also hob ich meine Tasche auf und trat in den Saal. Sofort wurde ich gedanklich zu den Zwischenprüfungen zurückkatapultiert, bei denen ich in einem ähnlichen Saal gesessen und in versteinerte Gesichter gestarrt hatte, die nicht zufrieden mit meiner Leistung gewesen waren. Heute musste ich ihnen erklären, dass ich nicht oder eher nur teilweise bereit war, das Projekt zu präsentieren. Doch hatte ich eine andere Wahl?

Vor mir saß die Akademieleitung Mrs Thompson neben ihr Mr Green. Von Mr Douglas fehlte jede Spur, dafür saß Mrs Duran auf seinem Platz. Sie unterrichtete ebenfalls an der Fakultät für Musik, jedoch mit dem Fokus Gesang. Ich hatte sie bisher in keinem Kurs gehabt, konnte sie daher kaum einschätzen. Alle drei teilten sich die versteinerte Miene. Mir fehlte Mr Douglas' aufheiterndes Lächeln, bestärkendes Lächeln.

»Ihr Name?« Mrs Thompson musterte mich, als würde sie mich nicht kennen, seit ich laufen konnte. Es war reine Schikane. Sie wollte mich aus der Ruhe bringen und mir nicht meinen *berühmter-Vater-Bonus* geben, auf den ich nur allzu gerne verzichtet hätte.

»Smilla Lundström«, sagte ich trocken.

Sie machte einen Haken auf ihrer Liste und sah sich dann demonstrativ im Raum um, bis sie ihren Blick schließlich wieder auf mich heftete.

»Wo ist Ihr Partner?« Das war eine gute Frage, auf die ich ebenfalls gerne eine Antwort gehabt hätte ... Als ich zu einer improvisierten Antwort ansetzte, erklangen Schritte hinter mir.

»Entschuldigen Sie bitte meine Verspätung. Es gab einen kleinen Notfall, dem ich mich erst zu wenden musste.« Überrascht drehte ich mich um und sofort ächzte mein geschundenes Herz. Mile sah entspannt aus wie immer. Das Lächeln, das seine Lippen und Augen umspielte, ließ nicht auf Stress oder Nervosität deuten. Erleichterung strömte durch meinen Körper. Wir konnten unsere Prüfung wie geplant absolvieren.

»Da ist er«, sagte ich und wirkte hoffentlich genauso souverän wie Mile. Mrs Thompson strafte uns mit einer hochgezogenen Augenbraue, bevor sie sich wieder ihrer Liste widmete. Für das Häkchen hinter Miles Namen brauchte sie übertrieben lange.

Schließlich hob sie ihren Blick und ließ ihn erwartungsvoll zwischen Mile und mir hin und her gleiten.

»Brauchen Sie noch etwas, oder darf ich Sie bitten, mit Ihrer Darbietung zu beginnen? Wir sind bereits deutlich über dem Zeitplan.« Sie ließ keinen Zweifel daran, wie sehr ihr unser unprofessionelles Auftreten missfiel.

Ich blickte zu Mile, dessen selbstsicheres Lächeln beinahe angetackert wirkte. Er würdigte mich keines Blickes, sondern ging neben mir zum Piano, wo wir unsere Sachen ablegten. Sobald er außer Sichtweite der Jury war, verblasste sein Lächeln, stattdessen versteinerte sein eisiger Blick.

Der Weg zum Piano kam mir ewig vor und ich überlegte, ihn zu fragen, wo er gewesen war – auch wenn er mir keine

Antwort schuldig war. Ich ertrug das Schweigen einfach nicht. »Ich habe einen Vorstellungstext für unser Projekt verfasst. Möchtest du ihn vortragen oder soll ich es übernehmen.« Zögerlich hielt ich ihm den Zettel hin, doch er machte sich nicht die Mühe aufzusehen. »Du kannst auch etwas Eigenes sagen, falls dir das lieber ist.« Als Antwort ignorierte er mich und schenkte mir oder meinen Worten keine Aufmerksamkeit. Wir waren nicht länger ein Team. Wir waren Einzelkämpfer, die um das bittere Überleben rangen.

Er legte seine Tasche auf den Boden und streifte die Schuhe ab. Gleichgültig sah er kurz zu mir.

»Mach, was du willst. Das machst du ja sowieso am liebsten.« Er hielt meinem Blick einen Moment stand, wandte sich dann ab, um sich weiter vorzubereiten. Der Schmerz, der in seiner Stimme, in seinem Blick lag, der aus jeder Pore seines Körpers floss, ließ mich eiskalt zurück.

Mein Blick fiel auf seine Fußschoner, die mich an unser erstes richtiges Training erinnerten. An den ersten Moment in einem Tanzsaal. Als diese Beziehung noch eine Chance gehabt hatte.

Während ich untätig neben dem Klavier gestanden und nicht einmal meine Noten ausgepackt hatte, hatte Mile, neben seinen Schuhen auch seine Trainingshose und sein Shirt ausgezogen, unter denen er einen schwarzen Jumpsuit trug, der sich um seinen athletischen Körper legte. Kurz blieb mir die Luft weg. Bisher hatte er meist weite Klamotten getragen, doch in einem der letzten Trainings hatte er mir erklärt, dass nur unsere Performance im Vordergrund stehen sollte.

Mile ging in die Mitte des Saales. Alle Augen waren auf mich gerichtet, da ich noch nicht ansatzweise so weit war, sondern noch immer einfach rumstand. Ich wurde hektisch bei der Vorstellung, wie hilflos ich wirken musste. Panisch suchte ich in meiner Tasche nach meiner Partitur, die ich heute Morgen extra feinsäuberlich zusammengeklebt hatte. Doch egal wie sehr ich mich anstrengte, ich konnte sie nirgendwo finden. Da waren nur eine Reihe anderer Noten, die mir jetzt nicht helfen würden.

Mrs Thompson räusperte sich vernehmlich, gab mir zu verstehen, dass mir die Zeit davonlief. In meinen Ohren rauschte es, doch es half nichts. Meine Noten waren nicht da und ich hatte keine Möglichkeit mehr, nach ihnen zu suchen. Es war die Aufgabe einer professionellen Pianistin, vorbereitet zu sein, was ich ganz offensichtlich nicht war.

Ich war durch Mile und unseren Streit zu abgelenkt gewesen und hatte vergessen, mich zu vergewissern, meine Noten eingepackt zu haben.

Jemand trommelte ungeduldig mit dem Fuß auf dem Boden, verstärkte das Rauschen in meinen Ohren zusätzlich. Jeder einzelne Ton hallte in ihnen wider. Als ich mich umdrehte, erblickte ich den Zettel, auf dem ich mir Notizen zu unserer Präsentation gemacht hatte, und griff ihn. Dann atmete ich tief durch, straffte meine Schultern und ging auf wackeligen Beinen zu Mile.

»Sind Sie dann so weit?« Mrs Thompsons Worte trieften vor Missgunst.

»Heute möchten wir Ihnen …« Meine Stimme zitterte bei jedem einzelnen Laut und brach schließlich ab. »Wir möchten …« Hilfesuchend sah ich zu Mile, der mich nach wie vor keines Blickes würdigte. Er sah starr geradeaus, als wäre ihm egal, ob ich versagte und uns beide blamierte.

Reiß dich zusammen, Smilla.

Ich hatte nur noch einen Versuch, um das hier auf die Reihe zu bekommen. Die Jury würde nicht ewig Gnade walten lassen und wir standen bereits gefährlich nah am Rauswurf. Wieder räusperte sich Mrs Thompson.

Ich musste es schaffen. Vor allem wollte ich es schaffen, um allen zu beweisen, dass ich es konnte. Um es Mile zu beweisen und um es mir selbst zu beweisen.

Auch wenn die Uhr tickte, nahm ich mir einen Moment, um tief in mich hineinzufühlen und alle Kraft, allen Glauben, den ich an mich hatte, zu sammeln und zu kanalisieren.

»Wir möchten Ihnen heute unser Projekt … also unser Abschlussprojekt, ich meine unser Klavierstück mit dazugehöriger tänzerischer Inszenierung vorstellen. Die Musik wurde von Smilla Lundström am Klavier komponiert und die Choreografie hat Mile Lowe entwickelt.« Meine Stimme zitterte noch immer. Ich blickte nervös auf die Zettel, die mittlerweile schweißnass und klamm waren und nur noch als hauchdünne Fetzen in meiner Hand lagen. Sie hatten als Unterstützung dienen sollen, da ich die Vorstellung mehrfach geprobt hatte und genau wusste, was darauf stand. Doch nun fühlten sich die Worte nur noch leer und nichtssagend an. Unruhig sah ich zur Jury auf, setzte mehrfach neu an. Dann zerknüllte ich die Zettel, als wäre schon alles gesagt. Dabei war nicht einmal die Hälfte von dem gesagt, was nötig gewesen wäre.

Mrs Durand zog skeptisch die Augenbrauen hoch, während Mr Green etwas auf den Zettel vor sich schrieb.

Dann setzte ich erneut an; dieses Mal stärker als zuvor. Und es funktionierte, fühlte sich anders - besser - an. Die Worte strömten aus meinem Mund, als wären sie die ganze Zeit dort gewesen und hätten nur darauf gewartet, dass ich sie endlich ungehemmt freiließ. Und genauso war es. Sie waren da gewesen, die ganze Zeit, weil sie widerspiegelten, was ich fühlte.

»Unser Stück trägt den Namen *Crashing Symphonies* und steht für die Gegensätze und Symphonien in dieser Welt. Das Klavier stellt einen Gegensatz zum Tanz dar und genauso tun es die verschiedenen Teile unseres Stückes.« Mein Blick war noch immer auf die Jury gerichtet, doch ich merkte, wie meine Muskeln sich entspannten. Der Druck der letzten Wochen fiel mit von mir ab. Jedes Wort befreite mich etwas mehr aus den Fängen meiner Angst aus dem Käfig meiner Ansprüche. Ich sagte damit alles, was seit Wochen in mir darum kämpfte, gehört zu werden. Und jetzt war es endlich draußen.

Im Augenwinkel bemerkte ich eine Bewegung. Auf Mile, der bisher genauso versteinert gewesen war wie ich, schienen meine Worte denselben Effekt zu haben. Wir sahen uns an, wandten uns für einen Moment von der Jury ab. Das erste Mal, seit er heute diesen Raum betreten hatte, sah er nicht durch mich durch, sondern blickte mir direkt in die Augen. Was ich dort erkannte, beflügelte meine Zunge zu noch weiteren Ausführungen, die ich Mile direkt ins Gesicht sagte. So, als wäre es er und nicht die Jury, der ich etwas erläuterte.

»Es sind die Gegensätze, die uns am Leben erhalten. Ohne sie wären wir nichts. Mit ihnen sind wir alles. Ohne Gegensätze kann es kein Leben geben. Sie müssen miteinander kollidieren, um etwas Wundervolles zu erschaffen, was ohne das jeweils Andere nicht existieren kann.«

Miles Brust hob und senkte sich sichtbar, während er seine Hände zu Fäusten ballte. Doch ich dachte nicht daran, aufzuhören oder an das blöde Papierknäuel in meiner Hand, dessen Worte ich allein für die Jury verfasst hatte.

Sie waren für Mile, sie waren für uns und für unser Stück. Sie waren das, was ich fühlte. Was ich gefühlt hatte, als ich die Noten zu Papier gebracht hatte und was ich jedes Mal dachte, wenn ich Mile zu meiner Komposition tanzen sah.

»Manchmal tut es weh, wenn sie aufeinanderprallen und dabei alles um sich herum niederreißen. Manchmal entfesseln sie aber auch eine enorme Kraft, die nicht nur Zerstörung fordert, sondern auch Liebe schafft.« Ich lachte auf und drehte mich dann wieder zur Jury, die gespannt meinen Ausführungen folgte.

»Letztendlich ist es egal, was aus ihnen wird. Wichtig ist nur: Es gibt sie, sie existieren und sie erschaffen Wunderbares.

Genau das soll unser Projekt vermitteln. Gegensätze, Unterschiede, Widersprüche. Sie sind kraftvoll und doch so wunderschön. Sie halten uns am Leben, treiben uns an, spielen miteinander. Sie kollidieren und erschaffen noch etwas viel Schöneres als zuvor. Wir hoffen Ihnen dies nun präsentieren zu können.«

Im Raum herrschte Stille. Niemand sagte etwas, als hätte ich die Worte ausgesprochen, auf die alle so lange gewartet hatten. Auf die Mile und ich so lange gewartet hatten.

Jetzt waren sie raus. Ich fühlte mich befreit, als könnte ich das erste Mal seit viel zu langer Zeit klar sehen.

Endlich hatte ich verstanden, warum Mile mich auf eine verwirrende Art anzog und warum wir dennoch wieder aufeinanderprallten, ohne zueinanderzufinden. Wir waren Gegensätze, unterschiedliche Symphonien, die umeinander tanzten und zu verschieden waren, um zu verschmelzen. Und dennoch konnten wir nicht ohneeinander. Wir konnten nicht, ohne den anderen zu verletzen, diesem Sog entsagen, er war zu stark. Genauso wie die Anziehungskraft, die uns zusammenhielt.

Ich sah zu Mile und erkannte es in seinen Augen: Er hatte genauso verstanden wie ich. Er sah endlich, wieso ich ihn immer wieder wegstoßen musste, statt einfach *Ja* sagen zu können. Es lag Erleichterung auf seinem Gesicht, zumindest bildete ich mir das ein, da ich in mir die gleiche Erleichterung spüren könnte.

Mr Green war der erste, der sich der sich aus einer endlos erscheinenden Starre löste, in der nur Mile und ich zu existieren schienen. »Wir danken Ihnen für diese durchaus ergreifende und inspirierende Ausführung. Dennoch müsste ich Sie nun bitten, zum eigentlichen Teil der Prüfung überzugehen und ihr Projekt ...« Er sah auf den Zettel vor sich. »... *Crashing Symphonies* zu präsentieren.«

Wir lösten uns aus unserer kleinen Blase, die uns noch

immer umfing - uns zu einer Einheit machte. Wir hatten wieder zueinandergefunden und konnten nun zeigen, was wir uns in den letzten Wochen hart erarbeitet hatten. Es war nicht nur das Projekt, sondern eine tiefe Verbundenheit.

Mile nahm seine Ausgangsposition in der Mitte des Saales ein. Ich setzte mich ans Klavier, legte meine Finger auf die Tasten, die sofort eine kalte, unglaublich vertraute Spur auf ihnen hinterließen. Mein Blick heftete sich auf Mile. Ich wartete auf sein Zeichen, um endlich loszulegen. So wie wir es immer gemacht hatten, so wie wir es geprobt hatten. Kurz überkam mich die Angst, ich könnte mich nun auch darauf nicht mehr verlassen. Dass diese Absprache genauso Geschichte war, wie die Momente zwischen uns. Doch dann, kaum merklich, zuckte der Zeigefinger seiner rechten Hand und ich wusste, alles war gut. Ich konnte beginnen.

Ich schlug die erste Note an und erst nach einigen Tönen fiel mir auf, dass ich vollkommen freispielte. Es war egal, dass ich meine Partitur nicht hatte finden können. Ich brauchte sie nicht. Die Töne, die ich geschrieben hatte, waren in meinem Kopf - in meinem Herzen. Ohne jegliche Anstrengung flossen sie durch meine Hände auf die Tasten und schließlich an die Ohren der Jury. Es war wie in dem Moment, als ich das erste Mal die Hände auf die Tastatur gelegt hatte, um unser Stück zu komponieren. Alles, was ich gespürt hatte, floss nun wieder durch mich hindurch. Die Musik war da. Sie war ein Teil von mir.

Als der erste Ton erklang, setzte Mile sich in Bewegung. Sein Körper floss durch den Raum, als wäre die Melodie genauso ein Teil seines Selbst wie von mir. Als Mile durch den Raum flog und jeden einzelnen Ton mit seinen Bewegungen weitergab, wurde mir klar, wie sehr sie tatsächlich auch ein Teil von ihm geworden waren. Als ich das Stück geschrieben hatte, hatte ich an das Tanzen und die Freiheit gedacht, die es in mir auslöste. Doch vor allem hatte ich an Mile gedacht, an seine Bewegungen und wie frei er war. Er hatte mich zum Tanzen zurückgebracht und mir gezeigt, wie ich den alten Schmerz endlich kanalisieren konnte.

Wie sehr ich dieses Stück für Mile geschrieben hatte, wurde mir erst jetzt wieder klar, als ich ihn nun fliegen sah. Vor allem, nachdem ich alles, was dieses Stück ausdrückte, auch endlich in Worte gefasst hatte.

Die gesamte Präsentation verlief ohne einen Fehler. Mile war perfekt und ich spielte fehlerfrei. Nutzte den Schmerz, um ihn in das letzte Mal zu legen, in der ich es spielen und Mile dazu tanzen würde.

Als mir das klar wurde, schloss ich die Augen, die plötzlich gefährlich brannten. Aber ich lenkte meine gesamte Konzentration auf das Instrument vor mir, damit nicht doch noch ein Fehler passierte und ich nicht von meinen Gefühlen übermannt wurde.

Dann machte Mile seine letzte Figur, begleitet vom letzten Ton. Es war vorbei, wir hatten unsere Aufgabe erfüllt. Mich durchströmte pure Euphorie. Wir regten uns in dem Moment wieder, als Mrs Thompson sich erhob. Ihr Stuhl kratzte hart über den Boden.

»Vielen Dank. Die Ergebnisse werden heute Abend ausgehängt.« Mehr sagte sie nicht. Kein Klatschen, kein Lächeln. Stattdessen kam sie hinter dem hölzernen Tisch hervor und verließ zielstrebig den Raum. Unter ihrem Arm hatte sie Unterlagen geklemmt, als wären wir die letzte Präsentation des Tages gewesen, doch das waren wir definitiv nicht. Dennoch ging sie einfach. Mr Green und Mrs Durand schienen genauso verwirrt zu sein wie Mile und ich und blieben sitzen.

Ich traute mich kaum zu atmen; befürchtete, den vagen Gedanken, der während meines Spiels in mir aufgetaucht war, zu verlieren. Mit jeder Note, mit jedem Anschlag der

Tasten hatte ich meine Komposition mehr gefühlt. Endlich verstand ich, was geschrieben hatte. Es ging nicht nur um Mile und mich. Es ging vor allem um meine innere Zerrissenheit, um meine Angst, meinen Leistungsdruck. Ich war eine Symphonie, die viel zu häufig in Mol erklang, doch immer wieder in Dur spielte.

Ich sah zu Mile, der sich vor der verbliebenden Jury verneigte und dann zu seiner Tasche ging. Er zog sich nicht um, sondern glitt - samt der Fußschoner - in seine Schuhe und ging. Er ging, ohne mich anzusehen, ohne ein Wort zu sagen, ohne einen Hinweis darauf, ob wir uns überhaupt noch kannten. Zwischen uns war nichts mehr. Nur noch Stille.

Einundzwanzig
Pianissimo

Die Leere um mich herum erstickte mich. Sie verfolgte mich auf jedem Schritt, den ich seit der Prüfung ging. Es fiel mir schwer, zu begreifen, was heute Vormittag passiert war. Die Emotionen hatten sich überschlagen. Hilflosigkeit war Wut gewichen, die von Euphorie überspült worden war. Doch sie hatte kaum eine Chance gehabt, der darauffolgenden Leere standzuhalten.

Miles Verhalten war eindeutig gewesen. Die Verbindung, die ich während unseres Auftrittes gespürt hatte, war nur ein flüchtiger Hauch gewesen. Was er tatsächlich dachte und fühlte, hatte er mir im Anschluss deutlich gemacht. Nachdem ich mein Bestes gegeben hatte, nachdem ich meine Seele vor allen ausgeschüttet hatte, nachdem ich mich so verletzlich wie noch nie gezeigt hatte.

Natürlich war ich nicht unschuldig. Ich hatte ihn zuerst verletzt - mehr als einmal. Doch ich war gefangen gewesen. Gefangen von meiner Angst, den Zweifeln. Ich konnte nicht klarsehen, konnte ihn nicht sehen oder was er mir bedeutete - was *wir* mir bedeuteten. Er hatte von Anfang an gewusst, was er wollte. Und rückblickend hatte er mir das deutlich gezeigt. Die kleinen Gesten, seine Blicke, seine Worte. Er war immer da gewesen, wenn ich schwach war und eine starke Schulter brauchte, an die ich mich lehnen konnte. Er war stark gewesen für mich und für uns. Aber ich hatte ihn weggestoßen und nicht gesehen, was er für mich war.

Der Chat mit Willow und Ivy stand nach unseren Prüfungen nicht still.

Willow 15:58 Uhr
Wie lief es bei euch????

Ivy 15:59 Uhr
So viel besser als erwartet. Ich hatte am Ende einfach Tränen in den Augen. Fand die Thompson, glaube ich, nicht so lustig. 😄 *Und bei euch?*

Willow 16:01 Uhr
Haha. Typisch Ivy. Bei uns war es auch echt gut, habe bei der Arabesque etwas geschludert. Hoffe, es ist nicht zu sehr aufgefallen.

Willow 16:01 Uhr
Smilla? Was ist mit dir? Hat Mile sich benommen?

Willow 16:30 Uhr
Erde an Smilla?

Willow 16:39 Uhr
Ivy, hat sie sich bei dir gemeldet?

Ivy 16:42 Uhr
Nein, nichts … Hast du Mile gesehen? Meinst du, wir müssen uns Sorgen machen?

Ivy 16:42 Uhr
Melde dich bitte!!!

Willow 16:56 Uhr
Wenn sie gleich nicht bei der Versammlung ist, gehen wir sie suchen!

Ivy 16:57 Uhr
Machen wir! Treffen wir uns vor der T-Hall? Zehn vor?

Willow 17:05 Uhr
Yes!

Ich überflog die Nachrichten, machte mir aber nicht die Mühe zu antworten. Die Prüfung hatte mir die letzten Kräfte geraubt und Miles Abgang mir den Rest gegeben. Ich hatte keine Lust, zur Verkündung zu gehen und noch weniger darauf, die anderen zu treffen. Ich wollte nicht erklären, was passiert war. Dafür hätte ich mir eingestehen musste, was bisher nur in meinem Kopf existierte, aber ich wollte die Leere in mir nicht füllen. Ich ihr den Raum gehen, um spüren zu können, was ich verloren hatte.

Ich hatte damit gerechnet, die Ergebnisse wie immer von einem Aushang zu erfahren. So hätte ich Anonymität und mein Gesicht wahren können, wenn unser Versagen öffentlich gemacht wurde. Doch heute wurden sie vor allen Studierenden vorgelesen und der Gedanke daran trieb mir Galle hoch. Es war nicht nur beängstigend, sondern zugleich Erniedrigung auf höchstem Niveau.

Wahrscheinlich war es die Idee von Mrs Thompson gewesen, um all diejenigen zu demütigen, die nicht ihren Ansprüchen genügten. Und diejenigen, die nur knapp an diesem Versagen vorbei gerutscht waren, wollte sie damit vermutlich warnen, ein Zeichen setzen und sie fürs nächste Semester motivieren. Ich hielt nichts von diesen Methoden, für mich war das viel mehr ein Grund, mich dieser Blöße gar nicht erst auszusetzen.

Gegen 18 Uhr machte ich mich auf den Weg zur Tchaikovsky-Hall, um mich meinem Schicksal zu stellen. Ich ließ mir absichtlich Zeit, betrat als eine der Letzten den Saal, um mich in den hinteren Reihen verstecken zu können. Dort, wo mich niemand sehen und ich mit niemanden reden musste. Doch die Idee hatten scheinbar einige gehabt, denn als ich ankam, waren die vorderen Reihen kaum besetzt. Willow war mit ihren hellblonden Haaren nur schwer zu übersehen. Sie schien es mit ihrer Platzwahl darauf abgesehen zu haben, denn sie reckte den Hals und winkte mir zu, als ich durch die Tür trat.

Mein Kopf wollte stur bleiben, sie ignorieren oder zumindest so tun, als hätte ich sie nicht gesehen. Mein Herz aber wollte etwas anderes, bewegte meine Beine, um in Willows' und Ivys Richtung zu gehen.

Ich erwartete Vorwürfe, wieso ich mich nicht gemeldet hatte. Die erneute Frage nach dem Ausgang meiner Prüfung; aber nichts davon trat ein. Statt direkt loszulegen, legte Willow sacht ihren Arm um meine Schultern und lehnte ihren Kopf gegen meinen. Ohne ein Wort zu sagen, richtete sie ihren Blick nach vorne. Während wir auf Mrs Thompson und die erweiterte Akademieleitung warteten, tauschte sie mit Ivy einige kurze Sätze über belanglosen Kram aus. Neben Ivy saß Paul, der sich hin und wieder am Gespräch beteiligte.

Sie fragten nicht nach, sondern waren einfach da und schienen mich doch besser zu kennen, als ich gedacht hatte. Vielleicht würde ich ihnen später einen kurzen Abriss über die Entwicklungen der letzten paar Stunden geben, vielleicht würde ich es aber auch lassen und nach der Verkündung einen Haken an dieses Projekt und Mile machen. Auch wenn es schwer vorstellbar war, wie das funktionieren sollte.

Ich wollte die beiden nach ihren Prüfungen fragen und mich erkundigen, wo Willows Partnerin Minou war. Doch etwas hielt mich zurück und ich brachte es nicht über mich, auch nur einen Ton auszuspucken.

Auf dem Weg durch den Saal hatte ich es vermieden, nach Mile Ausschau zu halten. Ich wollte nicht wissen, ob er hier war, ob er sich auch nach mir umsah. Doch jetzt konnte ich dem Drang nicht widerstehen und sah mich unauffällig um. Aber ich entdeckte ihn nicht - falls er überhaupt da war ...

Mrs Thompson kam, gefolgt von Mr Green, Mr Douglas und Mrs Durand, auf die Bühne. Normalerweise war eine passende Anzahl an Stühlen aufgebaut, doch nicht heute. Ohne Zögern trat Mrs Thompson ans Sprechpult, während sich die anderen hinter hier aufreihten. Mein Blick fiel auf die dunkelblaue Mappe, die sie in ihren Fingern hielt. Die Ergebnisse ... Mein Triumph oder mein Untergang.

Laut räusperte sie sich vor dem Mikrophon, was durch ein lautes Rauschen über die Lautsprecher übertragen wurde. Sofort war es still in den Reihen, alle schauten nach vorne. Die Stimmung war angespannt. Alle warteten auf die Bekanntgabe der Ergebnisse, von denen so viel abhing. Viele der Prüfungsteams schienen zusammen zu sitzen und gemeinsam auf das Beste zu hoffen.

Mrs Thompson machte kurzen Prozess. Sie war ohnehin nicht dafür bekannt, um den heißen Brei herumzureden, doch dieses Mal war sie noch direkter und skrupelloser als sonst.

»Vielen Dank, dass Sie alle hier zusammengekommen sind. Ich werde sie nicht auf die Folter spannen, sondern direkt zur Tat schreiten.« Sie machte eine dramaturgische Pause und schlug die dunkelblaue Mappe auf. »Wie Sie sich denken können, waren nicht alle Leistungen zu unserer Zufriedenheit.« Ein Raunen ging durch die Menge, während mir die Galle hochstieg. Ich wusste, was das bedeutete. Nur zu oft hatte ich mir ausgemalt, was passieren würde, wenn nun mein Name fallen würde. Dann wäre es aus und vorbei. Keine ADAM mehr, nur noch ein Ticket nach Hause oder wohin auch immer.

»Die Personen, deren Namen ich nun nennen werde, haben die Abschlussprüfung nicht bestanden und dürfen demnach im kommenden Semester nicht an die ADAM zurückkehren. Dies betrifft folgende Studenten …« Mrs Thompson las eine Reihe von Zweier-Kombinationen vor und ich atmete erleichtert auf. Vier Paare, acht Menschen, die es nicht geschafft hatten. Doch Mile und ich waren nicht darunter. Willow und Ivy tauschten erleichterte Blicke aus, ebenso wie viele andere Studierende um uns herum. Egal, was jetzt passierte, wir hatten bestanden. Ich wollte mich freuen, doch war zu gehemmt, zu blockiert.

»Allen anderen darf ich zu einer bestandenen Abschlussprüfung gratulieren. Die erreichte Punktzahl sowie endgültigen Noten werden wir morgen früh zur Einsicht aufhängen.«

Jubelschreie brachen los, Applaus brandete auf. Willow fiel mir um den Hals. »Nächstes Semester, wir kommen!«

Ein erneutes Räuspern von Mrs Thompson ließ die Menge schlagartig verstummen.

»Das war noch nicht alles. Wenn Sie also Ihre Aufmerksamkeit noch einmal auf uns richten könnten.« Wir tauschten verwirrte Blicke und sofort stieg mein Adrenalin wieder. Dieses Mal wartete sie nicht, sondern fuhr unbehindert fort. »Neben den durchschnittlichen Leistungen möchten wir selbstverständlich jene Leistungen hervorheben, die uns besonders beeindruckt haben oder die auf eine besondere Weise herausstachen. Dies sind in diesem Jahr zwei Paare. Eines davon erreichte die volle Punktzahl in alle Kriterien.«

Wieder atmete ich erleichtert auf, da ich schon eine Hiobsbotschaft befürchtet hatte. Schließlich war die Lehrerschaft der ADAM immer für eine Überraschung gut.

Willow verdrehte ebenfalls die Augen. »Ich habe schon das Schlimmste befürchtet, aber dass jetzt die Elite besonders hervorgehoben wird, kann ich mir schenken«, flüsterte sie, während unsere Schulleitung die Namen des ersten Paares vorlas und sie für ihre besondere technische Innovation lobte.

Alle klatschten, wobei die meisten tatsächlich bereits abgeschaltet hatten und Privatgespräche führten.

»Ich darf Sie noch einmal um Ruhe bitten.« Der Ton der Rektorin ließ keinen Spielraum für Interpretation und im Saal wurde es augenblicklich totenstill. »Das zweite Paar, welches - wie bereits erwähnt - volle Punktzahl erreicht hat, hat uns in mehreren Aspekten überrascht. Insbesondere die Ganzheitlichkeit des Stückes ist uns positiv aufgefallen. Sowohl der Titel, die Grundaussage, als auch die Interpretation waren stimmig mit Musik und Tanz. Zudem war die Ausführung beider Studierenden fehlerfrei und technisch auf einem äußerst hohen Niveau. So, wie wir es an der *Australian Academy of Dance, Arts and Music* erwarten.«

»Da hat aber jemand abgeliefert«, sagte Ivy anerkennend, aber etwas zu laut, sodass sich einige zu uns umdrehten. Willow kicherte, während ich am liebsten in meinem Stuhl versunken wäre.

»Das besagte Stück trägt den Namen *Crashing Symphonies* und ...« Alles um mich verschwamm, rauschte ohrenbetäubend. Mrs Thompsons Stimme war nicht mehr als ein entferntes Dröhnen in meinen Ohren. Neben mir kreischte Willow auf, als mein Name fiel, doch auch ihre Stimme war nur ein Rauschen.

Wir hatten es geschafft. Unser Stück hatte überzeugt. Trotz aller Widrigkeiten, trotz meines Gefühlschaos und obwohl alles schief gegangen war, hatten wir geschafft, was schon vor langer Zeit in den Hintergrund gerückt war: Wir waren die Besten.

Langsam klärte sich mein Blick, obwohl die Wahrheit noch nicht vollständig bis zu meinem Verstand vorgedrungen war.

Willows Kreischen hatte so viel Aufmerksamkeit auf sich gezogen, dass alle Augen auf mich gerichtet waren. Ich saß wie versteinert auf meinem Stuhl. Konzentrierte mich darauf, nicht alle Körperfunktionen einzustellen, sondern ruhig weiter zu atmen.

»Herzlichen Glückwunsch. Du hast es so sehr verdient«, säuselte Willow und auch andere Studierende warfen mir Glückwünsche entgegen.

Mrs Thompsons hatte ihren Blick ebenfalls auf mich geheftet. Trotz der Entfernung erkannte ich das Missfallen in ihren Augen. Wenigstens Mr Douglas lächelte wohlwollend in meine Richtung. Er kannte mich und wusste, wie hart ich gekämpft hatte. Nicht nur mit dem Klavier, sondern vor allem mit mir selbst.

Unsere Schulleitung wäre nicht unsere Schulleitung, wenn sie diese Situation nicht als Anlass nehmen würde, um noch einmal an ihre Prinzipien zu appellieren.

»Wir gratulieren Ms Lundström und Mr Lowe. Wie Sie sehen können, zahlt sich harte Arbeit aus und wird selbstverständlich honoriert. Alle vier Studierenden dürfen sich über ein Zertifikat über ihre nennenswerte Leistung freuen, das ihrem Abschlusszeugnis beigelegt sein wird. Vielleicht ist dies für den ein oder die andere unter Ihnen eine Motivation, ebenfalls nach Bestleistung zu streben. Ich wünsche Ihnen einen angenehmen Abend.« Sie hielt noch einen Moment inne, bevor sie vom Mikrofon zurücktrat und sich den anderen Dozenten zuwandte.

Willow verkniff sich ein Lachen. »Dürfen wir jetzt überhaupt noch mit Ihnen reden, oder könnte das negativ auf Sie abfärben, eure Hoheit?«, flötete sie im gleichen Ton wie Mrs Thompson.

»Vielleicht färbt sie positiv auf uns ab oder was meinst du, Willow?« Ivy sprang natürlich auf den Zug auf.

»Hey, Minou und ich waren auch echt super und eure Prüfung soll ja auch brillant gelaufen sein. Auch wenn ich es nicht gerne zugebe, vielleicht bin ich sogar etwas neidisch auf die Auszeichnung«, verteidigte Willow sich lachend. Ich wusste, wie wenig sie sich aus Noten machte. Für sie zählte mehr die Leistung an sich, nicht der aufgedrückte Stempel. Sie legte erneut den Arm um meine Schultern. »Alles nur Spaß. Ich bin wirklich stolz auf dich! Das müssen wir auf jeden Fall heute Abend feiern. Semesterabschluss-paaaaaarty.« Das *Party* zog sie dabei extra lang und sah mich erwartungsvoll an. Aber mir war nicht nach Feiern. Natürlich war es ein Erfolg, mit dem ich absolut nicht gerechnet hatte und der meiner Karriere einen gewaltigen Push geben würde. Doch die Euphorie war getrübt. Ich konnte mich nur allein freuen, dabei hätte ich diesen Moment viel lieber mit Mile geteilt. Immerhin war es unser Projekt gewesen, unsere gemeinsame Leistung. Plötzlich überkam mich das unstillbare Bedürfnis, ihn zu suchen. Seit der Prüfung hatte ich ihn nicht mehr gesehen. Ich war mir nicht mal sicher, ob er überhaupt anwesend war und von unserem Erfolg wusste.

»Sorry, das klappt leider nicht. Ich muss los«, murmelte ich und sprang auf. Willow erwiderte etwas, ich war jedoch zu schnell und verstand es nicht mehr.

Ich suchte mir meinen Weg durch die Masse von Studierenden. Immer wieder warf mir jemand Glückwünsche entgegen, die ich kaum wahrnahm. Ich war eher überrascht, wie viele mich kannten, schob es aber auf meinen bekannten Nachnamen.

Ich sah mich in der Hoffnung um, Mile irgendwo zu entdecken, blieb aber erfolglos. Mit dem Strom der Masse verließ ich die Halle, was mir viel zu lange dauerte. Draußen atmete ich tief durch, bevor ich kopflos und ohne nachzudenken in Richtung seines Bungalows lief.

Die Stimmung auf dem Campus war verändert. Niemand hetzte mehr von einem Ort zum anderen oder war in irgendetwas vertieft. Überall hatten sich Grüppchen gebildet, es wurde viel gelacht und über die anstehenden Semesterferien und die Party am Abend geredet. Alle wirkten viel gelöster als in den letzten Tagen und Wochen. Alle, abgesehen von mir. Die Anspannung in mir drohte, mich zu zerreißen. Sie breitete sich aus, nahm meine Organe, jede Zelle in Beschlag.

Ich beschleunigte meine Schritte, ohne das Gefühl zu haben, schneller voranzukommen. Meine weite Hose flatterte im Wind. Einzelne Strähnen lösten sich aus meinem Dutt. Frische Luft blies um meine Nase, kühlte mich ab. Die Sonne brannte warm auf mich hinab, brachte mich ins Schwitzen. Genauso wie meine strammen Schritte. Miles Zimmer war schon in Sichtweite. Ich war noch nie dort gewesen. Nur von der Anmeldung des Titels für die Prüfung wusste ich, welchen Bungalow er bewohnte. Ich hatte seine Zimmernummer dort eintragen müssen. Seit unserer stürmischen Begegnung am Ende des letzten Semesters war ich überhaupt nicht mehr hier entlanggelaufen. Zu lange hatte ich versucht, ein Zusammentreffen mit Mile zu vermeiden. Wenn wir zusammen irgendwo hingegangen waren, hatte immer er mich abgeholt. Die Bungalows glichen sich alle. Sie waren im selben Grau, wie der gesamte Campus. Ob sein Zimmer genauso aufgetellt war, wie meines?

Kurz vor der Tür stoppte ich abrupt. Was tat ich eigentlich hier? Wollte ich einfach anklopfen und dann … was? Ihm verkünden, dass wir es geschafft hatten? Wollte er das überhaupt hören oder mich sehen? In mir keimte der Gedanke auf, dass ich Mile bei der Versammlung nicht gesehen hatte, weil er es nicht wollte. Weil er mich nicht sehen wollte, weil er gar nicht da war.

Ich hob die Hand, um zu klopfen. Ganz egal, was zwischen uns vorgefallen war. Für diesen einen Moment würden wir noch einmal Trainingspartner sein, bevor sich unsere Wege für immer trennen würden.

Ich hielt noch einen Moment inne, um mich auf die Ablehnung, die mir entgegen strömen könnte, vorzubereiten. Dann klopfte ich kräftig gegen die hölzerne Tür.

Stille.

Ich lauschte, doch es regte sich nichts. Ich wartete einige Sekunden, klopfte dann erneut.

Wieder nichts.

»Mile«, rief ich, »bist du da?«

Wahrscheinlich war es nicht sonderlich klug, ihm zu verraten, dass ich es war. Nun würde er vermutlich sowieso nicht mehr öffnen. Ich wartete noch einige endlose Sekunden, dann gab ich auf. Er war nicht da.

Also trat ich den Rücktritt an. Langsam lief ich zu meinem Bungalow, nutzte dafür die Waldroute, die mir den nötigen Schutz bot, um möglichst wenigen Studierenden über den Weg zu laufen. Vorhin war die Luft so leicht gewesen. Jetzt legte sie sich drückend schwer um mich, fand nur unter Schmerzen den Weg in meine Lungenflügel.

Ich war leer, so unglaublich kraftlos, konnte mich kaum auf den Beinen halten. Wie gerne würde ich mich einfach hinlegen, die Erdung des Bodens spüren und an nichts mehr denken. Doch das war unmöglich, denn mein Kopf stand nie still.

Immerhin meinem körperlichen Verlangen konnte ich nachkommen. Sobald ich mein Zimmer erreicht hatte, legte ich mich auf den kühlen Boden und starrte an die Decke. Dann lief die erste Träne über meine Wange. Stumme Tränen der Erschöpfung, der Reue, der Trauer. Ich hatte etwas Gutes gehabt und es nicht festgehalten. Ich hatte Mile nicht in meinem Leben gehalten, sondern ihn wieder und wieder weggestoßen. Weil meine Unsicherheit mir wieder einmal im Weg gestanden hatten, weil ich uns im Weg gestanden hatte. Unserem Glück.

Mile war immer verständnisvoll gewesen, hatte an uns festgehalten, als ich nicht einmal daran gedacht hatte. Doch ich hatte mich gewehrt, bis er nicht mehr festhalten konnte und losgelassen hatte.

Das Schluchzen drang tief aus meiner Seele. Vor Erschöpfung fielen mir die Augen immer wieder zu. Mit letzter Kraft stand ich auf, legte mich aufs Bett, schlüpfte unter die Decke, die mir den Halt gab, den die Welt mir nicht geben konnte.

Ich schluchzte weiter, während eine Träne nach der anderen über meine Wangen lief. Ich fühlte mich so unendlich leer, verloren, ohnmächtig. Selbst mein Kopf schien nicht mehr weiterzuwissen, denn er war genauso verlassen, wie ich mich fühlte.

Ein kräftiges Klopfen riss mich aus dem Schlaf. Träumte ich? Ich sah mich um, draußen war es bereits dunkel, ich musste eingeschlafen sein, doch konnte die Zeit davor kaum rekonstruieren.

Wieder klopfte es.

Ich setze mich auf. Meine Lider waren schwer und meine Augen fühlten sich verquollen an. Sofort liefen die Tränen wieder stumm über meine Wangen.

»Mach bitte auf.« Ein erneutes Klopfen.

Mit bleiernen Gliedern schälte ich mich aus der Decke. Es drehte sich kurz, als ich meinen Körper in eine aufrechte Position brachte, doch ich schaffte es bis zur Tür. Ich legte eine Hand auf die Klinke, drückte sie jedoch nicht runter. Mit aller Kraft versuchte ich, meine Tränen zurückzuhalten, doch es war zwecklos. Der Widerstand war nicht mehr groß genug, ich nicht mehr stark genug. Langsam öffnete ich die Tür, trat neben sie.

Mein Anblick musste elendig sein, denn die Augen meines Gegenübers weiteten sich, als ich ins Licht trat.

»Oh, Smilla.«

Zweiundzwanzig *Toccata*

Ich krallte meine Finger in die Klinke, legte meinen Kopf kraftlos gegen den Türrahmen. Aus meiner Kehle befreite sich ein erschöpftes Schluchzen. Meine Augen brannten, genauso wie mein Herz, das keine Kraft mehr hatte. Ich gab mir keine Mühe mehr, meine Gefühle zu verbergen.

Mile machte einen Schritt auf mich zu, als wollte er mich halten. Doch ich verschränkte die Arme vor der Brust und lehnte seine Nähe damit ab.

Ich war am Ende und ich wollte auch kein Geheimnis mehr daraus machen, dass er ein Grund dafür war. Die letzten Wochen und Monate hatte er mir unbewusst so viel Halt und Hoffnung gegeben. Nur um mir genauso viel wieder zu nehmen. Und nachdem sie mit einem Ruck weggebrochen waren, war ich gefallen.

Jetzt stand Mile vor mir, sah mich an, als wollte er meinen Schmerz heilen, doch ich wusste nicht, ob ich das noch wollte. Oder ob ich es zulassen konnte. Zu viel war zwischen uns passiert, zu viel war kaputt gegangen. Zwischen uns lag eine Entfernung, von der ich nicht wusste, wie wir sie überwinden konnten, ob wir sie überwinden konnten. Dafür war längst zu viel passiert.

»Kann ich reinkommen?« In seiner Stimme lag Unsicherheit; zwischen uns so viel Ungesagtes. Bei der Prüfung hatten wir nur funktioniert. Wir waren eine Einheit gewesen, aber anders als zuvor. Nur nebeneinander, nicht miteinander und nur für die Dauer der Prüfung. »Smilla, bitte. Ich glaube, wir sollten reden. Aber nicht zwischen Tür und Angel. Lass uns bitte reingehen.«

Für einen Moment widerstand ich seiner Bitte, war aber zu schwach, um standzuhalten, und gab den Weg frei, ließ ihn eintreten.

Ich schloss die Tür und sank auf mein Bett. Mile stand unbeholfen neben meinem Schreibtisch, wippte von einem Bein aufs andere. Das Schweigen wurde von Sekunde zu Sekunde unangenehmer.

»Du kannst dich gern setzen.« Ich klopfte auf die Stellen neben mir.

Wir schwiegen weiter, als hätten wir alle Worte bereits aufgebraucht. Als wäre nichts übrig, was wir noch sagen könnten. Er saß so nah. Unsere Oberschenkel berührten sich, ich vernahm seinen Duft, wollte meine Nase darin vergraben, mich an ihn schmiegen.

»Wir haben bestanden.« Seine Worte waren kaum mehr als ein Flüstern. Ich nickte. Der Kloß in meinem Hals machte es mir unmöglich, zu sprechen. »Wir sind die Besten, Smilla. Wir haben überzeugt; allen gezeigt, was wir können.«

»Du warst bei der Verkündung?« Meine Stimme klang krächzend, als hätte ich sie seit Jahren nicht mehr benutzt.

»Klar. Ich stand ganz hinten und hatte dich die ganze Zeit im Blick.«

Tränen liefen wieder über meine Wangen. Ich konnte nicht sagen, ob sie vor Trauer, Erleichterung oder einfach Erschöpfung waren. Jedenfalls rannen sie hemmungslos über meine Haut.

»Ich war vorhin bei dir und wollte mit dir feiern, aber du …«

»… warst nicht da«, vervollständigte er meinen Satz.

»Nein, warst du nicht.« Ich fragte mich, woher er wusste, dass ich bei seinem Zimmer war oder ob er lediglich eins und eins zusammengezählt hatte.

Wieder schwiegen wir. Ich unterbrach mit meinen leisen Schluchzern die Stille.

»Hey«, flüsterte Mile und legte zaghaft einen Arm um mich. Erst als ich nicht widersprach, intensivierte er die Umarmung.

»Es tut mir leid. Was ich bei unserem letzten Training gesagt habe …« Wieder einmal war ich in der Situation, dass ich mich für meine Überreaktion entschuldigen musste. Wieder einmal waren es meine Worte, die jemand anderen verletzt hatten, obwohl ich sie wieder einmal nicht so gemeint hatte.

»Ich war genauso schrecklich zu dir. Mein Verhalten war nicht in Ordnung. Ich hätte dich nicht in einem Moment so an mich ranlassen dürfen, nur um dich dann wegzustoßen, da wir nicht einer Meinung waren.« Mile sprach leise, langsam, ging mir damit bis unter die Haut.

»Passt schon.«

»Nein, es passt nicht. Ich war egoistisch. Dabei hatte ich eigentlich nur Angst.« Ich wurde hellhörig.

»Angst?« Das war doch eigentlich meine Spezialität.

»Ich hatte Angst, dass du mich verletzen würdest.«

»Wieso sollte ich das tun? Ich dachte, du kennst mich mittlerweile besser.« In meiner Stimme lag ein Hauch Enttäuschung.

»Doch nicht mit Absicht. Aber als ich gemerkt habe, wie viel du mir bedeutest, da hatte ich einfach Angst, dass du mich nach dem Projekt vergisst und nichts mehr mit mir zu tun haben willst. Deshalb bin ich dir zuvorgekommen und habe dich, als es drauf ankam, gehen lassen. Ich hätte dich aufhalten sollen.«

Ich wiederholte seine Worte immer und immer wieder im Kopf, wusste nicht, wie ich sie einordnen oder was ich von ihnen halten sollte. Sie ließen mich nur noch verwirrter zurück, als ohnehin schon.

»Ich habe die Erfahrungen mit meinem Vater auf dich projiziert. Er hat mich auch immer wieder weggestoßen und dann warst du so abweisend und wütend, da bin ich ebenfalls in Abwehrhaltung gegangen. Ich versteh, wenn du sauer bist.«

»Eigentlich bin ich gar nicht sauer, sondern viel mehr verletzt. Von dir, aber auch von mir. Ich weiß nicht ... Es ist alles so furchtbar verwirrend. Ich weiß nicht mehr, was ich fühle und noch weniger weiß ich, was du fühlst. Du bist mir wichtig. Aber mich glauben zu machen, ich sei dir gleichgültig, tat verdammt weh.«

Er nickte. »Dann ist es wohl besser, wenn ich jetzt gehe.« Er wollte aufstehen, doch ich packte ihn am Arm und hielt ihn zurück.

»Nein!«

»Aber ...«

Ich unterbrach ihn. »Wir dürfen einander nicht wegstoßen, nur weil wir Angst haben, verletzt zu werden. Mile, das, was wir in den letzten Wochen zusammen vollbracht haben, hat uns zusammengeschweißt. Ich vertraue dir so, wie ich schon lange niemanden mehr vertraut habe. Ich mag dich. Sehr sogar.« Jetzt war es raus. Meine Aufrichtigkeit und meine ehrlichen Worte überraschten mich selbst, doch ich war es leid, die Wahrheit vor ihm zu verbergen.

»Was heißt das?« Verwirrung flackerte in seinen Augen.

»Das heißt, dass ich in deiner Nähe sein will und am besten nicht nur manchmal, sondern ständig. Das heißt auch, dass ich mit dir tanzen will, bis unsere Füße schmerzen. Und es heißt, dass ich dich spüren will. Ich will dir nah sein.« Endlich fand ich den Mut auszusprechen, was ich zu lange hinuntergeschluckt hatte.

»Ich will doch auch bei dir sein. Smilla, ich glaube, ich habe mich in dich verliebt.« Er griff nach meiner Hand, und als ich seine Haut auf meiner spürte, ging ich in Flammen auf. Unfähig etwas zu sagen, lauschte ich auf Miles Worte, die unwirklich an mein Ohr drangen.

»Ich will nur dich. Nicht irgendjemand anderen. Nicht Sam. Nur dich.«

Ich sah ihn an und spürte seinen Blick auch auf mir. Er hinterließ eine brennende Spur auf meiner Haut, die das Kribbeln in meinen Fingern noch verstärkte.

Die ganze Stimmung war innerhalb weniger Worte komplett umgeschwungen. Meine Tränen waren getrocknet, dafür tobte ein Sturm aus Freude und Erleichterung in mir, die Mile mit seinem Geständnis entfacht hatte. Dazwischen lagen immer wieder Lust und Anziehung.

»Smilla«, hauchte er.

Langsam drehte ich meinen Kopf zu ihm. Wenn ich ihn jetzt anschaute, könnte ich nicht mehr standhaft bleiben. Dann würde ich nicht mehr warten, bis er den ersten Schritt machte, sondern das Ruder an mich reißen.

Seine Worte sprangen durch meinen Kopf wie eine kaputte Schallplatte, die sich immer und immer wieder wiederholte.

Ich weiß, dass ich dir nah sein will.

Ich glaube, ich habe mich in dich verliebt.

Ich will nur dich.

Jetzt, da die Worte ausgesprochen waren, nach denen ich mich so gesehnt und vor denen ich mich noch mehr gefürchtet hatte, kam mir alles plötzlich so leicht vor. Als würde ich fliegen ...

Unsere Blicke trafen sich. In seinen Augen erkannte ich das gleiche Lodern, das ich tief in meinem Inneren spürte.

Langsam bewegten wir uns aufeinander zu. Alles schien so lächerlich langsam abzulaufen.

Angst blitzte in mir auf - vollkommen unbegründete Angst davor, ihm wieder nah zu sein, ihn noch näher an mich heranzulassen.

Wir haben uns schon geküsst. Mir kann nichts passieren. Das ist Mile, der da vor mir sitzt.

Ich wollte diesen Moment festhalten und Mile an meiner Seite wissen. Nach unserem letzten Kuss war buchstäblich alles den Bach runtergegangen und ich wollte diesen Fehler nicht wiederholen.

Ich beruhigte mich, atmete langsam und unauffällig durch die Nase ein und aus. Miles Geruch bahnte sich einen Weg in meine Nase und überwältigte mich. So lange hatte ich darauf verzichten müssen. Doch jetzt war er wieder da und ließ meine Synapsen auf Hochtouren arbeiten.

Nur noch wenige Zentimeter, dann würde ich endlich erlöst werden. Je näher wir uns kamen, desto langsamer schien alles abzulaufen. Abgesehen von meinem Herzen, das von Millimeter zu Millimeter schneller schlug.

Ich schloss die Augen, um meine Unsicherheit zu verbergen und um mich vollkommen auf Mile zu konzentrieren. Ich wollte mich ihm hingeben, mich ihm öffnen. Ohne Angst, ohne Sorgen, ohne aufkeimende Panik, die meinen Körper lähmte und mich zum Erstarren brachte.

Dann war die unendlich quälende Lücke zwischen uns überbrückt und in einem flüchtigen Hauch seiner Lippen fand ich Erlösung.

Miles Lippen waren so weich und zart. Das Gefühl, das er auf meiner Haut zurückließ, hatte genau den Effekt, auf den ich gewartet hatte. Jenen, den seine erste Berührung im Tanzsaal auf mich gehabt hatte. Sie brachte alle Angst in mir zum Erliegen. Alles trat in den Hintergrund, alle Aufmerksamkeit galt Mile.

Mein Körper schaltete auf Autopilot, obwohl mein Kopf noch immer viel zu beschäftigt war und die Gedanken kreuz und quer umher rasten. Ich wollte die Führung übernehmen, nicht nur in meinem Kopf. Ich wollte ihm zeigen, dass ich genauso fühlte wie er, nur nicht die richtigen Worte finden konnte, um es ihm zu sagen.

Ich intensivierte den Kuss, wurde drängender. Mile drängte sich mir entgegen, erkundete mit seinen Händen meinen Rücken, meinen Po. Meine Finger vergrub ich in seinen Haaren. So wie ich es mir schon unzählige Male vorgestellt hatte. Ein lustvolles Stöhnen drang aus seiner Kehle, als ich leicht an ihnen zog. Er suchte mit seiner Zunge einen Weg vorbei an meinen Lippen, meinen Zähnen. Ich ließ ihn gewähren, empfing ihn, wollte tanzen.

Sanft glitt ich über ihn und nutzte den Moment, um ihn anzusehen. Fand neue Facetten an ihm, eine andere Art wie er lächelte oder ein Detail in seinen Gesichtszügen, das ich vorher noch nicht gesehen hatte. Unsere innigen Küsse, die sehnsüchtigen Berührungen lösten eine unbekannte Lust in mir aus. Sie brannte in meinem Unterleib, verzehrte sich nach Mile.

Wieder vereinte ich meinen Mund mit seinem, schmiegte meinen Körper fester an ihn. Mile erkundete meinen Körper mit seinen Fingern - erst zaghaft, dann fordernder. Gänsehaut folgte der Spur seiner Hände, steigerte die Lust in mir noch mehr.

Mile hakte seine Finger unter den Saum meines Tops, zögerte jedoch.

Wollte er nicht, dass wir einen Schritt weitergingen? War es unangebracht? Immerhin hatten wir vor weniger als einer Stunde, nicht einmal miteinander gesprochen.

Wieder nahm das Gedankenkarussell Fahrt auf. Die Angst wollte das Steuer übernehmen, doch die Leidenschaft in mir war stärker.

Ich setzte mich auf, kam Mile zuvor. Mit einer flüssigen Bewegung zog ich mir das Top über den Kopf und machte mich an seinem Shirt zu schaffen. Ohne zu zögern kam er mir entgegen, verharrte, bis ich den störenden Stoff an seinem Körper losgeworden war.

Was ging in seinem Kopf vor? Ich vergaß den Gedanken, denn Miles Lippen fanden den Weg zu meinem Hals. Von dort aus wanderten sie immer weiter nach unten. Mir verging jeder Gedanken. Ich stöhnte leise auf.

Bei jeder Bewegung drückte seine Erektion gegen mich, bis ich den Mut fasste, mit meinen Fingern unter seinen Hosenbund zu gleiten. Er keuchte auf, machte sich an meiner Hose zu schaffen. Drängende Begierde breitete sich von meinem Unterleib aus, elektrisierte meine Bewegungen, meinen Atem.

Ich legte meine Finger um seine Härte, massierte ihn. Er stoppte auf seinem Weg zu meinem empfindlichsten Punkt. Tiefes Stöhnen vibrierte in seiner Kehle. *Es gefiel ihm, was ich tat.* Getrieben von seinem Genuss, intensivierte ich meinen Griff, gab ihm zu verstehen, wie sehr es mir gefiel.

Stück für Stück, Teil für Teil entledigten wir uns unserer Kleidung. Seine Blicke brannten heiß auf meinem Körper. Wir ließen uns Zeit. Immer wieder fanden sich unsere Lippen, fand seine Zunge meine nackte Haut. Er liebkoste meine sensiblen Stellen, ich erkundete seinen muskulösen Körper, konnte nicht genug bekommen, wollte nicht genug bekommen. Wollte ihn spüren, ihm näher sein. Ich keuchte, als nichts mehr zwischen uns stand, ich seinen nackten Körper auf meinem spürte.

Wir bewegten uns als Einheit, so wie wir es beim Tanzen taten. Unsere Körper entwickelten eine ganz neue Dynamik, die uns aufeinander reagieren ließ. Doch ich wollte noch weitergehen. Mein Unterleib drohte zu zerreißen, so sehr verzehrte er sich nach ihm. Nach seiner Wärme, seiner Länge. Ich wollte ihn in mir spüren.

»Mile?«, fragte ich mit vor Erregung rauer Stimme. Er sah mich aus lustverhangenen Augen an. »Ich habe Kondome im Badezimmer. Soll ich eines holen?«

Seine Überraschung wandelte sich schnell zu einem zustimmenden Grinsen. Eigentlich passte es nicht zu mir. Zwar war ich immer auf jede Eventualität vorbereitet, doch der Gebrauch von Kondomen gehörte nicht dazu. Alva hatte aber darauf bestanden, auch wenn es mehr ein Scherz gewesen war.

Möglichst anmutig schlüpfte ich unter Mile hervor und ging ins Badezimmer. Es störte mich nicht, nackt vor ihm zu stehen. Im Gegenteil, ich wollte, dass er meinen Körper sah. Mit zittrigen Fingern fummelte ich in der untersten Schublade meines Badezimmerschrankes herum, zog eine rote, quadratische Verpackung hervor. Ich lief zurück zum Bett. Miles Blick glühte, verzehrte sich nach mir. Und auch ich konnte meinen Blick kaum abwenden.

In mir brannte die Lust auf eine vollkommen neue Art. Die Gefühle zu Mile waren so intensiv, geprägt von unserer Achterbahnfahrt. Ich konnte kaum fassen, was wir nun taten, an welchem Punkt wir standen.

Ich wollte ihn endlich auf diese neue Art spüren, ihn lieben und nicht länger warten. Ungeduldig riss ich die Plastikverpackung auf, kniete mich aufs Bett. Mile streckte mir die Hand entgegen.

»Ich mach das.« Auch seine Stimme bebte.

»Nein.« Ich nahm seine Erektion, liebkoste sie einige Male mit der Hand, dann rollte ich das Kondom über sie.

Bestimmend zog Mile mich auf sich, gab mir zu verstehen, dass ich das Tempo vorgab. Wir würden nichts tun, wofür wir nicht beide bereit waren. Ich wusste genau, was ich wollte und was wir hier taten.

Ich hielt einen Moment inne, sog Miles Anblick in mich auf, bis ich das ungeduldige und erwartungsvolle Ziehen in meinem Unterleib nicht länger aushielt. Ich hob mein Becken, rutschte ein Stück nach vorne und senkte mich langsam auf seine Härte. Immer tiefer drang er in mich.

Wir stöhnten beide auf - rau und heiser - als er mich ausfüllte und wir einander vollends spürten.

Sanft bewegten wir uns im Einklang. Auf eine vertraute Art fühlte es sich tatsächlich wie unser Tanz an. Nur so viel intensiver und intimer, dass ich vor Lust aufschrie.

Mile erkundete mit seinen Händen jeden Zentimeter meines Körpers, knetete meinen Po, wanderte quälend langsam über meine Taille bis zu meinen Brüsten. Seine Finger umspielten meine Brustwarzen, sendeten mit jeder Berührung tausend neue Impulse, ließ meine Nervenenden unerbittlich tanzen. Ich streckte mich ihm entgegen, biss mir auf die Lippe, ließ die Glücksgefühle als tiefes Grollen entweichen. Er setzte sich, übernahm mit seinem Mund. Die Wärme seiner Zunge und die Härte seine Zähne ergaben eine perfekte Symphonie und brachten mich beinahe um den Verstand.

Mile war liebevoll und vorsichtig, aber alles andere als zurückhaltend. Jedes Streicheln über meine Haut, jedes Necken meiner Brüste, meiner Oberschenkel, meines Pos, war sinnlicher, gieriger als das zuvor. Wir ließen uns Zeit, uns aufeinander einzulassen und den Körper des anderen kennenzulernen. Es gab so viel zu entdecken, zu erleben. Wir bekamen kaum genug voneinander. Die Zeit schien schier endlos, während wir uns in den wohligen Laken meines Bettes auf diese neue Art kennenlernten. Wir lernten zu fühlen, wie ich es zuvor nicht für möglich gehalten hätte. Wir genossen die Zeit, in der nur wir zählten. Es gab nichts mehr, was zwischen uns stand. Wir konnten uns einander hingeben und den anderen so intensiv fühlen, wie ich noch nie gefühlt hatte.

Es war wie im Tanzsaal: Unsere Bewegungen synchron; wie eine Einheit.

Mile zog sich ein Stück aus mir zurück, gab uns eine schmerzliche Sekunde zum Atmen, bevor er wieder in mich eindrang. Dieses Mal tiefer und fester. Mein Körper wölbte sich ihm entgegen, versank in brennender Lust. Ich vergrub meine Hände in seinen Haaren, zupfte an ihnen, vergrub meine Finger in seinem dichten Strähnen. Mile stöhnte auf, suchte sich den Weg zu meinen Lippen, erstickte den nächsten Schrei des Verlangens mit ihnen. In meiner Mitte wurde der Druck immer stärker, mit jedem Stoß stand ich einen Schritt näher an dem erlösenden Abgrund. Wir bewegten uns auf und ab, bis die Spannung nicht mehr auszuhalten war. Mile war tief in mir, meine Beine um ihn geschlungen, seine Stöße fest, sein Stöhnen tief. Es fehlte nur noch ein letzter Sprung, eine letzte Drehung. Dann konnten wir gemeinsam fliegen. Dann ließen wir los, lösten uns von der Anspannung und kamen gemeinsam zum Höhepunkt.

Wir sackten erschöpft nebeneinander zusammen, ich fühlte mich schwitzig und erschöpft. Es war eine schöne Erschöpfung, die mir zeigte, dass ich mich Mile mit aller Kraft hingegeben hatte. Er atmete schwer neben mir, rückte kein Stück weg. Eng umschlungen genossen wir den Moment, in dem sich unsere Herzschläge synchronisierten.

Wir waren gemeinsam geflogen, hatten uns frei und unendlich gefühlt. Wir hatten uns hingegeben, uns leiten lassen, bis wir den letzten Sprung gemeinsam gestanden hatten.

Dreiundzwanzig *Vivace*

Mich umgab eine wohlige Wärme. Sonnenstrahlen drangen durch das einzige Fenster in meinem Zimmer und läuteten den neuen Tag ein. In mein Laken gewickelt, lagen Mile und ich noch immer eng umschlungen beieinander.

Es war das erste Mal seit einer gefühlten Ewigkeit, dass ich mit einem Lächeln auf dem Gesicht aufwachte. Ohne Ängste, ohne Sorgen, ohne Lasten, die schwer auf meinen Schultern ruhten. Ich war frei. Das Semester war vorbei und ich hatte endlich geschafft, wofür ich so lange gekämpft hatte. Gemeinsam mit Mile hatte ich alle Ziele erreicht. Und sogar noch viel mehr.

Wir hatten es geschafft, alle Widrigkeiten aus dem Weg zu räumen, uns ehrlich einzugestehen, was wir aneinander bedeuteten. Die letzte Nacht bewies genau das. Diese neue Nähe überwältigte mich. Ich konnte all meinen Schmerz vergessen. Wir hatten uns ausgesprochen, waren endlich ehrlich gewesen und hatten alle Missverständnisse aus dem Weg geräumt.

Neben mir bewegte sich Mile, das Lächeln in seinen Augen war nicht zu übersehen. Er strahlte ebenso, wie ich mich fühlte.

»Na?« Seine Stimme war rau vom Schlaf und den Anstrengungen der Nacht. Er hauchte mir einen Kuss auf die Haare, der mich sofort wieder ein verräterisches Ziehen in meiner Mitte verursachte. Seine Wirkung auf mich war noch immer so intensiv wie in der Nacht. Er zog mich näher, kuschelte sich an mich. »Hast du heute schon was vor?«, fragte Mile, als ich mich unter der Decke an ihn schmiegte.

»Nein, absolut gar nichts. Einfach im Bett liegen und nichts tun wäre eine wunderbare Idee.«

Mile schnurrte genießerisch. »Klingt wirklich verdammt verlockend.«

Das tat es allerdings. Einige Studierende - darunter auch Willow - würden heute abreisen. Die meisten hatten es eilig, nach den Prüfungen den Campus zu verlassen, was man ihnen nach den Strapazen der letzten Wochen nicht verübeln konnte. Ivy würde - wie ich - noch einige Tage bleiben.

Ich wollte die Ruhe auf dem Campus genießen, bevor es für mich für zwei Monate nach Europa ging. Zwar freute ich mich, endlich Alva und meine Mutter wiederzusehen. Zu meinem Leidwesen beinhaltete dies jedoch auch Zeit mit meinem Vater zu verbringen, worauf weder ich noch meine Schwester sonderlich scharf waren. Was wirklich zählte, war jedoch, dass wir seit über einem Jahr endlich wieder zusammen sein konnten. Ohne mehrere Ozeane zwischen uns. Jedoch bedeutete es auch, dass Mile und ich uns zwei Monate lang nicht sehen würden, dabei hatten wir gerade erst wieder zueinandergefunden.

»Was machst du eigentlich in den Semesterferien?«

Er rückte ein Stück weg, sah mich mit zusammengepressten Lippen an. »Ich fliege erst nach Sydney zu meinen Eltern. Anschließend mache ich Urlaub mit meiner Mutter. Endlich mal wieder. Ich vermisse sie im Moment sehr.«

»Und dein Vater?«, erkundigte ich mich vorsichtig.

»Puh, der wird sicherlich arbeiten.« Ein trockenes Lachen erklang aus seinem Inneren. Unglaublich, wie viele Parallelen unsere Leben doch aufwiesen. Parallelen, von denen wir am Anfang unserer Zusammenarbeit nichts gewusst hatten.

»Du fliegst zu Alva, oder?« Ein ehrliches Lächeln breitete sich auf seinen Lippen aus, das ich spiegelte. Ich nickte, Tränen brannten in meinen Augen. Zum ersten Mal seit langem waren es Freudentränen. Mile wischte mit seinem Handrücken einen verlorenen Tropfen, der sich den Weg über meine Wange suchte, weg.

»Also, nun aber noch einmal zu meiner Frage zum heutigen Tag. Du hast also keine Pläne?«, stellte er mehr fest, als dass er fragte.

»Ich würde mich gern von Willow verabschieden, vielleicht später mit Ivy einen Kaffee trinken, aber sonst nichts, nein.«

»Sehr gut! Dann hast du jetzt etwas vor.«

Überrascht sah ich ihn an. »Verrätst du mir, was du vorhast, oder werde ich wieder quer durch den Wald entführt?«, fragte ich neckend. Er überlegte, rang sich dann aber doch dazu durch, mir seine Pläne mitzuteilen.

»Ich habe unseren Trainingssaal gebucht.« Mein Herz setzte kurz aus, zu viele Erinnerungen, gute wie auch schlechte, hingen an diesem Ort. Ich wusste nicht, was ich erwidern sollte und wartete, ob er noch etwas hinzufügen würde.

»Ich hatte gehofft ...«, er stockte, als hätte er Angst, etwas Falsches zu sagen, »... dass wir noch mal zusammen tanzen könnten. Ganz ohne Stress, ohne Verpflichtung, nur wir allein.«

Seine Worte bescherten mir berauschendes Kribbeln am ganzen Körper. Seit gestern hatte sich etwas zwischen uns verändert. Wir waren gelöster, freier, mehr wir selbst.

Wir machten uns fertig, verließen mein Zimmer. Im Rausgehen griff ich nach meiner Polaroidkamera. Heute war ein Tag für neue Erinnerungen. Dann gingen wir - nach einem Abstecher zu Miles Bungalow - frühstücken.

Der Gedanke daran, dass ich dieses Mal mit der Absicht zu tanzen den Probensaal betreten würde, mischte einen Gefühlscocktail aus Vorfreude und Adrenalin in mir an. Ich würde nicht Smilla, die Pianistin, sein, sondern Smilla, die Tänzerin. Ich würde die Person sein, die ich vor Jahren ausgesperrt hatte. Heute würde ich sie rauslassen können, ohne mich später wieder von ihr verabschieden zu müssen. Dieses Mal war es kein Besuch, sondern ein Neuanfang.

Als wir uns auf den kurzen Weg zum Gebäudekomplex B machten, herrschte bereits reges Treiben. Viele Studierende strömten mit gepackten Taschen in Richtung des Campustores. Wir mogelten uns möglichst schnell hindurch, als mir ein blonder Haarschopf zwischen den Massen ins Auge stach.

»Wen sehen meine Augen denn da …« Willow kam mir freudestrahlend entgegen. Mile strafte sie mit einem kritischen Blick. Sie war auf meiner Seite, obwohl es mittlerweile keinen Grund mehr dafür gab.

»Wie ich sehe, hast du ihn noch gefunden?« Sofort keimte mein schlechtes Gewissen auf. Ich hatte Willow und Ivy gestern einfach stehen lassen.

»Naja, eigentlich habe ich Smilla gefunden.«

Willow sah verwirrt zwischen Mile und mir hin und her.

»Ich habe ihn tatsächlich nicht gefunden, dafür kam er später zu mir.«

»Und da ist er bis jetzt wohl auch geblieben?«, erkundigte sie sich genüsslich.

Schüchtern zuckte ich mit den Schultern. Mile und ich sahen uns vertraut an, bis ich wegsah. Dieser Moment hätte ewig anhalten können, beflügelte meinem gesamten Körper.

Willow beobachtete uns neugierig. »Ich sehe schon, ich werde hier nicht mehr gebraucht und kann guten Gewissens nach Hause fahren.« Lachend verabschiedeten wir uns voneinander und schworen, uns regelmäßig aus den Ferien upzudaten. Willow war zu einem so festen Bestandteil meines Alltags und zu einem noch wichtigeren meines Herzens geworden. Zwei Monate ohne sie würden sich sicherlich komisch anfühlen. Dafür hatten wir etwas, worauf wir uns im neuen Semester freuen konnten.

»Bis zum Lagerfeuer«, säuselte sie, winkte und verschwand dann in Richtung Ausgang.

Mile und ich setzten unseren Weg fort, wobei mir auffiel, dass wir noch nie zusammen zum Saal gegangen waren. Bis auf einmal, das Mal, bei dem er mich zum Tanzen gebracht hatte.

Bei der Erinnerung an diesen magischen Moment, zogen meine Mundwinkel sofort nach oben, setzten sich dort fest.

Die Stufen bis in den fünften Stock fühlten sich viel leichter als sonst an. Euphorie pumpte durch meine Adern. Sie beflügelte mich, machte alles leicht. Es war, als würde die Angst versuchen, sich an die Oberfläche zu kämpfen, während die Vernunft dies zu verhindern versuchte. Ich verstand nicht, was mich an der Situation beunruhigte. Mile und ich hatten in den vergangenen Wochen so oft miteinander getanzt, dass es mittlerweile fast dazu gehörte. Ich hatte hundert Mal diesen Raum betreten, ohne mich auch nur einmal zu fragen, was ich tat. Doch nun war etwas anders, ich konnte nur nicht genau fassen, was.

Mile schien meine Unsicherheit zu bemerken, als er den Saal vollkommen selbstsicher betrat, während ich ihm nur langsam folgte. Er kam zu mir, griff nach meinen Händen und führte mich in die Mitte des Saales. Dann nahm er mir meine Schuhe und die Tasche ab, legte sie beiseite.

»Was ist los?« Besorgt sah er mich an und strich mir über die Wange, bevor er wieder nach meinen Händen griff.

»Ich weiß nicht. Ich habe Angst.« Die Worte kamen zaghaft über meine Lippen. Wahrscheinlich war es das erste

Mal, dass ich diese allgegenwärtige Tatsache laut aussprach. Ich hatte Angst, aber das war vollkommen in Ordnung.

»Du brauchst keine Angst haben. Du bist sicher. Ich bin für dich da und werde dich niemals wieder loslassen.« Seine Worte drangen zu mir durch und sagten dem letzten bisschen Angst endgültig den Kampf an. »Komm, wir machen uns gemeinsam warm und dann schauen wir, was die Musik bringt. Alles ist wie immer. Alles ist gut, Smilla.« Seine Worte zauberten mir ein Lächeln auf die Lippen, und jeder Druck fiel von mir ab. Erleichterung trat an ihren Platz, beflügelte mich.

Mile nahm mich bei jeder einzelnen Übung an die Hand. Mit jedem Schritt wurde ich sicherer, da die Erinnerung zurückkam. Das vertraute Gefühl in meinen Knochen, meinen Muskeln, meinen Sehnen und Bändern. Sie hatte vor einiger Zeit schon einmal vorbeigeschaut, doch da war ich noch nicht vollständig bereit gewesen, sie willkommen zu heißen - die Zweifel loszulassen und mich hinzugeben. Jetzt war ich es.

Ich war bereit zu tanzen. Ich war bereit für eine Zukunft mit Mile. Er hatte so viel in mir ausgelöst, mir so viel gegeben, wie ich es mir kaum hätte vorstellen können. Er war zu Orten meiner Seele durchgedrungen, die so tief vergraben lagen, dass ich sie vergessen hatte. Er hatte meine Angst akzeptiert, sie als einen Teil meiner Selbst angesehen. So konnte auch ich diesen Schritt endlich gehen. Endlich konnte ich meine Angst akzeptieren. Endlich hielt sie meine Träume, meine Sehnsucht und meine Leidenschaft nicht mehr in Schach, sondern beflügelte sie stattdessen. Endlich war ich wieder ein Teil von mir.

Dann begriff ich es ... Ich war frei. Ich konnte tanzen, als ob ich niemals damit aufgehört hätte. Ohne schlechtes Gewissen, ohne Sorgen. Es war nur die Leidenschaft, die mich antrieb und mich endlich fliegen ließ.

Epilog *Fine*

Das weiche Gras kitzelte zwischen meinen Zehen. Ich zog den Fuß über die saftig grünen Halme, ließ sie im Takt meiner Bewegungen tanzen. Mein Gesicht reckte ich der Sonne entgegen, fühlte ihre Wärme auf meiner Haut, prickelnd, euphorisierend. Entfernt plätscherte das Wasser des Vänern-Sees an das sandige Ufer, nicht mehr als ein Flüstern. Der Wind blies durch mein Haar, ließ mein Kleid flattern, während meine Arme sich ihn ihm wiegten. Vorm Körper, zur Seite, dann über meinen Kopf. Ich fühlte mich anmutig wie ein Schwan, elegant wie eine Primaballerina.

Ich tanzte. Frei, ohne Sorgen, als wäre es das Normalste der Welt. Dabei war es jahrelang mein Käfig gewesen. Gezügelt von der Angst, weggesperrt von der Vernunft, hatte ich mich selbst verraten und nur hinter hohen Mauern gelebt.

Aber ich hatte mich befreit, hatte meine lädierten Flügel gestutzt und den finalen Sprung gewagt. Denn ich wusste, Mile würde da sein, um meine Hand zu greifen, damit wir gemeinsam die letzte Position standen. Wir waren ein Team, eine Einheit. Nicht nur im Studio, auch im Leben.

»Smilla?« Alvas Stimme wehte vom Haus hinüber. Unser Sommerhaus grenzte direkt ans Ufer des Sees, erlaubte uns dauerhaften Zutritt zu dem schier endlosen Blau. Ich genoss die Ungestörtheit, die Ruhe, um meiner Sehnsucht nachzugehen. »Smilla!«, wiederholte meine Schwester fordernder.

»Ich komme gleich!« Meine Füße waren ausgedreht, meine

Knie gebeugt. Es fehlte nur noch das Grand Plié, dann war ich fertig mit meiner Kombination.

»Die Zimtschnecken sind fertig.«

Im Schnelldurchgang streckte ich die Knie durch, nur um sie im nächsten Moment noch tiefer zu beugen als zuvor. Meine Arme zog ich schludrig hinterher, achtete nicht mehr auf eine saubere Ausführung. Dann rannte ich barfuß zurück zum Haus.

Auf der Terrasse des rot gestrichenen Hauses saßen Alva und meine Mutter. Sie schenkte pechschwarzen Kaffee aus einer Porzellankanne mit himmelblauen Glockenblumen darauf ein. Der herbe Geruch zog zu mir. *Wie hatte ich diesen Kaffee vermisst.* Stark aufgebrüht, nicht wie die Plörre in der Cafeteria an der ADAM.

»Wo hast du dich denn schon herumgetrieben?«, fragte meine Mutter, als ich mich in den freien Korbsessel neben ihr fallen ließ.

»Ich war am See, …«, erklärte ich, stockte dann aber. Sorgenvoll sah ich zu Alva, die mir ein bestätigendes Nicken schenkte. Es war noch immer befremdlich, frei über das Tanzen zu sprechen, als bewegte ich mich auf einer viel zu dünnen Eisfläche. »… und habe getanzt.«

Jetzt war es meine Mutter, auf dessen Stirn sich eine Sorgenfalte festsetzte. Ihr Blick zuckte zu Alva, die nur genüsslich grinste.

Die lauwarmen Zimtschnecken schmeckten nach zu Hause, nach Heimat, nach Glück. Wir schlugen uns die Bäuche voll, tranken Kaffee, quatschten, als würden wir jeden Tag diesem entspannten Leben nachgehen.

Aus dem Haus hörte ich Schritte. Gummisohlen, die über die Holzplanken quietschten. Ich schloss meine Augen, versuchte, ruhig weiter zu atmen. Es gab nur eine Person, dessen Gang sich so anhörte. *Was machte er hier? Es war mein Safe Place.*

»Hej.« Die tiefe Stimme meines Vaters traf mich wie ein Schlag. Er trat hinaus auf die Terrasse, wirkte wieder einmal fremd, wenn nicht sogar verkleidet, an diesem rustikalen Ort. Er hauchte meiner Mutter einen sanften Kuss auf die Stirn, umarmte Alva und wendete sich dann mir zu. Mit zusammengezogenen Augenbrauen beobachtete ich das Schauspiel, immer bereit einzugreifen, aber es war nicht nötig. Es war ruhig, viel zu ruhig, nur ein Vogel sang in den Birken sein Lied. Keiner von uns sagte etwas.

»Smilla, auf ein Wort?« Seine Stimme war ohne Harm, keine Missgunst, nur eine ehrliche Bitte.

Überrumpelt sah ich zu ihm auf, zögerte, bevor ich langsam meinen Stuhl zurückschob und in meine Sandalen schlüpfte, die neben meinem Stuhl standen. Ich verzichtete auf unüberlegte Bewegung, als wäre mein Vater ein wildes Tier, welches ich nicht aufschrecken oder mit meinem Verhalten nicht provozieren durfte. So war es jahrelang gewesen. Jahrelang hatte ich nur dafür gelebt, ihm zu gefallen, seinen Ansprüchen gerecht zu werden. Bis ich mich im letzten Semester davon freimachen konnte. Zumindest an der Oberfläche. Tief in mir sah es anders aus. Dort waren die Wunden zu tief, die Narben zu frisch.

Meine Gedanken rasten, als ich ihm aus dem Garten in Richtung See folgte. Zu der Stelle, wo ich eben noch getanzt hatte. Ich begab mich in Abwehrhaltung, räumte der Angst Platz ein - verfiel in alte Muster. Meine Finger bebten. Mein Hals war trocken. Schwere Tentakel suchten sich ihren Weg aus der Dunkelheit. *Nein. Nein. Nein.* Sie durften nicht gewinnen.

Mein Vater blieb abrupt stehen, überraschte nicht nur mich, auch meine dunklen Geister, die sich zurück in ihr Tief verzogen. Er atmete schwer aus, knetete seine Finger. *War er nervös?* Um ihn nicht ansehen zu müssen, ließ meinen Blick über den funkelnden See schweifen.

»Es tut mir leid.«

Irritiert sah ich auf. Blickte in das Gesicht, das mich in meinen schlimmsten Träumen heimsuchte. Mein Kopf verarbeitete seine Worte, konnte sie aber nicht einordnen.

»Es tut mir leid, dass …«

»Es tut dir leid?« Ich wollte seine Entschuldigung nicht hören. Dafür war es zu spät. Jahre zu spät.

»Smilla, hör mich bitte an.« Seine Stimme war dünn, enthielt Nuancen, die ich bei ihm noch nie gehört hatte. Ich presste meine Lippen zusammen. »Ich habe mich falsch verhalten. Seit Jahren. Ich weiß, diese Erkenntnis kommt sehr spät.«

»Etwas.« Ich ballte die Hände zu Fäusten. Zu viele Worte brannten auch auf meiner Zunge.

»Bedank dich bei deiner Schwester. Sie hat mir klar gemacht, wie falsch ich euch behandelt habe. Wie viel Unrecht ich euch getan habe, wie viel Schmerz ich verursacht habe.« Der flehende Ausdruck in seinen Augen schien echt zu sein, also gab ich ihm diese Chance, hörte zu. »Sie hat mir von deinen Ängsten erzählt. Wie sehr es dich belastet hat, nicht mehr zu tanzen. Ich dachte immer …« Er schnaubte, massierte sich die Schläfen. »Ich dachte, du würdest das Klavier lieben, hättest dich selbst dafür entschieden.«

»Du hast mir keine Wahl gelassen.«

»Und das habe ich jetzt verstanden.«

»Jetzt ist es aber zu spät. Du hast deinen Standpunkt ja sehr deutlich gemacht.«

»Wir finden einen Weg, wenn … wenn du dich … lieber dem Tanzen professionell widmen möchtest.«

Wir starrten uns an. Nur unser Atem, das seichte Brechen der Wellen zu hören. Das Lied des Vogels, der in den Birken gesungen hatte, wurde vom Wind zu uns getragen. Diese Worte aus seinem Mund waren zu surreal, zu unwahrscheinlich. Dennoch sprach er ein Thema an, das mich Nacht um

Nacht wachhielt. Immer wieder stellte ich mir die Frage, die ich mir vor so vielen Jahren schon einmal gestellt hatte.

Schweben oder Fliegen?

Damals war meine Wahl gezwungenermaßen auf das Schweben gefallen. Jetzt war ich geflogen, wusste, welche Freiheit es mir bot. Und doch kam ich Nacht für Nacht zum gleichen Ergebnis. Ich musste mich nicht entscheiden. Denn ich konnte beides haben.

»Was möchtest du denn? Wofür schlägt dein Herz?«

Ich musste nicht lange über meine Antwort nachdenken.

»Das Tanzen.«

Auf dem Gesicht meines Vaters spiegelten sich tausend Emotionen wider. Verwunderung, Ernüchterung, Gewissheit. Er versuchte nicht, irgendetwas zu verstecken. Er war echt.

»Dennoch werde ich mein Studium an der ADAM im Studiengang *Music and Compositions* fortführen. Aber ich werde auch weiter tanzen. In meiner Freizeit, gemeinsam mit Mile, gemeinsam mit meinen Freundinnen. Ich liebe das Klavier, aber es kann mir nicht geben, was das Tanzen in mir auslöst.«

Mein Vater nickte. »Wenn ich dich unterstützen kann, dann lass es mich bitte wissen. Dann bin ich da. Ansonsten werde ich mich zurückziehen, dich dein Ding machen lassen.« Er bewertete meine Entscheidung nicht, behielt für sich, was er dachte. Und es fühlte sich unglaublich befreiend, unglaublich berauschend an.

»Danke. Das weiß ich zu schätzen.« Einen Moment ließen wir diesen seltenen Moment, unser Gespräch wirken.

»Deine Mutter hat erzählt, du möchtest eine Therapie machen?«

»Ja, das stimmt. Ich habe über die Akademie den Kontakt zu einer Therapeutin in Gladstone aufgenommen, nach den Ferien werde ich regelmäßig dorthin gehen. Es gibt eine Menge, was ich aufarbeiten muss. Eine Menge Erinnerungen, die ich nicht verarbeitet, sondern nur verdrängt habe. Es gibt viel Dunkelheit in mir, die ich endlich wieder mit Licht füllen möchte.«

»Das klingt sehr vernünftig. Auch hier gilt, was ich gesagt habe: Wenn du meine Unterstützung möchtest, weißt du, wo du mich findest.«

Dieses Mal lächelte ich ihn an. Und er erwiderte es. Es war das erste echte Lächeln seit einer Ewigkeit. Es war der erste Schritt in die richtige Richtung. Ich wollte an mir arbeiten und dazu gehörte auch, die Beziehung zu meinem Vater zu verbessern. Dass diese Möglichkeit sich so schnell ergeben würde, hatte ich nicht gedacht - auch wenn ich ihm nicht alles vergeben und die Jahre vergessen konnte. Noch nicht, jedenfalls. Aber wir hatten die Mauer zwischen uns eingerissen. Jetzt waren es nur noch die Trümmer, die ich gemeinsam mit meiner Familie, gemeinsam mit Mile und vor allem mit mir selbst zu etwas Schönerem verwandeln konnte.

Danksagung

Ich kann kaum glauben, dass ich diese Worte nun wirklich tippe. Ich habe mein erstes Buch geschrieben. Es klingt immer noch viel zu unwirklich, aber es ist passiert. Nicht mehr lange, dann werde ich ein Buch mit meinem Namen darauf in den Händen halten. Und dass du diese Zeilen nun liest, bedeutet, dass dieses Buch seinen Weg zu dir gefunden hat. Dafür kann ich einfach nur *Danke* sagen. Danke, dass du dich für mein Buch entschieden hast. Danke, dass du Smilla und Mile auf ihrer Reise begleitet hast.

Auch ich habe mich auf eine Reise begeben, die wirklich einem Abenteuer glich. Es gab Höhen und Tiefen, die ich allein nicht hätte bewältigen können. Ich hatte so viele tolle Menschen an meiner Seite, die immer an mich geglaubt haben, und ebenfalls ein Danke verdient haben.

Mama und Papa, danke, dass ihr immer an mich geglaubt habt. Von Tag 1 meine größten Fans ward, keine Werbung gescheut und allen von meinem Buch erzählt habt. Ohne euch, eure Werte und eure Liebe wäre ich nicht, wo ich jetzt bin. Danke, dass ich dieser Mensch werden und dieses Buch schreiben durfte.

Arne, auch dir gebührt ein Danke, das ebenso groß ist. Du hast mich Tag für Tag beim Schreiben begleitet, hast es mir ermöglicht, mich voll auf das zu konzentrieren, was ich liebe. Du hast mich aus endlosen Zweifeln gezogen und ebenso jeden noch so kleinen Erfolg mit mir zelebriert. Danke fürs Zuhören, wenn ich meine Gedanken ordnen musste. Danke für viele unhilfreichen Tipps und noch mehr Danke für die hilfreichen.

Alina, was wäre ich nur ohne dich. Eine einsame, angehende Autorin, die wahrscheinlich nicht mal die Hälfte dieser Worte getippt hätte. Danke für endlose Co-Working Sessions, gemeinsames Leiden, gemeinsames Weinen, gemeinsames Lachen, gemeinsames das Schreiben lieben.

Ronja, auch dir muss ich für deinen endlosen Support danken. Wir haben uns immer gegenseitig gepusht und sind jetzt einfach Verlagskolleginnen. Das hat uns zusammengeschweißt und dafür bin ich so dankbar.

Anna. Dir und dem Lovemoon Verlag möchte ich ebenso danken. Danke für eure tolle Betreuung, für dein Verständnis, aber auch für deine ehrlichen Worte. Ich hätte mir keinen besseren Verlag für mein Debüt vorstellen können.

Dann möchte ich allen aus meinem Umfeld danken, die so unglaublich hyped waren, als ich ihn erzählt habe, dass ich ein Buch geschrieben habe. Eure ungläubigen Gesichter, eure Begeisterung war mein persönliches Futter. Ich sage Danke für euren Support und dass ihr die Nachricht so viel mehr in die Welt herausgetragen habt, als ich es getan habe.

Zu guter Letzt möchte ich allen Lesenden danken. Nur durch euch ist das hier möglich, nur durch euch kann ich meinen Traum leben.

Smilla hat auf ihrer Reise viel gelernt. Sie hat sich ihren Dämonen gestellt, hat ihre Ängste überwunden und für das gekämpft, was sie liebte. Mir geht es ebenso. Auch ich habe so viel gelernt. Glaubt an euch! Auch ihr könnt es schaffen, egal, worum es geht!

Eure Elisa

© Elisa Stecker

Elisa Stecker, geboren 1999, hat früh ihre Liebe zu Geschichten und dem geschriebenen Wort entdeckt, bis sie schließlich selbst anfing, Gedanken und Gefühle als Texte aufzuschreiben. Mittlerweile schreibt sie neben ihrem Masterstudium New Adult-Romane, wobei eine gute Tasse Tee nie fehlen darf. Bei Instagram teilt sie einen Einblick in ihr Leben als Debütautorin, sowie das Schreiben und Bücher.

Instagram: @elisasteckr
Tik Tok: @elisasteckr

LOVEMOON
VERLAG

Ab 31. März 2024

Ronja Held
Love like a Challenge

Eine Sängerin auf der Flucht vor ihrem Ruhm, ein grummeliger Pensionsleiter, der nur seine Ruhe will …
Ob das gut geht?

- Grumpy vs Sunshine
- Smalltown • Found Family

ISBN 978-3-98-260720-7

Bereits erschienen

S. G. Rose
Toxic Love
Mein Weg zurück zu mir

Manchmal müssen wir zerbrechen, um heilen zu können.
Shawn versprach Alyssa die Welt, doch welchen Wert haben die Worte eines Lügners?
Aufwühlend, bewegend, gefühlvoll.

ISBN 978-3-00-076395-3

www.lovemoon-verlag.de

LOVEMOON
VERLAG

BEREITS ERSCHIENEN

LINA WOLF
Morgen sind wir für immer

Reicht Liebe aus, um Hass zu überwinden?
Noah hat sein Gedächtnis verloren und ausgerechnet Mina, die seine Erinnerung zurückbringen kann, versucht genau das zu verhindern.

ISBN 978-3-00-075933-8

KIKKI OSKAR
Beach Talk -
Meine Angst und ich

Eine emotionale New Adult Story mit einer besonders starken Protagonisten, die vor der Kulisse Hollywoods einen kräftezehrenden Kampf gegen ihre Angst und für sich selbst führen muss …

ISBN 978-3-00-075630-6

www.lovemoon-verlag.de

Triggerwarnung

Diese Geschichte beinhaltet potenziell
triggernde Inhalte.
Diese sind:

Toxische Beziehung, Angstzustände in
Verbindung mit Panikattacken,
emotionale Manipulation,
unbewältigte Traumata, Unfall und Erwähnung von
Koma, ableistische Ausdrücke, Vulgärsprache.